述评卷

陈小奇 编

陈小奇文集

中山大学出版社
·广州·

版权所有 翻印必究

图书在版编目（CIP）数据

陈小奇文集．述评卷／陈小奇编．—广州：中山大学出版社，2022.12
ISBN 978-7-306-07491-1

Ⅰ．①陈⋯　Ⅱ．①陈⋯　Ⅲ．①通俗音乐—研究　Ⅳ．①I217.2

中国版本图书馆CIP数据核字（2022）第146100号

出 版 人：	王天琪
策划编辑：	嵇春霞
责任编辑：	陈　霞
封面设计：	林绵华
责任校对：	卢思敏
责任技编：	靳晓虹
出版发行：	中山大学出版社
电　　话：	编辑部 020-84110283，84111996，84111997，84113349
	发行部 020-84111998，84111981，84111160
地　　址：	广州市新港西路135号
邮　　编：	510275　　　传　真：020-84036565
网　　址：	http：//www.zsup.com.cn　　E-mail：zdcbs@mail.sysu.edu.cn
印 刷 者：	恒美印务（广州）有限公司
规　　格：	787mm×1092mm　1/16　23.25印张　420千字
版次印次：	2022年12月第1版　2022年12月第1次印刷
定　　价：	94.00元

如发现本书因印装质量影响阅读，请与出版社发行部联系调换

谨以此书献给中山大学一百周年华诞

（1924 — 2024）

陈小奇 简介

陈小奇，广东省人民政府文史研究馆馆员，著名词曲作家、著名音乐制作人、文学创作一级作家、音乐副编审。

1954年出生于广东普宁，1965年随父母移居广东梅县。1972年高中毕业于梅县东山中学，同年被分配至位于平远县的梅县地区第二汽车配件厂工作；1978年在恢复高考后考入中山大学中文系；1982年本科毕业，同年进入中国唱片公司广州分公司，历任戏曲编辑、音乐编辑、艺术团团长、企划部主任等职；1993年调任太平洋影音公司总编辑、副总经理；1997年调任广州电视台音乐总监、文艺部副主任，同年创建广州陈小奇音乐有限公司；2001年从广州电视台辞职，自行创业。

曾任中国音乐家协会流行音乐学会常务副主席、中国音乐文学学会副主席、中国音乐家协会理事、中国音乐著作权协会理事、广东省作家协会副主席、广东省音乐家协会副主席、广东省流行音乐协会主席、广东省音乐文学学会主席、广州市音乐家协会主席、广州市文学艺术界联合会副主席、广东省粤港澳合作促进会副会长、广东省棋类促进会副会长、广东省作家协会书画院副院长等。

1990年创办广东省通俗音乐研究会，被推选为会长；2002年广东省通俗音乐研究会正式注册为广东省流行音乐学会，2007年更名为"广东省流行音乐协会"，其长期担任协会主席职务，2022年被推选为终身荣誉主席。其作为广东音乐界的领军人物，为广东乃至全国流行音乐的发展做出了卓越贡献。

曾获中国十大词曲作家奖、中国最杰出音乐人奖、中国金唱片奖音乐人奖等数十项个人奖。

2007年经《羊城晚报》提名、大众投票，当选为"读者喜爱的当代岭南文化名人50家"。

2008年获由中共广东省委统一战线工作部评选的"广东省第二届优秀中国特色社会主义事业建设者"荣誉称号。

1983年开始，以诗人身份转为流行歌曲创作者，至今已有2000余首词曲作品问世，获"中国音乐金钟奖""中国金唱片奖""中国电视金鹰奖""中国十大金曲奖""中央电视台全国青年歌手电视大奖赛优秀作品""广东省鲁迅文学艺术奖（艺术类）"等各类作品奖项230多个；其作品多次入选中央电视台春节联欢晚会并分别有11首歌词及9首歌曲入选由国务院参事室、中央文史研究馆主办的《百年乐府——中国近现代歌词编年选》和《百年乐府——中国近现代歌曲编年选》。其作品以典雅、空灵、具有深厚文化底蕴的南派艺术风格独步内地乐坛，被誉为内地流行音乐的"一代宗师"。

代表作品有：《涛声依旧》（毛宁演唱）、《大哥你好吗》（甘萍演唱）、《我不想说》（杨钰莹演唱）、《高原红》（容中尔甲演唱）、《九九女儿红》（陈少华演唱）、《烟花三月》（吴涤清演唱）、《敦煌梦》（曾咏贤演唱）、《梦江南》（朱晓琳演唱）、《山沟沟》（那英演唱）、《为我们的今天喝彩》（林萍演唱）、《拥抱明天》（林萍演唱）、《大浪淘沙》（毛宁演唱）、《灞桥柳》（张咪演唱）、《三个和尚》（甘萍演唱）、《秋千》（程琳演唱）、《巴山夜雨》（"光头"李进演唱）、《白云深处》（廖百威演唱）、《又见彩虹》（刘欢、毛阿敏演唱）、《七月火把节》（山鹰组合演唱）、《马兰谣》（李思琳演唱）及太阳神企业形象歌曲《当太阳升起的时候》等。

其中，《涛声依旧》自问世以来迅速风靡海内外，久唱不衰，成为内地流行歌曲的经典作品,连续入选中央电视台举办的"中国二十世纪经典歌曲评选20首金曲"及"中国原创歌坛20年金曲评选30首金曲",获中国音乐家协会颁发的"改革开放30周年流行金曲"勋章,并入选《人民日报》发布的"改革开放40年40首金曲";《跨越巅峰》《又见彩虹》和《矫健大中华》则分别被评选为首届世界女子足球锦标赛会歌、中华人民共和国第九届运动会会歌和第八届全国少数民族运动会会歌;《高原红》(词曲)、《又见彩虹》(作词)获中国音乐界最高奖项"中国音乐金钟奖";作为制作人制作的容中尔甲专辑《阿咪罗罗》获"中国金唱片奖专辑奖";与梁军合作的大型民系风情歌舞《客家意象》音乐专辑获"中国金唱片奖创作特别奖"。

作为制作人及制作总监,先后推出甘苹、李春波、陈明、张萌萌、林萍、伊扬、"光头"李进、廖百威、陈少华、山鹰组合、火凤、容中尔甲等著名歌手,其作品也成为毛宁、杨钰莹、那英、张咪等著名歌星的成名代表作。

1993年率旗下歌手赴北京举办歌手推介会,引起轰动,在全国掀起90年代签约歌手造星热潮。

1992年至今,先后在广州、深圳、汕头、东莞、梅州、贵州、北京和新西兰奥克兰、澳大利亚悉尼、美国硅谷等国内外城市或地区以及广东电视台、中央电视台中文国际频道等举办了15场个人作品演唱会。其中,中共广东省委宣传部立项的"陈小奇经典作品北京演唱会"被确定为庆祝改革开放40周年广东音乐界唯一上京献礼项目。

曾应邀担任哈萨克斯坦第六届亚洲之声国际流行音乐大奖赛评委;多次担任中央电视台全国青年歌手电视大奖赛总决赛评委、中国音乐金钟奖流行音乐大赛总决赛评委、中国金唱片奖总评委,还曾担任首届维也纳国际流行童声大赛国际评委、全球华人新秀歌唱大赛总决赛评委、上海亚洲音乐节总决赛评委、上海世博会征歌大赛总评委、香港国际声乐公开赛及香港创作歌唱大赛总决赛评委等多个海内外国家或地区歌唱大赛及创作大赛总评委。

曾出版《草地摇滚——陈小奇作词歌曲100首》、《涛声依旧——陈小奇歌词精选200首》、《中国流行音乐与公民文化——草堂对话》[与陈志红合著,获"广东省鲁迅文学艺术奖(艺术类)"]、《陈小奇自书歌词选》(书法集)、《广东作家书画院书画作品集——陈小奇书法作品》等著作,并出版发行《世纪经典——陈小奇词曲作品60首》《意韵》等个人作品唱片专辑多部。

《陈小奇文集》(含《歌词卷》《歌曲卷》《诗文卷》《述评卷》《书画卷》共五卷)由中山大学出版社于2022年出版。

人民日报、中央电视台、美国纽约华人广播网、美国侨报、日本朝日新闻社、凤凰卫视、南方日报、羊城晚报、广州日报等上百家海内外媒体对其进行了近千次专访及报道。2019年5月4日,中央电视台中文国际频道播出了《向经典致敬——陈小奇》专题节目。

曾策划组织由原国家旅游局主办的"首届全国旅游歌曲大赛"及"唱响家乡——城市系列旅游组歌""亚洲中文音乐大奖""潮语歌曲大赛""全球客家流行金曲榜""广东流行音乐10年、20年、30年、35年庆典"等大型赛事及活动,被誉为"中国旅游歌曲之父"和"潮汕方言流行歌曲"及"客家方言流行歌曲"的奠基者。

1999年,担任20集电视连续剧《姐妹》(《外来妹》姐妹篇)的制片人,作品获中国电视金鹰奖长篇电视连续剧优秀奖。

2009年,担任大型民系风情歌舞《客家意象》的总编剧、总导演并负责全剧歌曲创作,作品在"世界客都"梅州定点旅游演出,并在广东5市、我国台湾地区及马来西亚等地巡回演出。

2019年,担任音乐剧《一爱千年》(原名《法海》)的编剧、词作者,该作品由中国歌剧舞剧院排演,是中国首个在线上演出的音乐剧,该剧本于2017年入选国家艺术基金项目。

其诗歌作品分别在《人民日报》《南方日报》《羊城晚报》及《作品》《星星诗刊》《青年诗坛》《特区文学》等报刊发表,长诗《天职》在《人民日报》刊登并获中共广东省委宣传部抗"非典"文学创作二等奖;散文《岁月如歌》获"如歌岁月——纪念新中国成立60周年叙事体散文全国征文"二等奖。

曾于1997年在广东画院举办个人自书歌词书法展;专题纪录片《词坛墨客——陈小奇》由广东电视台拍摄播出。

2022年,在其故乡普宁,由市政府立项兴建陈小奇艺术馆。

目　录

一　演讲录

盒带通俗歌曲的歌词创作　　　　　　　　　　　　　　　　／2
打开思路　抓住机遇把广州建成国际性流行音乐城
　　——1994 中国流行音乐研讨会（广州）演讲稿　　　　／8
相互依存　共同发展
　　——广东广播与广东流行乐坛关系初探　　　　　　　／15
陈小奇：流行音乐与岭南文化
　　——《岭南大讲坛》2007 年演讲稿　　　　　　　　／20
旅游歌曲与旅游景区的文化互动
　　——2007 第二届世界旅游推广峰会演讲稿　　　　　／26
我的词曲创作　　　　　　　　　　　　　　　　　　　　／29
涛声依旧，总把校园当家园
　　——中山大学 2016 届毕业典礼演讲致辞　　　　　　／44
人文围棋与休闲围棋　　　　　　　　　　　　　　　　　／47
旅游歌曲与文化营销
　　——2018 中国文旅新营销峰会演讲稿　　　　　　　／50
少儿歌曲的创作与演唱　　　　　　　　　　　　　　　　／52

陈小奇：流行音乐与中国古典诗词
　　——2019扬州讲坛演讲稿　　　　　　　　　　　　　　　　/ 56
流行音乐要紧跟时代步伐
　　——2019年中国文学艺术界联合会全国理论工作部扬州会议讲座演讲稿　/ 59
千百个梦里，总把校园当家园
　　——中央电视台《百家讲坛——我们的大学》演讲稿（2019）　/ 65
我的运动会会歌创作
　　——广州市文学艺术界联合会70周年分享会发言提纲（2020）　/ 72
关于流行乐坛广东模式的思考
　　——广东省文学艺术界联合会流行音乐研讨会发言　　　　　/ 73

二　访谈对话录

在现代与传统之间徘徊
　　——作为文人的流行音乐人　　　　　　　　　　　　　　/ 78
雷于蓝对话陈小奇：流行音乐是时代的声音　　　　　　　　　/ 91
陈小奇解读"南方乐派""新民歌"概念
　　——岭南乐坛理应吹"南"风　　　　　　　　　　　　　/ 95
陈小奇：炒作南方的音乐概念　　　　　　　　　　　　　　　/ 99
广东人生来就有敢想敢做的开放观念　　　　　　　　　　　　/ 103
我被"挤"到音乐道路上　　　　　　　　　　　　　　　　　/ 111
开花就是我们的宿命　　　　　　　　　　　　　　　　　　　/ 114
梦回80年代　　　　　　　　　　　　　　　　　　　　　　　/ 121
对话1980年代　　　　　　　　　　　　　　　　　　　　　　/ 124
口述高考30年　　　　　　　　　　　　　　　　　　　　　　/ 131
陈小奇："流行音乐尊重了个体生命价值"　　　　　　　　　　/ 136

下棋就如音乐按旋律往前走

　　——中国棋文化广州峰会访谈　　　　　　　　　　　　　　／ 144

陈小奇作客《亚运会客厅》　　　　　　　　　　　　　　　　／ 148

广东流行音乐如何走出低谷？　　　　　　　　　　　　　　　／ 159

陈小奇老师的音乐人生和他的心血之作《客家意象》　　　　　／ 164

陈小奇：为流行音乐的今天喝彩　　　　　　　　　　　　　　／ 170

广东音乐离"岭南 Style"有多远？　　　　　　　　　　　　　／ 177

流行音乐是时代的一面镜子

　　——访广东流行音乐教父陈小奇　　　　　　　　　　　　／ 180

陈小奇：我为什么不离开广东？因为它是一个"拿来主义"的地方　／ 184

陈小奇解读中国流行音乐创作趋势

　　——"变化"才是流行乐的常态　　　　　　　　　　　　／ 189

许多年以后能不能接受彼此的改变

　　——陈小奇访谈　　　　　　　　　　　　　　　　　　　／ 192

陈小奇：予歌以生命，予词以灵魂　　　　　　　　　　　　　／ 197

陈小奇：再造中国流行音乐的"广东模式"　　　　　　　　　　／ 205

三　名家序文

"形而上"追问

　　——《草地摇滚——陈小奇作词盒带歌曲 100 首》序　　祖　慰 ／ 208

《涛声依旧——陈小奇歌词精选 200 首》序　　　　　　乔　羽 ／ 213

中国歌词的希望

　　——《涛声依旧——陈小奇歌词精选 200 首》序　　　张　藜 ／ 216

陈小奇、陈志红《中国流行音乐与公民文化——草堂对话》序　黄树森 ／ 220

从草堂到厅堂
　　——《中国流行音乐与公民文化——草堂对话》序　　　　金兆钧 / 224
小奇亦奇
　　——《陈小奇自书歌词书法选》序　　　　　　　　　　林　墉 / 226
书法，跳跃的旋律
　　——读陈小奇书法　　　　　　　　　　　　　　　　　林书杰 / 227

四　研讨会发言文稿

歌词的南派风格　　　　　　　　　　　　　　　　　　　　　　/ 230
广东音乐人的文化自信和兼容开放　　　　　　　　　　郑雁雄 / 233
改革开放浪潮中的艺术弄潮儿　　　　　　　　　　　　陈晓光 / 235
用音乐追寻中国梦的行者　　　　　　　　　　　　　　王立平 / 236
注重审美精神回归才能成就经典　　　　　　　　　　　庞井君 / 239
"新古典主义中国风"影响深远　　　　　　　　　　　　王晓岭 / 241
坚守广东，彰显词人风骨和责任感　　　　　　　　　　甲　丁 / 242
坚守岭南，坚守境界，坚守梦想　　　　　　　　　　　朱　海 / 244
流行也可以经典　　　　　　　　　　　　　　　　　　陈平原 / 246
从经典中创造新的经典
　　——陈小奇歌词的古意与今情　　　　　　　　　　彭玉平 / 249
当今中国学院派（歌）词作者代表人物——陈小奇　　　李　炜 / 252
中国风与现代诗
　　——略论陈小奇先生的歌词艺术　　　　　　　　　李广平 / 255
大哥你好吗
　　——写在陈小奇北京演唱会举办之际　　　　　　　朱小松 / 261
涛声依旧　小奇不老　　　　　　　　　　　　　　　　段春芳 / 267

带着温暖的"旧船票"重温燃情的青春岁月
　　——观《陈小奇经典作品北京演唱会》而感　　　　　金　姬 / 271
流淌在音符里的文字
　　——记陈小奇的诗词曲赋　　　　　　　　　　　　宋含宇 / 280
文化、平民化、地域化的坚守　　　　　　　　　　　　宋小明 / 284

五　各界评论

《中国当代歌词史——陈小奇篇》　　　　　　　　　　晨　枫 / 288
歌词作家陈小奇及其作品　　　　　　　　　　　　　　杨友爱 / 292
陈小奇歌词作品的语言学分析　　　　　　　李　炜　石佩璇 / 299
意境深远，韵味悠长
　　——评陈小奇《意·韵》专辑　　　　　　林丽晶　何艳珊 / 305
中央电视台《向经典致敬——陈小奇》专题节目
　　致敬辞　　　　　　　　　　　　　　　　　　　　　　 / 328
广东省流行音乐协会
　　致敬辞　　　　　　　　　　　　　　　　　　　　　　 / 329

陈小奇大事记　　　　　　　　　　　　　　　　　　　　 / 331

后　记　　　　　　　　　　　　　　　　　　　　　　　 / 357

一

演讲录

盒带通俗歌曲的歌词创作

我讲的题目是"盒带通俗歌曲的歌词创作",准备分两个部分来谈。第一部分是关于目前歌词创作的概况,第二部分是关于通俗歌曲歌词创作的几个特征。

一

我国盒带歌曲的发展经历了3个浪潮的冲击。首先是邓丽君的爱情歌曲;然后是我国台湾地区的校园歌曲;接下来是苏芮的"劲歌"歌曲。盒带市场经过这三个浪潮冲击之后,可以说现在是一个多样化的时代,各种各样风格的东西都来了:欧美的、日本的、苏联的、东德的,以及我国少数民族的,等等,呈现出一种比较复杂的状况。从整个情况来看,我感到音乐创作基本是跟上了,在各个浪潮的冲击下产生了一种相应的影响。但在歌词方面,情况好像就比较复杂,呈现出一种与音乐方面不同步发展的状况。如《请到天涯海角来》这首歌,从旋律和节奏来说,都已经具备了现在我们称之为"流行歌曲"的艺术特征,但歌词却还是20世纪五六十年代的构思味道。这就好像脚已经走到了80年代,但是脑袋还停留在原来五六十年代。这种不同步正好反映了我们歌词和音乐在创作上的不平衡。

这种状况的发生,我想主要是历史惯性的使然,是由30年一贯制的思维带来的。比如,在词汇上,现在经常写的是"彩霞""白云""蓝天""大海",或者是"我们生活比蜜甜""我们生活多美好""我们很幸福啦"等等,这些词汇像"通用配件",用到哪里都可以,我认为这是一个很严重的问题。这说明歌词创作本身已形成了一种固定的条框,很难有更大突破,这是一个原因。另一个原因就是在"文化大革命"中,歌词创作可以说是一个重灾区,受到的破坏特别大,尽是"忠"字歌、语录歌等。"文化大革命"之后,大部分歌词作者不是着眼于未来,而是回过头去看20世纪六七十年代那些比较成功的作品,并且在这些作品面前久久徘徊,忘记了向前走。这种做法本身也就使我们的歌词创作不可能得到应有的发展,这是简单的"回归"。

还有其他的原因,比如对于歌词的审查是最为"严酷的"。如失恋、悲哀、痛苦的东西，在诗歌、小说、散文、报告文学里，都可以自由表达，但在歌词里面，却成了禁区，被认为意识不良。当时那种审查制度也就使得填词这种形式盛行。因为盒带生产者需要一些其他作品如港台歌曲来填补市场的空白，这些港台歌词不符合当时的审查要求，只能重新填词。从整体上说，词坛没有大的变化，但作者的队伍有变化。以前的作者是我们称之为"刊物"的作者队伍，以在刊物上发表作品为主。而现在，随着盒带的出现，这个队伍发生了变化，起码出现了两个阵容：一个是盒带创作队伍，一个是音乐茶座的创作队伍。盒带创作队伍比较年轻，大都是些年轻人，而且以前都是很少在刊物上露面的，这些人的创作就是为了盒带，以在盒带上发表为主。他们几乎从来不向刊物投稿，即使在刊物上面发表，也是在"读者点歌"或者"盒带歌曲精选"之类的栏目里出现。音乐茶座的创作队伍跟盒带创作队伍比较接近，或者可以说有着千丝万缕的联系，因为音乐茶座的演唱曲目大都是一些盒带的曲目，而盒带里面录制的曲目也大部分是从音乐茶座的演唱曲目里面挑选的。所以，这二者联系紧密，与刊物创作队伍区别较大。正是由于这两支队伍的出现，我们的歌词创作开始发生了一些变化，因为他们考虑的东西跟刊物考虑的东西不太一样。刊物考虑的东西，都是主题、积极正向的情感与基调、内容与形式的安排等。但是在后两者的创作上，这些显得并不是很重要。他们主要凭一种感觉，写出来的作品群众能够接受、有艺术感，他们就满足了。这种区别是由不同的审美要求所造成的。另外，港台歌词的大量流入，使内地词坛作者潜移默化地受到影响，对他们的歌词也开始喜欢了，其创作风格也渐趋一致，这就造成了歌词创作的变化。

从目前歌词创作来看，盒带使用率最高的歌词大概有 5 个类型。

第一类是青春歌曲。这种歌曲在歌词上追求一种接近我国台湾校园歌曲的风格，比较清新、朴实、纯真，内容以童年纯真记忆或者表现人与大自然的各种各样的关系为主，这个"清新"是偏向年轻脱俗的，追求一种生活的小情趣。比如《我的吉他》《秋天》等这类歌曲。

第二个类型是爱情歌曲。爱情歌曲在歌词创作上一般追求一种邓丽君的味道腔调，具有甜蜜感和幸福感。近年来，描写和表现失恋等伤感情绪的作品也开始大量出现了，风格上也从"邓丽君的味道"过渡到接近苏芮的那种味道。例如，《一无所有》，凭感觉应该可被归为这一类型。

第三个类型就是爱国歌曲。这一时期的爱国歌曲起源于《龙的传人》《我的中国心》等。在那一段时间，内地出现了大量的爱国歌曲，香港也掀起了一股爱国歌曲创作热潮，使关于"龙"的题材一度多起来了，但在这些爱国歌曲中，真正有分量、有创作个性的比较少。

第四个类型是励志歌曲。这个概念是套用香港的术语，这样的歌曲大部分表现对生活的理解和对人生哲理的思考等，并非搬用一些现成的警句或用贴标签的办法来创作。

第五个类型就是乡土歌曲。这类歌曲我想多谈一点。它跟以前那种乡土歌曲不一样，是新的更高层次的乡土歌曲。这种歌曲是在"寻根"文化的背景下产生的，把审视的目光对准中国悠久的历史和广阔的土地，并善于寻求自己表现的焦点。它主要有三个特点。

一是在内容上多取材于中国本土的传说和风土人情，如《湘灵》写的是湖南的几个神话传说与屈原的故事；《船夫》写的是黄河上面的船夫；《父亲》的原型是罗中立的油画《父亲》中黄土高原上的农民的形象。

二是在形式上多采用现代诗歌的表现技巧和手法，比如通感的手法。我在《父亲》里就这样写了："在你的手心里，涂满我童年的歌声"，这"涂满歌声"就是用了通感的手法。所谓通感，就是让观众将全部感觉联系起来，"歌声"只能用耳朵听，我用"涂满歌声"转化了这种视听的效果。这种手法在现代诗歌里面采用得非常多，而在歌词里面采用得比较少。我是从1984年开始把通感手法用在歌词里的。起初，大家很难接受，觉得很奇怪，怎么会有这种句子呢？我在写《小溪》时，也来了这么一句："弯下腰去，轻轻地捧起一缕故乡的夕阳"，人们也觉得很奇怪，怎么捧起了夕阳呢？现在大家见多了就不怪了，都能够接受了，而且觉得很自然。还有将抽象与具体结合的手法。同样以《父亲》为例，"漂流着全家的安宁"。"安宁"是一种抽象的东西，在这里把它具体化了，把父亲的皱纹比作河流，全家的安宁就在这里漂流。这样的象征和暗示也出现得比较多。如《为我们骄傲》开头第一句是"古铜色的阳光在高原上奔跑"，这一句在当时引起了很多争论，很多人说不理解，为什么是"古铜色的阳光"呢？为什么"阳光"还要"奔跑"呢？阳光应该闪耀嘛！不过现在也都能够接受了。

三是表现的主题更为复杂。以前我们的构思多是平面的构思，或者说是一种现行的构思。现在我们在创作里尽量寻求多层次的结构和多意味的主题。比如《湘灵》这首歌，一开始，我是准备写一个神话传说的，直到动笔时觉得不够，就把屈原的故事引用进去了。为了不让这首歌曲的主题过于直白和浅显，我有意形成多层次的结构，让人们可以在最浅的层次上把它理解成一首神话传说的歌曲，在第二个层次上理解成爱情歌曲，在第三个层次即最深的层次上，领略到这种爱的内涵，给人们更多的思索。当然，这一部分恐怕只有较高文化层次的人才可以理解了，对一般群众，则要求能够喜欢、接受它，我觉得就可以了。广东的青年作曲家们近来对西北、东北等地的民歌素材，产生了浓厚的兴趣，而词作者也同样，因为要跟音乐同步。当然，乡土歌曲的民歌素材并不仅限于东北、西北等，也可能有西南，或者广州本土，或者江浙等地。将我们的民歌素材加以改编、加工、创造，或许会成为中国通俗歌曲创作的一个新起点，甚至很可能会掀起全国性的热潮。

关于盒带通俗歌曲歌词的特征，根据我的创作、编辑实践和观察，我觉得通俗歌曲歌词与其他歌词相比，起码具有以下四个特征：亲切感、新鲜感、个性化和文学化。下面我将分别展开讨论。

一是亲切感和人性化应该是同类项。我经常听到很多作曲者在一起议论："这个旋律有人情味，那个旋律有人情味"，"这歌词亲切，最能够打动别人"。通俗歌曲就其本质上来说，是一种家庭文化，它跟电视一样深入千家万户。要想让千家万户都接受喜欢你的歌曲，歌曲就必须具备这种亲切的富有人情味的特征。你若是说教，或装腔作势，肯定会遭到拒绝。所以，我们的词作家必须选择一种最能被大众接受的形式，才能够与之进行心灵的交流。我曾经跟郁钧剑聊过天，他说自己演唱时，就有意选择亲切式的做法，这样更容易与听众进行直接的交流。很多流行歌手在台上表演的时候，都特别喜欢在台上说话，说话也是为了制造一种亲切感。在歌词方面同样需要这种方式，歌词不亲切，大众照样不喜欢。听众以前只要曲子好听，其他都不管，而现在对歌词要求很高，歌词不好就不要。这种亲切感如何获得呢？最常见的一种是你我对应的手法，就是以"我"为歌词中的主人公。以前的歌曲大部分都是"我们"，很少用"我"，因为都怕，一直在讨论"小我""大我"之分，好像"小我"属于资产阶级个人主义一样。现在大家都明白了这一点，所以用"我"用得很多。而用"我"和"你"这种对话方式，拉近了演唱歌手和听众的心理距离，这样就显得很亲切了。亲切感的获得还在于寻找那些使人感到亲切的表现对象，比如《秋千》《我的吉他》。《秋千》会使听众马上想到童年，童年是每个人都曾拥有的，也基本是无忧无虑的，所以，能引发听众心理上的共鸣。吉他是大家最常见的一种乐器，也备受人们喜爱。选择这些题材能引起听众的共鸣，勾起听众的回忆，使听众备感亲切，进而接受你的歌曲。

二是新鲜感，也就是创新意识吧。盒带歌曲本身具有商业性质，商业性决定了它的生产者必须了解盒带消费者的心理需要。盒带生产看起来与时装行业有些接近，新品种一出来，其他品种就马上跟着仿效，大量炮制，直到下一个新鲜的品种出来以后，这一品种就又消失了。我们把这种现象称为"时装效应"。歌词创作面对这种时装效应应该怎么办呢？很简单，如果跟在别人后头创作，你绝对不可能写出好作品来，最多只能写出高度模仿的东西，而不可能写出具有自己风格的作品。你要领导新潮流的话，就必须敢于冒险，要有创新意识，创造一些现在不热门的东西。假如你不去这么干，你就永远落在别人后头。

这种创新，我想主要表现在两个方面：一个是题材创新。简单来说，就是选择一些大家比较少表现的内容。《父亲》在当时来说，题材是够新的了，因为大家当时都在跟风写母亲，比如"祖国母亲""党啊母亲"，反正都是母亲，一时间，好像整个民族都在怀念母亲。结果《父亲》这一歌曲创作出来后，社会反响都挺好。另一个就是"意象的创新"。关于意象，以前我们都称其为"形象"，对"意象"这个词比较陌生，现在诗歌里使用较多，诗歌理论经常提到这个问题。我们以前对"意象"的解释也是比较简单的，《辞海》里解释"意象"就是意境。这里必须重新定义一下，我们所说的意象不是那种意境，而是一种形象，一种带有暗示性或象征性等内涵的形象。采用这种意象，可以使你的歌词显得更生动、更有分量，也可以表达更为复杂的情感。例如《秋天》，"那片阳光依然在蹦蹦跳跳"，采用意象的创新手法，既简洁凝练，又含蓄灵动。

三是个性化。大家都知道，艺术创造贵在个性化，没有个性化就不能称为艺术。以前我们多强调共性，特别是在歌词方面，老怕自己出格，写得跟别人不同，就老是和别人靠在一起，使个性的东西遭到了扼杀。那么，个性化表现在哪里呢？我想第一个就是在艺术风格上作者独特的气质和语言，比如侯德建、罗大佑。侯德建主要作曲，但他也写歌词，他的歌词有一个特点，就是质朴，表现深邃，带有哲理性。现在是多元化的时代，只有具有强烈、独特的个性的作品，才能争取到听众和读者。我觉得这种个性是最有价值的，因为它提供了一种别人没有的东西，这是个性发展的价值。但个人价值观也不可能一样，有的追求一种社会学的价值，在创作时，社会需要什么，就写什么；有的追求经济学的价值，作品只要能卖钱就行，不管其他东西；有的追求艺术价值，将作词当成一种艺术在创作，当成一种事业在奋斗，这种人我觉得是最值得赞赏的。当然，这需要一种献身精神，因为你可能得不到社会的承认，也可能蒙受经济上的损失，但从长远发展的角度来看，你是有收益的。

四是文学化。歌词的文学化，表现在歌词的构思和文学的语言。一首歌词在本质上应该是一个文学作品，它应该能够脱离音乐而存在。前一段时间曾经有过争论，比如，我在刊物上看到一些文章，有些人认为歌词是诗，有人认为不应该是诗，应该是一种口头的语言，有人更干脆认为歌词不应该脱离音乐，如果离开音乐，它就什么也不是了。各种各样的观点都有。我个人认为，歌词本身还是一种文学作品，它应该是诗的一个种类。它是诗，但是它又与诗不太一样，因为它受到的限制比较多，如韵律上的、篇幅上的等。诗歌比较自由，你怎么写都可以，歌词就不能那样，但它还是与诗有联系的一种诗体文学，它既有诗的构思，又有诗的语言。现在听众层次已经分化了，各种层次都有，应该允许有多种多样风格的元素的存在。至于"雅俗共赏"，这个概念是理想化的概念，确实比较难达到。过去可能还可以兼顾，但在目前多元化的时代，审美层次如此丰富，要做到雅俗共赏是比较困难的。假如我们在歌词这种表层结构和深层结构上面花点功夫的话，也许还能够使两方面统一起来。

［根据中国音乐文学学会杭州研讨会会议（1993年）录音资料整理］

打开思路 抓住机遇
把广州建成国际性流行音乐城

——1994中国流行音乐研讨会（广州）演讲稿

伴随着改革开放而诞生，并随着改革开放的逐步深入而蓬勃发展的中国内地流行音乐，在经过了十几年的励精图治之后，终于在20世纪90年代，出现了新的转机。

中国内地流行音乐将向何处发展？

中国内地流行音乐将会有什么样的前景？

海内外不少资深音乐人都不约而同地作出了一个既令我们骄傲又令我们不安的预测：下一个世纪的流行乐坛将是中国人的天下。

内地音乐人的共同努力，内地流行乐坛在短短十几年的高速发展，正日益使这个预言成为现实。

那么，作为内地流行音乐重要基地之一的广州，在这个中国音乐发展史上可能是最伟大的时期中，该以怎样的思维和观念、怎样的实践和行为去迎接这项挑战呢？

我们已经到了重新审视和重新认识流行音乐的时候了。世界流行乐坛已经为中国内地留了一个位置，同时，也特别为广州留了一个位置。

在改革开放中一直走在前列的广州，不能丧失这个机会。

一

当我们提出把广州建成国际性流行音乐城的大胆设想时，我们不得不面对着许多理论上和实践上的困惑。诸如，流行音乐应该不应该存在的问题，流行音乐应该不应该进入学校的问题，等等。

流行音乐究竟是一种什么东西？它对整个社会所产生的究竟是正面效应还是负面效应？它究竟是不是现代社会必不可少的一种文明？它究竟是不是社会主

文艺事业的一部分？不解决这些观念上的问题，流行音乐在广州乃至全国的进一步纵深发展便只能是一句空话。

假如我们不抱有任何偏见而以一种冷静、客观、实事求是的态度来看待流行音乐这一特定的社会现象的话，其实很多问题都不难解答。我们谁也不会去想像某一天当流行音乐突然在我们的日常生活中消失，我们的社会将会出现怎样的混乱状态。毕竟，流行音乐已经成为我们生活中不可或缺的一部分。它已成为社会安定与繁荣的一个重要标志。它拥有着音乐王国中绝大多数的受众和消费者，从而充分体现了它存在的价值和必要性。

前几年，北京的一个调查得出如下结论：在音乐爱好者中，喜欢流行音乐的占百分之八十几，喜欢民族音乐的占百分之十几，而喜欢古典音乐的仅占百分之几——这个结果与日本人在他们本土所作的调查结果竟然如此相似！

在各种音像制品中，在电台、电视等传媒中，在体育馆、剧场乃至歌舞厅、卡拉OK厅等演出和娱乐场所中，在各个家庭包括各类汽车的音响放送设备中，谁都可以真切地感受到流行音乐不可抵挡的生命力。

流行音乐早已不是某些人印象中20世纪30年代的"靡靡之音"，尤其是内地的流行音乐，从西北风到岭南风，所表现的几乎都是对民族的热爱、对故土的热爱，更多的是对生活的热爱。需要说明的是，对生活的热爱并非只是表现为廉价的赞颂，而是即使在他们（流行音乐创作者和爱好者）表现失意和无奈的时候，其中仍然蕴含着他们对人生的高度重视以及他们对美好未来的渴望。流行音乐真实而具体地反映着现代人的喜怒哀乐，反映着中国人各种各样的情感、心态以及他们独特的体验和感受，同时也反映着他们在瞬息万变的现代生活节奏中不断变化着的审美趣味和审美理想。现代人只有在这种极具亲和力的音乐中才能找到一个完整的、真实的活生生的自己。

当然，我们不否认流行音乐之中确有低劣之作，正如民歌中也有不少品位低下之作一样。当我们肯定一种音乐的时候，仍然需要以一种严谨的态度对它的成就与不足作出理性的分析和扬弃。

所以，我们应该讨论的不是流行音乐应不应该存在，而是流行音乐应该怎样更健康地存在；应该讨论的不是流行音乐能不能进入学校，而是流行音乐的哪些作品适合进入学校。

当流行音乐进入我们的日常生活，便已经注定不可能和我们分离了。没有什么力量能够改变流行音乐和现代人之间亲密无间的关系。当然，对于流行音乐的创作与发展，我们需要加以引导、筛选和去芜存菁，但不能进行粗暴地干涉和简单地否定。

流行音乐的生存和发展，对我们的社会生活发挥着越来越大的作用、产生着越来越大的影响力。怎样运用这种现代的音乐形式，充分发挥它的娱乐功能、汇演功能和教育启蒙功能，应该是非常值得我们去认真研讨的问题。

因此，我始终认为，当代中国流行音乐不是什么异端音乐，它本来就是社会主义文艺事业的一部分。它必须享有和其他文艺形式同样的待遇，同时也必须得到和其他文艺形式同样的尊重和扶持。任何对流行音乐的否定、曲解和歧视都是对"双百方针"的践踏，都是对最广大人民群众的自觉选择的侮辱。

二

下面，我们将讨论由此而带出的第二个问题：流行音乐在当今社会各种音乐形式中的地位，即它将扮演怎样的角色？它是主流音乐还是边缘音乐？

长期以来，传统音乐（即严肃音乐）以居高临下的姿态傲视一切，牢牢占领着象牙塔之尖，其主流音乐的地位似乎是永远不可能动摇也不必要动摇的现实存在。毫无疑问，传统音乐对人类文明史的发展起到了不可估量的作用，它以其成熟和完美体现了人类文明在某个历史阶段及某个音乐领域的巅峰成就。

然而，在20世纪90年代的今天，我们却不得不对传统音乐作为现阶段主流音乐的权威性表示怀疑。

作为一个时代的主流音乐，它起码必须具备以下五个条件。

（1）全面而广泛地反映了同时代各阶层人民的心态、情感及其审美理想。

（2）全面而广泛地运用了同时代的最新科技成果。

（3）拥有最多的音乐产品及一大批高质量的音乐精品，同时，拥有最大的创作、演唱和演奏队伍。

（4）拥有占人口比例最大的受众和消费层。

（5）具备适合其生存和发展的"土壤"以及良好的生态环境。

只要我们严肃而客观地对以上条件进行考察和分析，我想我们完全有足够的理由得出不同的结论。

在大工业时代的特定历史时期，传统古典音乐在欧洲修成正果，它凭借严谨的和声配器和庞大而有序的交响乐队登上了音乐殿堂至高无上的宝座。虽然它仍然是值得我们好好珍藏和借鉴的宝贵遗产，但它毕竟是大工业时代的产物。遗产毕竟是遗产，它不能代替今天的文明，它无法承担电子时代所赋予它的重任。

代表现今时代的音乐只能是流行音乐。当然，我指的是那些以严肃的态度而创造出来的高质量的流行音乐。这是时代的选择，也是人民的选择。

尽管有不少的流行音乐仍然会让我们失望和愤怒，尽管有不少的流行音乐仍然充斥着低俗和无聊，但流行音乐通过自身的努力和发展，正在一步步走向成熟，越来越多地涌现出音乐精品和可称之为艺术家的歌手、演奏者。

流行音乐发展的短短的15年历程，凝结着整整一代年轻音乐人的审美理想和审美追求。他们聚焦于社会、关注着人生，他们用最现代的工具和表达方式倾诉着现代人的种种感受和体验，他们由此而付出的心血和汗水终将被载入史册，他们的音乐也必将成为人类文明的杰出成果而得以流传和珍藏。任何音乐都有其产生、发展和衰亡的过程，古典音乐如是，民族音乐如是，戏曲音乐如是，流行音乐亦如是。它们都无法避免由边缘音乐到主流音乐，再到没落音乐的命运。

从历史辩证的角度来看，昨天的边缘艺术会成为今天的主流艺术，而今天的边缘艺术也可能会成为明天的主流艺术。在历史的长河中，任何音乐都不可能永远保持主流音乐的地位。

三

假如我们能够在流行音乐的性质、功能和作用等问题上达成一种共识，那么，提出把广州建成国际性流行音乐城的想法便成为一种顺理成章的思路了。

事实上，广州早已是一座流行音乐城了，之所以公开提出这个口号，目的只是把广州人的自发选择变成城市决策者的自觉选择。

在体育上，我们有足球之乡、排球之乡、跳水之乡、武术之乡等，在艺术上，我们有山歌之乡、歌舞之乡、杂技之乡等，它们都以人民的意愿和政府的决策相结合的方式塑造出各个地区独特而鲜明的文化形象。

广州市政府已鲜明地提出把广州建成现代化国际大都市的宏伟蓝图，那么，广州该怎样根据自身的条件和潜力，扬长避短地发挥自己在某个文化领域上的优势，以一种独特的文化形象自立于全国乃至世界各城市之林呢？

在广州的各个文化门类之中，真正具有可比性并在全国范围内处于领先地位，而且可能和国际社会进行广泛交流的，只有流行音乐。

在中国内地，目前真正具备建立国际性流行音乐城的城市，只有广州。

北京作为全国的政治文化中心，在当前的情况下，让流行音乐充分发展的可能性不大，虽然它具备了其他条件。

上海作为20世纪30年代流行音乐的发源地，在国际上具备一定的影响力。但昔日的荣光并不等同于现在的辉煌，鉴于目前上海在流行乐坛上的地位和实力，近期内恐怕仍不具备建立流行音乐城的可能。

目前，只有广州万事俱备，只欠东风。我们可具体结合以下条件对广州建立流行音乐城的可能性进行分析和考察。

1. 观念上的优势

广州是我国最早实行改革开放的地区，现代的务实风气与历史上的开放传统很自然地交融在一起。因此，广州的领导决策层思维活跃、思路大胆，在正确理解和接受、扶持流行音乐方面显得更为突出。全国第一支轻音乐队、第一个音乐茶座、第一个影音公司、第一个本地创作流行歌曲排行榜、第一个歌手大赛能在广州涌现，广州的流行音乐能在"南北夹攻"中"异军突起"，覆盖全国，与广州这座城市的开放观念和求实精神是绝对分不开的。

2. 地理上的优势

广州毗邻港澳，港台地区及国际上有关流行音乐的动态和信息几乎都能在第一时间传到广州，广州的流行音乐成果也通过自己的地理优势得以在最短的时间内同海外进行交流。而这种快速、频繁的双向交流对于一个城市的流行音乐发展来说又恰恰是必不可少的条件之一。

3. 媒体上的优势

广州是广东省会城市，拥有众多传播媒体，在电视方面拥有广东电视珠江台、岭南台、广州电视台及即将开播的广东商业台、城市电视台等，在广播方面有广东人民广播电台音乐台、珠江经济台、新闻台、广州电台等，在报刊方面有《南方日报》《羊城晚报》《广州日报》三大报及《南方周末》《舞台与银幕》《新舞台》等覆盖全国的数十家娱乐型报刊。更重要的是，广州媒体对内地流行音乐历来持肯定和支持的态度，仅电台方面就有坚持了数年之久的三大广东创作歌曲排行榜。这些媒体将对广州建立流行音乐城产生难以估量的积极作用。

4. 创作与制作上的优势

成立于1990年的广东流行音乐创作学会拥有一批高素质并在全国乃至海外

都具有广泛影响的流行音乐词曲作家及音乐制作人,这支甚为活跃的队伍为广州建立流行音乐城提供了人才上的保证。

5. 音像出版机制上的优势

广州目前拥有7家音像公司及5家制作公司,这些音像公司和制作公司在流行音乐的制作、出版和推介上都积累了丰富的经验。尤其是在全国率先实施的歌手签约制度和正在酝酿中的版税制度,更是为吸纳全国各地的优秀歌手和优秀作品做好了体制上的准备。

6. 经济能力和消费能力上的优势

流行音乐是一种市场性很强的音乐消费文化,因此,是否具备足以保证流行音乐的正常运转及循环发展的经济能力和消费能力,便成为我们衡量一个城市是否具备建立流行音乐城的资格的基本条件之一。广州是我国发达城市之一,由于历史、地理、人文环境的影响,其娱乐性消费能力在全国首屈一指,各大企业对赞助流行音乐活动也有较多的兴趣和较深入的认识,与流行音乐有关的各种娱乐场所和娱乐设施也在全国处于领先地位。而这种能力将为广州流行音乐的大规模发展提供经济上的保障。

7. 企划能力及举办大型活动能力的优势

广州是我国广告业最为发达的城市之一,广告业的发展使广州的企划能力和应变能力足以独步全国。广州在举办大型活动内容及活动形式上的新鲜而独特的创意和灵活多变的思路,对于各种流行音乐活动的开展无疑是极为重要的基本素质之一。

8. 拥有众多音乐爱好者和"发烧友"

最重要的一点,是广州拥有众多十几年来一直关注和支持着本地流行音乐发展的音乐爱好者和"发烧友"。他们和本地流行乐坛相濡以沫、休戚相关,以一种同舟共济的姿态,义无反顾地和本地音乐人站在一起,共同走过了本地乐坛最困难的日子,共同创造了本地流行乐坛辉煌的今天。

基于上述条件的分析,我们认为,把广州建成国际性的流行音乐城并非一件遥不可及的事情,关键在于我们是否能够打开思路、把握机遇。当然,把广州建成国际性流行音乐城,我们还有很多问题需要解决,比如,是否具备举办大型国际性流行音乐节的能力,是否具备举办最高层次和最具权威性的全国和国际性流行音乐大赛的能力,是否具备坚决贯彻落实音乐著作权法的自觉意识,是否拥有足以保障自身健康发展的流行音乐基金会,等等。

但我们始终相信事在人为。只要我们对于流行音乐能有正确的认识,不断地排除干扰,政府和群众上下一心,共同努力,广州建成国际性流行音乐城将指日可待。

(载《广州日报》1994年6月3日)

相互依存　共同发展
——广东广播与广东流行乐坛关系初探

广东本地原创流行歌曲通过十几年的不懈努力，终于在近年大规模走向全国，形成一股强烈的岭南冲击波，并使广东当之无愧地成为与北京并列的南北两大创作基地之一。

广东流行乐坛的成功有多种因素，而广东广播业在其发展过程中所起的巨大的推动作用，则是无可置疑的。本文将就广东广播与广东流行乐坛的关系做初步的探讨。

一

20世纪70年代末期，随着中国内地第一家音像公司——太平洋影音公司在广州的成立，流行音乐悄然进入了我们的生活。

1979—1984年，由于当时特定的社会政治文化环境的制约，广东广播界对流行音乐的播放均采取谨慎的态度。而流行音乐界亦由于刚刚起步，在创作和制作上都显得经验不足，虽然出现了《请到天涯海角来》等在全国具有较大影响的作品，但就总体而言，双方仍处于一种试探性接触的状态。

1985年年底，首届"红棉杯85羊城新歌新风新人大奖赛"在广州举行。这次大赛打破了持续数年的沉闷局面，推出了《敦煌梦》《祈求》等作品，揭开了广东传媒与广东流行乐坛结合的序幕。

广东广播对广东流行乐坛的真正介入始于1987年，珠江经济台在该年度与广东各音像公司合作，举办了"兔年金曲擂台赛"，推出了《秋千》等作品，并在此后，为推动本地粤语歌曲创作而举办了持续数年之久的"音乐冲击波——粤语流行歌曲创作大赛"活动。

更大规模的介入当属广东人民广播电台音乐台坚持至今的广东十大广播歌曲"健牌"大奖赛（现改名为"川婷广东创作歌曲大奖赛"）。该赛事自1987年创办以来，每年均推出100多首本地原创歌曲，极大地鼓舞了广东流行音乐人的创作积极性，推动了广东流行乐坛的健康发展。广东在全国具有重大影响的作品，如《信天游》《真实的故事》《弯弯的月亮》《我不想说》《涛声依旧》等，几乎都是通过参加该赛事获奖而慢慢传播到全国各地的。

1987—1989年，是广东广播与广东流行乐坛相结合的第一阶段。此阶段的特点是：①将流行歌曲与其他类型歌曲混合评选，流行歌曲尚未从中分离出来；②注重歌曲的文化品位；③评选时坚持专家投票与听众投票相结合的统计方式；④参赛作品均由作者送展，对一些没有录音条件的作品，电台亦拨出经费予以无偿录制；⑤全部参赛作品均为本地创作歌曲。

1990—1992年，是广东广播与广东流行乐坛相结合的第二阶段。随着广东流行音乐创作学会的成立，广东流行乐坛的创作空前活跃，而得改革开放风气之先的广东，对流行音乐的看法亦比其他省份表现出更多的理解和宽容。京沪粤"健牌"广播歌曲总决赛的连续举办，在推动广东原创流行歌曲走向全国的发展过程中起到了不可估量的作用。

这个阶段的特点是：①在全国率先实行每周公布排行榜、每季度颁发季选十大金曲、年终颁发年度十大金曲的排行榜制度，从而增强了竞争气氛，提高了听众的兴趣与参与热情；②流行歌曲在混合排榜中的比例日益增加，并占据了主要篇幅；③有关流行音乐的栏目不断增加，部分音乐人成为栏目的客串主持；④本地原创歌曲爱好者群开始形成，原有的以专家为主体的评选格局日益向听众方面倾斜。

1993—1994年，广东广播与广东流行乐坛的结合进入第三阶段。这一阶段的结合是在广东流行音乐随着各音像公司纷纷推行歌手签约制并大规模向内地渗透、广东流行歌曲在全国受到热烈欢迎并引起各地传媒广泛重视的背景之下展开的。这个时期呈现出如下特点：①除原广东音乐台的广东十大广播歌曲"健牌"大奖赛之外，珠江经济台与广东电视珠江台联合主办的"岭南新歌榜"于1992年下半年开办并在1993年进入全面运作，广州电台的广州新音乐十大金曲排行榜亦于1993年年初正式举办，从而形成三大榜鼎足而立的流行歌曲传播新格局。此外，广东新闻台的歌星排行榜和珠江台的"中国原创音乐榜"也随后建立，使广东流行乐坛的热度进一步上升。②各排行榜几乎清一色由流行歌曲占领，结束了以往混合排榜的历史。③歌曲风格呈现多元化，摇滚歌曲、儿童流行歌曲、无伴奏歌曲等均在榜上占有一席之地。④外地创作歌曲开始进入广东排行榜，以推动本地原创歌曲为宗旨的广东排行榜的性质发生了微妙的变化。⑤各音像公司代替作者个人成为作品送展的基本来源，各排行榜也纷纷打出选送音像公司的名称，进而使排行榜成为各音像公司竞争的场所。

二

从广东广播介入广东流行乐坛的第一天开始，便注定了双方相互依存、共同发展的命运。

广东各音像公司为了摆脱充当港台歌曲引进商的尴尬，为了确立自身在国内音像市场上的鲜明形象，从一开始便选择了扶持本地原创流行歌曲的道路。1986年，太平洋影音公司录制了第一盒以广东原创流行歌曲为主体的"巨星大汇唱"专辑——《为我们骄傲》，推出了《秋千》《父亲》《梦江南》《祈求》等至今仍传唱不衰的优秀作品，新时代影音公司亦不失时机地推出了"新时代院校歌曲创作大赛"；中国唱片公司广州分公司也在20世纪80年代以来录制了大量的广东创作歌曲。虽然在当时的历史条件下，这些举措未能在全国引起轰动性的效应，但毕竟通过这些活动，培养了一批立志为广东流行乐坛的崛起而奋斗的音乐队伍，为广东流行乐坛的发展打下了坚实的基础。进入20世纪90年代之后，广东各音像公司在全国率先实行歌手签约制度，原先的制作模式被为歌手量身定做的新模式所代替，大批优秀作品通过歌手的演绎、音像公司的策划包装及大规模的宣传而风行全国。为了进一步扩大影响以取得更大的社会效益和经济效益，将音像公司与各传播媒介的合作提到音像公司的主要议事日程之上刻不容缓。

出于立体性宣传的需要，各音像公司的宣传推广主要立足于电台、电视、报刊三大类传媒。在这三大类传媒中，各公司不约而同地选择了电台作为其中最主要的推广渠道。

报纸、刊物作为一种视觉传播媒介，对歌曲的传播存在先天的缺陷，毕竟歌曲是一种以听觉为主要接受方式的艺术形式。因此，报刊在歌曲的传播方面只能起到间接的推广作用。

电视作为一种视听兼容的传播体，无疑对歌曲的传播存在绝对的优势。歌曲在电视上的传播主要通过晚会演唱及MTV两种途径，但MTV的制作成本太高，歌曲又受到各晚会主题和数量的限制，况且播出音乐节目的电视时间有限，故也不利于歌曲的大规模推广。

相比之下，电台广播便成为各音像公司推广歌曲和歌手的首选媒体。

电台广播的优势在于：①作为一种纯听觉的传播媒介，与作为听觉艺术的歌曲正好互相契合；②歌曲的推广需要反复地播出，而电台在音乐节目播出时间上的充裕度正好满足了这种需求；③电台的播出只需要盒带或CD，因此，各音像公司在经济上没有太大的负担，在目前音像市场秩序混乱、各音像公司投资回报率偏低的情况下，这种优势显得更为重要；④电台节目的主持形式灵活，有利于歌手与听众的沟通。

从电台的角度分析，发展与各音像公司的合作关系也是势在必得。

进入20世纪80年代以来，随着流行歌曲的兴起，各电台为确保自己的收听率在同行的竞争中处于有利位置，亦纷纷把流行歌曲的播放作为主要的商业手段，各电台之间日益激烈的流行歌曲排行榜大战便是明证。电台广播出于意识形态方面的考虑以及对发展本地乐坛的责任心和使命感，通过与各音像公司的合作求得大量优秀的本地作品，降低港台歌曲的播放占有率也就顺理成章地成为当务之急。

影响电台对广东流行乐坛介入的因素，大致有以下几点：①本地创作歌曲的日趋成熟，使电台对播出本地流行歌曲的信心日益增强；②本地歌迷的急剧递增，使电台本地流行歌曲节目的收听率日益上升；③各级党政部门对发展本地优秀原创流行歌曲的支持以及电台工作人员对发展本土歌坛的使命感和责任感，坚定了电台的决心；④各企业如健牌、川婷、佛宝、万燕等对广东流行乐坛的兴趣和资助，使电台获得了相应的经济效益。

广东广播界与各音像公司的双向需求确立了电台与流行乐坛之间相互依存、共同发展的合作关系，使广东流行音乐拥有了一个独步内地的良好的生态环境。

合作双方都在保证自己根本利益的前提下找到了一个最佳的支撑点，高度的默契和扩展的愿望造就了今天的广东流行音乐。

三

当我们充分地肯定了广东广播与广东流行乐坛的良好合作关系的时候，为了寻求进一步的发展，我们不得不把目光转向另一面。

居安思危，防微杜渐。无论如何，冷静的态度与理性的思考始终都使我们无法忽视这些问题。

问题之一：音像公司的签约歌手越来越多，送选的作品也越来越多。在这种情况下，电台该怎样大浪淘沙、披沙拣金，从中筛选出精品，以促进流行乐坛的真正发展？

问题之二：流行歌曲作为一种商业文化，不可避免地会把歌曲的商业化作为追求的目标，而这种对商业属性的片面追求又不可避免地会导致作品中文化品位的下降。电台在这种形势下又该如何坚持正确的导向作用，使广东流行音乐朝着健康的方向发展？面对社会上对流行音乐根深蒂固的偏见和责难，一旦广东流行音乐创作失去了其原有的文化品位，广东流行乐坛将会很快丧失其赖以生存和发展的土壤。

问题之三：流行歌曲排行榜作为歌曲价值的仲裁者，应该如何保证自己的权威性？歌曲的上榜与否目前实质上取决于节目主持人的播放率，换句话说，歌曲的上榜与否最终取决于电台节目主持人的文化素养、审美趣味以及对流行作品的喜爱程度。在这种情况下，电台节目主持人们该如何保持一种客观的审美判断并尽量地排除外来干扰以推出真正的优秀作品？在人情、物质引诱与艺术的良知之间，电台节目主持人该如何坚持精神的独立与人格的完善？此外，对歌手和作者动辄便施以封杀的做法是否有利于排行榜的权威性和歌坛的发展？

问题之四：应该如何将歌曲的推广与市场的销售有机地统一起来？频频上榜的歌曲是否真正反映了听众和市场的真实需求？排行榜应该是"股票榜"而不是"期货榜"，歌曲只有获得听众的广泛认可和市场的广泛接受，才可能拥有真正的生命力。与市场销售完全脱节的上榜歌曲究竟有多大的推广价值？

问题之五：广东流行歌曲排行榜创立的初衷，是在港台地区音乐和北方音乐两大板块的夹击中，扶持和发展本地乐坛，以创作出适合南方审美情趣的本土原创作品。在广东歌曲走出低谷之后，对本土原创歌曲的扶持是否可以减弱？外地作品进入广东创作歌曲排行榜，从战略上看，固然是件好事，但如只为了标榜自己的排行榜具有全国性，而不顾广东听众独特的审美趣味，外地歌曲的上榜对促进广东的流行乐坛的繁荣还有意义吗？地方性的排行榜只有真实体现了该地域广大听众的审美价值判断，才具有权威性。同样，广东的作品也只有被北方的广大听众接受，才能够说是真正地走向了全国；否则，即使其在全国各地频频上榜，也只是徒有其名而已。

提出以上问题，只是希望引起广播业的注意和重视。排行榜热度的不断上升对于广东广播与广东流行乐坛的发展都是一件大好事，但由于排行榜的历史太短，很多矛盾也只是刚刚出现。因此，未雨绸缪，把事情考虑得更周全一些，以寻找和建立一套能适应当前形势的新运作机制，促进双方的共同发展，确实应该引起我们足够的重视。

（载《现代传播——北京广播学院学报》1994年第6期）

陈小奇：流行音乐与岭南文化
——《岭南大讲坛》2007年演讲稿

今天的演讲分为三个部分：一是流行音乐是当代的主流音乐形态，二是广东流行音乐是广东文化界的重要品牌，三是广东流行音乐所体现的岭南文化特色。

一、流行音乐是当代的主流音乐形态

1. 麦克风打开了流行音乐

流行音乐是随着社会生产力和科技水平的发展而产生的。古代生产力水平低下，只能用泥土等制造乐器，这产生了最早的原生态音乐。农业文明社会可以制作笛子、二胡等，产生了民族音乐。工业革命时期可以制作钢琴、铜管、木管乐器了，就产生了交响音乐。在发展到电力时代和电子时代后，就产生了今天的流行音乐。

流行音乐最重要的一个阶段是有了麦克风之后。以前没有麦克风的时候，我们需要人声的共鸣和乐器的共鸣所造成的音量使音乐能够传到更远的地方。到了流行音乐时代，这些都已经不是问题了，因为有了麦克风，它可以代替所有的人声和器乐共鸣。于是就出现了流行的唱法，即我们现在所说的通俗唱法。

前段时间，乐坛在这一方面也有过很大的争论。当时，金钟奖沿用以前的美声唱法和民族唱法比赛的标准，把流行音乐的通俗唱法列入声乐的比赛内容，但是规定不能使用麦克风。这是荒唐的事情。上次在全国音乐协会代表大会，我专门提出了这个问题，认为这是一个很不可行的逆历史潮流的做法。今年的"金钟奖"开始设立了流行音乐的品种。华南赛区是在广州举办的，这次就全部采用了麦克风。为什么要用麦克风呢？离开了麦克风就不会唱歌，这是很多人对流行音乐的误解。这是很简单的道理，既然有现代的科技产品，为什么不去使用？用麦克风有麦克风的优势，它能让很细腻的情感通过麦克风得到展现，而这是其他唱法所达不到的。这是历史发展的必然。所以，从这个角度上来说，流行音乐的产生和发展是一个很正常的历史趋势。

2. 流行音乐是音乐本质的回归

我们的音乐从一开始就是一种很通俗的音乐。从《诗经》开始，它就是一种很通俗、很大众的东西，到后来经过文人的介入，它开始变得越来越雅致了，但是到了最后，它还是走回通俗的道路。整个中国文化艺术发展的潮流都是在达到一定高度后又重新往通俗的方向发展。为什么现在有这么多流行的文化？为什么有这么多流行的音乐艺术？包括钢琴，它曾经被称为"乐器之王"，但最后也出现了克莱德曼的流行钢琴，目的非常明确，就是让音乐真正回归大众。

当代流行音乐在中国为人所诟病的一点是它的出身。流行音乐的前身，是20世纪30年代随着城市化进程在上海出现的时代曲。流行音乐本来就是一种城市平民的音乐，但是它的出现不合时宜，因当时正处于抗日战争初期，这时的歌曲都被称为"靡靡之音"。《何日君再来》在当时被批判得最多，但其实它只是一首电影插曲而已。

改革开放之前，流行音乐在中国内地是不存在的，它的血脉的延伸是通过我国香港地区和台湾地区以及国外华人社会才得以保存和发展的，最后在70年代末传入中国内地，让中国内地有了自己的流行音乐。这个过程相对复杂，流行音乐从一开始便备受争议和误解，从而对其发展产生了很严重的影响。

3. 流行音乐是当代的主流音乐

从横向的角度看，流行音乐也是当今社会影响最大的音乐形态。

第一，流行音乐拥有最广泛的受众，这一点是毋庸置疑的。前几年有媒体曾报道了一个调查，说75%的人喜欢古典音乐而不喜欢流行音乐。我不知道这个调查是怎么做出来的。实际上，我们只要客观地去看待这个时代、这个社会，我想这个结论其实不用调查都可以得出。

第二，流行音乐拥有最庞大的从业人员。现在的流行音乐产业实际上是"一条龙"产业，从创作、演唱、录音，一直到出版发行、宣传，包括各种媒体的参与，等等，其所涉及的上下游产业链之广、从业人员之多，是其他任何音乐形态都达不到的。

第三，流行音乐拥有最高的演唱率和媒体曝光率。关于演唱率，大家到卡拉OK厅就知道了，流行音乐无疑会有更多人演唱。媒体曝光率更不用说了，现在的媒体每天基本上都有流行音乐的消息，包括《羊城晚报》娱乐版也是如此。当然，《羊城晚报》比较聪明，它经常是以批判的方式报道流行乐坛比较具有八卦性的新闻。其他的报纸、电台、电视、网络等每天都有关于流行音乐的报道。

第四，流行音乐拥有最大量的音乐出版载体，包括以前的盒带，现在的唱片、音乐图书，以及卡拉OK等。它们的出版量都是惊人的数字。

第五，流行音乐拥有最先进的生产关系和产业链，是市场化最完善的音乐形态。流行音乐作为一种商业文化，已经形成了一个产业链，有着非常清晰、明确的分工。同时，流行音乐在社会中，已经不仅仅是一种音乐，其实，它已介入社会生活的很多方面，其中很多歌词成为这个时代的流行语。流行音乐对于生活的介入已经超越了音乐的范畴。

二、广东流行音乐是广东文化界的重要品牌

20世纪90年代，中国内地最流行的有两种事物：一是吃广东菜，一是唱广东流行音乐。90年代初是广东流行音乐的最鼎盛期，它的影响力非常之大，也跟广东的海鲜、粤菜、潮菜一起走向了全国，成了全国人民对广东文化认知的特征之一。说广东流行音乐是广东文化界的重要品牌，要从以下两个方面来谈。

1. 广东流行音乐是中国流行音乐的桥头堡和发动机

我们最近举办了广东流行音乐30周年的纪念活动，对于广东流行音乐的发生、发展及重要意义在当时有很多阐述。广东流行音乐从20世纪70年代到21世纪，一直排在全国前列。广东流行音乐为什么可以走在前列？我们在这一方面做出了很多的探索，取得了很大的成就。

20世纪70年代，广东率先建立了轻音乐队和音乐茶座，率先引进了立体声的录音技术。全国家第一支轻音乐队是在1977年由广东省歌舞团建立的。1978—1979年，广州就开始出现了音乐茶座。根据广州市文化局的统计，音乐茶座最鼎盛的时候，一共有75家。太平洋影音公司成立于1979年。立体声录音技术是由太平洋影音公司引进的，该技术的引进影响了全国，使全国进入了立体声时代。广东的电台也是最早使用立体声播出的。

20世纪80年代，广东率先举办了流行音乐大赛。1985年的"红棉杯85羊城新歌新风新人大奖赛"首次评出了十大金曲和十大歌星，这在当时是很了不起的概念。自从搞完这比赛以后，1986年就出现了全国青年首届民歌通俗歌曲大选赛。到后来，十大歌星、十大金曲的评选活动扩张到了全国。在80年代，广东还率先推出了电台的排行榜，从1986年开始的音乐冲击波到广东的广播新歌榜等，这些在当时也是开全国先河之举。广东甚至率先拍摄了MTV和制作了卡拉OK。

20世纪90年代，广东率先实行歌手签约制度并成立流行音乐组织，以及率

先举办流行音乐研讨会。歌手签约制度是从90年代初开始出现的,当时四大唱片公司（中国唱片公司广州分公司、太平洋影音公司、新时代影音公司、白天鹅影音公司）起了非常重要的作用,4个公司都签了自己的歌手。我在中国唱片公司广州分公司的时候签了唱《大哥你好吗》的甘苹、唱《小芳》的李春波等;1993年到太平洋影音公司的时候,我又签了"光头"李进和陈少华,以及唱《大花轿》的火风等。新时代影音公司也推出了几个重量级的歌手,包括毛宁、杨钰莹、林依轮等等。白天鹅影音公司签了高林生等。这四大公司当时所签的歌手在全国的影响力都非常大。广东把整个签约制度完全扩展开来,形成了全国影音公司与歌手签约的热潮。

在流行音乐研讨会方面,1994年朱小丹在广州市委当宣传部部长的时候举办了一次全国流行音乐研讨会。这是第一次由党委宣传部门举办的研讨会,当时在全国引起了很大的反响,进而使得1995年成了中国流行音乐研讨年。

21世纪,广东率先发展新媒体音乐。新媒体包括了第四代媒体和第五代媒体。第一代媒体是纸质媒体,第二代媒体是电台,第三代媒体是电视,第四代媒体是网络,第五代媒体是移动媒体。那么,我们现在所指的新媒体就是第四代、第五代媒体,这两大媒体对于广东新时期的流行音乐所起到的作用是空前巨大的。一开始,我们也没有发现广东的新媒体歌曲发展到什么地步了,后来一了解才清楚,全国十首下载量最大的歌曲中有七八首都是广东的。这里面产生的产值是相当大的。像《一万个理由》《月亮之上》等歌曲,实际上,它们的下载量一年都达到了1500万条,一条短信是两块钱,那么一首歌曲一年就有3000万元的产值。

这些歌曲当然也有它们的先天性缺陷:它们从一开始走的是网络和移动媒体的路线,所以忽视了和传统媒体之间的结合。这是由于它们当时所处的社会地位和一些观念的局限所造成的。我们发现这种情况之后,联合《羊城晚报》一起召开了"广东新媒体歌曲研讨会",一方面,让大家知道广东流行音乐的新动向;另一方面,我们希望通过这个活动沟通新媒体和传统媒体之间的联系,因为新媒体歌曲有一个很重要的现象,就是所谓的"歌红人不红"。一说歌曲谁都知道,但是说到谁演唱的,很多人都不清楚。为什么会有这种现象出现呢?这是因为它们忽视了与传统媒体的融合或者沟通。

2. 广东流行音乐的南派风格

不同的地域、不同的自然环境、不同的生存环境会决定不同的审美观念和不同的审美趣味。南方的音乐本身,包括南方的文化、艺术等从魏晋南北朝时期就已经和北方的文化共同构成了中国文化的两极。但是这一点常常被忽略，因为从中华人民共和国成立以来，我们的文化基本上是以北京为中心的北方文化形态。1993年，《涛声依旧》上了春节联欢晚会，当时我觉得这是根本不可能的事，因为这首南方味很重的歌曲与春节联欢晚会所要求的气氛完全是两码事。但是它冒出来了，一夜之间红遍了大江南北。这说明南方文化实际上有很强的价值，它对受众产生了很大的吸引力。被忽视并不意味着南方的审美趣味和南方的审美价值就应该缺失。广东流行音乐一直在坚持这个观念，只有这样才能够体现我们自身存在的价值。所以，我们最近和《羊城晚报》在广东流行音乐30周年的时候举办了广东流行乐坛"南方乐派"的研讨会。我们所指的"南方乐派"不仅是广东，而是整个南方的概念。我们希望以广东流行音乐来作为南方文化的载体，从而使中国的流行音乐风格更为多元化。

三、广东流行音乐体现岭南文化特质

1. 开拓性

广东有很多个"最"。比如，最早的电子合成器的音乐是在广东这边开始使用的。我想重点说的是，广东是最早涌现填词队伍的省份。那时，国内自己的原创歌曲并不多，只能用外面的歌曲来填补我们的文化需求。那时使用外来歌曲虽说没有版权方面的问题，但还是存在意识形态方面的问题。改歌词则可以解决上述问题，于是就产生了填词这个行业。填词这个行业后来成了广东原创歌曲得以发生、发展的摇篮。

2. 平民性

广东流行音乐重视艺术的"宣泄功能"，这是平民性的一大体现。我们知道艺术有很多的功能，除了两种经常被强调的教育功能和审美功能之外，还有娱乐功能和宣泄功能，这两种经常被忽略。作为流行音乐主流的爱情歌曲，它对青少年群体具有很好的情感宣泄作用，但很多人就是看不到这一点。平民性还表现在另一个方面，就是捕捉广东特有的时代题材，用歌曲表现一种当代的人文关怀。在这一方面，广东出了很多作品，其中最典型的是打工歌曲和"出门人"文化歌曲，这是广东特有的产物，而且出现了很多优秀的作品。

3. 娱乐性

广东是一个娱乐性比较强的地方。广东流行音乐的娱乐性体现在两个方面。一是"喜听乐唱"的卡拉OK功能，因为大家喜欢又能听又能唱的。二是不拘雅俗的创作理念,这也是广东的一个特点。例如,1993年,广东有两首歌在全国大受欢迎,一首是《涛声依旧》,一首是《小芳》。《涛声依旧》在当时被认为是很文雅的,我自己都觉得是一首不可能走红的歌曲,没想到莫名其妙地红起来了。我想当时老百姓未必听得懂,但最后大家都接受了。而《小芳》一开始也被大家骂得一塌糊涂,说它太俗气了,但最后也是非常的红,而且博得很多文化界人士的喜欢。这说明"雅俗共赏"并非不可能,但它只是一种结果,而不应该作为功利性的创作追求。

4. 兼容性

兼容性是岭南文化的一个重要特征。因为广东是一个海洋文化浸染的地方,所以,广东在整个近代史上能够提供这么多新鲜的东西,能够容纳这么多外来的文化。比如,粤曲最早是使用萨克斯风演奏的,还有小提琴。广东对于新鲜事物的尝试,敢为人先。现在广东乐坛呈现西北风的歌曲、少数民族歌曲等与岭南的地域歌曲、方言歌曲并存的格局。

兼容性的另外一点就是流行音乐和民族音乐、交响音乐的互相渗透和交融。这在广东是做得比较好的,例如,从最早的在录音中大量使用民族乐器,到后来产生了新民歌,以及我们最近搞的"广东流行歌曲大型交响合唱音乐会"等。我想,这也是广东流行音乐给大家呈现的一个新的面貌。

5. 务实性

广东商业文化最为发达,使得广东流行音乐具备了其他地域所缺少的务实性。比如,大众市场和小众市场的划分,小成本制作和新时期的签约歌手制度,等等。广东现在的制作主力是小规模的工作室,他们用最低额的宣传成本把歌曲制作并推广出去,例如,放在网络上就是一种最省钱的方式。即使是这样,他们也取得了很不错的成绩。

(周运来整理,载《羊城晚报》2007年9月22日第B05版)

旅游歌曲与旅游景区的文化互动

——2007 第二届世界旅游推广峰会演讲稿

　　凡属旅游景区，必有一定的文化内涵。旅游景区能获得较好的经济效益，除了须具备准确的市场地位、较好的硬件配套设施及良好的服务之外，很重要的一点，就是旅游景区文化的推广。而旅游歌曲作为一种对内可加强景区员工的文化凝聚力、对外可无限扩大景区知名度的有力的文化载体，目前已成为国内旅游景区文化推广的最佳选择。

　　旅游者对旅游景区的向往程度，大多取决于景区的知名度。而景区的知名度，则大多是受文学艺术作品尤其是歌曲的影响。如早期的歌曲作品《康定情歌》《达坂城的姑娘》《克拉玛依之歌》《洞庭鱼米乡》《乌苏里船歌》及改革开放以来的作品《太阳岛上》《请到天涯海角来》《我想去桂林》等，都吸引了众多旅游者的目光。笔者创作的《涛声依旧》实际上也在无意之中成了苏州寒山寺的旅游形象歌曲。

　　当然，这些歌曲在创作时并非都专为旅游而写。但是，正是这些歌曲的大面积流行使其所表现的景区大获其益，因而引起了一批有识之士的高度重视。近 10 年来，不少旅游景区、旅游企业纷纷出资邀请专业词曲作家为自己"量身定做"以旅游文化推广为目的的歌曲，从而使旅游歌曲开始进入了自觉创作的新时期。这也是我国旅游产业化、市场化日趋成熟的表现。

　　1999 年，笔者策划并组织了由国家旅游局（现文化和旅游部，后同）主办的"广之旅杯·首届全国旅游歌曲大赛"，首次公开提出"旅游歌曲"的概念。本次大赛取得了极大的成功，大赛中推出的《神奇的九寨》《烟花三月》等歌曲已广泛流行，成为有目的创作的旅游歌曲的成功范例。近年来，全国各地旅游歌曲的创作方兴未艾，不少省市也自发组织了多次旅游歌曲大赛。笔者最近在广东推出了"唱响家乡"系列活动，我们组织创作的《梅州组歌》《阳春组歌》《虎门组歌》及《深圳大型旅游组歌》，更是以组歌的形式全方位地推介各地的旅游文化资源，使旅游歌曲的创作跨入了一个新的发展阶段。

　　关于旅游歌曲的概念，本人认为应定义为："以旅游业为背景，以提高受众的旅游兴趣、促进旅游消费为目的的歌曲。"其内容可包括：①直接或间接地表现或描写旅游景区的歌曲，如《太湖美》等；②表现旅游心态的歌曲，如《我想去桂林》等；③表现和描写各地风土民俗的歌曲，如《阿细跳月》等；④借旅游景点抒情的歌曲，如《涛声依旧》等；⑤旅游区宾馆及企业歌曲，如汕头国际大酒店的《月下金凤花》等；⑥表现和描写各类旅游项目的歌曲，如狩猎、滑雪、漂流、滑草等；⑦旅游商品歌曲，如苏绣、湘绣、蜀锦、泥塑、面人等。后两项至今仍缺少代表性的歌曲。

旅游歌曲与旅游景区在文化层面上的互动主要表现在：①旅游歌曲是旅游景区的听觉识别系统。旅游歌曲的性质其实就是一种音乐商标，其重要性正如国歌之于一个国家一样。受众通过歌曲了解和感受景区的文化性格与精神，在倾听与欣赏之中留下区别于其他景区的独特而鲜明的印象。②旅游歌曲是一种无偿传播的广告。首先，它是一种潜移默化的软性广告，这种软性广告在娱乐、轻松的气氛中得以渗透，容易使人产生认同感。其次，旅游歌曲是一种相对而言投资最少、效益最大的广告，几乎可以说是仅需一次性投资即可获得无数次无偿传播的回报。只要作品被社会接受，每一个卡拉OK爱好者都会成为景区广告的传播者。③旅游歌曲又是一种允许大量艺术夸张而不会触犯广告法的广告。旅游歌曲首先是歌曲，因此，任何一种艺术夸张都是被允许的。旅游歌曲可以巧妙而合理地运用这一艺术规则来突破广告法的限制，这也正是旅游歌曲对景区及旅游商家最具诱惑力的地方。当然，旅游歌曲是否成功除了创作、制作者的努力程度之外，最关键取决于旅游景区的文化内涵及文化品位。一个景区如果定位模糊、文化内涵缺失、文化形象苍白，那么，再高明的作者也将无能为力，歌曲即便写得再好，也无法与景区融为一体。歌曲形象与景区文化形象的分裂永远不可能营造出和谐、互相依存、互相推动的旅游文化氛围。

各地的旅游歌曲创作，目前仍存在很多问题。在歌词方面主要表现在：①口号化倾向。这类作品充斥着大量的口号与概念，一味追求激情与气势，忽略了独特、鲜明的文化形象塑造。②说明文倾向。这类作品数量最多，把景区的所有景点无一遗漏地罗列，既没有完整的形象，也没有精妙的构思，更严重的是，缺失了情感诉求这一最基本的歌曲特征。在音乐方面，主要表现在：①旋律性欠缺。中国是一个卡拉OK的国度，一首歌不好听、不好唱将严重影响作品的传播率。②面目模糊的音乐形象。不注重本土音乐资源的运用，这是音乐形象定位问题。各地的民间音乐、民歌均有着鲜明的地方乡土气息，而任何一个景区都依赖于各个地域的文化背景。遗憾的是，这一点常常被创作者所忽略。尤其是一些业余作者,只管顺口好听,其他的都不管。前段时间,笔者刚听到一首南方的景区歌曲,其旋律竟然有浓郁的内蒙古歌曲味道!以上问题如没有得到充分的重视,这类歌曲将不仅起不到应有的推广作用,反而会对景区文化产生负面的影响。

关于旅游歌曲的推广,各地已积累了很多的实践经验,主要有以下几种方法:一是拍摄音乐电视。有钱的请歌手拍摄,省钱的方法是把景区风光剪辑进去,在播出音乐的同时展示风景。二是通过各地电台、歌厅、酒楼、宾馆以及公共汽车、出租车等进行播放。如广东阳江的《永远的眷恋》一歌,就采用这种方法,取得了极好的效果。三是举办演唱会。结合各地的旅游节等节庆活动进行,如梅州、阳春、虎门等组歌就采用这种方式,让旅游节或服装节的开幕式成为唱响旅游歌曲的平台。四是举办旅游歌曲的演唱大赛。例如,汕头国际大酒店店歌《月下金凤花》,一首歌的演唱大赛吸引了近千人参赛;梅州组歌在演唱会之后紧接着举办了卡拉OK大赛,同样吸引了众多爱好者参加;深圳旅游局则准备组织导游歌唱大赛,以便更有力地对自己的旅游组歌进行推广。

在首届全国旅游歌曲大赛上,我们提出了一个口号:"一首好歌,千万人心中珍藏的风景;一首好歌,千万次无偿传播的广告。"这句口号概括了旅游歌曲的魅力所在。我们相信,随着中国旅游业的发展,旅游歌曲将在旅游景区的文化推广上产生越来越大的功效。

我的词曲创作

（主持人：谢有顺[①]）

时间：2012年12月24日
地点：市民广场西正厅

主持人：大家下午好，陈老师下午好！

非常高兴又到了一个月最后的周六，我们有幸请到了陈小奇老师做这一次文化周末大讲坛的嘉宾。我受邀来主持和策划文化周末大讲坛，一直很想请一两个广东本土的嘉宾和大家交流，但是请的大多数是外地的嘉宾，原因是要在广东本土找到重量级的、影响大或者各位感兴趣的嘉宾，其实不太容易。比如说，我是做文学的，要找一个在全国影响很大的广东作家，似乎找不出来。我想了很久，要找一个本土的、影响力够大的嘉宾，只有陈小奇老师最适合了。

所以，请陈老师做这一次文化周末大讲坛的嘉宾，代表着广东文化在全国的位置。陈小奇老师做了流行音乐30年，他在全国奠定的地位，不仅仅是他个人的，也是广东音乐在全国的地位。大家非常熟悉陈小奇老师，他创作了很多作品，也有很多名头，比如，广东音乐家协会副主席、流行音乐协会主席、音乐文学学会会长等。但是我觉得面对小奇老师，这些名头都不重要，最重要的是他的作品。

陈小奇老师创作了2000多首歌曲，包括作词和作曲，这是很了不起的成就。其中，有大量作品脍炙人口，我想很多人都能想得起小奇老师著名的歌曲，像《涛声依旧》《九九女儿红》《我不想说》《跨越巅峰》《又见彩虹》等。我希望借着这次机会，让陈小奇老师给我们梳理一下他自己的创作历程，同时也给我们分享流行音乐在今天的现状，包括流行音乐的未来。这应该是非常有意思的，我本人也很期待这次讲座。在讲座开始之前，我还是例行问一下陈小奇老师

---

* 2012年东莞文化周末大讲坛现场演讲稿。

① 谢有顺，中国著名文学评论家。

（因为他和别的嘉宾不一样，他跟东莞有很密切的联系）：您对东莞有什么直观的印象？

陈小奇： 我近年来过东莞很多次，原来准备在东莞搞一个项目，这个项目还在努力之中。每次来东莞，都会看到东莞有新的变化。东莞是一个非常美丽的城市，我每次来都会感觉特别轻松、舒服。东莞原来都是农村，随着改革开放进程的推进，它的城市化进程发生了很大的变化，这种变化是我们广州人特别羡慕的，这也是我对东莞特别感兴趣的一点。

主持人： 谢谢，我想陈小奇老师他是带着对东莞的感情而来的。陈小奇老师今天讲的题目是"音乐的意韵"，当然，他会结合他的创作和他对音乐的修养，给我们讲他的音乐以及他所理解的音乐。下面就让我们用热烈的掌声，欢迎陈小奇老师为我们讲课。

陈小奇： 非常感谢谢有顺先生把我恭维了一番。我们今天中午研究过，他对人的态度是三个层次：最好的是表扬，不太好的是批评，最不好的是不理。我很荣幸获得第一层次的表扬，所以我想跟他说一声"谢谢"。我对他的感谢也有三个层次：一是"谢"，二是"谢谢"，因为他姓谢，所以有三个谢："谢谢谢先生！"今天，我将结合自己的作品，按照创作的次序，跟大家做一个简单的沟通汇报。咱们一边听歌，一边讲讲关于这些歌曲背后的故事、创作的体会，以及我的构思过程，等等，这样大家可能会轻松一些。

大家都知道，我是学中文出身的，我是中山大学中文系七八级的，毕业后阴差阳错进了唱片公司，最后"不务正业"，混成了一个音乐人，这是我一开始没有想到的事情。我小时候学过音乐，后来在中学及工厂的乐队里面也学过音乐，但是跟流行音乐没有任何关系。我们对流行音乐的了解，是在改革开放之后，第一次听说了流行音乐这个东西，也可以说是听着邓丽君等人唱的我国台湾地区歌曲长大的一辈人。从进唱片公司的时候开始，我就进入了流行音乐界，一直从事创作，但都是业余创作，因为从来没有当过专业创作人——流行音乐没有专业的创作人，但职业音乐人是有的。

我于1982年进入中国唱片公司广州分公司，1983年开始进入填词队伍。因为我是学中文的，是写现代诗的，所以一开始并没有作曲，只是写歌词。那时候很多外边的歌曲进入内地，其歌词内容不符合当时内地的意识形态要求，就要把原来的歌词里稍微灰暗的情调去掉。我印象很深刻就是曾经填过罗大佑的《是否》，这里面的歌词，现在看来一点问题都没有，但在当时看是有问题的，因为里面有一句"情到深处人孤独"。当时，"孤独"这个字眼不能出现，"惆怅"

也不能出现，"思念"等更加不行，后来填到那一句，我特别喜欢，想来想去，只改了一个字，"情到深处不孤独"。现在说起来好像是说笑话一样，但当时是很认真做这些事的，因为不改就不能出版，改完大家就皆大欢喜了。我当时填的第一首词叫《我的吉他》，旋律大家应该很熟悉的，就是西班牙民谣《爱的罗曼史》，算是让我一炮打响。从那时候开始，我就一发不可收拾。现在我把这首歌播放给大家听一下，看看当时我是怎么"玩"的。

（《我的吉他》歌曲欣赏中）

对不起，一首歌只能听一半，要全部听完时间就不够用了，听个意思就行了。这是我写的第一首词，大家从中可以看出，里面用了大量排比句，而且用了很多新的意象，因为我写新诗，受意象主义诗歌影响很深，想尽量用意象说明问题，而不是用概念化的或者直白的话说出来。于是，这一创作思想从一开始就奠定了我歌词创作的风格。这种风格是自然形成的，并不是刻意追求的东西。这首歌的影响还是蛮大的，当时很多学吉他弹唱的人几乎都唱过这个作品。

1986 年，中央电视台曾经拍了一部音乐纪录片，用了这首歌作为主题歌。他们也不知道是谁写的，就写了"佚名"，很多歌曲杂志也都发表了这个歌词，全部打的是"佚名"。直到我的一个哥们拿一把吉他说要弹一首挺好的歌给我听，我听着挺熟悉的，最后仔细想想，发现这是我填的歌。那时候也没有版权意识，反正大家就这样过来了。这首歌也算是可以让我"炫耀"一下的事情，从那以后我就一直在创作。其实这首歌不是原创作品，因为是填词作品，所以不能叫原创作品。1984 年我开始创作原创的作品，我的第一首有影响的原创作品是《敦煌梦》。这首歌和我另外一首《黄昏的海滩》在 1985 年广东的十大歌星和十大金曲评选中被评为当时的中国十大金曲。

当时为什么要写《敦煌梦》？那时候流行歌曲是被妖魔化的，全国一片声讨之声，都说是"靡靡之音"，说气声唱法是很"下流"的。我当时跟其他搞流行音乐的作曲家讨论，必须拿出来一批有文化品位的作品，让大家明白流行音乐是一种形式和载体，并没有高雅和低俗之分。我们想通过创作一些作品改变整个社会，最起码改变文化界和新闻界对流行音乐的看法。我们就创作了这样的歌曲，其中这一首在那时候影响比较大。播出以后，我在电台做节目接到了很多热线来电——那个时候大家比较喜欢听广播、打电话。其中有一个暨南大学的老教授打来电话说："这首歌让我改变了对流行音乐的看法。"因为这样，我更加坚定了做流行音乐的信心。下面请大家欣赏一下这首歌。

（《敦煌梦》歌曲欣赏中）

大家可能也注意到了，在这歌里面，我开始使用了古典的文学元素。当时创作出于另外一种考虑：那个时候中国的文学正在进入寻根文学的时代，作为音乐界人士，我们也在进行反思。在创作这首歌曲的时候，我也在思考：敦煌对中国来讲是一个极其有影响力的符号，因为敦煌代表中国古代的文明。这种文明现在没有了，衰落了，我们这一代人将怎么面对这一切？《敦煌梦》更多地表现忧患意识。后来有一个著名歌手，问我能不能把歌词最后的"魂绕阳关轻轻唱"改为"魂绕阳关大声唱"，以表达激扬、高昂的心情。我说不行，我认为不能用"大声唱"，"大声唱"不是我要表达的意思。我是要提醒大家反思：以前我们可以创造高端的文明，而现在我们跟世界比较已经落后了，我们必须面对这个现实，要激励自己，不是"大声唱"，所以否定了这位歌手的建议。《敦煌梦》是我当年第一首获奖的作品。从这之后我又陆陆续续写了一些歌曲，现在请大家听一下《梦江南》，是1986年我和李海鹰合作的作品。

（《梦江南》欣赏中）

后来经常有人笑我一写歌就有梦。确实，我早期写的作品里面有很多有梦的意象。我曾经还写过一篇文章，叫作《我选择白日做梦》。其实我们这一代人很需要梦想——白天的梦也好，晚上的梦也好。我觉得梦是最美的东西，特别是对于江南，我从小就有江南情结。我是广东人，那时没有去过江南，我对江南的所有理解都是在唐诗宋词里面得到的，我从小就想像江南有多美。这首歌是我和李海鹰合作的，李海鹰作的曲。他当时把这个旋律给我时，没有规定任何东西，让我随便填，速度、定调都没有，靠我自己去悟。我发现这个旋律挺美的，挺有江南的味道，所以我就填成了这首《梦江南》。其实《梦江南》前面都是铺垫性的东西，构思上最关键还是最后的两句——"只愿能化作唐宋诗篇，长眠在你身边"，因为我觉得对于江南，最能够永恒陪伴着它的就是唐诗宋词。作为一个文人，我向江南致敬，我想只能用这种方式表达，希望像唐诗宋词一样，希望能长眠在它身边、永远都跟它在一起，这是这首歌的基本构思。下面请大家再听一首歌，不是江南的，而是西北的《灞桥柳》。

（《灞桥柳》欣赏中）

这首歌和我其他歌词的风格差不多，同样是中国传统意韵的风格，但是在句式方面变化比较大，长短句变化比较多。这是我和颂今合作的，颂今也是一个写了不少好歌的老作曲家。他当时拿给我的时候，这首歌已经是根据别人的一首词作的曲，也叫《灞桥柳》，但是他对那个歌词不太感兴趣，也不是很满意，让我重新填。原来的歌词是七字一句，四句一段，像传统民歌的写法。按照这样去填，我觉得比较呆板。其实他的音乐本身也给我很多空间，所以填词的时候我故意打散原来的形式，用些长长短短的句子填上去，目的是增加作品的弹性和张力，听起来有新鲜的感觉，后来填了这首作品。当时这首歌的演唱者是张咪。

后来有人问我最后一句"古老的秦腔并非只是一杯酒"是什么意思。我想表达的是，灞桥是古代送别的地方，就在现在西安（虽然那个地方我到现在也没去过）。古人送别的时候把柳树枝折下来送给友人，然后就喝一杯清酒，以酒辞别饯行。因为好友离别，所以心情不是太好。我想像当时送别的情景：风霜在脸上流，实际上流的是泪水。送别的时候要唱歌，按照现在的理解，唱的应该是《阳关三叠》这一类很柔美的歌曲。但我觉得在那个时候不应该唱《阳关三叠》，而应该唱秦腔。秦腔是特别雄壮、古朴的，对他们来说是那一杯浓缩的酒，但是秦腔所表现出来的东西又远远不只是一杯酒。

下面的这一首歌，大家比较熟悉了，就是《涛声依旧》。关于这首歌的创作过程，以前很多人老在吃饭的时候问我这个问题，我只能无奈地说等吃完饭再讲。可他们说不行，我只能告诉他们是在马桶上写的。那时候灵感来了，就想到了这样的题材。我想起那首唐诗，觉得是蛮好的东西，里面肯定有很多故事，但是张继在《枫桥夜泊》里并没有说得很明白，因为是七绝，只有四句，里面谈到只是很表层的东西。我们搞不清楚"对愁眠"，对什么而"愁"，是乡愁还是恋情的"愁"，或者是对某些好友怀念的"愁"，等等。这些东西可以用不同方法解读。我当时第一感觉是里面应该有故事，这个故事他没说出来，那我们就自己编，歌曲就是编出来的。于是，就设想了这样一个爱情故事。

实际上，我想表达的不仅仅是爱情故事。我当时想表达的是我们这代人面临着的困惑，就是我们这一代人基本是接受中国传统文化长大的一代人，但是我们又面临新的时代，有很多完全不一样的价值观念。传统文化和新的时代之间究竟有没有可能融合在一起？我得不出答案。所以，在写这首歌的时候，我把这样的思索融合在这首歌里面，只是表层结构是用爱情故事包装的，大家将其当作爱情故事听就行了。

值得一提的是，那时候我已经开始作曲了，以前都是填词。填词有好有不好，好的地方就是可以按照自己的想法去解构任何一段旋律，有这种自主权；不好的就是本身带来了很多限制，包括音韵上的限制，填词的时候必须考虑。古代汉语是4个声调（平声、上声、去声、入声），现代汉语没有入声。其实入声是很美的，咱们很多方言里面都有，会说粤语、潮汕话、客家话的人都明白，我们有很多入声字。把入声放到音乐里面非常好，但是普通话丢失了入声，所以音乐方面受到了很大的影响。咱们方言里面声调很丰富，客家话7个声调，潮汕话8个声调，粤语9个声调，声调多，音乐性就丰富。普通话只有4个声调，在音乐创作上要做到符合整个音乐的情绪，就像戴着镣铐跳舞。当时填词人都有这方面的困惑。但是作词也有好的地方，就是作词不会受作曲家的主观意识左右。我们经常跟作家合作，歌词界就有这样一句话："作词人是嫁鸡随鸡，嫁狗随狗，嫁了狐狸满山走。"因为拿去以后别人怎么改都可以，还可以断章取义，只留一两句，甚至全部改掉，这样的情况经常会发生。所以词作家自己作曲，有利也有弊。

我后来为什么作曲？主要原因就是当时和我们一起合作的作曲家都自己作词，几乎每个人都在开始自己作词作曲。我一看我快"失业"了，觉得不行。后来非常"愤怒"地告诉他们，你们"捞过界"，我也"捞过界"，然后带着一种游戏的心态，他们作词，我也作曲。因为我原来也学过作曲，虽然不是流行音乐，但毕竟接触也多，而且填词填久了，对流行音乐已具备一定的审美感知能力。

《涛声依旧》是我最早创作的歌曲作品。当时我花了很长时间，仅是修改就花了两个月时间。写这首歌的时候，我没有任何压力，于是我慢慢构思，慢慢修改，一会儿改词，一会儿改曲，来来回回折腾了两个多月。这首歌创作出来后，最早并不是毛宁唱的，是香港的一个业余歌手唱的，他要录一个自费专辑，录了电视，也拍了MV，但是歌没红。第二年，我发现了毛宁，当时毛宁在歌厅唱歌，我觉得这小子不错，整个气质、形象包括声线等等都特别适合这个作品，就找到他并给他录了。录完我挺满意的，后来拿去打榜。我当时给自己定的目标是能够上榜一周，没想到那一年一直播，最后竟得了年度十大金曲（那是1991年的事情）。但是当时也只是在广东有一定的影响，在外地还是不行。1993年春节，中央电视台让毛宁上台表演。选表演曲目时，他有很多歌曲都被"枪毙"了，当时的文艺部主任邹友开问我毛宁还有没有其他歌，当时只剩下了一首《涛声依旧》，但是这首歌曲不像是春节晚会上唱的歌。后来邹友开半夜三更给我打电话，说目前毛宁只有这一首歌了，问能不能改一下歌词。我因为已经写了两个月了，没有办法改，他自己也是写歌词的，所以我让他自己改。但他一个字都没有改。

其实这一首歌也是歪打正着,本来春节都是热热闹闹的,一上来都是《好日子》《老百姓真高兴》这类歌曲,突然来了有点忧伤的歌曲,反而给大家留下极为深刻的印象。这首歌就莫名其妙火起来了,火到我现在都"不好意思"听了。说其他的歌吧,这首歌我都"不好意思"说了。下面这首歌,是《外来妹》的片头曲,杨钰莹唱的《我不想说》,我也是"不好意思"说了。

(《我不想说》歌曲欣赏中)

这首歌其实本来不是专门为这部电视剧创作的,原是我们为珠江电影制片的一部影片《天皇巨星》的音乐片创作的,但最后因为剧本做了修改没用上。后来《外来妹》的导演成浩到处找人写歌,最后找到了两首歌,分别是我和李海鹰合作的《我不想说》,还有一首是我和张全复合作的结尾曲《等你在老地方》。那一首歌也不是为电视剧写的,但恰恰这两首歌都被导演成浩选中了,作为片头曲和片尾曲,演唱者正好是大家经常说的金童玉女——毛宁和杨钰莹。当然,这部电视剧拍得非常好,所以就把这两首歌带火了。这首歌最后一句"我不想重复你的世界"被改成了"我不能没有你的世界",我到现在还不明白这句话的意思是什么,这种是常有的事。还有一个更离谱的是《和平年代》的主题歌,是徐沛东作曲的,最后一句是"付出这一生,只愿你明白,最可爱的人他究竟是谁"。因为写的是军旅题材,所以我用了"最可爱的人"的概念。当时没有电脑,我只是发了一个手写传真给他,他也没看明白,就谱了。最后,我才发现前面两句变为"付出这一生,只愿付明白",让我伤心了半天,不知道什么意思。但是这已没办法了,电视都播出来了,只能将错就错了。所以,现在这首歌词我都不敢拿出来见人。

下面讲一首对于我来说蛮重要的作品,因为我当时刚刚签了第一个歌手——湖南妹子甘萍,签约了以后就出专辑,专辑的主打歌,就是这首《大哥你好吗》。

(《大哥你好吗》歌曲欣赏中)

这首歌是我在1992年自己作词作曲、专门为甘萍写的,这首歌当时唱得最火的是在东北那边。如果说《我不想说》是中国第一首打工者的歌曲,那么这首歌——《大哥你好吗》可以说是中国第一首"出门人"文化的歌曲。就歌曲创作来说,无非是两点:一是在内容上符合当时整个社会的思潮或者反映了当时一种社会现象，二是在音乐上跟上了这个时代的审美趋向。只要音乐潮流把握住了这两点，就不会太差。

因为当时广东外来人员最多，一开始都是打工仔、打工妹，后来很多白领、中层知识分子、高级知识分子也都到了广东，"出门人"的文化变成了一种非常普遍的现象。我当时就准备写这方面题材的作品，但最早想到这个题目的时候，还没有清晰明确的思路。我哥哥当时准备出国，我就想写一首关于亲情的作品，因为我很看重亲情，这也是我在这个专辑里面第一次提出亲情、爱情和友情。这三种感情在我看来，最崇高的情感就是亲情；友情最后会发展成为兄弟姐妹，也是亲情；爱情同样如此，谈恋爱的时候肯定是非常情意绵绵的，结婚了，"七年之痒"过去之后，最后如果不发展成为亲情，那么两个人的婚姻是不会持久的。所以，我把亲情看得比什么都重，在创作的时候，我就想灌输这样一种思想。

在为甘萍写歌的时候，我已经把对哥哥的思念抛弃了。创作这首歌期间，有人给我说了一件事情：在他们老家，有一个人的哥哥因为在老家打工，父母对他不满意，他自己也觉得怀才不遇，最后不辞而别，家里人一直找不到他。我觉得这个题材挺好的，很多人离乡背井、外出打拼，不就是为了抛弃原来的东西，创造自己新的世界、新的天地嘛。这首歌出来之后整个社会的反响也非常好。其实，这首歌也很简单，就是我们创作所说的"三点一线"："三点"就是一个好歌名、一句好歌词、一句好旋律。把这三个点盯住了，主题基本就立起来了。《大哥你好吗》其实就是这样，A段基本不用听，听B段就行了，听了B段就能记得住，基本就算成功了。这首歌算是我"三点成一线"理论的成功案例吧。

好，继续往下说。《巴山夜雨》和《白云深处》这两首歌和《涛声依旧》一起被大家称为"长江三部曲"。不知道是谁起的名字，我也搞不清楚，因为这三首歌都是通过化用古典诗词而成的作品，都有共同的地方，也是我自己作词作曲的。《巴山夜雨》是专门为"光头"李进写的。因为他是四川人，我就从李商隐的"何当共剪西窗烛，却话巴山夜雨时"中找到灵感，写了这首《巴山夜雨》。其实，这也是思念友人的作品。

《白云深处》是给廖百威写的。因为廖百威是广东人，广东有白云山，所以写了《白云深处》。大家应该都很熟悉杜牧的那一首《山行》，当然，杜牧写的《山行》不是广东的白云山，我只是把它"偷"过来而已。"停车坐爱枫林晚，霜叶红于二月花"，从这里面引申出"等车"的概念，表达我们都是在等人生的下一辆车，在人生的驿站上，我们不知道下一辆车什么时候可以开过来。

大家可以看到，这些歌词都是从诗词里面化用而来的，我比较喜欢干这种

"勾当"，有人说我是"盗墓者"。我觉得在古典诗词里面，有很多东西是值得我们"偷"的。但是要"偷"得有技巧，要有技术含量，将其文化和艺术内涵演化成一个故事，就会变成很好的作品。此外，必须跟现代生活结合起来，跟当代人的情感体验融合起来，才能赋予古典诗词更新的生命。下面放一下《九九女儿红》吧。

（《九九女儿红》歌曲欣赏中）

这首歌是我去了绍兴以后回来写的，但在这之前我写的那些景点，包括《涛声依旧》《敦煌梦》《灞桥柳》等歌词里面所涉及的景点都没有去过，全凭自己想像。现在处于信息时代，一上电脑搜索什么都有了，不去景点也可以创作。当然，这里面还出现想像与实际不相符的问题。比如说《涛声依旧》，我当时想像的是很宽阔的江面，多年以后我去那个地方一看，就一条小河沟，哪有什么涛声？但是没办法，都已经写出来了，大家都认了。

我写《九九女儿红》的时候去了绍兴，因为绍兴有一种黄酒，就叫女儿红。他们有一个民间习俗，在生女儿的时候就埋一坛或者几坛酒，等女儿18岁以后出嫁了，就拿出来陪嫁，所以这酒就叫"女儿红"。我觉得这故事非常美，所以回来就写了这首歌曲。我写得特别快，连词带曲不到一天就写出来了，写完自己觉得蛮舒服。这不是化用唐诗宋词而成的，而是从民俗里面挖掘出来的题材，里面还有一些古典意象。我还把梁祝十八相送的意向融合在里面了。很多人认为我是为酒厂写的，但是我郑重声明这首歌和酒厂没有任何关系，我没收他们一分钱，也没有给任何一家酒厂打广告。这是去了那个地方，有深切感受后才写的，有些感受可能会直接一些，所以跟前面的歌曲确实有一定的区别。

下面这首歌是创作于1995年的《朝云暮雨》（吴涤清演唱），我想介绍给大家。虽然它没有真正红起来，却是我本人比较偏爱的作品，它反映了我当时矛盾的心态。那一年，我正好去了巫峡，因为那时候修建三峡水电站，我想去三峡领略这最后的风景和最后的美丽。而那个时候正好是广东歌坛发生巨变的一年，1995年号称"解约年"，很多歌手、音乐人都陆续离开了广东。我们作为跟广东流行音乐密切相关的从业人员，觉得一切都在变化，变化得太快了，连那么古老的风景都会变化。所以我在歌词里面特别强调："思念它不会老，风景它总会变。"再好的风景都会变，所以，我们要学会面对这些变化。下面我们来播放一下。

（《朝云暮雨》歌曲欣赏中）

1995年，我怀着这样的心境写下的作品，当然也含有古典文学的意象，用了巫山十二峰的意念，也用了独钓寒江雪的意象，表达的是坚守信念。虽然很多东西都变化了，但是我们这一代人还是坚守自己心中的所爱。下面这一首《烟花三月》也是吴涤清唱的，很有古典韵味。

（《烟花三月》歌曲欣赏中）

这也是送别的歌，读过唐诗的人都知道，这是化用了"故人西辞黄鹤楼，烟花三月下扬州"，后来扬州把这首歌定为扬州城市形象歌曲。我创作这首歌的时候并没去过扬州，但是当时写这首歌蛮有感觉。音乐上，都是江南风格；在歌词里，用"扬州城"的概念拉近了我们与古人的距离，用"扬州城"自然会令人想起古代，用"扬州市"肯定会令人想到今天，有特别温馨的感觉。最后的"思念总比西湖瘦"，因为扬州最出名的是瘦西湖，但是直接写瘦西湖肯定没意思，同时为了押韵，所以变成"思念总比西湖瘦"。西湖的瘦不是自然环境的瘦，而是因为有了我们这样多的思念，所以出现了瘦西湖，充分表达我们的心境。下面我将介绍一首有关少数民族题材的歌曲——容中尔甲唱的《高原红》。

（《高原红》歌曲欣赏中）

这首歌大家都听得出来是藏族风格的作品。关于少数民族的题材，我们在20世纪80年代都有尝试。我最先给彝族山鹰组合填词，包括《七月火把节》等。当时，我们给山鹰组合填了很多词。《高原红》这首歌是我去九寨沟的时候立意创作的。当时，容中尔甲在九寨沟的艺术团当团长，我在九寨沟的最后一天，他带着艺术团的小伙子和小姑娘，拿着六弦琴给我唱歌。我听得如痴如醉，但发现很多原生态的很好的艺术作品搬到舞台上就有隔阂了。我从九寨沟回来后就想给容中尔甲西写一首关于这种题材的歌曲。因为我觉得高原红的名字特别好听，高原红是指高原日照在人的脸上形成的红晕。我觉得这个题材很好。我把这首歌写完，让容中尔甲录音，效果很好，我觉得真的是找对人了。《高原红》这首歌碰到容中尔甲，我觉得真是缘分到了。他的声线、形象和气质都特别适合这首歌。我是把它当作一首爱情歌曲写的，《高原红》写的是一个藏族姑娘跟演唱的主角之间的一段轰轰烈烈的爱情故事。

歌曲和歌手之间有一种宿命和缘分。有些歌手虽然唱功很好，也碰到了好歌,可就是唱不红。有些歌手虽然唱功不太好,但把歌唱红了,这种例子特别多。一个歌手或者一首歌曲能够走红,除了词、曲、编、录的契机外,还有推出的时机,以及推出的力度,等等,可能冥冥之中真还有一种运气在里面。有些歌天生就是属于这个人的,歌曲红与不红都是缘分,像《祝你平安》本来是写给那英唱的,那英唱得肯定不比孙悦差,但是她没唱红,孙悦唱红了;《中华民谣》原来是谢东写给自己唱的,但他自己没有唱红,让孙浩拿去比赛唱红了。这中间真是有机缘在里面,所以我特别讲究缘分。我是在2000年写《高原红》的,至今已经12年了,现在还深受大众喜爱。我好多朋友告诉我他们已经不喜欢《涛声依旧》,改喜欢《高原红》了,我听了不知道是喜还是忧了。下面我将放一首大家没怎么听过的《最美的风采》,放完再跟大家说。

(《最美的风采》歌曲欣赏中)

大家从歌词应该能看出这是一首体育歌曲,是为这次亚运会创作的作品。当时,它进入亚运会征歌活动前三甲,作为三首候选会歌之一,但是最后落选了,所以说这是"走麦城"的作品。因为当时创作完歌词之后,和其他歌词比,我个人感觉还是蛮好的,对我自己分寸感的把握也比较满意。虽然最后还是失败了,但我还是想拿出来和大家分享一下。

除了《最美的风采》,我还创作了很多体育歌曲。从1991年开始,我就为大型体育赛事创作歌曲。当时世界女子足球锦标赛在广州举行,我创作了四五首歌参加会歌征集活动,最后有3首歌进入了前十名,《跨越巅峰》获得第一名,《拥抱明天》获得第二名。《跨越巅峰》更胜一等的关键因素是气势宏大。那是国内第一次采用流行歌曲作为大型运动会的主题歌,选择标准可能注重大气壮美,所以选了《跨越巅峰》。后来在举办第九届全国运动会的时候,我跟李小兵合作的《又见彩虹》,也当选为会歌。再后来的《矫健大中华》,是第八届少数民族运动会的会歌。我为很多大型体育赛事写了不少歌,几乎没一次落空的。所以,这一次参加亚运会征歌活动我是自信心爆棚了,但后来以失败告终,心里有点接受不了。后来心情平静了,因为作品还在,只要为亚运会努力了、做了自己的贡献,就足够了。最后我再为大家放一首我今年最新的作品《客家阿妈》,请大家听一听。

(《客家阿妈》歌曲欣赏中)

这是最新出炉的作品,创作时间在今年6月,正好是在我母亲去世前后创作的一首歌。当然，我不是客家人，我母亲也不是客家人，但我是在客家地区长大的。我11岁开始就在梅州生活，然后在梅州工作，最后考大学来到广州，客家女性的伟大母爱和坚韧给我留下了很深的印象。我的朋友、同学包括我的工友很多都是客家人。2009年，我去梅州帮助他们做了大型民系风情歌舞《客家意象》，我担任总编剧、总制片和总导演。我从创作的剧本中了解了大量客家的历史、人文等，了解并更加懂得了客家女性伟大的地方。咱们都知道传统上，其他地方都是男人在外干活，女人在家里，但是历史上的客家女人都是自己揽下很重的活，为的是让自己家里的男人读书考取功名。她们吃苦耐劳、勤俭持家的美德让人敬佩不已。

  客家人是从中原河南迁移到岭南的。我当时一直不解：为什么过去了1000多年，经过5次大迁徙，客家人仍然自称"客家人"？潮汕人也是从河南过去的，但他们早叫自己"潮汕人"。后来我才明白，因为客家内心有中原的情结、黄河儿女的情结，他们告诉自己来这边只是作客，还是要回去的，他们内心有一种强烈的归属感，所以对获取功名看得很重。客家读书人很多，清代有一个说法是"无梅不成衙"，就是说没有梅县人就不成衙门。很多客家男人通过读书获取功名，在外面工作，女人在家里干活，照顾老人小孩，这是客家妇女最伟大的地方。

  在这之前有人给我发了一首歌词《守护老围屋》，问我能不能谱曲。老围屋就是客家人住的地方，梅州人称之为"围屋"，福建人称之为"土楼"。看过歌词，我考虑到客家女性的伟大，客家的母亲们虽然很挂念自己的小孩，但仍然希望自己的小孩通过读书走出去，所以，我在歌词后面写了一句"别为这老围屋把心留下"。我觉得这就是客家女性的母爱和别人不一样的地方。再加上当时有一张照片很触动我。这张照片是广东省作家协会主席廖红球离开家的时候，他太太拍的一张他母亲为他送别的照片，给我留下了很深刻的印象。我在创作这首歌的时候，脑海里全是这张照片。我觉得《守护老围屋》和这张照片诠释了真正的客家母亲的含义，所以写了这首歌。这首歌在梅州作为《客家微电影》启动仪式的主题歌曲，并且将围绕"客家阿妈"题材向全球征集微电影的剧本和拍摄团队。很多客家人说他们的父母亲听到了这一首歌之后，都感动得流眼泪。

  下面我们留点时间，有什么问题进行沟通，一起聊聊天，谢谢大家。

  主持人：谢谢陈老师！时间过得真的很快，因为陈老师讲得很好听，说的就像唱的那样好听，所以，在进入下一环节之前，其实我心里挺矛盾的，主要想继续听陈老师说。谢谢陈老师！我觉得自己受到了很好的音乐课的洗礼，尤其让我钦佩的是一个音乐人走过的旅程，以及创作的这么多令人难忘的作品，我觉得这是陈老师自身存在价值不可磨灭的东西，其他附加在他身上的别的东西都会成为过去，只有作品会留下来。陈老师最早的作品大家耳熟能详、经典动听。我觉得他对生活的观察细致入微，尤其说到像高原红、女儿红这些小小的细节，都能触发他那样多的联想，充分表明我们要做创作，要做好事情，真的要有敏锐地发现美的眼睛，而且要有真实的情感。他所写的东西都倾注着对他这些事物的情感。

陈老师的视野也非常宽广，从古代到现代，包括最后以《客家阿妈》作为结尾，看得出来小奇老师宽阔的视野。这也充分说明，作为一个艺术家，不仅仅是在书斋里面创作，更要走向大地、天空，走向历史。令我印象深刻的一点是，他的所有创作之所以被称为"中国风"的代表，是因为他身上有着深厚的中国传统文化的积淀。我也为我们中山大学中文系感到高兴，当年小奇老师在中文系学了4年，后来他的所学为他所用34年。

我们通过比较发现陈小奇老师对传统文化资源的重新利用，比文学界要早很多。20世纪八九十年代，文学界基本在学习和借鉴西方。到了21世纪以后，比如说大家非常熟悉的这次获得诺贝尔奖的作家莫言，他于2002年出版的《檀香刑》算是比较早的在传统叙事里面找资源的一部作品，在这之前是很少有这样的意识的。我觉得小奇老师所代表的音乐界，更早觉察出传统文化资源里面可以再利用、再发掘的东西，而且现在这种元素成为音乐创作中越来越重要的元素。我向他这样的广东省音乐界的领军人物致敬，谢谢小奇老师！下面留点时间给大家提问。

提问：陈老师您好！我是来自东莞理工学院的一个大学生，我是一个客家人，听了您的《客家阿妈》也深有感触。第一次认识您是在高中——平远中学100周年举办的陈小奇《涛声依旧》演唱会，我们家乡人是非常尊敬您的。我想问您对我们客家、对梅州的印象怎样？

陈小奇：我在客家生活了16年，我的整个青年时期是在梅州度过的。我小学五年级就开始在梅州读书，后来高中毕业去了平远当工人，做翻砂工，但是两年多以后，就在厂子里面开始当资料员，以后就考大学读书了。我所学的音乐知识都是在那段时间获得的，我对梅州怀有很深的感情。2007年，我在平远中学大操场上举行了第五次个人作品演唱会。那一次我也说过，我第一份工资就是在平远领的，平远对于我来说有很深的意义。我注意到那个山区的变化特别大。那里的人口很少，我走的时候只有19万人，我回来的时候也只有26万人，经过了差不多30年，人口只增加了7万，所以那个地方计划生育工作做得很不错。现在整个城市变化非常大,我回去都不认识路了。我为平远写过不少歌,2003年写过一首歌,刚刚还为南台酒写过一首歌,正在录制,还没有完成。我为同一个地方连续写了3首歌也是很少的。我确实看到梅州这几年发展得非常好,青山绿水是它最大的资源,没有重工业,没有大的污染,它确实非常美,我非常热爱它。

提问:陈老师您好!我看到您真的非常开心和激动,我不仅是一个客家人,还是东山中学的学生,我知道您还为我们学校写了校歌。虽然现在我离开了母校,但听到校歌还是激动不已。我非常好奇,您在写《东山颂》的时候是以一种怎样心情写的?东山中学还有那首歌在您心里有着怎样的位置?谢谢!

陈小奇:我写过不少校歌,我自认为最好的、印象最深的恰恰都是我的两个母校的歌曲,也是我没有收钱还倒贴钱的作品,分别是东山中学的校歌《东山颂》和中山大学的《山高水长》。《山高水长》已被列为第二校歌,叫"校友之歌",20世纪二三十年代中山大学有一个老校歌,不能动它,我这个歌曲作为第二校歌成为校友之歌。这两首歌是我所有创作的校歌里让我自己最为满意的,因为有深厚的情感和内在的驱动力在里面。我们在那里生活了这样久,有那么多同学、老师,即使过去多年,在我脑海里还是会经常出现他们的身影。

我想起东山中学的语文老师。我去了工厂之后,他就去世了。当时,我在学习古典诗词,但是因为正值"文化大革命"时期,找不到相关的书。我的语文老师私下把他的古典诗词图书给我,奠定了我对古典诗词的文学基础。我的一切都离不开东山中学,那时候我在乐队里面什么乐器都玩,我的文学基础和音乐基础都是在东山中学打下的,所以我永远感谢东山中学。

提问:陈老师您好!我和您的经历也差不多,爱好也差不多。我今年62岁,已经退休了。您今天讲的内容我听懂了,您的歌曲触动了我的心弦。我知道陈老师是一位非常伟大的音乐人和音乐家,我自己认为凡是能被称为"伟大",是要有传世之作的,陈老师是一个伟大的音乐家,您的作品一定能够传世。我想问您的是对您将来的创造道路和音乐之路有什么规划和想法?还有,我要对您开一个非常崇拜您的玩笑:我以前听闻您的大名,不认识您本尊,用冯巩的话调侃"今天,我终于见到活的了"。

陈小奇:非常高兴,碰到了和我岁数差不多、经历也差不多的同龄人。说到未来,我也快退休了,我和您年纪差不多,但是您要大一点,我小一些,叫您一声大哥没问题。大哥您好!至于以后怎么走,我也没有想太多,我们现在在忙于音乐协会的事情,这完全是义务,政府也没给我们一分钱,我们只是为了广东音乐的发展尽自己之责，创作方面目前已少了很多。所以，我在创作方面没有给自己制订计划，只在觉得有必要的时候才写。因为刚开始进入这个行业是被动做这些事情，没有状态也得调整状态，但这种状态毕竟不是真正意义上的正常状态。我目前很享受这种状态，就是想写的时候可以从容构思、创作，所以我并不想给自己定什么目标，也不一定要再写几首走红的歌出来，不能保证。在创作方面，有什么触动了我，我就会写，没有触动我的，可以先放着，所以，会过得轻松一点，享受创作的过程。但是我内心肯定有一把尺子，什么样的作品才能拿出来见人，这是我对自己的要求，谢谢！

主持人： 谢谢陈老师！今天下午他给我们上的这一堂课对我们很有启发，关于一个人如何成长、如何珍惜自己的才华、如何实现自身的理想，我觉得这都是很好的典范。陈老师在20世纪80年代到90年代上半期是一个潮流人物，那个时候他和一些优秀的音乐人带动了整个广东流行乐坛的发展，使之在全国处于领军地位。我觉得在那个时候能在聚光灯下坚持创作、享受创作是不稀奇的。反观陈老师现在做的工作尤其是协会的工作，是一种坚守，这种坚守更值得我们尊敬。因为他的存在，广东音乐界不会被人家藐视。我个人虽然不在音乐界，但我一直对他抱着很深的敬意，谢谢小奇老师！

涛声依旧，总把校园当家园

——中山大学2016届毕业典礼演讲致辞

尊敬的罗俊校长、亲爱的黄天骥老师、各位来宾、老师们、同学们：

上午好！

前几天收到了罗校长的邀请函，很激动，也很荣幸。这份邀请函对我而言，其意义绝不亚于当年高考后收到的中山大学的录取通知书和离校时的毕业证书。高考录取通知书是对我高考成绩的认可，毕业证书是对我四年本科学习成绩的认可，而这份邀请函则是对我毕业后几十年事业成绩的认可。因此，我首先要表示的是感谢母校的培育和多年的关爱，感恩母校！

当年高考，我的第一志愿报的就是中山大学中文系，而第二志愿才填了北京大学中文系。这似乎有些不按常理出牌的意思，其实我想表达的就是一种不成功便成仁、"非卿不嫁"的决心和姿态。

我高中毕业后当了六年工人，当时县里文化馆有一位中山大学中文系毕业的学长，在他那里我听到了很多关于中山大学中文系的信息，关于它的历史、它的名师等等。从他貌似平淡的语气中，我真切地感受到了一种校园的魅力、一种校友对母校深深的眷恋与情怀。从此，"中大中文系"五个字便铭刻在我心中，并深刻地影响了我的一生。

1977年，我参加了高考，最后名落孙山，据说是作文不及格。1978年，我卷土重来，结果是勉强达到体检分数线。这次的作文应该及格了，因为这篇作文后来被收入了《中山大学高考作文选》，只是历史却只有可怜的6.5分！幸好当年可以查分，最后才发现历史与地理两门课加起来整整少计了我100分！

这次劫后余生、"险过剃头"的经历，使我对来之不易的就学机会倍加珍惜。因此，四年的光阴，我和我的同学们没有虚度，也不敢虚度。

这四年里，在完成学业的同时，我开始了文学创作与音乐创作的尝试，先后在省级文学刊物和音乐刊物上发表了一批作品。

而真正的改变，是在毕业之后。当时我被分配到中国唱片公司广州分公司担任戏曲编辑，从此，完成了从一个写诗的文学青年向职业音乐人的转型。

几十年来，我创作了 2000 多首词曲作品，并在各种赛事和评选中获得了 200 多个奖项。这一切都得益于母校为我打下的坚实的文化基础。母校的求学氛围、文化传统和深厚底蕴，奠定了我的价值观和审美观，使我能够用现代意识、现代视野去观照和解构民族古老的文化经典，从而走出了自己的一条现代与传统相结合的流行音乐创作之路。

　　在广东电视台为我举办的创作 20 周年纪念音乐会上，我的一位同学在台下对我说了一句话："你因母校而自豪，母校因你而骄傲。"这句话深深的触动了我，让我清醒地意识到一个毕业生与母校之间血肉相连的密切关系。

　　一所大学的形象，既取决于其教学的规模和成果，更取决于其毕业生多年的工作成就总和。因此，每个校友的身上都背负着母校的期待和重托；每个校友的社会形象，都体现着母校的责任与担当。

　　因此，我从不敢懈怠。我知道，我笔下写出的每一个字、每一个音符，都必须对得起这五个字——中大中文系。

　　毕业 34 年了，其间，我无数次回到母校，有时是同学聚会，回来探望一直呵护着我们的老师们，有时是参加母校的各项活动。每一次回来，都有一种强烈的回家的感觉。每一次回来，我们都会去品尝一下康乐园的饺子，因为那是我们多年积淀下来的回忆，那是家的味道。

　　家就是这样，当你年轻的时候，你会熟视无睹，甚至会忽略了它的存在。而在你离开之后，你才会对它魂牵梦绕，你才会意识到它曾经并将永远不断地给予你内心的温暖、正能量。

　　在母校 75 周年校庆的时候，我为母校的专题片谱写了主题曲《山高水长》，这首歌现在已被定为中山大学校友之歌。这首歌最后的一句歌词就是我内心对母校的真实情感表达："千百个梦里，总把校园当家园。"

　　母校就是我们的家园。在这里，所有的老师和同学都是你的亲人，全世界所有的校友也都是你的亲人。他们会和你相亲相爱，在你人生的道路上不断地给你帮助、鼓励和鞭策，陪着你去践行中山大学"博学、审问、慎思、明辨、笃行"的校训，去实现中山大学"德才兼备、领袖气质、家国情怀"的育人目标。

　　只要是校友，他们就会永远与你同行。

　　今天，同学们已经到了唱毕业歌的时候了。今后，也许你会从事你在母校所学的专业，也许你会和我一样进入一个全新的领域，只要你把母校的爱珍藏在心中，下一个演讲的人可能就是你。

　　所以，祝福你们。也请同学们记住一句话：不管何时，不管何地，我们永远都是中大人。

北门涛声依旧,校园绿荫依然。中午,我还会和中文系系主任李炜兄一起去吃饺子,因为,我又回家了。

顺便说一下:这学位服很亲切,真的。

谢谢!

人文围棋与休闲围棋[*]

本来围棋很简单,但是最近由于人工智能围棋战胜人类第一人,大家人心惶惶,甚至怀疑围棋存在的价值和意义。因此,我们提出了区分电脑围棋和人文围棋的概念。

电脑围棋是由人类开发又凌驾于人类之上的冷酷围棋,是人类之外的另一种存在。

人文围棋与电脑围棋不同,我们所说的人文围棋是指人与人之间对弈的围棋,不包括人机大战。

人文围棋属于人类的围棋,是寄托着人类的情感与情操,展示人类智慧与计算力,追求围棋之道的人性围棋。人文围棋跟电脑围棋无可比性,因为人类在计算力方面永远战胜不了人工智能,正如让人类和汽车赛跑一样。

人文围棋分为两大类:第一是竞技围棋,第二是休闲围棋。竞技围棋是围棋最重要的核心部分,它是以追求人类智力极限为目的,强调胜负结果的职业精英围棋,具有强烈的体育竞技属性。我们一直在讨论围棋到底算什么,是体育,还是文化,抑或是艺术?我觉得至少竞技围棋跟体育是一致的,因为它强调的是竞技的关系,而职业棋手代表了人文围棋的最高竞技水平。

竞技围棋的价值观是唯成绩论,胜者为王,是很残酷的功利围棋。日本下围棋有下到最后吐血去世的,中国也有下到吐血的,这说明什么?说明对职业棋手来说,他必须胜利,没有胜利就体现不了自身的价值。所以,我们下棋是玩棋,职业棋手下棋是"玩命"。吐血棋局还算是正能量,负能量是填子棋局。填子行为在围棋竞赛中属严重犯规行为,多为人所不齿。现在棋手超过30岁拿世界冠军的可能性很小,17岁以下也很难拿到冠军,这意味着拿世界冠军也就是在17~30岁这13年之间,这种紧迫感更加剧了竞技围棋的残酷性。所以,在竞技围棋的价值观里面有正能量的围棋,也有负能量的围棋,一切都是在胜者为王的价值观下产生的。

另外一种是休闲围棋,这是在胜负世界的边缘徘徊,展示另一种围棋价值观

---

[*] 2017年"围棋与大健康论坛"演讲稿。

的业余围棋,具有强烈的文化属性。这种文化属性跟我们之前所谈到的大健康有很大的关系。职业棋手是"以命相搏"的围棋,他们的大健康一定是在围棋之外获得的。而休闲围棋强调的是修心养性和怡然自得,只有这种围棋才能让我们在下棋中获得真正的身心健康。

休闲围棋分为两种,一种是文人围棋。文人围棋以修心养性为目的,是一种强调修养、人格、品位与趣味的高雅围棋,具有浓郁的哲学与艺术属性。我们说围棋是高雅的,其实没有文人围棋,就没有高雅一说。为什么不说打麻将高雅,也不说下象棋高雅,而说围棋高雅?就是因为它有文人文化做支撑,它是非功利的。在围棋传说中,造棋的、下棋的不是皇帝就是神仙,这体现了其起源于上层阶级。围棋又是古代文人的时尚,文人阶层成了围棋文化基本的传承者和传播者,围棋也成了文人以修身养性为目的的文化修行或者人格修行的方式。琴棋书画作为"文人四艺"是在宋代被正式提出来的。琴和棋为什么会被列在里面?在中国文人的概念里面,围棋是一种艺术,它不是一种竞技。而把它放在"四艺"之二,我觉得也是挺有意思的。琴棋书画是由虚到实、由难到易的排列,这有一定的道理。琴指的就是古琴,不是笼统地指音乐。为什么把琴列在第一位?因为古琴最能代表和展示文人个体的人格、情怀、情操和境界。古琴是一种高雅的只能独奏的乐器,而且演奏琴的人要有一定的年龄和阅历的体验,以及文化的修为。围棋跟古琴是一样的,也是古代文人用以表达自己的某种情怀的手段,这是围棋变得如此高雅的一个非常重要的原因。我们所接触到的古代文人写的关于围棋的诗词里面,都是悠然超脱的。中国文人对围棋的态度最终就体现为一个"闲"字。"闲敲棋子落灯花",约了人来家里下棋,但是人没来,他就无聊地敲着棋子,但心态很平和。宋朝的苏东坡、王安石都极为喜欢围棋,但都下得很"臭"。苏东坡更喜欢看别人下棋,王安石下棋很快,因为不愿花太多心思。忘忧、清乐、坐隐、手谈,这些关于围棋的词汇说明中国文人在传统文化中对围棋有着与现在完全不同的看法,而这种超脱、淡泊的围棋价值观在今天仍然有其存在意义,值得我们重视。

另外一种是市井围棋,也可以称为民间围棋。这种以娱乐为目的,强调游戏性、宣泄性的民间围棋,具有明显的俗文化的属性。它既不具备竞技围棋的功利性,也没有文人围棋的非功利性,它是半功利的,虽然也追求胜负,但是更强调娱乐性和游戏性。它同时还有宣泄的功能。这一功能非常重要,个人通过围棋把心里所有的不快宣泄之后,心态就好了,社会就和谐了。

市井围棋以数千万业余爱好者为基本构成,它的竞技没那么残酷,也没有那么高雅，它重在游戏而非竞技，营造了一种轻松、活泼的民间围棋氛围。

它的价值观比较复杂，是多元的价值观，里面包括赌棋文化、悔棋文化、输棋文化、观棋文化、调侃文化等等，各类文化的存在使围棋世界更加丰富多彩、生机勃勃、趣味横生，也使围棋的进一步大众化成为可期待的愿景。

最后说一下围棋的产业化。首先是乐趣。乐趣是产业的核心竞争力，并不是围棋下得好，大家才来关注围棋，有时候成绩不好也同样可以引起大众的高度关注。怎么引发大家对围棋的关注和参与，让更多的人喜欢围棋？我觉得我们必须重视休闲围棋，只有从这里面寻找更多的乐趣，才有可能打造围棋产业。城市围棋联赛首创的团队联手棋比赛实际上就是在拓展围棋的趣味性，它在竞技比赛中倡导快乐围棋的理念本身就是一大进步。

围棋是静态的，不是动态的，它没有表演性，没有丰富的肢体语言，而且其速度比较慢，这与体育项目强调的激烈对抗的观赏性是相悖的。所以，我更倾向于把围棋当成文化产业来经营，从而让它的前景更广阔。

围棋产业化取决于付费用户的数量。现在大众个体在围棋消费方面基本上只购买棋具、书籍、参加培训等，消费有限。而围棋电子游戏软件的开发或许是围棋产业的发展方向。在大众不为之掏腰包的情况下，围棋的产业化是做不大的，因为不可能仅靠企业赞助来实现围棋的产业化。

最后，我的结论是：人工智能再强，人文围棋不灭。大健康围棋离不开文人围棋文化的传承。围棋的产业化取决于休闲围棋的大普及与大发展。谢谢！

旅游歌曲与文化营销

——2018 中国文旅新营销峰会演讲稿

"一首好歌,千万人心中珍藏的风景;一首好歌,千万次无偿传播的广告。"

一、旅游城市与景区需要建立自己的听觉识别系统——旅游歌曲

旅游歌曲是旅游城市与景区的听觉识别系统。旅游歌曲的性质其实就是一种音乐商标,其重要性正如国歌之于一个国家一样。受众通过歌曲了解和感受景区的文化性格与精神,在倾听与欣赏之中留下区别于其他景区的独特而鲜明的印象。

旅游者对旅游景区的向往程度,大多取决于景区的知名度。而景区的知名度,则大多受文学艺术作品,尤其是歌曲的影响。

旅游歌曲的概念:以旅游业为背景,以提高受众的旅游兴趣、促进旅游消费为目的的歌曲。其内容可包括以下七个方面。

(1)直接或间接地表现或描写旅游景区的歌曲。

(2)表现旅游者心态和感受的歌曲。

(3)表现和描写各地风土民俗的歌曲。

(4)借旅游景点抒情的歌曲。

(5)旅游宾馆及企业歌曲。

(6)表现和描写各类旅游项目的歌曲。

(7)旅游商品歌曲。

二、优秀的旅游歌曲是"一次投资，无限收益"的最有效营销手段

（1）它是一种潜移默化的软性广告。

（2）旅游歌曲是一种相对而言投资最少、效益最大的广告，几乎可以说仅需一次性投资即可获得无数次无偿传播和发布的回报。

（3）旅游歌曲是一种允许大量艺术夸张而不会触犯广告法的广告。

当然，旅游歌曲的成功除了创作、制作者的努力之外，最关键取决于旅游景区的文化内涵及文化品位。

歌曲形象与景区文化形象的分裂永远不可能营造出和谐、互相依存、互相推动的旅游文化氛围。

三、旅游歌曲的创作与营销推广

各地的旅游歌曲创作，目前仍存在很多的问题。

在歌词方面主要表现在：①口号化倾向；②说明文倾向。

在音乐方面，主要表现在：①旋律性欠缺；②面目模糊的音乐形象。

关于旅游歌曲的常规营销推广手段：①拍摄音乐电视；②通过网络或各地电视台、电台、歌厅、酒楼、宾馆以及公共汽车、出租车等进行播放；③举办演唱会，结合各地的旅游节等节庆活动进行；④举办旅游歌曲的专题演唱比赛。

少儿歌曲的创作与演唱

各位朋友,我是陈小奇。今天是蘑菇音乐在线的启动仪式,由我开讲第一堂公开课,和大家讲讲少儿原创歌曲的话题。由于时间限制,这堂课只有十几分钟,后面还要按规定回答蘑菇音乐在线平台上朋友们的5个提问,所以我只能尽量简要地和大家聊一聊。

少儿歌曲大致可分为以下两大类。

一是民间儿歌,包括乡村童谣和城市童谣,前者如《月光光》,后者如《落雨大》,还有少数民族的大量儿歌,等等。这些歌曲在民间长期广泛流传,但作者不详。

二是原创儿歌,即现当代词曲作者专门为少儿创作的歌曲。原创儿歌按其历史发展进程可分为三个时期。

第一阶段是中华人民共和国成立前的作品,这部分今天暂时不谈。

第二阶段是中华人民共和国成立后30年的作品,如《让我们荡起双桨》《娃哈哈》等,有很多经典。这个时期的歌曲特点是强调集体意识,基本上都是齐唱与合唱歌曲,所以无法催生著名的童星。

第三阶段是改革开放以来随着流行音乐的出现而诞生的少儿歌曲。这个时期的作品以独唱为主,强调个体意识、个性与个人感觉,从而出现了第一代具有个人代表作品的流行童星。

最著名的有20世纪80年代的程琳,她的代表作品有《小螺号》《童年的小摇车》《熊猫咪咪》《秋千》等;还有朱晓琳,代表作品有《妈妈的吻》等。此后似乎就没有特别出名的童星了,原因很复杂,这里不多说。

近年来,随着少儿音乐培训及各类少儿歌唱大赛的兴起,我国内地的少儿原创歌曲掀起了一个新的高潮,少儿原创歌曲的创作步入了一个历史上从未有过的好时期。这几年我们相继推出了"华语金曲榜童声榜"及"亚洲中文音乐大奖童声榜",原来对能否有那么多少儿原创作品有很多顾虑,没想到开榜之后,作品竟然多到让我们应接不暇。

通过对这两个榜的打榜歌曲进行分析,我们至少可以得出以下三个结论。

（1）少儿原创歌曲有着广泛的社会需求和市场需求。

（2）孩子们有着强烈的演唱原创作品的欲望和能力。

（3）家长们对自己孩子演唱并推出属于孩子自己的原创作品有着迫切的期待，并愿意提供强大的支持。

时代重原创，孩子要好歌。毕竟，从一个爱唱歌的孩子到成为一个优秀的歌唱童星，离不开拥有一首以上优秀的首唱歌曲，这是无法回避的前提条件。

当然，在这个历史上最好的时期，如何创作出为孩子所喜爱的优秀原创歌曲，这又是一个我们无法回避的问题。

创作的事情很复杂，今天，我只提出3个关键词，希望从事少儿原创歌曲创作的朋友们能重点予以思考。

第一个关键词是"为孩子代言"。

写歌的都是大人，但唱歌的是孩子，所以一定要避免成人化、概念化及口号化。孩子都很感性，他们对抽象的东西是没有感觉的。我们必须站在孩子的立场上用孩子的思维、孩子的意识和孩子的语言去进行创作，让孩子们说自己的话，而不是唱那些大人要他们唱的话。所有正能量的内容都只能尽量以一种潜移默化的方式进行传递，那些以急功近利的思想教育为目的的思路只能产生伪儿童歌曲。只有真正做到为孩子代言，才会有真正意义上的少儿歌曲。

第二个关键词是"童趣"。

孩子的天性就是玩，他们最感兴趣的都是好玩的东西。因此，少儿歌曲的创作一定要尽量注意趣味性。这种趣味性既包括歌词，也包括旋律和编曲。我在程琳演唱的《秋千》的歌词中使用了"树上有个秋千在睡午觉""那片阳光依然在蹦蹦跳跳"；在李思琳演唱的《马兰谣》的歌词中使用了"骑着那牛儿慢慢走，夕阳头上戴""天上的云儿白呀，水里的鱼儿乖"；在甘萍和儿童一起演唱的《三个和尚》里使用了大量的趣味性伴唱，都取得了很好的效果。可以说，找到了作品的童趣就意味着至少成功了一半。

第三个关键词是"简单"。

少儿歌曲总体而言在音乐结构、音域、情绪及技巧的使用上都要尽量简单。孩子不是大人，驾驭不了太复杂的情感，也不会有太强的表现力，因此，简单就成为少儿歌曲创作的一个基本要求。当然，有些孩子演唱能力特别强，可以复杂一些，但仍然要充分考虑到作品的传唱性。简单并不意味着容易写，实际上，写过歌的朋友都知道，越简单的歌曲越难写好，把一首简单的歌曲写得大家都喜欢，它的概率相当于中彩票，很难。但也因为难，所以才有挑战性，才能证明创作者的才华与作品的价值。

由于时间关系，关于少儿原创歌曲的话题，今天就只讲这么多。下面按规定回答蘑菇朋友们的5个问题。

问：您是什么时候开始儿童歌曲创作的？像《秋千》《三个和尚》《马兰谣》等优秀作品又是什么时候推出的？

答：我是以流行歌曲创作为主的，儿童歌曲填词的有几十首，原创的少儿歌曲有十几首，20世纪80年代开始陆陆续续写了一些，不算多。《秋千》是1986年和张全复合作专门为程琳写的。《三个和尚》是1994年为甘苹的儿歌专辑创作的。《马兰谣》是2004年《阳春组歌》中的一首。这三首歌分别创作于三个年代，算是个巧合吧。这几首歌也都分别获得了几个大奖，《马兰谣》还入选百首优秀少儿推荐歌曲的第一批10首歌曲，运气不错。

问：请问原创与翻唱有什么区别？少儿一定要唱原创歌曲吗？

答：这里有两个问题，第一个问题是作品上的原创与非原创。原创作品指的是由词曲作者专门全新创作的作品；非原创指的是没有作者署名的已经长期流传的民间歌曲。在中国内地，凡是用国外或国内原有的作品重新填词的歌曲一般都不算作原创作品。

第二个问题是演唱上的原创与翻唱。演唱上的原创指的是首唱，也就是由你第一个演绎并推出的作品；翻唱指的是你演唱了别人唱过的作品。

至于少儿是否一定要唱原创，这主要取决于你的自我定位和目标。如果你希望成为一个有追求、有影响的歌手，但没有自己独家首唱的优秀作品，你的目标将很难达到。如果你只是喜欢唱唱歌，只想当一个卡拉OK演唱者，那当然没必要给自己找麻烦了。翻唱只需要模仿，而原创则需要创造。

问：少年儿童演唱原创歌曲应该注意哪些问题？

答：需要注意以下两个点。

第一，选好适合你演唱的作品。每个人都有自己的特点，这个特点是由你的生活环境、性格、气质和演唱能力、演唱风格所决定的。要知道你的长处和短处，找到既能够扬长避短、又能够驾驭的作品。你喜欢的歌未必就是适合你唱的歌。除非你是超级天才，什么歌都能唱，那又另当别论。很多人就是不会选歌，一参赛就很难发挥得好。所以，选对歌是最重要的。

第二，选好歌以后，在监制或老师的指导下，仔细处理好每个细节。别以为音准、节奏没问题就行了，那只是基础技术。一个人会不会唱歌，关键在于你的表现力而不仅仅是你的声音好不好。对孩子来说，唱出感觉和个性比什么都重要。

问：少儿歌曲的制作应该注意什么？

答：制作包括编曲和录音。编曲就是你的"时装设计师"，一个人长得再好看，衣服穿错了一样惨不忍睹。编曲师也不都是全才，也都有自己擅长的风格。尽量找到最适合你的作品的编曲，可以少走些弯路。而从编曲者的角度，也要充分考虑到儿童歌曲的特点，节奏与和声设计不要太过复杂，以免孩子演唱时找不到感觉。另外，根据孩子的天性，多设计一些新鲜、提神、动感的效果，让歌曲更富趣味性。这些都是应该考虑的问题。

问：对少儿原创歌曲应该如何进行推广？

答：少儿原创歌曲不太具商业性，所以，推广的问题比较复杂。现在是网络时代，充分利用网络应该是最经济的做法了，当然大的推广还是很"烧钱"的。《小苹果》一首歌据说前前后后投入了几千万元。最好的方法是有好的营销策划，利用一些事件进行营销。但千万不要八卦，孩子的承受力有限，负面的东西对孩子影响很不好。

此外，多参加比赛和演出、多打榜，争取多获奖，对原创作品也是一个可行的推广方法。有可能的话拍摄一个MV，对提升作品和孩子的知名度、影响力也会有很大的帮助。

总之，推广是个脑力活，考的是智商。戏法人人会变，各有巧妙不同，八仙过海吧！

5个问题都回答完了。最后，我想用最近创作的一首新作品结束这一次公开课。请来自汕头的吴英佳小朋友为大家首次演唱她的首唱歌曲《老爸》。

谢谢大家！

陈小奇：流行音乐与中国古典诗词

——2019 扬州讲坛演讲稿

很荣幸来到著名的扬州讲坛。20 年前的 11 月，《烟花三月》获得首届由国家旅游局主办的旅游歌曲大奖赛金奖。这个时候来到扬州倍感亲切。

我是从中山大学中文系毕业的，在创作中比较喜欢采用古典文学中的意念和意象。这部分作品占我所创作品的十分之一，但影响力超过其他作品。

一、中国流行音乐的发展和特点

什么是流行音乐？在内地，现在已将其当成三种音乐形态之一，与民族音乐和古典音乐并列。但在历史上，三者的发生与发展是顺延的过程，并不是同时产生的。民族音乐伴随着农业文明一路下来，历史悠久。西方工业文明时代，古典音乐产生，至今已有几百年历史了。中国古典音乐的历史有 100 多年。全球范围内的流行音乐的历史也就 100 多年。流行音乐的特点是城市化和商业化，发展迅猛，拥有最多的受众和最大的传播量。

中国现代流行音乐出现的时间，一说是 1917 年，另一说是 1927 年，都是在上海。前者的根据是成立了百代唱片公司，后者的依据是出现了第一首流行歌曲《毛毛雨》。

那个时期，中国流行音乐基本上与全球是同步的。1951 年，歌曲《玫瑰玫瑰我爱你》由美国的一位歌星在美国演唱录音后在全美排行榜上位列第二。

中国流行音乐在发展的时候，遇到了抗日战争。当时，中华民族需要的更多是激昂的、向上的、鼓励民族斗志的音乐。所以，流行音乐有些生不逢其时。1949 年以后，流行音乐人大多去了我国香港和台湾地区，内地流行音乐停滞了近 30 年。

1978 年，流行音乐开始堂而皇之地出现在内地，最早是在广东出现。1986 年，中央电视台青年歌手电视大奖赛第一次使用了 3 种唱法的比赛。以前，这 3 种唱法是合在一起的，这一次，美声、民族和流行分开了。有人因此而把这一年定位为中国流行音乐元年，但我们觉得定为 1978 年更为准确。

流行音乐的特点是：人性化的内容、时尚的节奏与旋律、自然的发声方法和个性化的演绎。流行音乐更多的是揭示人性，它关注的是"具体的我"，人的情感在里面都可得到充分表现。流行音乐永远跟着时代走，紧跟审美潮流，不断改变自己，是开放的体系。流行音乐强调的是声音的磁性和质感，需要辨识度，需要歌手的声音跟别人不一样，像倾诉，像在你的耳边说悄悄话。除了对声音有颇多要求外，在表演上也需要更多的个性。

二、流行歌曲与中国古典诗词

中国古典诗词都是可以唱诵的，在经历了多次循环和轮回后，从可以歌唱的诗，演变成文字的诗……当时的乐府机构采集的诗歌都只剩下歌词了，因为中国没有人发明一个很好的记谱法。我们现在根本听不到古代的音乐了，留下具有记载的全部是文字。

古代很多人不大懂音乐，写起来困难，于是找到了一个便捷的方式，即保留格律，也就是字数和声调。于是，更多人依此来创作。

中国最早的诗歌是《弹歌》，文字很短，两个字一句。后来字数多了起来，从《诗经》的四字句，到乐府的五字句，再到七字句的格律诗。到了宋代，宋词是长短句，文字运用更加灵活。古典诗词的变化，与音乐是撇不开关系的，是由"歌诗"到"诗歌"的轮回。

古典诗词的音乐之美，首先是意境与意象之美，指的是内涵之美。意境是有意蕴的氛围与境界，是独特的、东方的美学概念。意象是有意蕴的具象。马致远的《天净沙》——"枯藤老树昏鸦，小桥流水人家，古道西风瘦马，夕阳西下，断肠人在天涯"，就是一个又一个意象的叠加。

格律，说的是声韵之美。格律、平仄与押韵，是古典诗词的创作规则。平仄与押韵规律强调的是语言的声调美。现代歌词的格律只限于语言句式的对称及平仄声的混合运用。

修辞，指的是语言之美。它包括对仗，如"两个黄鹂鸣翠柳，一行白鹭上青天。窗含西岭千秋雪，门泊东吴万里船"；排比，如"我玩的是梁园月，饮的是东京酒，赏的是洛阳花，攀的是章台柳"；双音叠字，如"寻寻觅觅，冷冷清清，凄凄惨惨戚戚"。

通感，含抽象与具象的结合。比如，"晨钟云外湿"，是听觉与触觉的融合。

流行歌曲对中国古典诗词的发展性传承，一是古董式传承，以古典诗词为文本的流行歌曲；二是发展性传承，通过化用古典诗词及意象创作的流行歌曲。

现在很多非文化遗产都面临传承的问题。艺术形态还是要得到发展，跟着时代往前走。我是昨天来扬州的，去了八怪纪念馆，参观后我很有感触：如果扬州八怪不敢否定，不敢做出任何变化，根本不可能产生现在大家公认的经典。实际上，很多文化艺术的发展就是一个字——"变"。只有变才是发展的规律。不变就会落后，被时代淘汰。如果年轻人不喜欢，是很难有前途的。

化用古典诗词及意象的创作手法，我用得比较多。用文化意象构建新的格局，更多的是表现现代人的情感与意识。1984年，我创作了第一首中国风歌曲《敦煌梦》，于1985年获奖，这也是我第一次获奖。我在歌词里表达出了对敦煌的思考。《梦江南》中运用了叠词，中国人喜欢用叠词来表达情绪；《灞桥柳》运用了长短句填词，用现代汉语的表达来营造意境；《涛声依旧》则是用了现代汉语严谨的对仗方法，同时运用了通感的手法，比如"温暖我的双眼""钟声敲打我的无眠"……

三、创作关于扬州的两首歌

关于扬州的两首歌，一首是《烟花三月》，20年前代表扬州获得首届中国旅游歌曲大奖赛金奖。我写《烟花三月》的时候，还没来过扬州，但扬州在我的心目中一直是江南最美的地方。写这首歌，其实是一个"命题作文"。有一天，吴涤清突然跟我说，"你给我写一首《烟花三月》吧"，还一定要从李白的那首诗中来。我一听也挺有兴趣，于是就在唐诗的基础上将内容进行了扩充，中间加了一段送别好友的，也是用到了排比句，以表达老友之间送别的情感。

我在歌里用了"扬州城"，而不是"扬州市"，因为我觉得"城"可以令人的思绪穿越时空，连接到过去。最后"才知道思念总比那西湖瘦"一句话把整首歌给点亮了，这首歌的"眼"就是这个"瘦"字。

到了扬州2500周年城庆时，扬州城庆办邀请我为扬州再写一首歌。我感觉压力很大，当时因为《烟花三月》被大家接受了，感觉难以超越了，但我还是非常愿意再做一次尝试。扬州给我留下了很好的印象，它不可能只有《烟花三月》，这个城市应该还有更多可以挖掘的地方，于是便有了《月下故人来》这首我个人很满意的歌曲。

《烟花三月》是送友人到扬州，而《月下故人来》是在扬州等故人来。角度不同的姊妹篇，进一步阐释了扬州之美。

流行音乐要紧跟时代步伐

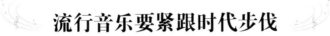

——2019 年中国文学艺术界联合会全国理论工作部扬州会议讲座演讲稿

我是搞创作的,不是搞理论的。流行音乐是市场化的音乐,但市场养不起理论家,现在社会上基本没有人能够真正沉下心做流行音乐的理论研究,因为靠这个无法养家糊口。这几年,高校里有一些老师在做流行音乐研究,我觉得这些研究多是侧重纯音乐形态的研究。其实流行音乐并不仅仅是一种纯粹的音乐形态,只有把流行音乐同社会学、哲学、美学相融合进行研究,才能真正了解流行音乐。

一、涌动在改革潮头的流行音乐

中国现代流行音乐产生于 20 世纪二三十年代的上海,间断了二十几年,直到改革开放,流行音乐重新进入中国,才出现了现在的中国当代流行音乐。中国当代流行音乐出现在广东。我长期在广东,是整个改革开放进程的见证者,也是参与者。流行音乐不像其他音乐形态有渐变的过程,它几乎是完全的横向移植,短短几年,便已风靡全国。如今,欣赏流行音乐已然成为人民大众的一种生活方式。如果没有改革开放,就不会有中国当代流行音乐的产生。

说起中国当代流行音乐发源地,必须跟大家谈一谈岭南文化。广东改革开放的文化支撑就是岭南文化。岭南文化有几千年历史,但以前只是属于民俗层面的一种文化。现在我们所说的岭南文化是近代史以来的岭南文化。在鸦片战争后,中国人睁眼看世界,岭南文化才真正成为一种特点鲜明的地域文化。整个中华文明里,有两种文化:一种是定居文化,一种是迁徙文化。定居文化是农业文明的常态,迁徙文化是游牧文明乃至后来的海洋文明的常态。广东有三大民系,分别是广府民系、潮汕民系和客家民系,除了广府民系有较多的本地血统以外,其他民系基本都是从中原迁徙过来的,广府民系最早,其次是潮汕民系,再次是客家民系。迁徙文化带来了什么?他们接触的不是熟人社会,因而必须保持开放的心态，养成与陌生人沟通，与不同的社会族群、不同的文化相融合的习惯。另外，他们必须保持严谨的契约精神。如果没有契约精神，是无法在一个陌生的地方站稳脚跟的。100多年来，三大民系几百万男儿漂洋过海去了美国、东南亚、欧洲等国家或地区，这些人和广东内地的人一直保持着密切联系，故而使岭南文化具备了独有的海洋文明的开放特质。广东音乐听起来特别洋气，不像一般的民族音乐。为什么？因为它产生在这个时期。粤剧是最开放的剧种，它最早使用了小提琴、萨克斯，很多国外的旋律变成了粤剧曲牌。我发现美国民歌《苏姗娜》被粤剧界的人填词以后，居然变成了粤剧的一首曲牌。岭南画派也是由率先吸收了西洋画法的要素而产生的。这些开放兼容、敢为天下先的特点为岭南的近当代文化艺术带来了十分重要的变化。开放、变革、创新、契约等精神，都在岭南文化里面存在着，深刻影响着整个改革开放的进程。广东的流行音乐是伴随着思想解放运动、市场经济以及个体户的出现而诞生的，一开始就呈现出与时代紧密相连的勃勃生机。广东出名的民歌并不多，客家的山歌、广府民系的咸水歌，沿海一带的渔歌，这些民歌在全国几乎没有很大的影响力。所以，广东的流行音乐要发展，就必须借鉴全世界各地的流行音乐，包括港台地区的流行音乐，也包括我国少数民族的音乐，一开始就必须抱着开放与兼收并蓄的胸怀，以拿来主义的心态进行创作。流行音乐本身具有都市性和商业性，广东的音乐人在这方面如鱼得水。20世纪八九十年代创作的流行歌曲都特别适合在KTV演唱，朗朗上口的曲调大大促进了歌曲的传播，而这些作品又使广东成为中国南北两大创作制作基地之一，并直接推进了都市化的唱片工业的形成与发展。

流行音乐是中国改革开放以来最早出现的一种文化产业，虽然那时候没有文化产业这一说。为什么说它是文化产业？因为它直接面对市场，完全是市场经济的产物。1978年，广州已经出现了上百家音乐茶座。为什么会出现音乐茶座？因为当时中国进出口商品交易会，简称"广交会"，外宾来了以后，晚上无事可做，电视也不普及，什么东西都没有，就给他们找点娱乐，所以开放了音乐茶座。音乐茶座收的不是人民币，外宾要拿着兑换券才能进去。音乐茶座里面有歌手和乐队的演唱和演奏，这是内地最早的现场音乐。1979年，太平洋影音公司成立，这是跨时代的大事件。太平洋影音公司在成立之初制作盒带，目的是卖到香港去。我记得朱逢博的一个专辑到了香港一盒也卖不动，因为她唱的不是纯粹的流行音乐，香港人听不惯。最后，太平洋影音公司没办法，只能申请在内地销售，一下子在内地打开了市场。那时候没有支票，也不能转账，音乐盒带经销商都是拿着一麻袋一麻袋的现金到太平洋影音公司"抢"货。中国第一代歌星是通过音像公司的盒带迈向全国的。1985年,广州市文化局牵头举办了第一个流行音乐大赛——"红棉杯85羊城新歌新风新人大奖赛",第一次提出了十大歌星和十大金曲的概念。那时候广东的原创歌曲已经不少了,这次大赛要求参赛的所有歌手必须演唱原创的作品。

中国流行音乐发展到今天,已经40年了。这40年里,真正属于唱片业的黄金时期只有20年,从1979年太平洋影音公司成立到1999年期间,磁带变为CD。到了20世纪90年代,这个趋势慢慢减弱,取而代之的是网络音乐时代。这让很多音乐人深恶痛绝,因为颠覆了原有唱片市场的模式,让音乐人一下子无所适从。原来栽培歌手是深耕细作,现在是广种薄收,因为量大,谁都可以出来,完全依靠粉丝经济去支撑。以前唱片公司至少还有人把关,编辑选择优秀的作品送给大家。现在,网络音乐作品没有把关人,谁都可以写,可以随意推上网络平台,作品量一年几十万首甚至上百万首。网络音乐是一个时代发展的必然,我把它定位为都市原生态歌曲。因为是全民创作,质量肯定良莠不齐,这是一座"金字塔",有塔基,也有塔尖。现在的问题在于优秀的作品在网络时代如何被发现。这是一个天大的难题。这是快餐文化的时代,在网络上发表歌曲的人没有几个能够真正沉下心来修改琢磨的,大多是差不多可以就推出去再说,实在不行再换一首。很多人都是这种心态。这对整个乐坛的发展很不利,但是存在有其合理性,我们没有理由排斥它。更重要一点是,音乐的话语权掌握在谁手里?现在是"00后"的天下了,他们有自己的审美价值观,更多地追求感官上的享受和情感上的宣泄。他们会在网上刷流量,发布他们的爱好等。我听很多的朋友包括中年朋友都在抱怨说,现在好听的歌越来越少了。我说不是好听的歌越来越少了,而是好听的歌都被埋没了,中年人在网络上不属于活跃群体,没有话语权哦!我们现在也找不到很好的解决办法。不过,我还是坚信好的作品会慢慢被人发现,只是需要更长的时间而已。中国当代流行音乐发展了40年了,其中20年是唱片工业时代,20年是网络音乐时代。统计学认为一个行业的黄金时期平均为20年,那么,再过20年是什么时代?我想必然是人工智能的音乐时代。现在很多公司都在开发人工智能。人工智能是一种颠覆。相比此前,人工智能的颠覆将会大得多,因为不仅是音乐,其他的艺术形态,包括书法、绘画都将可能受到极大的冲击。

二、何为流行音乐价值观

中国当代流行音乐的价值观是什么?是适合大众需求和时代需求的健康的流

行音乐。如何做到适合大众需求、适合时代需求，是全世界任何一个艺术形态必须面对的问题。跟不上时代的需求、跟不上大众的需求，这个艺术形态一定是缺少生命力的。至于"健康"，那就是中国的国情需要了。中国流行音乐刚出现的时候，曾被视为"靡靡之音"，唱片公司对此特别谨慎。大学毕业以后，我在中国唱片公司广州分公司当编辑，业余也开始填词。因为不允许出现"痛苦""悲伤""惆怅""孤独"等字眼，所以，当时很多歌曲在录制出版时必须重新填词。我印象最深的是当时改了一首罗大佑的《是否》。这首歌里面有"情到深处人孤独"这句话，实在没办法，就改了一个字，改成"情到深处不孤独"。哪有这么改的？没有办法，只能这么改，这是当时的时代需求。为了出版，为了求生存，我们只能这么做。整个创作方面也是这样，我们一直在寻求一种能够让政府、媒体和文化界都接受的创作方式。这就迫使我们不得不去思考，不得不考虑如何让我们的作品呈现出健康的状态和较高的文化品位。正因为如此，才产生了一大批被社会各界认可的优秀作品，也为广东流行音乐的顺利发展赢得了足够的时间和空间。这也是这几十年广东政府层面在流行音乐方面表现出极为开明、宽容的态度的重要原因。实际上，流行音乐和古典音乐并没有什么不一样，都是一种音乐形态，两者既可以被写成高格调的东西，也可以被写成低俗的东西，只是音乐的表现方式不同而已。流行音乐的使命就是要面向草根大众，面对普通百姓。流行音乐和古典音乐、民族音乐的不同之处就在于希望体现这个时代大潮里普通人的喜怒哀乐以及每个个体独特的生活体验，所以，流行音乐注重的是对个体生命价值的尊重以及由此延伸出来的对个性化的追求。古典音乐也好，民族音乐也好，一上台都是西装革履，唯有流行音乐，什么发型、服装都有，包括表演风格，追求的都是强烈的个性化。流行音乐的演唱强调自然发声体系，与古典音乐、民族音乐经过训练的声音不一样，流行音乐要求发出最自然的声音，强调的是声音的磁性和质感，强调个人声音的辨识度。为了这一特点，流行音乐需要创造更多个性风格，而个性则是流行音乐的价值所在。

今年是五四运动100周年。伴随着五四新文化运动，古典音乐传进来了，流行音乐也传进来了，影响非常大。在当时的上海即出现了很多优秀的作品和歌星，如周璇等。歌曲《玫瑰玫瑰我爱你》在美国被一个美国人翻唱之后，进入了美国排行榜榜首，这是中国音乐史上到现在还无法超越的，当时上海的流行音乐已经做到了。中华人民共和国成立之后，由于意识形态方面的原因，流行音乐被认为是"靡靡之音"，被封杀了几十年。这批流行音乐人到了我国香港和台湾地区，把流行音乐传承发展起来了，保留住了中国流行音乐的血脉。改革开放之后，这种以人为本、强调个体生命价值、尊重个性风格的流行音乐重新回流到内地，中国当代的流行音乐才得以顺利地发展起来。

广东流行音乐从一开始就密切关注着当下，关注着社会的变迁，关注着大众的心态与审美的变化，从寻根文化、打工文化、"出门人"文化到草根文化、网络文化等，推出了大批的作品，以一种通俗而不庸俗的手法，展现了这个时代的足迹，表现了普通人的情感需求。我想，这就是中国当代流行音乐的使命感和价值观吧。

三、流行音乐创作

前面跟大家谈了关于流行音乐发展在纵向和横向上的一些问题，下面谈谈流行音乐的创作。我始终觉得创作风格是没有办法模仿的，你的审美趣味和知识结构会决定所有作品的风格。我也曾经想写一些网络音乐，但我写不出那种状态，写出来的也不是我想要的。我是学中文出身，曾写过现代诗、朦胧诗，写诗的经历形成了我个人的知识结构，同时也决定了我个人的审美取向。所有的创作都是遵循自己的内在逻辑、知识结构、经验积累和审美趣味完成的，一味模仿别人的风格，一首两首也许可以，写多了可能又会回到自己的风格了。所以，创作时听从自己内心的审美召唤，找到属于自己的语感和语境，你才能够真正形成自己的风格。

我们提倡为经典而创作，这是创作态度问题，也是个人创作追求的问题。我们不能要求每个人写出来的每首作品都成为经典。经典是什么？能成为经典的条件是什么？我觉得至少有三个条件：第一，必须能够代表当时时代的最高艺术水准；第二，必须是曾经广泛流行的，不曾被大众广泛接受过的经典是不存在的，一个作品，谁都没有听过，谁都没有看过，你说它是经典，谁也不会信你；第三，必须是流传过10年以上、经过时间检验的作品，只流行过几年的作品，哪怕再火也不可能被称为经典。经典是可遇不可求的，但这不能成为我们放弃为经典而创作的理由。

作为创作者最怕的就是没有判断力。眼高手低根本不可怕，至少是眼高的；眼低的话，手是高不起来的。所以，我一直跟搞创作的朋友说，要培养自己的判断力。你必须知道你写的东西是好的还是不好的，如果你连这个都不明白，肯定不行。有人会拿自己甚为满意的作品给我看，想听听我的意见。我一看，一点感觉都没有。我会怀疑是我错了，还是他错了；是我的审美判断出问题了，还是他的审美判断出问题了。于是再找几个朋友听听看，大家听了都说太难听了。既然大多数人认为你这个东西不行，就说明你这个创作者自身的审美判断出现问题了。创作者假如无法判断自己的作品能否被受众接受，那么，将无法成为一个真正的词曲作家。创作者都要有审美判断力，有了判断力才能写出真正优秀的作品。

作品的好坏有时候和流行程度并不完全相关。有些作品很好，可流行不起来，有些作品不怎么样，却流行起来了，这是常有的事情。我一直跟大家说，歌曲的流行是有一定的机缘的。一是歌与人的缘分。有些歌曲这个人唱不出感觉，另外一个人却唱出来了。像《涛声依旧》首唱没有唱出来，最后被毛宁唱火了。又如，孙悦的《祝你平安》，原来是那英唱的，没唱出感觉来，结果孙悦唱出来了。不是那英唱得不好，只不过这首歌更适合孙悦，跟歌手的歌唱水平没关系。二是歌曲推出的时间节点也特别重要，必须是符合当下时代审美需要的好作品。歌曲《小芳》是大家都很熟悉的，当时几家发行公司都说歌曲太土，不愿意要，最后找到我们，我们觉得这个东西很有个性，而且是朴素的民谣风格，很可能符合当时的市场需要。我们预感到此歌有可能会火，因为这首歌有怀旧色彩，又是知青的题材，当时知青是一个备受关注的群体，我觉得那个时候推出《小芳》是很好的时间节点。唱片市场挑选歌曲要比市场提前半步，慢了不行，走太快也不行，必须选择一个最恰到好处的时间段推出来。选择推广歌曲的时机，必须充分考虑市场和社会的需求。任何歌曲都必须符合当下的社会思潮和审美趣味，才有流行的可能。任何时代都需要精品，但精品的出现需要创作者有抱负和担当，需要一种文化自觉和文化自省。就我个人的创作来说，即便是到了网络时代，还是希望能保持一种良好的心态，坚持遵循和听从自己的内心和审美观，写自己喜欢的符合自己审美的东西，哪怕它暂时不流行。很多流行歌曲也并不是刚写出来的时候就流行的，可能过了好多年才流行起来。我写的《涛声依旧》真正流行的时候，也是在创作完成好几年以后的事了。我写的《高原红》也是，在2000年写出来，一直到了2005年才流行。所以，歌曲会有积淀期，积淀期长短要看机遇和运气。李春波的《小芳》一经推出就火了，而且火了很久，这种情况不是很多，而且大部分需要很长的积淀期，但往往积淀期长的歌曲一经爆发，反而生命力会更强。作为作者真的需要调整好自己的心态，如果整天想着以卖歌为生，过于功利，恐怕很难写出真正的好作品。如果只是把它当作一种爱好和兴趣，认真一点，淡然一点，可能整个创作状态就会好很多。

千百个梦里，总把校园当家园

——中央电视台《百家讲坛——我们的大学》演讲稿（2019）

大家好！我是中山大学中文系七八级、八二届本科生陈小奇，现在是一名流行音乐的词曲作家，代表作品有《涛声依旧》《我不想说》《大哥你好吗》《高原红》《烟花三月》等。

非常感谢母校的邀请，让我作为一个校友在这里发言。我首先想到的题目就是一句歌词，也是我为中山大学创作的校友之歌《山高水长》中的最后一句："千百个梦里，总把校园当家园。"

何为家园？家在的地方、亲人在的地方、把心留住的地方，即为家园。

任何一位大学生，在其生命中一定会有两个最重要的家园：一个是故乡，一个是大学校园。

故乡储存着我们小时候的记忆，储存着关于过去的所有信息；而大学校园则孕育了我们的未来，孕育了我们的理想和梦想。

一、求学之梦

40年前，由于恢复了高考，我们幸运地成了"文化大革命"后的第一代大学生，我如愿以偿地考进了中山大学中文系——这个让我多年魂牵梦绕的文化殿堂。

向往中山大学，是由于它的辉煌历史。当年孙中山先生在广州发起创建了"一武一文"两所大学：一所是蜚声中外的黄埔军校，另一所是广东国立大学——孙中山先生逝世后更名为中山大学。这两所大学都承载着孙中山先生救国救民的殷切期望，寄托着孙中山先生让中华民族自立于世界之林的伟大抱负。

向往中山大学中文系，是由于它的文脉与传统。鲁迅、郭沫若、成仿吾、郁达夫、赵元任、王力等一代大师曾在这里任职与教学，他们的身影和足迹至今仍在启迪着无数的后来人。

当收到中山大学中文系的录取通知书时，我彻夜难眠。我无数次地想像着大学校园的情景,想像着即将开始的新的生活。毕竟,高考彻底改变了我们的命运,而一个陌生的校园、陌生的环境将会让我们迈出自己人生中最重要的一步。

带着这种兴奋而忐忑的心境,我走进了中山大学所在地——康乐园。这是一座环境优美的校园,宽阔的大草坪、满园的紫荆花、红砖墙的宿舍、记载着历史的大牌坊、惺亭、钟楼、孙中山塑像……一切都超出了我的想像。

当高年级的同学热情地前来迎接,帮着我们扛行李、引导我们办报到手续并把我们送进宿舍的时候,当我和来自全国各地的同学们像久违的亲人,兴奋地站在一起互相介绍、互相交流的时候,当我在校园中见到了如雷贯耳又亲切和蔼的容庚、商承祚、王起等泰斗级人物的时候,我蓦然意识到,这,或许就是我梦寐以求的新的家园。

二、中大之情

中山大学是博大的。他用宽广的胸襟接纳了我们,我们可以自由地思考,可以和老师激烈地辩论,可以偷偷地到其他系旁听自己喜欢的科目,也可以晚上聚集在宿舍过道观看足球赛事电视直播。

中山大学是博爱的。不同性格、不同背景的同学们几年间和睦相处,从未红过脸。每间宿舍住7个人,虽然拥挤,但却每天都其乐融融。每个傍晚,同学们会相约一起去图书馆或在校园小道上散步,熄灯后还会躲在蚊帐里相互传阅各自喜爱的图书。如有同学病了,宿舍里的其他同学会连夜陪他/她去医务室看病治疗,会替他/她去饭堂排队打饭,会带回课堂笔记在下课后为他/她补习。我的同班同学年龄差异很大,小的才16岁,大的已32岁,有的已经是几个孩子的父亲,有的女同学刚生完孩子还在喂奶,抱着婴儿来到学校。但年龄的差异并不影响同学们的相处,我们可以经常看到年龄差距如父子般的同学在一起下象棋的有趣场景,也可以经常看到大姐姐和小弟弟在课外学习小组一起挑灯夜读的奇特一幕。多年后,这位小同学还为大姐姐们经常亲昵地摸他的头而多次提出"抗议",觉得大姐姐们都把他当成孩子,"有损"他的大学生形象。

中山大学是亲善的。我们师生关系很亲密,老师们都把我们当成自家的孩子,甚至结成了忘年之交。我们可以随时敲开老师宿舍的门,向他们请教并一起探讨学术上的问题以及关于生活、爱情的话题。好几位同学就因为得到了老师的悉心指引和教导而最终找到了自己的爱情归宿。

中山大学是开放和开明的。同学们本就血气方刚、锋芒毕露,又正值思想解放的年代，不免会有很多"偏颇"和"激进"的想法。即使导师对于某同学的论文观点不予接受，但仍然选择尊重该同学表述己见的权利，仍然对其敏锐的思想和独特的思路给予了充分的肯定。严谨的学术态度和鼓励自由思考的学术精神在这里得到了充分的体现。

中山大学又是鼓励学生全面发展的。学校开展各项文体活动，例如各种持续不断的文体比赛和每个周末跨系甚至跨校的舞会。中文系的女生很少，只占总人数的10%，故中文系的男生经常会跑到外语系甚至是附近的广州美术学院参加舞会。我不会跳舞，只能站在角落里过过眼瘾、开开眼界，当然，这也是很幸福的事情。学校组织学生自办刊物和组建各种社团。例如，学生自创的文学刊物《红豆》，我是诗歌组的成员，尽管只办了八期，却从中走出了著名作家苏炜、著名诗人马莉以及著名学者陈平原等。我们还另外创办了《紫荆》诗社，这个诗社40年薪火相传，一直延续到了今天。学校还有文工团，包括管弦乐队、民乐队、舞蹈队等。这种课余的文化艺术实践，赋予了大学校园一种优雅的艺术气息，积淀着一所大学的文化厚度，同时也给予了学生们在学术之外多元发展的广阔空间。而我，就是其中最大受益者之一（补充我的音乐实践：小时候的乐器学习、军训后首次登台的"青瓶乐"、中大民乐队、校园歌曲创作等，为我毕业后进入音乐行业打下了良好的基础）。

由于自小喜欢古典文学，我在大学主修的是唐代文学与写作。小时候恰逢"文化大革命"，我无意中找到了一本残缺的《唐诗三百首》，从此便爱不释手。在中学时代，我便已填写了几百首格律诗词（穿插：词牌的收集），后来又喜欢上了现代朦胧诗。1981年暑假，我还专门上北京拜访了几位著名诗人。我当时的梦想就是成为一名诗人。我在省级以上刊物发表了一些诗歌，但同时也在创作各种小说与剧本，只是成功率差强人意，所以，那段时间感到特别困惑。

有一天上写作课，萧德明老师又在课堂上点评了我的作文。下课时遇上了倾盆大雨，萧老师一时走不了，就在走廊上和我们聊了一会。她语重心长地对我说："你的创作很有灵性，应该重点写诗和短文，这是你最大的优势，要有为有不为，就算周身都是刀，也先要有一把利的。"她说的这番话让我想了很久，也让我在迷茫之中清晰和明确了自己的创作定位及发展方向。那场大雨来得正是时候，因为那天的及时雨，因为萧老师对我说出的那番话，最终我选择了诗与歌词创作，成就了今天的我。

这就是我们的大学、我们学习和生活的家园。这种亲如一家的环境让我们迅速地融入了大学的文化氛围之中，而这种浓郁的人文情怀和大学性格又深刻地影响了我们的一生。

毕业的时候，亲如兄弟姐妹的我们制作了一本精美的纪念册，年迈的古文字大师商承祚先生用他最拿手的篆书特地为我们题写了封面。每个同学都在其他同学的纪念册中分别写下了寄语，大家紧紧拥抱，挥泪告别。这本纪念册直到今天还被所有同学珍藏着，每次翻开都会不断地刷新着我们那些温馨的记忆。

临走之前的那个晚上，我在中大北门久久徘徊。那里曾经是一个渡口，我曾经多次乘坐轮渡，在珠江的波涛中穿过彼岸。这段难忘的情景和感受后来被我写进了我的歌曲《涛声依旧》之中，创作出了"这一张旧船票能否登上你的客船"的歌词。

三、校友之谊

毕业之后，我们离开了校园，离开了我们学习生活了四年的家园，奔向了各自的工作岗位。人散了，家还在，亲人般的同学们几十年来依然保持着密切的联系。尽管天各一方，工作性质不同，但无论是工作或生活上，同窗学友们都一如既往，互相帮助、扶持，互相关心。有的同学发展不顺利，同学们会纷纷为他/她出谋划策，帮助他/她寻找新的岗位；有的同学工作碰到困难，同学们会调动所有资源，帮助他/她顺利完成；有的同学不幸身患绝症，同学们会四处寻找药方、介绍名医；有些同学不幸去世，同学们纷纷书写挽联，并从各地赶来参加告别会。

"来世还要做同学"，这是同学之间说得最多的一句话。

这些年，随着子女的长大，一些热心的同学开始着急下一辈的婚姻问题，而他们最希望的就是和原来的同学做亲家，他们只希望这种情感能够在下一代的身上得到延续。

不是亲人，胜似亲人，同窗之谊如陈年老酒，愈久弥香。

每逢入学或毕业的"逢五逢十"周年庆，同学们都会自发组织聚会。聚会内容的必备项是回到母校，回到中文系，和老师们一起座谈、聊天，一起到校园餐厅吃一顿饺子。吃饺子是我们的保留节目，那里面有我们几十年前的回忆，有着我们青春的能量，有着家园的味道。

家就是这样，当你年轻的时候，你会熟视无睹，甚至会忽略了它的存在。而在你离开之后，你才会对它魂牵梦绕，你才会意识到它曾经并将永远不断地给予你的内心温暖和正能量。

最让我们惊讶和感动的是，早已年过花甲的老师们竟然还能叫出大部分同学的名字，还能准确地说出这些同学在校时的各类趣闻轶事，就像家里的长辈和老人在说孩子们童年时的故事一般。

而我们就像漂泊多年的游子归乡，沉浸在家园的感觉中竟久久无法自拔。

同学记住老师的名字很容易，而老师还能记住这么多学生的名字，这确实让人很感动。是什么样的力量能够穿越时空，在几十年的岁月光阴中，依然保存住了这份浓浓的师生之情？

我想，这应该就是一种爱，一种在校园中生长出的爱，一种家园特有的深沉的爱。

四、音乐之路

大学毕业后，我被分配到中国唱片公司广州分公司担任戏曲编辑，此后又开始作词作曲，几十年来共创作了2000多首词曲作品，获得了200多个国家级和省市级大奖，并多次出任中央电视台青年歌手电视大奖赛、中国音乐金钟奖、中国金唱片奖等国家级重要赛事及亚洲流行音乐大赛的评委，成为一名音乐人。

几十年的创作，我从不敢懈怠，从不敢轻率地写任何一个字、任何一个音符。

每一首歌，我都会反复推敲、反复修改，甚至多次半夜醒来，想到一些更好的构思，马上起床用笔记下，只怕第二天会被遗忘。我无时无刻不在提醒自己：你是中大人，你是中文系毕业的学生，你必须对得起这张沉甸甸的大学毕业证。

我举办过多次个人作品演唱会，每一次只要有可能，同学们都会赶来助威。在广东卫视为我举办的创作20周年作品演唱会上，一位同学对我说："你因母校而自豪，母校因你而骄傲！"这句话让我感触良多。我想，一所大学的形象，不仅仅取决于其教学的规模和成果，更取决于其毕业生多年的工作成就总和。因此，每个校友的身上，都背负着母校的期待和重托；每个校友的社会形象，都体现着母校的责任与担当。

中央电视台台长慎海雄同志前些年在广东担任省委常委、宣传部部长，第一次见面就对我说："我们新华社有一位高级写手，当年就是因为你陈小奇才报考了中山大学中文系，我还一直以为你在中大教书呢！"

如果有人能因为我而选择了我的母校，我想，这才是我作为一个中大学子最大的光荣与骄傲。

五、母校之恩

母校并没有因我选择了流行音乐的道路而对我有任何偏见。早在1987年，中山大学承办全国高校古典诗词研讨会，就特地邀请我作歌词创作的专题发言；此后又多次邀请我回校举办讲座和音乐分享会；前几年又邀请我回校为全校学生的毕业典礼担任第一场嘉宾演讲；1994年，中大深圳校友会自发集资为我在深圳体育馆举办了我的第二次作品演唱会，中山大学校友总会还为我在澳大利亚、新西兰及美国等各国校友会分别举办了"陈小奇校友作品演唱会"。

2018年4月24日，为庆祝改革开放及中国当代流行音乐40周年，我在北京保利剧院举办由中共广东省委宣传部立项指导的"陈小奇经典作品北京演唱会"。作为支持单位，肖海鹏副校长专程赴京，与我的同学及中山大学北京校友会的近200位校友一起出席观看了演出。演出结束后，他又在剧院大厅给了我很多勉励。第二天下午，中大中文系系主任彭玉平先生及中大中文系教授李炜，还有我的中文七七级校友、北京大学中文系原系主任陈平原教授又专程参加了我在北京港澳中心举行的"陈小奇词曲创作学术研讨会"，并在会上与多位国家级音乐界名家一起作了精心准备的专题发言，分别从歌词、文学、语言的角度对我的创作进行了专业、精准的剖析，表达了母校对我的殷切期望。

让我感动的事还有很多：1992年，我第一次举办作品演唱会，中国戏曲史泰斗王起老先生专门为我写了一首诗以示祝贺；1997年，年迈的系主任吴宏聪先生拄着拐杖和多位系里的老师专程到广东画院观看我的歌词书法展；年过80岁的黄天骥老先生多次在学校里亲自上台指挥我的合唱歌曲《山高水长》……

这一切，都让我深切地感受到了母校对校友的关切，感受到了母校的亲情和温暖。

能够成为这样一所大学的学生及校友，是我毕生之幸！

母校就是我们的家园。在这里，所有的老师和同学都是你的亲人，全世界所有的校友也都是你的亲人。他们会和你相亲相爱，在你人生的道路上不断地给你帮助、给你鼓励和鞭策，陪着你去践行中大"博学、审问、慎思、明辨、笃行"的校训，去实现中大"德才兼备、领袖气质、家国情怀"的育人目标。

只要是校友，母校就会永远与你同行。

1999年，母校75周年校庆的时候，我为母校的专题片谱写了主题曲《山高水长》，这首歌现在已被选定为中山大学校友之歌，在海内外校友中广泛传唱。

这首歌的歌词就是我内心对母校的真实情感表达："悠悠寸草心，怎样报得三春暖？千百个梦里，总把校园当家园。"

母校之恩，山高水长。我只能以这种方式表达我的感激之情。

我衷心地希望有更多优秀学子能成为我的校友，这是南方的最高综合性学府，是一所能够让你圆梦的大学，是一个会让你永远惦念的家园。

谢谢！

我的运动会会歌创作

——广州市文学艺术界联合会 70 周年分享会发言提纲（2020）

改革开放以来，广东流行音乐开创了无数个第一，但有一个很重要的第一却常被忽略了。

我们知道，全世界所有的体育盛会，其会歌几乎都是流行音乐作品，而中国体育盛会的会歌采用流行音乐作品，则是在 20 世纪 90 年代才开始的。开创这个先河的，是广东。

1991 年，首届世界女子足球锦标赛在广州举行，广州为此举行了一次会歌的公开征集活动，最后进入决赛的 10 首作品中，流行歌曲占了 9 首。经过友谊剧院 1000 多位观众现场投票，我和兰斋合作的《跨越巅峰》成了会歌。

2001 年，第九届全国运动大会在广州举办，经过层层筛选，我和李小兵合作的《又见彩虹》被选定为会歌。这是真正意义上的全国性体育盛会第一次使用流行音乐作品作为会歌。

2007 年，第八届全国少数民族运动会在广州举行。最后，我和李小兵合作的《矫健大中华》又一次成为运动会会歌。

2010 年，亚运会在广州举行。最后的 3 首候选会歌都是流行歌曲，其中我和香港作曲家金培达先生合作的《最美的风采》进入了前三名。值得一提的是，这 3 首候选会歌都是广东音乐人创作的。

广东能在这个事情上开风气之先，有两个原因：一是广东乐坛的实力使然，二是广东历届政府及媒体对流行音乐的高度宽容、理解和重视。

关于流行乐坛广东模式的思考

——广东省文学艺术界联合会流行音乐研讨会发言

流行音乐广东模式的核心：以市场为导向，以服务最广大的受众为宗旨，敢为天下先，坚持独创性的思维模式及实践模式。

一、第一阶段：1979—1999 年

唱片工业的黄金 20 年。此阶段的广东乐坛以唱片公司、传统媒体及音乐人为主导，政府给予了充分的宽容、重视及扶持。

此阶段涌现了最多的全国第一，从此奠定了广东乐坛在全国的领先地位。

20 世纪 90 年代初的签约歌手制度及"造星"工程把广东乐坛推向了发展的高潮，并在作品上形成了广东独特的南派风格。

在这一阶段，广东模式的力量可以说是发挥得淋漓尽致。

二、第二阶段：2000—2020 年

进入网络时代，唱片公司不再成为主导力量。

2002 年正式注册成立的广东省流行音乐学会（前身为 1990 年成立的广东省通俗音乐研究会，2007 年改名为"广东省流行音乐协会"）成为全国最有影响力的流行音乐社团，并以其在体制外积极的社会化运作，维持了广东乐坛在全国的领先地位。

这一阶段的广东模式表现为以广东流行音乐学会为主导的各种活动及项目的蓬勃开展。具体如下。

（1）策划并承办了中国音乐协会流行音乐学会第一次及第二次全国代表大会，以及中国音乐文学学会的全国代表大会。

（2）出版了全国第一套"广东流行音乐"丛书（共 5 本，含第一部广东流行音乐史及第一部全方位的流行音乐论著）。

（3）举办了各种流行音乐研讨会（含两次网络歌曲研讨会及广州大学主办的全国高校流行音乐教育研讨会等）。

（4）举办了广东流行音乐 30 年、35 年、40 年大型庆典活动。2018 年，为庆祝改革开放 40 周年，由广东省委宣传部立项，在北京举办的陈小奇作品演唱会及研讨会再度引发了全国媒体对广东乐坛的高度评价和关注。

（5）坚持跨界发展，与华南理工大学音乐学院合作举办了"涛声依旧——广东流行音乐 30 周年交响合唱音乐会"、与广东民乐团合作举办了"涛声依旧——流行国乐音乐会"以及以广东三大民系地方民族民间音乐时尚化为目的的"新粤乐——跨界流行音乐会"、与广州市音乐协会合作举办了全国第一个流行合唱大赛等。

（6）在全国率先推动方言流行歌曲发展，举办了潮语歌曲 30 年庆典及客家话流行歌曲大赛等。

广东乐坛在这一阶段依然保持着广东模式独创性的核心价值，继续以争创第一的姿态引领着中国流行音乐的走向。

三、新时期的广东模式及发展

首先必须明确广东乐坛在当下中国乐坛中的定位。

改革开放为广东乐坛带来的红利已经逐渐消失。在现阶段，广东乐坛无法充当中国乐坛的主力，我们的使命和职责就是冷静地认识自身的优势和弱项，当好中国乐坛的先遣部队。

目标：继续坚持广东模式"敢为天下先"的核心价值，从全国乐坛的"你无我有，你有我好"的角度寻找新的突破口，在充满不确定性、瞬息万变的文化市场中寻找新的发力点，保持并进一步扩大广东乐坛在全国的影响力。

几个发力点：

（1）广东省流行音乐协会将改变以个体音乐人为主的模式，逐渐过渡到以各个与流行音乐相关的企业、机构为主体的组成模式，以期整合更多的社会力量，增强协会活力，以产业化社团的形式推动广东乐坛的发展。

（2）继续推进已经走在全国前列的流行童声和流行钢琴项目，使之成为广东乐坛的拳头产品（第一个国际少儿流行音乐节已策划完成，但因疫情而未能启动；已在全省建立了几十个流行钢琴基地，并引起了全国各地的广泛关注）。

（3）继续整合在广东发端的网络音乐群体，打造新的平台，联合并帮助更多的网络音乐人及网络歌手成长及发展（关键在于我们能够为这些各自为战的网络音乐人提供什么样的服务和发展空间）。

（4）在2016年"首届南国音乐花会""新粤乐——跨界流行音乐会"的基础上，继续在本地民族音乐的时尚化方面作进一步的跨界艺术探索，争取以流行和时尚的表现形式向全国推出广东优秀的地方民族音乐。

（5）整合大湾区流行音乐资源，将广东乐坛打造成为大湾区流行音乐的龙头。

（6）发挥广东经济大省和文化强省的地位，加强与国际流行音乐界的交流（五年前曾策划了"中英国际流行音乐节"，并得到了中国驻英国大使馆及英国政府的支持，但因故未能举行）。

（7）抓住3D、5G时代及人工智能时代为乐坛带来的新的商机，希望广东乐坛在这些领域能有新的突破。

四、两点建议

（1）建立广东流行音乐展示馆，与文旅结合，争取打造成为中国流行音乐的地标建筑（广东流行音乐已经成为整整几代人共同的文化记忆，本身就是极好的文旅资源）。

（2）希望政府文化产业基金牵头发起成立面向社会及个体音乐人的流行音乐发展基金会，由专家及大众评委组成审核委员会对各个申报项目进行评估，并由基金会给予资助，广泛动员并唤醒各类社会力量，以此推动广东乐坛的全面发展。

在这个阶段，尤其需要政府给予更大力度的支持，并成为本阶段的主导力量，广东省流行音乐协会将给予全方位的协助。

（2022年2月25日）

二 访谈对话录

在现代与传统之间徘徊
——作为文人的流行音乐人

受访者：陈小奇，广东太平洋影音公司，总编辑
访问者：陈志红，广东《南方周末》，副主编

陈志红：去年，你的一首《涛声依旧》几乎红透整个中国。《涛声依旧》作为一首流行歌曲，能够进入各种社会层面，甚至覆盖了我们的生活，这近乎一种奇迹。我最初听到这首歌，觉得它的旋律挺美，再后来看到借助电视画面显示出来的歌词，又觉得歌词也挺有味道的。那时我还不知道作者是谁，但这首歌的确很容易使我进入某种情景。那种感觉和我最初听到李海鹰的《弯弯的月亮》时的感觉是一样的——很容易就接收到一种东西，觉得内心有一种很深、很隐秘的东西被无意间触动了。而这种触动竟然是通过一种流行的方式完成的。我感兴趣的不是被触动本身，而是我为什么会被触动。

陈小奇：《涛声依旧》这首歌曲有一种很浓的怀旧情绪。它以一首古诗为背景，说的是一个有着久远的历史年代背景的感情故事，所以内涵性会大一些，受众层面也更多一些。有一次，我在北京为一个电台做节目，节目期间，一对老夫妻专门给我打来电话，说过去他们从来不听流行音乐，《涛声依旧》这首歌改变了他们的看法。

陈志红：这首歌对人群如此广泛的"占领"，大概与我们这个时代、我们所面临的生活有很大的关系。

陈小奇：从内容上看，怀旧的东西在任何时代的艺术作品中都占很大比重。

陈志红：但时代是分阶段的。往往在某一个阶段，某种东西就突然会流行起来，会有不同风格、不同流派的东西成群结队地、"成行成市"地占领街头。

陈小奇：这正是某种社会心态的集中折射。比如说流行音乐的走向，在20世纪80年代初，因为当时整个社会充满了自信心，所以就有了"西北风"的流行。"西北风"虽然写了许多民族古老朴实的东西，但在气质上还是充满了阳刚之气。随着改革开放的深入，市场经济的发展，我们面临的问题越来越多，

具有岭南风格的东西突然就流行起来。往往是整个社会充满矛盾、困惑的时候，就会流行婉约的东西。这里面是不是有种必然的联系？从诗词的创作发展历史上看也是这样，如李白、王昌龄的诗，充满了阳刚之气，到后唐李煜的诗，就变得悲悲切切；还有宋词，在北宋与南宋、宋初与宋末时期，宋词的创作风格是有很大变化的。

陈志红：风格不仅是时代风气的折射，也是个人审美思想观念的折射。流行音乐从其内涵指向来看，是应有前瞻性和后馈性之分的。我觉得你的歌基本上是一种后馈性的东西，往后看。这折射出你观望世界的一种角度。

陈小奇：但这种往后看，或者说怀旧吧，也带有很大的前瞻性，不是为怀旧而怀旧，就像不是为古典而古典一样。我还是希望能看到今天的人们在往前走时所持的是一种什么样的心态，希望能把这种心态与怀旧相糅合，所以我的歌应该是后馈性和前瞻性两者兼有的。外在形式是怀旧的，但内在的东西还是以往前看为主。

陈志红：如此说来，现实生活对流行音乐创作的影响是很直接、很大的……

陈小奇：是的，影响很大。广东现在有人提出"出门人文化"，因为大家现在都要"出门"，都有一种流动感和漂泊感，而流行音乐就要跟着文化走。流行音乐始终是一种商业性很强的东西，要考虑创作出来后大家接不接受。当然，实验的东西不一定就不成功，像何训田等做的《黄孩子》，整个就是实验性的东西，也成功了，但这种情况比较少。音像公司制作唱片往往要将社会需求、审美趣味、思潮流向都考虑进去。

陈志红：生活和听众的需求在什么层面上与音乐创作者同步？在很多人眼中，流行音乐总是与"趋时""媚俗"这样的字眼连在一起，认为其文化品位不高。当然，这也许只是一部分知识分子的眼光和角度，对此你怎么看？

陈小奇：这里面有个把握度的问题。比如，在音乐创作时，内容含超前的信息量多少为合适？不能太多，太多就成为实验性的作品了；但完全没有又会令人觉得陈旧。如何把握超前或新信息在音乐创作内容中的度，就要看个人的功力了。把握得好，就会既有过往，又有超前的东西；尤其是那种超前的东西，如果表现得好，很有可能就成为潮流的东西。没有超前就不可能有潮流的东西。我们这一代流行音乐人，队伍良莠不齐，有不少人为追求流行而创作——就像文学界也有不少人为发表而写作一样，但也有一部分先驱者在认真考虑如何去引导潮流。流行歌坛中许多人是跟着潮流亦步亦趋的，像《小芳》出来之后，有很多人模仿，而只有走在前面的几个人才可能成为流行音乐的代表人物。

陈志红：大家都在追求潮流，文学界的情况也是一样的。但是，能够成为某种潮流代表的往往也就一两个人，而且往往与其是否有意识地制造潮流没有太大关系。就像你的创作，一开始也不见得就是很有意识地追求某种东西吧。

陈小奇：说实话，我搞流行音乐，一开始就有一种典型的文人心态，玩一把，没想那么多，所以比较放得开。我在大学是学中文的，写过一阵子朦胧诗，后来才开始创作流行歌词。在创作中，我敢于使用一些别人都不敢用的手法，如通感。我将通感引进歌词创作，一下子就把歌词的文化档次提高了很多。李海鹰的《弯弯的月亮》出来后，我记得有一本刊物把它批判了一通，说"弯弯的忧伤"文句不通，如果有"弯弯的忧伤"，那不就也可以有"直直的忧伤"吗？这种批判太小儿科了。如果这句话用在诗里，就不会有人有异议，但用在歌词里就不行，就要被批判，这是因为社会把歌词看成很低俗的、没文化的东西。我就要改变这种看法，不管听众喜不喜欢，我在创作时都大量采用诗歌手法。但也奇怪，我没怎么挨骂，写出的歌词挺受大众欢迎。在这种情况下，我深受鼓舞，自信心增强了，主体意识也就越来越强。《涛声依旧》其实属于很典型的实验作品——把一首古诗拿出来"肢解"了——因为它本身有很多空白，听众可以用自己的想像去填充……

陈志红：《涛声依旧》可以看成你创作上的一个高峰吧？从经验看，高峰之后往往就是下坡路的开始。

陈小奇：要突破确实很困难。任何一个人出了个人代表作后，要突破都很困难。我也不敢说会突破以前的东西。谁都想突破自己，但不能突破的占90%。流行歌曲创作的下一步也许会有突破，但从哪方面突破谁也说不准。

陈志红：从你的歌词创作中可以看出，你对民族的、传统的东西有一种偏爱，而且创作中所表现的往往是民族传统文化中那种美丽的、忧伤的东西。

陈小奇：美丽的忧伤吧？

陈志红：对。你的欣赏、表现角度与张艺谋他们不同。

陈小奇：张艺谋更接近崔健，把一种东西撕开了给人看，把最落后的东西表现出来。其实民族的东西是很值得研究的，鲁迅提出的"越是民族的，就越是世界的"这个思想统治了中国文艺界很久。最近看到有一些文章对此提出不同意见。走向世界不一定完全靠民族的东西，如民族中落后的东西会妨碍我们在最先进的水平线上与世界交流。"越是民族的，就越是世界的"只有相对的真理性。就整个世界文化圈来说，你有民族的东西，说明你有自己的特点，没有自己特点的东西是没有立足之地的；但过分强调"民族"这两个字的话，也可能会使自己陷入受限的局面。你的立足点可以是民族的，但你的包装、你与外界的联系，必须与世界最现代的东西、最新的成果相联系，并且只有尽可能把这两者糅合在一起，才可能产生新的东西，才能在国际上有竞争力。

我历来偏爱民族的东西，不仅表现一种题材、一种意象，最重要的是表现一种气质、一种情趣和一种欣赏习惯，我使用的语气往往体现了这一点。譬如，我的歌词中疑问句往往用得比别人多。这是一个充满困惑的时代，有很多说不清的东西，所以我问："这一张旧船票，能否登上你的客船？"这表达了一种中国式的情绪，否则听众不接受你。很多中老年人不喜欢摇滚乐，除了它的音乐形式之外，还因为它的歌词直露，缺少一种中国人传统欣赏习惯中的含蓄和留白……

陈志红：从情感、情趣来讲，你的东西其实有一种对现代文明的怀疑，当然还不到对立这种程度。我总感到你力图在传统与现代之间寻找一种平衡，一种能够使两者实现和谐的东西。

陈小奇：我们这一代人其实是边缘人，是夹缝里生存的一代人，是在传统文化与现代文明之间徘徊的一代人。如果往现代靠一靠，你可能就出来了；如果往传统退一退，你可能就沉默了。让我们抛弃两者中的哪一方，我们其实都做不到。

陈志红：我认为这正是作品得以真正立足的东西。这是一种生存的困惑和尴尬。这是一个很广阔的中间地带。这群人肯定不是生活的落伍者，不是被时代抛弃的一群人，但他们又不是走在时代最前端的人。走在最前端和落在最后面的，往往都是这个时代中最孤独、最寂寞的人。而现实生活中的人，有多少人能承受这种孤独呢？我觉得很难。大多数人在寻求一种中间状态，这样生存起来容易些……

陈小奇：其实我也不愿选择这种孤独，但精神上的孤独却是存在的，你不选择也得选择。但在生活上，我却不想与世隔绝、陷入孤独，还是想融入这个时代。这个时代能够得到的东西，我们都想得到。

陈志红：这是不戴面具说出的大实话。

陈小奇：侯德健说过一句很中肯的话，他说我们这一代人其实是坐在沙发上，泡着咖啡创作的一代人，而不是啃着窝窝头创作的一代人。

陈志红：那种知识分子很钟情、很迷恋的形而上、很"象牙"也很清高的情调，是不是也要随着生活的变化而被消解掉呢？或者说，这种东西对你的创作还有没有影响呢？

陈小奇：我的骨子里就有这种东西，那是无法抛弃的，但在歌词创作中，则要尽量避免这种东西。这就是写诗与写歌词的不同。写诗可以只给自己看，只要把自己内心最独特、最想说的东西写出来就行了，可以不考虑其他，可以孤芳自赏。古代的人写诗很多就是写来用于孤芳自赏的。而歌词写出来是给人唱的，这就要考虑能否被人们接受，能否引起演唱者和听众的共鸣。我在创作中必须时时考虑这一点。

陈志红：作为一个流行音乐人和作为一个文化人，两者还是应有所不同的。虽然你的气质、情趣中有很多旧式文人的东西，甚至在潜意识中成为你的主宰，但对一个流行音乐人来说，这两者之间应该是有矛盾的……

陈小奇：确实有很强烈的矛盾。所以，我提出了歌词创作中的"结构"概念。"结构"概念分表层结构和深层结构。从表层结构来说，创作要尽量趋俗，尽量让大家能很简单地就"感受"到某种东西。仍以《涛声依旧》为例，从表层结构来说，这是一首爱情歌曲，爱情是超时代的，可以容纳更多的听众；而从深层结构来讲，它表现的是这个时代人们的困惑，旧船票、客船是个象征，表现出新旧时代之间的矛盾和处于其间的人们的心态。而毛宁演唱的另一首爱情歌曲《蓝蓝的夜蓝蓝的梦》，旋律也很好听，但它没能引起更大的轰动，就是因为它表现的只是一种表层的东西，缺少深层的含意。对于《涛声依旧》，大家在接受了它的表层之后，发现它还有深层的东西，因而它就具有了流传的生命力。我们看古典的文化艺术作品也有这种感受。最典型的就是《红楼梦》，第一次看是爱情故事，后来人们不断地发现它背后深刻的文化内涵，这才是它得以长久流传的主要原因。我们是作为文化人介入歌词创作的，希望通过歌词能创作出一些深刻的东西。

陈志红：一个作品在其创作过程中，是否深层指向就已经这么清晰呢？不一定。有时恰恰是作者一种无意识的东西，被后人不断发现，由于这种无意识的东西在无意中暗合了人们的阅读期待，从而使作品产生了生命力和终极价值。为什么《涛声依旧》能得到各层面人士和大众的喜爱？不是说喜爱它的人是在一切层面上喜爱它，而是说不同层面的人欣赏的是它不同层面的东西。

由此，我们便可进入这么一个话题——流行音乐的文化价值和终极价值的估计的话题。流行音乐在文化上究竟应占据什么位置？有什么意义？文化人本身对这一问题的看法就很不一致。那么，流行音乐到底是否具有一种终极价值？

陈小奇：我认为肯定有。唐诗宋词在写作当时就是流行的东西，"有景就有诗"就很能说明这一点；但后来只有很少一部分留存了下来，而很大一部分被淘汰掉了。问题是我们应该盯住留下来的那部分还是淘汰掉的那部分。流行音乐最终会成为中国音乐史上的一种文化遗产，对于这一点我坚信不疑。它最好的部分肯定会经过筛选留存下来而成为一种传统。

陈志红：哪怕是很下里巴人的东西……

陈小奇：任何东西都有可能出现精品。你看戏曲这种东西，原来也是最被人瞧不起的，现在却被列为高雅艺术。我们现在普遍有个认知，以为越少人接受的艺术创作就越高雅。譬如戏曲，不能因为现在欣赏它的人少了，它就变成高雅艺术了。戏曲一开始就是为最底层的大众服务的，是用最简陋的表演形式和文学形式来表现的东西，创作者和演出者往往都是最没有社会地位的。而当戏剧后来作为文化遗产被抢救时，人们却发现了它所蕴含的众多文化价值，于是，戏剧所蕴含的众多价值被总结发掘了出来。流行音乐发展到以后，也会经历这么一种过程，像任何一种艺术形式一样，流行音乐有它的发生、发展、辉煌和衰落的过程，这种规律是没有人可以阻挡的。也许以后有一种新的艺术形式来取代它，当它被作为一种文化遗产来抢救时，人们同样会发现其文化价值。

陈志红：当然，我们应该看到流行音乐是借助商业手段流通的，大概也正是在这一点上，它受到了知识界、文化界比较强烈的抵制，甚至有相当一部分人以听流行音乐为耻辱，哪怕事实上听交响乐很累，他们还是宁可去听交响乐。

陈小奇：把它作为文化品位的象征。

陈志红：成了一张皮……

陈小奇：在古典音乐中能够得到的东西，在流行音乐中一样可以得到，不过现在中国的流行音乐还没发展到比较高的水准，精品还不算多，但肯定已经有精品出现了。

陈志红：商业手段和方式的运用有时可能对流行音乐被人们所认可起了某种副作用——一首歌出来，歌手的包装、广告宣传等形式文章做得多，其中所可能有的文化价值往往就被这些信息"淹没"了，或者更容易让人不屑一顾。

陈小奇：我有个观点，可能比较偏激。我认为任何一种东西，如果不能借助商业手段去流传，它的文化价值是值得怀疑的。所谓商业性，就是说你这个东西在这个时代能否被人们所接受。假如说在这个时候都没人能接受，那么它的文化价值体现在哪里呢？最多只能孤芳自赏——你在做这个时代不需要的东西——所以，创作必须有一定的商业价值。即使是李白当年写诗，也不是没有商业价值的，不值钱的流传不下来。所以，目前文化界对商业性大张旗鼓地批判和讨伐，有没有必要？当然，为商业而商业，那是另一回事。如果你的东西既有文化价值，又有商业价值，那是不是会更好？为什么只要求它有文化性而不要求它有商业性？

陈志红：你是说鱼和熊掌兼而得之？有可能吗？

陈小奇：很难，但并非绝对做不到。

陈志红：可是，西方一些很前卫的东西，如小说《追忆似水年华》，读起来如天书，一开始欣赏者几乎为零，即使是现在，能欣赏和接受的人也不多，但并不妨碍它在文学史上成为有定论的巨著。它的文化价值似乎与商业性没有多大关系吧？

陈小奇：对商业性可以这么看，一种是现实的商业性，一种是潜在的商业性，后者指一开始可能不为人所接受，但预示了很大的商业前景。潜在的商业性也是商业性。例如，时装表演一开始并不一定就能转换成商业价值，但却预示了某种时装走向。实验小说也类似如此，尽管很多人不能接受，但同时也有不少人在关注它，甚至模仿它，这就预示着某种潜在的商业性。如果连潜在的商业性都没有的话，那我认为它的确就没有什么价值了……

陈志红：这就触及了文化生存的问题。如果所有的思想文化成就都只能搭乘商业这条船才能过渡的话，那就很难保证许多有价值的东西不被"淹没"或被抛弃，这种生存危机事实上已在困扰着中国的知识界、文化界。也许我们只能这样来理解：无论任何时代，都不能保证所有有文化价值的东西能够完整地流传下来，很多有价值的东西是被无声地"淹没"的，这种残酷并不是商业社会所独有的……

陈小奇：这样理解也许就客观些，可以避免一谈到商业大潮就怒气冲天，那不能解决任何问题。

陈志红：要尽可能使有文化价值的东西留存下来，在某种程度上说，就不仅是眼光问题，还有一个具体操作的问题了。文化人往往不屑于谈操作问题，很多人认为有价值的东西是天籁之声，不需要人为的力量去扶持，去为它争取一个更为有利的生存环境，其实这已被事实证明是天真的想法。在现实面前，我们除了妥协或对立这两种态度外，就没有可能存在第三种态度吗？

陈小奇：我曾在一篇文章中提出，应该把广州办成一个国际流行音乐城。结果遭到很多人的批判，好像我这么一提，就把广州的格调和档次降低了。其实，他们不懂一个很简单的道理，就是一业兴，百业旺。广州目前是足球重点城市，但其他的体育项目并没有因为不是重点而受到抑制。你当然可以提议把广州办成严肃音乐城，但这在目前有可能吗？没有可能就是白提。我提出把广州搞成国际流行音乐城，是在分析了目前的许多可能性的基础上得出的结论，而且也只是一个战略目标而已，但仍然有很多人对此不理解。

陈志红：这里面有个潜在的价值尺度在起作用，有些人一提商业性、流行音乐，就觉得地位低下。流行音乐也是音乐的一种形式，应该没有什么高低贵贱之分，但在一些人的眼里，已有一种区分在里面了。这究竟是一种什么眼光——知识分子眼光？贵族眼光？还是一种很迂腐的眼光？已经过时了的眼光？

陈小奇：抱有这种观念和眼光的人，往往是由他们自己个人的立场所致，他们并不是从整个社会发展的角度来看问题的。

陈志红：这种眼光很重要，它在很大程度上决定了一个人的价值标准。如果它仅仅是属于个人的意见倒也罢了，现在的问题是几乎所有个人化的东西都在力图使自己变得群体化、社会化，以谋求其对公众生活的影响。大家都能说话，这当然是社会进步的表现，但你说得对不对，就需要有个仲裁了。仲裁者又是谁呢？又根据什么来仲裁呢？没有权威不行，权威太多那还不如没权威。但在国人的思维习惯中，还是希望有权威的；而且每个人的潜意识中都有当权威的欲望。

最近读到一些有关文化分流的文章，其中比较清晰的是陈思和对21世纪文化分裂"三足鼎立"格局的预设梳理：①国家权力支持的政治意识形态；②以知识分子为主体的西方外来文化形态；③保存在中国民间社会的民间文化形态。（参见《上海文学》1994年第9期）我觉得这种对文化形态的划分非常有意思，好像一下子从思路上理清了很多东西。上述每一种文化形态，都代表了一种眼光和立场，尽管它们自身仍在不断地分流或整合，但基本格局不会有根本性的变化。而我个人则认为，其中知识分子的立场或眼光是最值得重视的，它是介于官方和民间的一种中间状态，并且最有可能向两头即官方和民间移动。所以，真正具有边缘意味和边缘身份的，应该是知识分子，官方和民间实际上是各成中心的。不过，不管何种形态，要保持一种很纯粹的状态，似乎已经是一件很困难的事情了。所以，中心或边缘、主流或非主流，也未必就那么泾渭分明……

陈小奇：我曾谈到关于主流音乐的问题。什么叫主流音乐？所谓主流音乐，就是绝大多数人都能接受的、充分利用现代最新科技成果的音乐，只有这样的音乐，才能被称为现代主流音乐。大家都不接受的，又不能反映这个时代特点的东西，能被称为主流音乐吗？像古典（严肃）音乐，是在十八九世纪资产阶级上升期产生的，它体现的是大工业时代的和谐与秩序感。

陈志红：一种大的和谐……

陈小奇：它当时使用的乐器也是那个时代流行的乐器，而现在的乐器大多被电声乐器所代替，在音乐表现上也更丰富了。若我们仍然要死抱着过去的东西，将它们封为主流音乐，对于这一点我深表怀疑。从接受者看，现在喜欢严肃音乐的也有很多。这很自然，这是个多元化的时代，喜欢流行音乐的人可能同时也很喜欢古典音乐，但古典音乐始终是一种文化遗产，谁也不能把文化遗产当成今天的东西。例如，古董是有价值的东西，但不见得大家如今都能接受和欣赏。古董是现代社会对古代文明的一种认可，因为它是历经时代和岁月的磨炼，披沙拣金、优胜劣汰、去芜存菁，最终得以保存留传下来的东西。流行音乐以后也会成为古董，戏曲已近乎成为古董了。

我有一个观点可能也很偏激：任何一种艺术如果到了需要政府来扶持的话，它不可能有很强的生命力，它的复兴几乎是不可能的。当然，由政府拨款，利用现代科技，把一些艺术品种保存下来，这是应该的。但若要花大钱去扶持那些已被老百姓扬弃的东西，这么做究竟有什么意义呢？没人说要扶持流行音乐，但它却生长起来了。

陈志红：很多东西在一开始还未得到主流认可时，多处在一种自生自灭的状态。但如果它生长起来了，就说明它的存在是合理的，有其特别的社会、文化和心理背景。

陈小奇："多年的媳妇熬成婆"嘛！一开始谁都要当"媳妇"的。我在南京开会时，有一位教授说，流行音乐本来就是一种边缘艺术，为什么一定要登堂入室，坐到"正殿"来不可？应该安于现状。我认为这种观点是荒谬的，戏曲本来也是边缘艺术，包括现在的古典音乐、交响乐等，一开始也是边缘艺术，到后来修成正果了，被大家承认了，也就成了主流艺术。任何一种艺术如果永远只安于边缘状态，是不可能有发展的。

陈志红：这还要看这种东西有没有成为主流的可能，不是说它愿意成为主流就能成为主流的。是否存在这么一种情况：某种艺术形式或某个艺术作品，由于它内在的价值暗合了某种历史的选择而被自然地留存下来，而不是由于它自身外在的努力？

陈小奇：我认为，从理论上来说，任何一种边缘艺术都有可能成为主流艺术，只要你给予它一定的生存空间，如社会的宽容度、从事这一行的人自身的努力，以及天赋和缘分。当然，关键前提条件还是我们对其应持以宽容态度，在未成为定论的情况下，允许其探索和发展。我们往往忽略了现代科技成果在文化传播中所起的作用，它们直接影响了各种艺术形态的生存。流行音乐首先是因为电声乐器出现，其次是因为有了盒带而能用磁带的形式把音乐保存下来，才得以流行，它是现代科技成果造就的艺术形式，这种东西才是真正代表今天的……

陈志红：那么，人的作用是不是可以越来越忽略不计呢？

陈小奇：我认为应考虑综合的、多元因素的作用，现代人已经有很多选择，优胜劣汰，他们当然会选择他们认为最好的那种东西。

陈志红：这种选择本身就有很强烈的民间意味，这对我们的文化现实具有提示意义。很多文化人没有意识到这一点，抱怨往往多于思考。其实，任何一种东西都可以流行起来，流行只是现象，其兴起背后有更深层次的东西在起作用。

陈小奇：我很希望能将群众的自发选择和政府的决策结合起来。在这方面，广东的情况比较好，流行音乐的颁奖典礼有不少领导参加，我与兰斋的《跨越巅峰》被选为世界首届女子足球锦标赛会歌，这很不容易。北京有首《亚洲雄风》虽然被广泛传唱，但始终没能被选为亚运会会歌，这恐怕与北京地区对流行音乐的看法有关系。

陈志红：在广东，这些事情不太受政治因素的影响，环境比较宽容。

陈小奇：像《弯弯的月亮》拿了广东文艺最高奖——"广东省鲁迅文学艺术奖（艺术类）"，就已充分说明广东人的确改变了对流行音乐的看法。

陈志红：流行音乐开始从边缘向中心转移了。

陈小奇：在广东可以这么说。

陈志红：当流行音乐越来越成为一种可以被普遍认可和接受的东西时，它与现实是否就形成了一种"同谋"的关系？

陈小奇：粉饰太平、歌功颂德的东西当然不行，真正流行的还是那些表现老百姓真实感受的、能引起人们情感共鸣的东西。

陈志红：知识分子的眼光和民众的眼光，两者尽管有可能重合，但我觉得更多时候似乎是分裂的。

陈小奇：这就引出了雅俗共赏的问题，文化人一般喜欢雅的东西，老百姓则喜欢接地气的东西。

陈志红：二者也有重新分流的情况，因为文化人也分很多层次。从理论上来说，大家都承认大俗即为大雅，反之亦然，但具体操作起来就不是那么简单了。

陈小奇：是啊，在这种情况下，艺术创作者写出来的东西往往两头都不讨好。真正的雅俗共赏，是对一个作品创作出来后的后期反映，而不是创作者在创作之前就先去考虑这个条条框框，若是这样，反而很难创作。像《涛声依旧》和《小芳》，前者是雅写，后者是俗写，但都被不同层次的听众接受了。在创作时，要么大俗，要么大雅，到最后反倒很有可能成功。如果一开始就追求雅俗共赏，绝对写不出好东西来。

陈志红：现在有一种很流行的观点，认为在现代商业大潮的冲击下，从事艺术创作的人也越来越注重目的性，一切以现实功利为杠杆，所以，现代文明科技时代对艺术的发展是摧毁性的。

陈小奇：我并不这么认为。现代文明的发展有可能催生出新的现代艺术，任何一种文明都离不开艺术，工业文明时代有工业文明时代的艺术，科技时代也应有科技时代的艺术。当然，科技时代对一些古老的传统艺术可能是摧毁性的，传播媒介、视听技术的发展可能摧毁一些艺术样式，但它同时也催生了一些新的艺术样式，它在摧毁的同时也在建设。从人类文明的发展来看也是这样，任何一种新东西的产生都会带来很强的破坏性，但同时又有很强的建设性。流行音乐的出现对其他音乐产生很大的冲击，但它也在建设一种新的文化。现代文明是不可能摧毁艺术的。

陈志红：对艺术的需求是人内心深处的一种需求，而精神需求也是有不同层次的，艺术不会随着现代文明的发展而被摒弃，这只是一种观点。但我们同时看到，大量感官的、浅表的东西正在充斥我们的生活，精神变得越来越可有可无，艺术与人的关联也越来越淡……

陈小奇：重要的是我们如何调整自己的心态，包括审美趣味。任何一种新艺术形态在开始的时候往往不被人接受，如现代舞，一开始给人的感觉是非马非驴，朦胧诗也是这样。这是因为人们当时的审美趣味还没调整过来，当调整过来后，你会发现现代舞、朦胧诗里很多精彩的东西。比如，现代舞，我接受它之后就开始讨厌芭蕾舞了，觉得芭蕾舞太程式化、太拘谨，而现代舞则显得很自由，把人内心深处的生命体验淋漓尽致地表现出来了。

陈志红：我们需要打破自己的审美定式，才能接受、欣赏新的东西。

陈小奇：尤其是要介入现代生活，只有介入，才能产生现代生活观念。

陈志红：文人知识分子对社会的介入很重要。很多文人知识分子固执地与现代社会保持一种距离，不愿介入。不愿介入的原因有很多，一种是本能的排斥，还有一种是没办法介入、没能力介入。这种情况其实很普遍，结果是其与社会越来越疏离。于是对现实存在的很多现象，介入的那部分人与未介入的那部分人在评价的尺度上就有不同，矛盾便由此产生。

陈小奇：人要调整或改变多年形成的审美的、艺术的习惯，那是很痛苦的，又是没办法拒绝的。任何生活在现代社会中的人，都必须接受这个时代目前所有的一切，包括艺术。若一定要与现代艺术、现代生活保持距离，那是你个人的事，你可以有这种爱好，但你不能把你的观点强加给这个社会，让社会跟着你保持过去的审美情趣。现代文人与古代文人不同，很多古代文人追求陶渊明的"采菊东篱下，悠然见南山"的境界，现在的文人做得到吗？你想悠然也悠然不起来。

陈志红：现代人已经很难有这样一种生存条件和生活状态了。

陈小奇：其实，我们这一代人也在不断地调整自己，慢慢地适应现代社会。

陈志红：看来你是坚信在传统与现代之间可以找到一个平衡点的。

陈小奇：对。比如说古为今用，怎么古为今用法？古代文化传统中有那么多优秀的东西，你怎么用现代的方式使老百姓接受呢？如果说要把传统的东西抛弃掉，其实不可能。传统是民族历史和文化积淀在每个人血液中的东西，它就在那里，你想抛弃也抛弃不了，你只能面对现实，写出能被老百姓接受的东西，但你不能用传统的东西来挡住现代的东西。

陈志红：这是一个很有价值的问题。前两年的商海大潮，对知识分子、文人阶层是一个巨大的冲击，它引起的心灵波动是很大的。很多人找不到平衡点，当人们一觉醒来，发现已经没有了让人感觉良好的立足之地，文人的声音开始有些力不从心、声嘶力竭。

陈小奇：他们已经意识到与老百姓之间其实是有很大距离的，虽然想缩短距离，但又做不到。譬如，有不少人就始终弄不明白流行音乐为什么会受到那么多人的喜欢，似乎被越多人喜欢的就越有问题；也总有些人说要引导别人，问题是你具不具备这种引导的实力，有什么能耐去引导？你的东西与老百姓的需要完全是两码事，你怎么去引导？引导是要有前提的，也就是说，你只有先搞清楚老百姓为什么喜欢这种东西，才能谈得上引导。

陈志红：引导的作用还是应该有的。我们不能排除在老百姓中的确存在着不少劣根性的东西、人性弱点的东西，就像知识分子自身也存在着许多弱点一样。所以，人的精神是需要引导和提升的，知识分子应该承担这样的社会责任，对现实具有一种既关注又超越的眼光和主张。

陈小奇：我们一提到引导，就总觉得是思想内容的东西，其实形式也是很重要的。20世纪90年代，老百姓最能接受的形式就是流行音乐，它有一种潜在的教育功能，如果创作者能将其发挥到极致，并且保持艺术应有的格调、品味以及追求，它的教化功能同样是很强的。

谁都想坐到中心的位置，但这应该靠自由竞争，任何一种艺术形式，都应该靠竞争来获得它应有的地位。像流行音乐，大家都接受和喜欢，它理所当然应该坐在中间。

陈志红：这就是价值观念和规范体系不一样造成的，正如我前面所说，谁又能做这种价值观和规范的最后仲裁者呢？这个角色又该由谁来认定呢？看来，这个任务最终只能交给历史。任何一个社会阶层都是从自己的利益出发作评判的，知识分子阶层曾经有过可以超越自身的阶段，但现在这种地位似乎也不复存在，而且知识分子自身也在分化之中，传统的观念体系受到最严峻的挑战，新的观念体系还没来得及建立起来。在这种情况下，知识分子应该承担的责任，就是要用一种建设的眼光去分析、评判、建设一切。当然，批判的品格是永远不应放弃的。

（载《上海文学》1995年第1期）

雷于蓝对话陈小奇：流行音乐是时代的声音

【编者按】

明天，广东省委十届七次全会将专题研究文化强省建设，研究并出台《广东省建设文化强省规划纲要》，广东将全面吹响文化强省建设的号角。日前，雷于蓝副省长拜访了几位广东文化艺术界名人，他们是陈小奇、姚锡娟、杨之光和黄伟宗，他们分别是广东流行音乐、舞台艺术、美术界的领军人物和"珠江文化"的学术倡导者。围绕广东文化强省建设的方方面面，雷于蓝副省长与4位文艺家展开了坦率的对谈。

一手写出《涛声依旧》等经典歌曲的陈小奇被誉为"南方音乐教父"，多年来是广东流行音乐的标志性人物。

雷于蓝与陈小奇的对谈，从流行音乐的发展切入，探讨广东在创造30年经济腾飞奇迹之后，在文化上应当提供怎样先进的价值观和发展理念。

雷于蓝认为，政府有必要创造有利于流行音乐、流行文化发展的大环境；同时，在舞台艺术领域，用经典文艺作品提升普通老百姓的文化素质，这关系到文化强省建设的根本问题——让每个人受文化之益。

【点睛之笔】

陈小奇：20世纪90年代，经过短暂的低潮后，以网络歌曲和手机彩铃为代表的新媒体数字音乐在广东稳步发展，现在，广东又成为流行音乐的主要阵地了。要让流行音乐再掀高潮，大规模、大手笔、花大力气地推介太重要了。比如，广东应该建一个类似"百老汇"的"流行音乐街"，建一批流行音乐演出的剧院和场所，建设流行音乐原创基地，以吸引全国流行文化的精英和人才。

雷于蓝：一方水土养一方人，广东有特定的历史文化传统。您提出了一个很重要的观点：文化工作一定要找准自己的位置，抓住自己的特色，突出自己的特色。没有特色的文化没有活力、没有生命力，更没有吸引力。广东背靠中原，面向大海，自古就有对外开放的传统，开放、包容、变革、创新，一直贯穿在广东人的精神中。正因为如此，当改革开放大潮到来时，广东音乐人才能在流行音乐方面大显身手。

一、流行音乐：流行音乐最能体现时代特色

陈小奇： 一个时代有一个时代的音乐：民乐是农业文明的产物，表现的是田园诗一样的境界。交响乐是外来的音乐品种，是工业文明的产物。乐器的生产需要工业技术，不同乐器、不同声部的演奏需要统一的指挥协调。在当今信息时代、数字时代，流行音乐是最能体现时代特色和技术进步的音乐形式。流行音乐虽然借鉴了西方的音乐形式，但它完全可以本土化，可以表现丰富的现实内容。在国家的每一次重大事件中，流行音乐都能不辱使命，都能走在前面，而且有着出色的表现。比如，汶川地震、"非典"、奥运等重大事件到来时，流行歌曲都热切真实地反映出我们国家和人民的精神面貌和与自然灾害、疫情抗争的同舟共济，这些是民族音乐和古典音乐做不到的。

雷于蓝： 艺术的发展离不开时代的进步。当今时代，流行音乐最贴近群众、最贴近生活、最受年轻人喜欢，是快速反映生活、表现生活的艺术工具。这个高效的载体，不但可以表现流行的、时尚的内容，同时还可以承担主旋律的功能。崇高厚重的可以，灵巧舒缓的也可以。我们要处理好民族音乐、古典音乐和流行音乐的关系，百花齐放，全面发展，满足有着不同层面、不同需求、不同爱好的听众的需求。当然，流行音乐应怎样承载传统文化内涵、怎样更好地弘扬主旋律，需要艺术家更多的思考和努力。

二、城市文化定位：广东最宜平民文化和娱乐文化成长

陈小奇： 流行音乐是广东最好的文化名片。有一种说法让人记忆犹新："到广东吃海鲜，听流行音乐。"流行音乐曾经是广东改革开放的标志。改革开放之初，广东文化喷薄而出，广东流行音乐、广东影视在全国异军突起，创造了广东文化的辉煌年代。与广东经济发展同步萌发的广东文化鲜活且富有生机。后来，大批流行音乐人、影视剧创作人北上，娱乐业中心移到湖南、北京、江苏等地，广东在流行音乐方面出现暂时的黯淡。20世纪90年代，经过短暂的低潮后，以网络歌曲和手机彩铃为代表的新媒体数字音乐在广东稳步发展。现在广东又成为

流行音乐的主要阵地了。为什么广东在流行音乐独占鳌头的地位失而复得？这促使我们进一步思考广东的文化定位——广东的文化生态最适宜平民文化和娱乐文化成长，为流行音乐提供了天然土壤，这是广东文化的特质和强项。

雷于蓝：一方水土养一方人，广东有特定的历史文化传统。您提出了一个很重要的观点——文化工作一定要找准自己的位置，抓住自己的特色，突出自己的特色。没有特色的文化没有活力、没有生命力，更没有吸引力。广东背靠中原，面向大海，自古就有对外开放的传统，开放、包容、变革、创新，一直贯穿在广东人的精神中。正因为如此，当改革开放大潮到来时，广东音乐人才能在流行音乐方面大显身手。

三、文化价值观：流行音乐不轻松

陈小奇：流行文化和流行音乐的发展，不只是行内的事，而且事关文化发展和青少年价值观教育。李岚清同志当年在南京调研后得出一个结论：搞不搞流行音乐，是关系国家文化安全的问题。你想想，如果我们的孩子们从小听的都不是中国原创的音乐，而是欧美、日韩的流行音乐，那么在他们的血液中沉淀的便是国外的价值观。美国传播它的价值观，除了军事，还有文化产业——流行音乐、好莱坞大片。今天，中国如何将自己的价值观传递给世界？必须借助一种国内外都能接受的大众化的形式，这是流行音乐不应该被忽视的意义所在。

雷于蓝：您从轻松的流行音乐提出了一个严肃的话题——文化安全问题。用什么样的文艺形式承载我们的价值观？用什么样的娱乐形式吸引青少年？怎样在潜移默化中教育、感染、影响我们的青少年，不但关系眼前，更关系长远，这也给政府提出了严肃的课题，给文艺工作者提出了严肃的课题，给教育部门、共青团等做青少年教育工作的部门提出了严肃的课题。这个课题需要我们重新认识流行音乐、研究流行音乐、引导流行音乐，使它更好地为文化建设服务，为国家的长治久安服务。流行音乐不轻松啊！

四、环境与平台：广东流行音乐不缺人才缺平台

陈小奇：广东流行音乐走过一段下坡路，仔细想想，那是由高潮之后"放任自流"、缺少大手笔的整体规划和扶持所致。唱片业转型，原来广东引以为傲的唱片业成了夕阳产业，加上流行音乐人大多是"政府体制外的人"，要获得领

导和政府的支持存在一定的困难。现在，广州找不到一个正规的流行音乐演出剧院，知名歌手来开演唱会都要用广州体育馆。相反，长沙、东北等地都有音乐演出俱乐部等固定场所。每逢有演出，当地人全家老少一起去观看，现场非常火爆。这些演出平台直接催生了当地娱乐业的火爆。

20世纪80年代，广东首创上百个音乐茶座，首创歌手签约制度，报纸、电台、电视台搞比赛，设置评介、推荐、排行榜活动，政府部门积极参与推动，吸引了一大批音乐人来广东发展。那时的环境、条件、氛围和平台促成了流行音乐在广东的高潮和繁荣。现在，广东聚集了一批流行音乐人，好作品层出不穷，但"歌红人不红"，关键是缺少宣传推介平台。振兴流行音乐，广东不缺基础，不缺人才，缺的是平台。要想让流行音乐再掀高潮，大规模、大手笔、花大力气的推介至关重要。比如，广东应该建立一个类似"百老汇"的"流行音乐街"，建立一批供流行音乐演出的剧院和场所，建立流行音乐原创基地，吸引全国流行文化的精英和人才。政府要参与流行音乐的发展，为之造势，市场做起来了，参与者就会多，产品就会多，交易就会多。流行音乐最容易产业化，美国唱片业占GDP（国内生产总值）的14%，英国的则占GDP的11%，我们在发展流行文化的眼界、力度上仍有很多欠缺。

雷于蓝： 我们讨论了这么多，从国家文化安全的长远观点来看，从建设文化强省的深层次上认识流行音乐，进而发展广东的流行音乐，很有必要。政府要在创造有利于流行音乐、流行文化发展的人文环境上有所作为。

（载《南方日报》2010年7月15日）

陈小奇解读"南方乐派""新民歌"概念
——岭南乐坛理应吹"南"风
（主持：吴聿立）

一、流行歌曲：孤军奋战不顶事

记者（以下简称"记"）：您创作了好多人们耳熟能详的流行音乐作品，如《涛声依旧》《大哥你好吗》《九九女儿红》《又见彩虹》等，这些歌曲堪称精品，请谈一下您当时创作这些作品的体会。

陈小奇（以下简称"陈"）：这些作品之所以具有一定的影响力，我觉得原因无非是两点：一是在内容上把握住了当时的社会心态，二是在音乐上把握住了当时的社会审美潮流。流行音乐是一种时尚文化，任何作品，如果把握不住它的定位和卖点、无法满足当时的社会需求，要成功就绝对是不可能的。

记：作为领军人物，您对近年来广东乐坛的创作现状是否满意？

陈：我对广东乐坛这几年的创作是基本满意的，可以说，除北京之外，在中国内地，广东的流行音乐创作仍然是排头兵，这一点谁也否认不了。但是创作毕竟只是整个流行音乐产业链中的一环，面对现实，音乐人有些时候其实也很无奈。所以，整个广东流行乐坛的发展，不能只指望音乐人的孤军奋战。

记：您曾成功地推出了一批歌手，像毛宁、李春波、甘萍、陈明等，这样的工作今天您依然在做，但效果似乎不太明显，为什么？

陈：20世纪90年代，由于广东率先推出歌手签约制度，抢占了当时的制高点，加上当时全国媒体对广东的高度重视，在推介上也占了不少"便宜"，所以当时收效较大。现在做歌手比当年困难很多，由于这些年广东音乐环境不好，全国媒体不再聚焦广东，这是一个很关键的原因。

记：您和李广平等一批实力音乐人创建了广东省流行音乐协会，这个组织是否对推动广东流行音乐的发展起到了实质性的作用？

陈：这些活动应该说对广东乐坛恢复元气起到了一定的促进作用，起码社会各界都会明显地感觉到广东乐坛又开始慢慢热闹起来了。当然，如果我们指望有了一个组织就能包治百病，那也是不现实的。协会既无经费，又无编制，我们只能尽自己的能力去做。

二、南方乐派：自己的东西最宝贵

记：您最近提出了"南方乐派"的新概念，为什么会有这种提法？

陈："南方乐派"是不久前我们提出的一个概念，但著名词坛泰斗乔羽先生在接受媒体采访时表示不太认可，他认为要形成一个学派，必须有划时代的大师出现。此话不假，但我们觉得大师不会横空出世，必须有一批人乃至一代人在某种风格上的共同努力，才会有产生划时代大师的条件，在没有大师的情况下，并不妨碍我们去进行探索和追求。

我们觉得，目前制约着中国歌坛发展的一个问题是区域性音乐发展的不平衡。实际上，中国这么大，每个地方由于人文背景不同，其呈现出的音乐风格也不同，在不同的地理条件下，必然会产生不同的音乐审美趣味和音乐价值观念。以民歌为例，江浙一带流行的是江南小调，比如《茉莉花》；陕西一带流行的则是粗犷的《信天游》，这里面有着很深刻的人文内涵。我们之所以提出这个概念，其实就是希望广东乐坛能够更丰富、更多样化。

记："南方乐派"的内涵是什么？在以后的创作中又如何去体现？

陈：关于"南方乐派"的内涵，其实我们还在探索中，但我们希望这个乐派能够具备一种鲜明的地方特色，亦即能充分地体现南方人的审美趣味、南方人的情感诉求方式乃至南方人的审美价值趋向的一种音乐风格。一言以蔽之，它必须是南方的而不是北方的。在创作中，我们将忠实于自己的音乐理念、审美趣味和价值标准，让南方人拥有南方风格的歌曲——这就是我们的创作方向。

记：南北方音乐的差异一直存在，为何您现在才提出这个概念？

陈：促使我们提出这一概念的原因是近年来中国流行音乐的重心已完全落在北方，整个南方流行音乐几乎丧失了话语权。我们担心长此下去，南方音乐风格缺少了自觉性，将会失去自己本来的面目。

记："南方乐派"无疑是把岭南音乐从中国乐坛中独立出来了，这种派别之分是否有利于岭南音乐的发展？是否是地方保护主义的一种体现？

陈：需要说明的是，第一，"南方乐派"是南方的概念，而不仅仅是指广东；第二，"南方乐派"是一种文化的自觉，而不仅仅是一种保护；第三，"南方乐派"的提出是为了丰富中国流行乐坛的色彩,而不是一种狭隘的"独立"。既然我们在美术上可以有岭南画派,那为什么不可以有"南方乐派"?如果"南方乐派"确实出现了,难道不是中国音乐的福音吗?

三、新民歌,更注重原创精神

记:民歌是中华民族艺术宝库里的瑰宝,影响深远。然而时至今日,却很难给"民歌"一个准确的定义,您认为该如何定义民歌?

陈:我们现在所说的"民歌",我觉得包括以下3种形态:一是民间流传的原始民歌,二是文化工作者根据原始民歌整理和改编的民歌,三是用民族唱法演唱的原创歌曲。

记:岭南民歌种类众多,可是为什么在全国流传得不够广泛?

陈:岭南民歌是中国民歌的一个重要分支,包括客家山歌、海丰渔歌、中山咸水歌等,而岭南民歌流传度不够,我觉得可能和它的方言局限性有关,同时也和我们的推介力度不够有关。

记:近日,包括您在内的一帮流行音乐人推出了"新民歌"专辑《赛龙夺锦》,您认为什么是"新民歌"?

陈:"新民歌"是近年来兴起的一个概念,业界有不少词曲作家对它进行了探索。广东作曲家姚晓强创作的《幸福山歌》、著名作曲家李小兵创作的《客家迎客来》等应属于这一类型的作品。所谓"新民歌",我个人认为它是一种融合了流行音乐元素的民歌。它与传统的民歌相比,无论词曲、编配还是演唱都具有鲜明的时尚性,在旋律上更为口语化、通俗化,在节奏上则大量吸收了流行音乐的节奏特点。

记:广东流行乐坛的一帮中流砥柱玩起了"新民歌",这样做的目的是不是想利用民歌来挽救不太景气的广东流行音乐?

陈:我们近年来创作了较多的新民歌,原因之一是有社会需求——有市场就会有人写;原因之二是我们这代人是"喝着民歌的乳汁长大"的,我们对民歌本来就有很深厚的感情,而且以后还要永远"喝"下去。但广东的流行音乐不需要用民歌来挽救,这是两种不同的音乐形式,有着不同的受众群体。广东流行音乐的发展只能依赖于优秀的流行音乐作品,但我们相信:流行音乐作者适当地介入新民歌的创作,起码对流行音乐的本土化以及对民歌的时尚化都会起到很大的帮助作用。

记：这些"新民歌"与一些组合把经典民歌重新编排、配器后进行演唱的作品有何区别？您对组合的这种做法有何看法？

陈："新民歌"更多的是一种原创的作品。把经典民歌重新编配，或以通俗唱法重新演唱当然也可以列入"新民歌"的范畴，这对于优秀民歌的进一步普及、提高和增强青少年对民歌的认识和喜爱无疑是一件好事。一个时代有一个时代的音乐，与时俱进是我们需要牢记的。

记："新民歌"的生命力如何？

陈："新民歌"是在流行音乐的启迪下产生的，它能受到民众的欢迎就说明了它有生存的价值。我希望有更多的人参与到这种探索之中。或许它不是民歌发展的唯一途径，但无论如何，求变是必要的，增强民歌的时尚性起码是适应时代发展、适应社会审美潮流的变化所需要的。

（载《广州日报》2004年3月29日）

陈小奇：炒作南方的音乐概念

一、广东仍是流行音乐重镇

记者：广东有没有必要和可能再去争夺中国流行音乐的基地这么一种地位？理由是什么？成为流行音乐业重镇的标志是什么？

陈小奇：广东至今仍然是中国内地除北京之外最重要的流行音乐基地。第一，广东仍然拥有一支优秀的创作队伍，20世纪80年代涌现出来的作者群在全国仍然有着强大的影响力，90年代后期至21世纪初脱颖而出的一批新生力量也已崭露头角；第二，广东在制作、录音、包装推广方面仍然占据全国领先地位，中央电视台主办的包括广西国际民歌节（现为"南宁国际民歌艺术节"）等重大活动均由广东音乐人担纲制作；第三，广东的唱片加工业占全国的80%以上；第四，广东推出的歌手也已在低潮中崛起，容中尔甲、宋雪莱、张敬轩、魏雪漫等已成为广东歌坛的中坚力量。以上几点是广东成为国内流行音乐重镇的重要标志。

二、毗邻港澳反而带来不利因素

记者：在改革开放还未如今天如此深入的时候，广东曾经因为毗邻港澳的地缘因素成为内地流行音乐的基地。当这种地缘优势消失的时候，广东还有什么样的优势可以在流行音乐上开创辉煌？

陈小奇：毗邻港澳的地缘因素，并未给当年的广东乐坛带来多少优势，相反，由于香港唱片业很容易渗透广东，反而给广东乐坛的发展带来很多不利因素，使广东本土的原创音乐长期处在来自香港的"压迫"之下。但是，广东仍然有着一定优势：第一，广东有着一批执着的坚持本土原创风格的音乐人，这是其他地方无法比拟的；第二，广东人天生就有一种开放的观念，敢想敢做；第三，广东有着浓郁的商业氛围，这对流行音乐这种商业性的文化形态的发展具有极重要的作用。

三、大环境比 20 世纪 90 年代差

记者：广东流行音乐目前无法"流行"起来，原因何在？似乎是整个流行音乐的大环境都不怎么好？

陈小奇：目前广东流行音乐的大环境比 20 世纪 90 年代差，已是人所共知的事实，原因不外是：第一，广东缺少像当年那样能影响全国的重要媒体，现有的媒体对广东乐坛的支持力度亦大不如前；第二，广东作为翻版、盗版的重灾区的事实严重制约着本地唱片业的生存与发展；第三，以上两点对广东乐坛生存环境和投资环境的影响，致使广东在近 10 年来缺少大资金的投入。这些因素都是广东乐坛重振雄风的重大阻力。

记者：音乐流行的要素是什么？商业在其中起到怎样的作用？过去的广东流行乐是否以甜美抒情为主？能不能用一句话来概括过去广东流行音乐的特点？

陈小奇：音乐流行的要素有 3 个：一是适应了社会大众的需求和审美潮流的变化，二是有较好的制作质量，三是有强大和适时的宣传推广。至于商业的作用，主要体现在对市场的把握及策划和定位等方面。自 20 世纪 80 年代至今，广东流行音乐的特点可用"优美、抒情、含蓄"来概括。

四、理论是广东乐坛的弱项

记者：理论和人为的倡导对艺术的风行起着什么样的作用？今天的广东可以期待一种什么样的流行音乐？这种流行音乐对过去广东有过的流行音乐有什么继承和发展？

陈小奇：任何艺术发展到一定程度都必须依赖从实践中总结出来的理论而得以提高，而理论是广东乐坛的弱项，也是整个中国流行音乐的弱项，这已成为本土流行音乐发展的瓶颈。广东流行音乐的发展一直都以市场为导向，今天我们所期待的无非是一种能紧密结合中国市场而又能够保持自己独特风格的广东流行音乐。比之过去，它应该有着更为鲜明的时代烙印。

五、概念炒作无可非议

记者：您最近提出了"南方乐派""新民歌"等口号，这有什么样的现实根据？包括什么样的内涵？二者是一种什么样的关系？是不是有"技穷而炒概念"

的嫌疑？

陈小奇："南方乐派"是我们最近提出的口号，"新民乐"则早已有人提出来了。"南方乐派"是基于目前内地流行乐坛的地域性音乐发展不平衡而提出来的。我们认为，各个地域由于生存环境与人文环境的不同，其音乐风格和审美趣味都将呈现出极大的差异。事实上，中国南方的各类艺术形态自古以来就和北方有着极大的不同，如民间音乐、戏曲以及美术上的岭南画派等。我们提倡的是一种文化的自觉、对本地音乐的尊重、对本地音乐价值观念的重新认识。"南方乐派"的内涵，我们认为应该是具有鲜明的地方特征，亦即能充分地体现南方人的审美趣味、南方人的情感诉求方式乃至南方人的审美价值取向的一种音乐风格。简言之，它必须是南方的，而不是北方的。至于"新民歌"，我们认为应该是一种带有显著的民族音乐特征，在旋律上更为口语化、通俗化，在节奏上大量吸取流行音乐的特点，在风格上更为时尚化的民歌类型。"新民歌"是一个全国性的概念，"南方乐派"则是中国南方的概念。概念的"炒作"本身无可非议，重要的是不要为炒作而炒作。

六、为中国老百姓写歌

记者：流行音乐给人的印象是一种年轻、现代的事业，您二十几年来一直坚守这个事业，会不会觉得力不从心？什么时候才会激流勇退？在促进流行音乐方面您最近做了些什么？

陈小奇：由于流行音乐的时尚性，它注定是专属年轻人的一种音乐形态。20多年来，由于年龄渐长，与下一代年轻人在情感沟通上确实存在着越来越多的隔阂。这也是近年来我更多地转向民族音乐创作的一个重要原因。但是，只要能坚持"为中国老百姓写歌"的基本理念，透彻地分析中国老百姓的审美兴趣，我认为年龄不应该是影响创作的重要问题。至于"激流勇退"，坦率地说，我还来不及考虑这个问题。当然，我们面对的是市场，当老百姓接受不了你的作品的时候，你不想退恐怕也得退了。

在促进流行音乐方面，目前主要是抓好广东省流行音乐协会的工作，包括建立广东原创歌曲排行榜、流行音乐声乐考级、广东流行音乐"学会奖"、广东流行音乐赴京展示会等；主要目的是改善广东流行音乐环境，促进广东乐坛的持续性发展。

七、不放弃对传统意韵的追求

记者： 您在词创作中似乎更多地追求一种传统的意韵，抒发一种属于古典的、农业时代的感情，会不会因此缺少现代感、现实感？对此您是怎么看待的？

陈小奇： 对传统意韵的追求是我的个人爱好，我觉得这对提高流行音乐的文化品位、扩大流行音乐的受众面很有好处。毕竟中国老百姓积淀了几千年的文化审美习惯是不容易改变的。至于现代感，我认为只要你在作品中注入了一种现代精神，符合了老百姓当代的心态，它就是现代的，这与是否使用传统意象无关。需要说明的是，我的作品中属于传统意韵的作品只占很少一部分，如《大哥你好吗》《我不想说》《拥抱明天》《为我们的今天喝彩》《又见彩虹》《跨越巅峰》等大量的作品均与传统意韵无关，只是由于《涛声依旧》《九九女儿红》《高原红》等作品影响较大，才使人们产生了这种错觉。不过只要有社会需求，我就不会放弃对传统意韵的追求和探索。

（载《羊城晚报》2004 年 4 月）

二 访谈对话录

广东人生来就有敢想敢做的开放观念

（记者：郭珊）

【核心提示】

刚刚过去的星期六，素有"流行音乐掌门人"之称的陈小奇做客"岭南大讲堂"，这是个普通的日子。回首间，广东流行音乐已跋涉 30 年。面对热情的听众，陈小奇似乎感觉到，积攒了 30 年的光荣和创伤，一起从时间的缝隙射出耀眼亮光。

怎能忘记 2007 年 6 月 16 日，毛宁、林依轮、李春波、甘苹等当年从广东成名的歌手们，齐聚广州天河体育馆。当《敦煌梦》《弯弯的月亮》《涛声依旧》《你在他乡还好吗》《小芳》等 20 世纪八九十年代风行全国的旋律再一次响起的时候，陈小奇坐在台下，默默怀念那些未能前来的故人，包括英年早逝的歌手陈汝佳、《请到天涯海角来》的曲作者徐东蔚。

怎能忘记 30 年的风雨，广东流行音乐从 20 世纪 80 年代的突飞猛进，到 90 年代中后期的大幅滑坡和"雁去巢空"，如今峰回路转，广东竟然又成了目前全国最大的网络歌曲、彩铃歌曲生产基地。几番起落间，陈小奇早年不经意间写下的"遥远的荒漠里有你身影的沧桑，多年以前的辉煌喜悦早已遗忘"，更像是为这一切预先留下的注脚。

陈小奇曾经形容自己是介乎传统和现代之间的边缘人物，是过渡时代的过渡人物……

一转眼，华发已生，涛声可还依旧？个中滋味，与谁能说？

一、风生水起：流行歌曲一开始就被打入另册，是个历史遗留问题

记者：20 世纪 70 年代末 80 年代初，正是港台地区流行歌曲传入内地的时

代，而广州的音乐茶座也开始风生水起。您作为一个亲身感受之人，对邓丽君等人的流行音乐最初的印象是什么？

陈小奇：在学校念书的时候我还没有想过这辈子会从事音乐创作，也没有机会去茶座听歌，那个时候去茶座还是需要外汇券才能进去的。但是我们在学校里已经开始偷偷听邓丽君的歌，她的《月亮代表我的心》《何日君再来》，我第一次听就被震惊了！原来歌曲可以这样唱，软软柔柔的，一直唱到人心里去！在那之前我只接受过革命歌曲的熏陶，美声、民族的，都讲求放开嗓子来唱，胸腔共鸣，邓丽君的"气声唱法"虽然在社会上被批判为"靡靡之音"，但是我本能地觉得唐诗宋词里经常提到的"浅酌低吟"就是她这样的，很美。那个时候已经有双卡座的录音机，我自己买来空白带，把她的歌翻录下来一遍遍地听。1979年，中央电视台播了李谷一用"气声唱法"唱的《乡恋》，当时我想，哎呀，"靡靡之音"居然能在中央电视台播出，我凭直觉感到，新的艺术形式连同新的价值观、审美观来临了。

记者：有评论说，港台流行文化，令国人耳目乍开的同时，也是一个刚性社会生长出软性空间的过程，您当时有没有感觉到社会某种微妙的变化气息？如今回头看，邓丽君的歌曲、香港电视剧大量被现在第六代导演引用，成为时代的标签，您怎么看？

陈小奇："文化大革命"过后百废待兴，很多新鲜事物一下子涌进来，对国人造成的冲击是空前绝后的，就拿影视剧来说，《霍元甲》是第一部正式引进的港台电视剧，多少人追着看啊，那种盛况真是可以用"万人空巷"来形容。记得那时我父亲买了一台黑白电视机，每天从下午五六点钟开始，整栋居民楼的大人小孩就开始搬着凳子来我家，几十个脑袋挤在那么小一个铁盒子前面，看得如饥似渴。流行音乐为什么那么受欢迎？一盒卡带能卖出几百万的销量，我想是因为自"解冻"以来，这些歌曲最真实地反映了当下老百姓的喜怒哀乐。邓丽君的歌虽说没有大我的东西，都是很具体的关于个人的感受和情感的内容，但这些歌曲是真的顾及了平民百姓的涓滴心情。如果说歌曲是时代的镜子，那么，显然流行音乐是最能反映普罗大众心声的。

记者：我注意到您这次演讲的第一个话题就是流行音乐是当今主流音乐形态，在您看来，这个主流和"主旋律"是什么关系？

陈小奇："主旋律"是一个政治范畴内的词汇，而我说的主流是从音乐形式上谈的，两者是截然不同的概念。我认为，流行音乐发展自从20世纪30年代上海产生"时代曲"以来，经过了"轻音乐""通俗歌曲""流行歌曲"等几个称谓变换的阶段，它始终没能摘掉"低俗"的帽子，一直是被妖魔化的对象。它出身不好，不是"根正苗红"，30年代"时代曲"刚刚萌芽，抗战就爆发了，前线出生入死，后方还在醉生梦死，所以，流行歌曲一出生就被打入另册，这是个历史遗留问题。70年代末邓丽君的歌曲很自然让人联想到旧上海"时代曲"，因此激起不少人士先天的抵触感。在广东，舆论环境的宽松给了流行音乐发展的空间，但它在全国的处境仍是很糟糕的。1987年我参加武汉流行音乐研讨会的时候，就听到一位德高望重的老前辈激烈声讨：我从来不听流行音乐。当时我很愤怒：你不听流行音乐，有什么资格发言？1994年我见到黄霑的时候，他笑着跟我说，流行音乐该不该生存，怎么内地几十年都没有扯清楚？我觉得一些人有偏见很正常，但如果整个社会都被这种想法所左右就不正常了。流行音乐只是一种形式，你说它颓废，可有那么多励志歌曲；说它缺乏人文关怀，为什么又有《让世界充满爱》？

记者：以今天的眼光来看，您在1985年"红棉杯羊城新歌新风新人大奖赛"的获奖作品《敦煌梦》很"主流"，跟《梦江南》《灞桥柳》《涛声依旧》其实都是一个系列，歌曲中的诗词意境和历史感是您主动选择的还是时势造成的？

陈小奇：应该说还是主动选择的结果。我当时写《敦煌梦》就是为了证明一个观点：流行音乐本身没有雅俗之分。你往俗里写它就是俗的，往雅里写，它就可以是雅的，事在人为，完全看作者本身怎么运用和把握。除了我本身多年对传统诗词的喜好，还有一个原因是当时"寻根文学"大行其道，"寻根"情结弥漫全国。我记得这首歌在电台上播出的时候，有很多文艺界人士打来电话，一位老教授跟我说，"你的歌让我改变了对流行音乐的看法"，我听了真是比拿什么奖都开心！这就跟20年后，周杰伦的《东风破》《菊花台》让我改变对他的评价一样。虽然说这些歌有多少传统文化底蕴还不好说，但最起码成功地运用了很多诗词意象。

二、辉煌年代：那个时候音乐人都豪气满怀，踌躇满志

记者：您开始写歌的时候是为了给"扒带子"的引进歌曲配歌词，据您观察，广东流行音乐界从何时开始有了明确的原创的概念？

陈小奇：20世纪80年代初期我们对于原创还没有特别清晰的认识，只是本能地觉得到处都是别人的东西，"广州罗文""广州邓丽君""广州刘文

正"……我们难道一点自己的东西都拿不出手？音乐人多少都有创作的欲望和尊严感。那个时候我们提出了一个"五五运动"，即要求电台和音乐茶座演唱曲目里本地作品和境外作品两两分账。坦白说，有私心杂念在里面，但主要是觉得即使我们的创作力量不足以抗衡港台，最起码不会连一席之地都没有。广州地区的电台和电视台一直不遗余力地征歌、"造星"，1986年出现《音乐冲击波》等推介本地原创音乐的栏目，1986年广东省文学艺术界联合会创办首届广东十大广播歌曲"健牌"大奖赛，可以说我们这一批音乐人都是在这一赛事之下成长起来的，并渐渐进入自创品牌的阶段。1987年，太平洋影音公司推出的本地歌星合集《为我们骄傲》卖了80万盒，虽然还不能跟港台歌曲相比，但已经非常可观。那个时候的音乐人都豪气满怀，踌躇满志。我还记得有一天晚上跟李海鹰在自家阳台上聊到天亮，抽掉6盒烟，说到未来音乐走向之类时，我们手舞足蹈，真是很疯狂、热血的年代。大家有了什么新作，经常在一起探讨，大家很团结、气氛融洽。

记者： 20世纪90年代以《涛声依旧》为代表，广东流行音乐进入高潮期，当时您创作这首歌曲的动因是什么？您能分析一下像毛宁、杨钰莹那样的"金童玉女"为什么能风行全国吗？

陈小奇： 我写这首歌的时候纯粹是自娱自乐，写了一个多月。当时偶然重读《枫桥夜泊》，觉得"江枫渔火对愁眠"之类的文字，字里行间留有许多余味让人遐想不尽，就想以此编一个故事。当时没有选秀活动，毛宁和很多后来成名的歌手，像金学峰、那英、朱哲琴，都在"卜通100"歌厅唱歌，他们会通过自荐、他人推荐等方式找到唱片公司。当听他唱这首歌时，我感觉很对味，他的个人气质也给人很舒服的感觉。我本来想这首歌能上榜一周就可以了，可真没有想到后来那么红，还让毛宁在1993年登上了春节联欢晚会的舞台。我给杨钰莹写了一首《我不想说》。要说为什么他们俩那么成功？除了舞台形象很符合大多数中国人的传统审美口味外，还有一个就是签约制度的兴起，公司开始注重歌手的包装和推介，对于偶像歌手来说是正逢其时。签约制度也使得乐坛实现了从过去以歌为中心到以歌手为中心的转移，在90年代初之前是没有"大牌歌手"一说的，歌手在音乐人面前没有"摆谱"的资格。现代很多艺人身价高了，开始所谓"耍大牌"，保持身段和距离，也是出于一种对自我的保护吧。

记者： 回顾这段广东流行音乐的辉煌年代，创下多个全国第一，作为岭南地域文化的一个代表，您觉得广东流行音乐所带动的风潮其本质上有什么特色？

陈小奇： 除了开拓性，广东流行音乐最大的特色是平民化和娱乐性。平民意识浓厚，贴近生活实际，例如，李春波的《小芳》。1992年的李春波还在一个小乐队里担当贝斯手，生活落魄。在录制完成《小芳》后，因其跟当时流行的东西差别很大，显得很土，但是我却被它朴素、真诚的风格所打动。《小芳》代表了曾经上山下乡的知青们的共同回忆："多少次我回回头看看走过的路，你站在小河旁。"杨钰莹唱的《外来妹》主题曲《我不想说》，也是第一次把触角伸向打工群体。广东的打工文学、"出门文化"都开全国风气之先。还有就是娱乐性，广东这批歌曲都具有一种卡拉OK精神，以喜听乐唱为标准。这些特点也在近年来广东兴起的网络歌曲中得到了呼应。网络歌曲体现的就是一种平民精神的觉醒。我一直觉得广东在以民为本方面在全国是做得最好的，例如，听证会数量、报纸对民生新闻的关注度都堪称全国之最。让老百姓有更多的发言权，让百姓对自己的生存环境发表意见，这是真正尊重民生的体现。

三、文化优势：这些开拓性尝试，在首都往往难以开展

记者： 对于后来广东流行音乐的滑坡，您曾经多次分析其原因，包括盗版横行等大环境的恶劣。从文化背景上来看，李海鹰曾认为，广东容易出新的思想和概念，因为它没有所谓正统文化的负担，没有"老夫子"，但也正因为缺乏文化上的必要积累，所以，它缺乏中原大地对外来文化的消化进而转化内生的力量。您怎么看？

陈小奇： 是有一定难度，你看孙中山北伐不是也被袁世凯窃取革命果实了吗？不仅是广州，上海的海派文化，在流行音乐这一块，最近这些年拿出过什么东西来？广东的文化优势就是领风气之先，领完了就让别人再做。关键是你怎么看待"开拓者"的角色，开拓的目的不是把广东变成"文化上的首都"，广州不是北京，最终一统江湖的肯定还是首都。这么说并不是要否定广东人的探索精神，因为这些尝试，又往往是在首都难于开展的。

我倒觉得不必苛责广东人"穿堂风"的习气，对于发扬光大一种新文化来说，广州、北京有着各自不同的角色和定位，广州能为内陆注入新信息、新风尚，已经功德无量了。而且，我觉得广东至今在流行音乐创作方面仍然有着除北京之外其他地区难以匹敌的优势：第一，广东有着一批执着的坚持本土原创风格的音乐人；第二，广东人生来就有一种敢想敢做的开放观念；第三，广东有着浓郁的商业氛围，这对流行音乐这种商业性的文化形态的发展具有极重要的作用。

记者： 我觉得您对广东流行文化还是很有信心的，比如，您最近这些年来一

直在呼吁建立"南方乐派",但一直没有得到北京方面的认同。

陈小奇:任何艺术发展到一定程度都必须依赖由实践中总结出来的理论而得以提高,而理论恰好是广东乐坛的弱项,也是整个中国流行音乐的弱项。广东流行音乐的发展一直都以市场为导向,今天我们所期待的无非是一种能紧密结合中国市场而又能够保持自己独特风格的广东流行音乐。自20世纪80年代至今,广东流行音乐的特点可用"优美、抒情、含蓄"来概括。今天比之过去,它应该有着更为鲜明的时代烙印。"南方乐派"是基于目前大陆流行乐坛的地域性音乐发展不平衡而提出来的。各个地域由于生存环境与人文环境的不同,其音乐性格和审美趣味都将呈现出极大的差异。事实上,中国南方的各类艺术形态就和北方有着极大的不同,如民间音乐、戏曲以及美术上的岭南画派等。我们希望提倡的是一种文化的自觉、对本地音乐的尊重、对本地音乐价值观念的重新认识。"南方乐派"的内涵,我们认为应该是一种具有鲜明的地方特征,亦即能充分地体现南方人的审美价值取向的音乐风格。承不承认没有所谓,这种事实上有别于北方音乐的风格早已存在。

记者:南北方音乐的差异一直存在,为何您近年才提出这个概念?外界质疑您有意炒作的声音也一直存在。

陈:促使我们提出这一概念的原因是近年来,中国流行音乐的重心已完全落在北方,南方流行音乐几乎丧失了话语权,我们担心长此以往,南方音乐风格缺少了自觉性,将会失去自己的本来面目。需要说明的是,第一,"南方乐派"是南方的概念,而不仅仅指广东;第二,"南方乐派"是一种文化的自觉,而不仅仅是一种保护;第三,"南方乐派"的提出是为了丰富中国流行乐坛的色彩,而不是一种狭隘的"独立"。

四、金庸PK鲁迅:我们千万不要妄想用国学来拯救中国

记者:流行文化曾经长期得不到重视,不过最近人们关心的却是它的汪洋肆意会否将传统文化吞噬。比如,最近关于"金庸进教材""鲁迅遭下课"的话题就讨论得很热烈,我注意到您的《涛声依旧》进入了上海的高考语文试题。对于流行文化和经典文化的纷争,您有什么高见呢?

陈小奇:对于金庸和鲁迅谁上谁下的话题,我也觉得是个伪问题,两者并不是直接对应的,流行文化、经典文化不存在谁取代谁的问题。传统文化始终会有一定位置;流行文化则代表了一种时尚文化的渗透,它从消费观上改变了中国,

没有它，美容、服饰等产业都无法兴起，无法刺激国家经济的增长，因为传统文化的消费是很有限的。

我觉得在中小学教材中增添一些现代流行的东西是应该的，毕竟教材不能几千年一成不变。不过，我倒觉得金庸的文章作为课外推荐读物即可，因为我担心他提倡的行侠仗义，在今天脱离其语境的环境中，不仅不能激发学生正确的正义感，反而容易被曲解为类似江湖帮会的东西。余秋雨的散文也不错。有人说流行文化的传播不应当由课文来承担，课文更多应教授古文。我也不赞同，中学教育是基础教育，古文是一种失去实用功能的语言，学生达到能欣赏唐诗宋词的程度就可以了，像《战国策》之类的古文，到底有多少中学生能吃透消化呢？与其花费太多的精力在理解字句上面，不如放到大学，让他们自己去选修。我觉得大家忽视的一点是对应用教育的培养，中学毕业连求职信都不会写的大有人在，熟练运用语言也是生存必备的技能。

记者：您的作品已经开始被人称为流行文化中的经典，您怎么看待经典的含义？对于目前国学热的话题，您怎么看？

陈小奇：传统的东西可以为我所用，但不能指望传统把我们引领进新的世界。传统文化已经过了它们的巅峰期，必然会走向一个式微的过程。在当今，它们必须寻找到新的途径以求得生存。比如戏曲改革，传统戏曲不是从现代生活的土壤中培育出来的，这种艺术形式在经历最成熟的阶段之后，不可能有更多的发展了，要适应当今的观众的需求，必然要改革。但一旦抽离出它本质的要素，比如剔出程式化的东西又不成其为戏曲了。再如书法，毛笔字的书写功能已经转化为个人怡情养性的功能。经典文化，在我看来，有一种近乎古董的价值，它没有实用功能，但不妨碍人们去欣赏。更重要的是，我们千万不要妄想用国学来拯救中国，不要掉到全面复古的陷阱中去，将国学去芜存菁，把有用的东西转化融入今天的生活，这个和用国学来改造生活是两个概念。

记者：您对《超级女声》那样的选秀活动有何看法呢？有人认为这代表了中国年轻人中浮躁的倾向，并表示忧虑，您怎么看？您觉得您的歌曲还能打动年轻人的心么？

陈小奇：我觉得人们还是对选秀之类的话题采用一种简单的二元思维，非此即彼。其实选秀只不过是一种借用了艺术外壳的娱乐消遣，它的确带给一些天才露头的机会。但我觉得不应该单单去指责选秀活动暴露的年轻人希望一夜成名的浮躁心态，整个社会谁不浮躁？人的本性就有成名、发财的欲望，希望用最短的途径去达到这个目的。以前的人难道就不浮躁？只不过没有给他们机会，不像现在大规模地涌现。选秀如果体现的是浮躁，炒股不更体现的是浮躁？选秀的奇迹也罢，炒股的神话也好，成千上万的人去参与最终只有极少数人能成功，"一将功成万骨枯"都是一个道理。

其实我很在意年轻人对我们这一代人的评价，他们是对这个社会的发展起决定性作用的一代人，但想得到他们的认同估计是一件很困难的事情，搞懂年轻一代的感觉、思维、观念包括语言文字系统都是非常困难的事情。现在的歌曲不像以前能老少通吃，必然的发展前景就是不断地细分族群，就像周杰伦的歌有他的受众，我也有我的一样。我曾经形容自己是边缘人，是介乎传统和现代之间的人物，是过渡时代的过渡人物。对于我前面的人，比如乔羽，人家做出来的东西是写入历史的，你必须承认。就凭这点，就足以让你去尊重他们。我也希望后辈能这么看我自己，所谓一个时代的幸福和创伤也罢，愤不愤怒都好，该做的事就认真做好。

（载《南方日报》2007年9月17日）

我被"挤"到音乐道路上

（记者：方谦华）

按：恢复高考，让曾经的"黑五类子弟"陈小奇有了改变命运的机会，但陈小奇的人生路绝非一帆风顺：1978年，因被少计100分，他差点与心仪的大学失之交臂；毕业时，谈好的工作"飞"了，他被"挤"到音乐制作的道路上，一炮打响后从此一发不可收拾。

1954年，我出生在广东普宁的一个党员干部家庭，我的母亲在中华人民共和国成立后做过地方文化馆馆长，我小时候就对美术感兴趣，我的父亲喜欢玩一些民族乐器，常带我们去看潮剧。

一、启蒙：上山捉蛇做二胡

我小学六年级的时候，"文化大革命"开始了，父亲被划为"走资派"，于是我就成了"黑五类子弟"。（笑）这段岁月给我的印象很不好。父母被带到五七干校进行改造，我小时候更多是和外婆一起生活。

父母不在身边，客观上给了我一个宽松、自由的成长环境，我成天和哥哥等十几个小孩一起玩耍。有段时间我们对音乐蛮感兴趣，但买不起乐器，于是就自己动手做。我们从山上捉活蛇剥了皮来做二胡；没有弓弦，我们打听到一个偏方，把剑麻弄碎，放在水里，抽出丝来，居然真行。当然，我们做的乐器肯定不会多好，但是自己很满足。我是不敢在父母面前弄的，一来制造的"噪音"会让他们心烦，二来他们吃了艺术创作的亏，不希望孩子还搞这个。

有件小事至今难忘。我在垃圾堆里捡到一本没有封面的唐诗集（几年后才知道是《唐诗三百首》），我当时特别喜欢，经常悄悄地躲在被窝里看，父亲发现后把书扔了。因为这件事，我还心疼了好久。

中学时代，我遇到了对唐诗很有研究的杨铎老师。受他影响，我在中学和工厂工作期间偷偷填了大概200首词，可惜都丢失了。

二、高考：查分惊悉少录 100 分

1972 年，我高中毕业，被分配到平远县一个汽车配件厂，离梅州市区大概有 60 千米，一待就是六年。从学徒做起，做过工人、资料员。空闲时，我与厂里的朋友一起切磋交流音乐、书法和文学。

像我们这样有着叛逆的个性的人，在工厂里是不满足的。1977 年，我们从报纸上得知恢复高考的消息，大家都有绝处逢生的感觉，并奔走相告。当时我们工厂里很多人一起报考，结果，1977 年，工厂有三四十人报考，却没一个考上；1978 年，工厂有一二十人报考，也只考上了两个。

我两年高考第一志愿报的都是中山大学中文系，主要是之前受到中山大学中文系的一个毕业生的影响，他给我讲了很多关于中山大学中文系的人和事。这个人是"知青上山下乡运动"结束前最后一批下乡的知青，毕业后去了汕头的牛田洋。当时出了"牛田洋七·二八"风灾事件，这个老中大生是幸存者之一，当时他只穿着一条内裤就逃了出来。

其实，我 1977 年就参加了高考，结果被告知语文不及格。我很惊讶，但当时没有查分制度。后来 1978 年再考，居然只有 272 分。我很怀疑，刚好那年开始允许查分了，于是我通过熟人，去梅州地区教育局查分。记得当时历史只有 6.5 分，负责查分的人说，你这分数够可以了，还有很多人考 0 分呢。但我坚持要查，最后竟是 86.5 分！我的地理分数公布是 68 分，查出来却是 88 分。这样一来，我就多了整整 100 分，而当年中山大学录取分数线是 340 分。

现在想想，当时由于报考人数多，又是完全手工统计分数，条件很差，少抄了个数字是有可能的。

三、毕业：工作莫名被人顶替了

得知被中山大学中文系录取的一瞬间，我觉得自己这一辈子只会和文学有关系了，于是扔掉了和音乐有关的书籍，一个人带着一把小提琴和二胡来中山大学报名。大学毕业后，我走上音乐创作的路，也是机缘巧合。当时，我原本准备去广州某出版社。当时的主编跟我说毕业头三年先不要想房子的事，都谈到这个份上了，结果却被一个人"走后门"给顶替了。我当时手脚全乱了，因为并没有跟其他单位联系过。那时正好中国唱片公司广州分公司招人，我就报了，可以说无人竞争，因为当时懂点音乐的人并不多。

我刚开始当戏曲编辑，搞了3年左右。1983年年底，公司一个编辑找我，让我填词，80年代国人的爱情观念慢慢开放，对爱情充满憧憬，于是，我填了《我的吉他》等，反映特别强烈；1987年，中央电视台将其拿去用作一个纪录片《她把歌声留给中国》的片尾曲，上面标着"佚名填词"，也就是说无名作者填的词。可我当时高兴都来不及，这可是莫大的鼓舞啊，哪里会去找中央电视台要求正名！

而获得最高的政府奖是第二届全国音乐金钟奖，这个算专业领域的最高奖项，我作词作曲的《高原红》、作词的《又见彩虹》获奖。其他还有大家都比较熟悉的获中央人民广播电台1994年"中国十大金曲"奖的《涛声依旧》（词曲）等，总共拿了200多个奖吧。

人生的任何悲剧到头来终是喜剧。其实，这些年的创作经历给我的经验是，文学和艺术是靠自己领悟的，不能靠别人教的。我从小到大都没有找过老师，一来我们那时候确实也找不到；二来我自己是一个比较内向的人，不喜欢找老师，所以，我强调自己的领悟！

四、音乐：感到后有大帮追兵

论结果，"新三届"现在是社会的中坚；看过程，我们这一代付出了太大的代价！

有人说我们这一代缺少反思，提到高考更多的只是说它给自己带来命运的转变。每个人的命运都与国运紧密相关，根本上是一致的，恢复高考，让整个社会受益。那时经常提的就是"振兴中华"，这种历史的责任感可以说是伴随我们一生，我们愿意为了国家的振兴而努力奋斗。到现在，七七、七八级的同学还经常聚会，谈国家、谈民生，虽说我们从过去的热血青年变成了中年甚至是老年人，但挚子之心依旧。

自从走出校门开始，一种强烈的忧患意识就伴随着我。处在这样一个激烈竞争的社会中，尤其是我从事的音乐行业，如果几年不出好作品，你基本上就消失了，很难再重来！所以，任何时候我都会感到后面有一大帮追兵后来居上，而我随时都可能被踢下台去！这几十年，我没有一刻敢松懈。

（载《南方日报》2007年9月17日）

开花就是我们的宿命

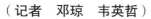

（记者　邓琼　韦英哲）

尽管连连说要放平心态，但著名音乐人陈小奇还是希望能改变广东流行乐坛"开花不结果"的宿命。

在20世纪90年代的中国内地，几乎可以这样说：你可能没坐过船，但是不可能避得开那句悠长的"这一张旧船票，能否登上你的客船"；可能你不是打工的"外来妹"，但是不可能忘得了那句甜美的"我不想说，我很亲切"；可能你自家没有兄长，但是不可能听不到那句直抒胸臆的"大哥你好吗"。

因为有了《涛声依旧》《我不想说》《大哥你好吗》这些歌，有了毛宁、杨钰莹、甘萍这批歌手，广东成了流行乐坛重镇，风头直逼文化中心——北京。

也正是因为有了这些歌和这些人，从广东这块"改革开放的试验田"中生长起来的、为计划经济时代人们所陌生的那些爱与痛、荣与辱、勇敢与迷茫、执着与放手，才以空前的速度传播到全国，传递给时代。而这些歌的作者、这些歌手走红的推动者，是同一个人——陈小奇。

如今，陈小奇已拥有了各种称号、官衔，但是最为本质的有二：一是词曲作家，这是他"扬名立万"的本职工作；二是广东省流行音乐协会主席，这是他多年积累的地位，更表明了一份他对于岭南本土文化的坚守。

潮涨，他逐浪弄潮；潮落，他力挽狂澜。回望30年间的广东流行音乐，最不容缺席的就是他——陈小奇。

一、初出茅庐

大学时就已发表过音乐作品
参加高考，自己找回100分

《羊城晚报》：您是学中文出身的，又属于著名的"七七、七八级"这个群体。当年考大学有什么波折吗？

陈小奇（以下简称"陈"）：1977年，我第一次参加高考，榜上无名，当时不能查分，现在我真怀疑是不是吃了哑巴亏。因为第二年我再考，放榜时成绩是272分，那时要270分才有体检资格，我只超出2分，最多也只能上个专科。这可跟我当时的自我感觉差得太远了。因为当年允许查分了，所以，我赶紧到地区教育局去查。本来成绩单上我的历史成绩是6.5分，结果一查才发现前面少了一个"8"，是86.5分！这样一来，我信心大增，就赶紧查别的科目。我觉得地理比历史考得还强呢，肯定也不只成绩单上的68分，一查，结果是88分！这多出来的100分救了我的命啊，我这才被第一志愿中山大学中文系录取。

二、与乐结缘，背着提琴上大学

《羊城晚报》：听说您是背着小提琴进大学的，跟音乐的缘分从小就结下了吗？

陈：其实小时候学的东西还真蛮多的，包括音乐、美术等，但也都是自学。我父母都是1941年入党的老革命，中华人民共和国成立后，母亲还在县文化馆当馆长，所以我也受到家庭环境的影响。"文化大革命"开始时我正读六年级，突然就没书念了，闲着无聊就玩起了乐器。我学的其实比较杂，最早是笛子和二胡，特别是笛子，因为很便宜，拿根竹子钻几个孔就可以了，也没有老师，自己对着书瞎练。后来进了中学，接触的乐器更多了，什么唢呐、板胡、三弦都有。小提琴是到了差不多高二时开始学的，我花10块钱买了一把小提琴，在当时已经是"很恐怖"的价钱啦。但我还是自己学，请不起老师。自从接触了音乐，可以说我一直没停过。高中毕业后，我是工厂里面的宣传队长兼乐队队长。我在读大学的时候，就已经发表过音乐作品，第一首正式公开出版的歌曲是在《岭南音乐》上发表的《我爱这金色的校园》。

三、被人顶替，转行当戏曲编辑

《羊城晚报》：你们那一批大学毕业生应该很走俏啊，为何你毕业了没去出版社、机关或者报社，而当了唱片编辑？

陈：实际上我当时最想做的还是搞文学，原来联系的是花城出版社《旅伴》杂志，本来以为十拿九稳，没想到最后关头被另一关系比较硬的家伙顶替了。这回抓瞎了，因为我连第二候补的就业单位都没有。傻傻地看了半天分配方案以后,发现中国唱片公司广州分公司要人,这时我的音乐神经开始有点躁动了。我一打听,人家需要的是一个戏曲编辑,本来我没多大兴趣,但是他们那里还可以分房子,这对我来说很有吸引力,于是就去了。这一去还真当了几年的戏曲编辑,除了粤剧有人负责以外,其他的剧种,包括海南的琼剧,广东的潮剧、汉剧、山歌剧,我都下过乡整台戏地录,然后回来制作成磁带发行。

四、大放异彩

《涛声依旧》表现一代人的困惑。澄清:那不是一个爱情故事

《羊城晚报》:那您是从什么时候开始流行音乐创作的?

陈:1983年年底,中国唱片公司有个编辑跟我说有些外国民歌需要填上中文歌词。当时我填过不少古典格律诗词,也创作现代诗,所以那个编辑认为我古今诗词都懂,填歌词应该没问题。我想反正也挺好玩,就试着填了一批。第一首发表的是《我的吉他》,用的旋律是西班牙民谣《爱的罗曼史》。一出来反响挺好的,渐渐就有人找来专门要我干这个了。

《羊城晚报》:您那首脍炙人口的《涛声依旧》是怎样创作出来的?这是一首性情之作还是命题作文?

陈:这首《涛声依旧》只是我某种类型创作的其中之一,因为这种风格的歌曲我从20世纪80年代开始创作的时候,就一直在摸索。我本身是学中文出身的,对古典诗词的意境非常感兴趣,所以在填词时,潜意识总是会想把这东西偷偷地塞进去。1984年,我写的《敦煌梦》,以及后来的《梦江南》《灞桥柳》等,我当时把它们归为一个系列,都叫"现代乡土系列"。当时在文学界比较时髦的是"寻根文学",我也是想通过音乐来展示那些民族的、本土的东西。

1989—1990年我开始自己作曲,《涛声依旧》是我自己作曲的第二首作品。20世纪80年代的创作还没时髦到专门为歌手量身定做的地步,倒是想到什么就写什么。说来不好意思,写这首歌的灵感正是在上厕所的时候酝酿出来的:张继的那首诗《枫桥夜泊》那么美,那诗里面到底是一个什么样的故事?"对愁眠"那"愁"是什么愁?为什么这么愁?是乡里之愁,还是个人情感上的忧愁?我就觉得应该有个故事,所以就有了这首歌。其实,我要特别澄清一下,这首歌词被大多数人看成一个爱情故事,但实际上我是想表达当时的一种困惑——我们这代人实际上是一种"边缘人",生活在传统和现代之间,正面临着文化上的抉

择：改革开放后现代文化走进来，我们又喜欢又害怕，但是对传统文化又不可能完全抛弃；背负传统的东西能否赶上现代的潮流，二者之间到底能不能真正融合，这是我们那代人的困惑。

《羊城晚报》：那歌词中"旧船票"这个意象的灵感得自何处呢？

陈："这一张旧船票，能否登上你的客船"中用到"旧船票"，其实这很自然。"夜半钟声到客船"，有船嘛，那肯定有船票。因为我想表现那种意识，必须找到一个形象的东西，一想就想到船票。我们这代人那时还经常会用到船票，我在中山大学读书的时候也总从北门坐船。这些记忆一下子就冒出来了，就用了"船票"这个概念。

揭秘：甘苹"抢"了我的大哥

《羊城晚报》：《大哥你好吗》这首歌被看作是"打工者歌曲"的代表作，您当时是怎么创作的？

陈：写《大哥你好吗》的触发点是，当时我哥哥去荷兰留学，他走了以后，我想写一首跟哥哥感情的歌。有了这个想法我就开始构思，可是还没构思完，公司就签下了甘苹。我们给她定位是一个邻家小妹的形象，于是我就把这个题材转到了她那里。我当时写这首歌是想表达一个小妹对出门在外的大哥的怀念。不过我心里给"大哥"制定的背景是，当时社会上有很多人离开了单位，离开了家，离开了以前永远都由别人指使做事的那种生活，想走出自己的一片天地，所以义无反顾地离开。

流行歌曲的创作必须从整个社会背景去寻找轨迹，例如，李春波的《小芳》，因为跟知青有关，虽然歌里面一点都没提到，但映射了那个社会时代背景，所以一下子就火了。1992年第一次举办的"穗台杯"青年歌手大赛中，我国台湾地区也有参赛者演唱《涛声依旧》，他们说台湾那边的老兵听了全流眼泪，因为想起了自己当年坐船去台湾的经历。

五、30年前：借流行音乐爆发变革活力

非议：至今有人反对搞流行音乐

《羊城晚报》：改革开放给中国当代文化带来了巨大的活力。为何在广东是首先选择了流行音乐领域，而不是别的什么领域爆发出这种社会变革后的活力，

进而使得流行音乐成为岭南文化领跑全国的一骑先锋呢？

陈：我觉得这个最根本的原因在于广州本身就是一个平民文化的城市，从一开始就对娱乐有很强的需求。广东这边没有"大一统"思想的熏陶，人们的思维本来就是海洋式的开放式的思维，而且又毗邻香港，流行音乐来得很快，所以很容易就接受了，在这种背景下，没理由不喜欢流行音乐。

《羊城晚报》：广东的流行音乐肯定也受到过不少非议吧？

陈：当然有啦。流行音乐刚兴起的时候，就被骂得一塌糊涂。音乐协会里面很多"老革命"说，我们奋斗了一辈子，就是为了反对这种"靡靡之音"！流行音乐就是"黄色音乐"，我们刚刚干掉了那些反革命队伍，你们现在又把这些东西捡回来，我们算什么？！直到前两年，我被选为广东省音乐协会副主席，一位著名老音乐家说："音乐协会怎么还在搞流行音乐，不应该这么弄下去！"把我给气得！

《羊城晚报》：那您如何回应那些认为流行音乐过于低俗甚至恶俗的指责？

陈：只要这些指责不是特别过分，我一般都会先放在那里不予理会，因为我觉得老百姓自有他们自己的辨别能力，不好的始终会被摒弃。这些年大火的哪首歌有问题？《老鼠爱大米》《两只蝴蝶》，我觉得都蛮好啊。不能把某些人看不惯的东西都说成是恶俗的，最重要的是你怎么看待平民文化。我们所说的文化指的就是精英文化，通俗就等于低俗，一直都是这么看。所以，我觉得"雅"好像已经被很多人当成一种特权，一块遮羞布了，一旦他写的东西没人看、没人听，就说是因为"雅"；最要命的是还反推出，如果其作品看的、听的人多，就说明这作品"俗"。其实，因为"曲高"所以"和寡"是成立的，但如果你用作品"和寡"来说明"曲高"，就很荒谬了。

六、流失

希望政府更看重平民文化

《羊城晚报》：有一个无可回避的事实就是，近年来广东的流行乐坛变得低迷，人才流失很严重。为改变这种现象，您还和同道中人一起成立了广东省流行音乐协会，现在情况怎么样呢？

陈：我愿意这样回答你，广州又名"花城"，开花就是我们的宿命，即不断为流行乐坛提供新鲜的、作品和人才，他们要前往北京或其他地方结果，这也是很自然的事，不必强留。我们定位准确、心态放平，不断出新就是我们的价值所在。

但是话又说回来，我们要发展，还是必须把自己建设成一个中心，如果做不到这一点，就永远摆脱不了向人家输送人才的宿命。那么，怎样建设这个中心？关键要靠政府！现在最大的瓶颈就是政府到底能不能认识到平民文化对广州的重要性，这是流行音乐在这块土地上生长的命脉所在。广东流行乐坛的人才流失现象一直都存在且有加剧之势，主要因为缺乏人才和留住人才的相关政策。但北京那边一直通过入户、开公司，包括买房买车的优惠条件吸引人才。我们这个流行音乐协会就是靠大家用情怀在支持，能够撑多久，也还没有定数。

《羊城晚报》：那您为什么没有"流失"到北方去发展呢？照说，肯定很多地方"挖"你吧？

陈：这个也没什么不好理解的。我从小就在南方长大，这辈子从来没有长期离开过广东。其中原因很多，单纯从生理上说，我觉得在南方才能过得舒服，到北京就不行，太干燥，吃东西又不习惯。从精神上说，我觉得广东是一个比较平民化的社会，人们的思想比较开放，你会过得很轻松。从创作上来看，我觉得我的风格适合在南方，因为我追求的就是一种比较含蓄、内敛的南方曲风，如果到了北京，要么改变自己的风格，要么就彻底给"毙掉"。

【链接】广东流行乐坛"第一"记录

广东开中国当代流行音乐先河的标志性事件有哪些？

陈小奇认为，中国的流行音乐要寻根问祖的话，从辈分上来说，"老祖宗"就是上海，上海的"儿子"是香港，香港的"儿子"是广东。广东流行音乐可以数出来的"第一"太多了：

全国第一支轻音乐队是1977年毕晓世在广东省歌舞剧院建立的，叫"紫罗兰"轻音乐队，当时还属于体制内的乐队，大概由七八个人组成。该乐队成立的时间比改革开放还早了一年，这是标志性的事件。

1978年开始有了音乐茶座，开辟了一种体制外的音乐演出的队伍。根据广州市文化局的统计，音乐茶座最鼎盛的时候，一共有75家。

1985年，广东举办"红棉杯85羊城新歌新风新人大奖赛"，首次评出了"十大金曲"和"十大歌星"，这是很了不起的概念。自从搞完这场赛事以后，类似的评选活动迅速扩张到了全国。20世纪80年代，广东率先推出了电台的排行榜，还率先拍摄了MTV，也是全国最早，这些做法在当时都是开全国先河的创新之举。

20世纪90年代初，广东就率先建立了歌手签约制度。

1994年，广州市常委宣传部部长朱小丹还举办了首届全国流行音乐研讨会。这是第一次由党委宣传部门举办的研讨会，当时在全国引起了很大的反响，直接促使了1995年成为"中国流行音乐研讨年"。

进入这个世纪，广东流行音乐的最大亮点是率先发展新媒体音乐。网络和手机这两个媒体对于广东在新时期的流行音乐所起到的作用是空前的，广东人又饮了这道"头啖汤"。

（载《羊城晚报》2008年4月8日第A06版）

梦回 80 年代

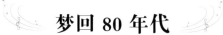

访谈者：《共鸣》杂志记者刘蠓子

访谈对象： 陈小奇，一级作家，中国音乐家协会流行音乐学会副主席

《共鸣》： 请您回顾一下您对 80 年代最深刻的记忆。

陈小奇： 对我而言，记忆最深刻的是毕业参加工作，以及广东的流行原创音乐。

1982 年，我从中山大学中文系毕业。尽管那时有国家分配工作，但我还是担心能否分配到合适的工作，就像 1978 年考大学时一样，为选择专业大费心思。不过还好，毕业后，我被分配到中国唱片公司广州分公司，在那里我的文学与音乐联姻的梦想得以实现。

一开始我做戏曲（潮剧、汉剧、山歌剧、琼剧）编辑，两年后又做了音乐编辑。而那时恰好是流行音乐进入中国的黄金时期，广东则更早，在 20 世纪 70 年代末就传入了流行音乐，正是这些机缘，使我成了中国第一代流行音乐的工作者。

因而，没有什么比流行音乐让我记忆更深刻。也许是之前人性和个性的压抑在此刻获得空前的释放，在那个年代，许多生命和激情都融汇到了流行音乐里。处于改革开放前沿阵地的广东，几乎成了流行的代名词，流行音乐更不例外，许多流行音乐的大事件、第一支轻音乐队、第一个音乐茶座等，都源于这里。让我印象最深刻的有：1985 年，广东在国内首次举办了流行音乐作品大赛；1986 年，广东人民广播电台首次在全国举办流行歌曲排行榜；1988 年，广东的一位"音乐茶座"歌手首次上了中央电视台的春节联欢晚会。80 年代，流行音乐界在广东推出了不少流行歌曲和歌手，许多重量级的流行音乐人也都在这个时候产生。

20 世纪 80 年代是我创作数量最多也是获奖最多的时期，广东乃至国内的任何创作大赛，我只要送了作品，从来都不会空手而归。当时的创作，主推的是我的"现代乡土系列"，如《敦煌梦》《父亲》《梦江南》《灞桥柳》《湘灵》《黎母山恋歌》《天苍苍地茫茫》《船夫》《龙的传说》等。这批作品由于其独特的视角和选材,以及融合了现代的感觉和古典意蕴的表现手法,改变了新闻界、文化界和教育界许多人士对流行音乐的看法,为流行音乐在广东的顺利发展打下了良好的基础。

流行音乐在北方被称为"通俗音乐",而在广东,我们一直都使用"流行音乐"的提法。在我们看来,流行音乐只是一种音乐形式,从来都没有"雅"与"俗"的问题,你可以"俗写",也可以"雅写",仅仅把它称为"通俗"是片面的。从更深的层次上看,流行音乐是代表了这个时代的音乐。远古时期的音乐,由于工艺制作水平低下,只能用石头作乐器,那时的音乐便只有原始音乐;农业文明时代,只能用竹木制作乐器,便产生了民族乐器和民族音乐;工业文明时代,随着制作工艺水平的提高,有了钢琴、铜管和小提琴、中提琴、大提琴、低音提琴等,便产生了管弦交响乐队和古典音乐;而在电气时代,我们有了麦克风等扩音设备,有了电吉他、电贝斯、电子琴、合成器,以及后来的数码技术,于是我们才有了流行音乐。这是时代的发展趋势。正因为我们深刻认识到这一点,所以,尽管在整个20世纪80年代,流行音乐受到了很多的责难和否定,但我们仍然坚定地走了过来。

更重要的是,流行音乐作为一种真正的普罗大众的音乐,从一开始便呈现出一种平民性,它所表现的大部分都是个体的独特体验和感受,侧重的是对个体生命价值的肯定,弘扬的是人性的光辉,真实地记载了中国老百姓在这段历史时期中的心灵和精神的轨迹。在这个意义上,我们可以说,流行音乐作为传统音乐的延伸,不仅填补了前几十年音乐表现上的空白,也使我国的音乐实现了本质上的回归。所以,能够参与并见证这段岁月,对每个音乐人都将是一种难以忘怀的记忆。

《共鸣》:如果用一个词来评价20世纪80年代,您会用哪个词?

陈小奇:我会用"激情"这个词,因为整个20世纪80年代的社会充满了活力,人们都精神抖擞,每个人对未来都充满了憧憬和自信,而且每个人都有自己人生的具体目标。

就我个人而言,20世纪70年代是我的迷茫期。我1972年高中毕业后就进厂当工人。1978年恢复高考时,我不知道该做什么,就连报考也不知考什么好。后来考上中山大学,我的激情就被点燃了,我不仅如饥似渴地读书,还孜孜不倦地创作。在中山大学,我创作了不少诗歌和音乐作品,其中,诗歌《春天奏鸣曲》在杂志《花城》上发表;歌曲《校园圆舞曲》不仅被发表,还拿了奖。我大学毕业后又幸运地进入了流行乐坛。我和我的合作者们都充满激情地去从事音乐的创作和制作。我的起步和成名,基本上就在80年代。

换句话说，80年代之所以是激情燃烧的年代，就源于改革开放的大环境。如果没有改革开放，就不会有中国的流行音乐；没有流行音乐，也就没有我们这些人；而如果没有激情的迸发，那80年代会是什么样子就很难说了。

《共鸣》：放在中华人民共和国成立半个世纪以来的大背景下，您认为80年代占有怎样的位置？

陈小奇：十分重要的位置。因为新中国成立以来，真正的国强民富，是从80年代开始的，所以，20世纪80年代是一个划时代的开始。

这一时期，社会个体的个性得以绽放，个人情感也得以表达。我们今天无论是政治、经济、文化，还是生活、行为模式，都源于20世纪80年代。可以说，今天的一切，都源于80年代打下的思想基础。

《共鸣》：对照20世纪90年代以来特别是当今社会，您有什么感慨？

陈小奇：社会在发展，其中的不足也是难免的。就流行音乐而言，现在越来越娱乐化了，当然，这正回归了艺术的本质。所有艺术都起源于娱乐，我们过去只强调艺术的教育功能、社会功能及审美功能，而恰恰忽视了艺术的娱乐功能和宣泄功能。物极必反，现在强调娱乐性是对过去的一种否定，也是一种历史的必然。需要强调的是，如果音乐仅仅成为一种娱乐工具，那也是音乐的不幸。毕竟，我们生活在一个现代文明社会，我们需要的是一种各项艺术功能都得以健康发展的和谐的现代音乐。

作为音乐人，我们必须提倡一种责任心——社会责任心和艺术责任心。现在年轻一代的音乐人似乎过度地追逐流行，如果只把流行作为音乐的终极目标，那恐怕又要背离音乐的本质了。

另外我想说的是，20世纪80年代曾经作为朝阳产业的唱片工业，目前正受到网络毁灭性的打击。随着网络的快速普及，唱片工业已迅速地沦为夕阳产业。当然，我们也不必为此过分忧伤，因为网络、手机等第五媒体的出现，也让我们看到了被音乐界称为"绝症"的翻版、盗版问题和版权保护问题得以解决的曙光。音乐是靠传播来体现它的价值的，版权问题不解决，音乐人的著作权得不到保障，就无法让音乐人摆脱急功近利的创作心态，"十年磨一剑"的精品之作也就不可能出现。

当然，我们还会久久地怀念20世纪80年代的唱片工业，毕竟，它成就了我们这一代音乐人。

（载《共鸣》2008年）

对话 1980 年代

（记者：夏楠）

【导语】

全国第一支轻音乐队、第一个音乐茶座、第一家立体声唱片公司、第一批流行音乐创作队伍……20世纪80年代，中国流行音乐在"开风气之先"的广东率先登陆，陈小奇是其中最重要的见证人和参与者之一。

【陈小奇观点】流行的总是合理的

据说，1980年代（为保持文章原貌，"1980年代"不统一为"20世纪80年代"，后同）的开放主战场广东，给人的印象是两样东西：一是海鲜，一是流行音乐。

"流行音乐在当时还不叫'流行音乐'，叫'时代曲'，后来到了北方就被叫作'通俗歌曲'。"陈小奇回忆说。

当时，我国台湾地区的邓丽君、香港的许冠杰等人的卡带和黑胶唱片十分畅销，陈百强开始在广州中山纪念堂举办个人演唱会。广州的音乐茶座、歌舞厅如火如荼，茶座歌手、舞厅歌手比赛甚为热闹，《霍元甲》《万水千山总是情》《何日君再来》的旋律一遍遍响起，他们期盼得到的最高评价即是"唱得很像某个港台明星"。

当内地文化圈正在为"严肃音乐"与"通俗音乐"论战不休时，年轻的陈小奇与身边同道正日夜不休地进入亢奋的创作期。那时编曲的工作主要是"扒带子"，陈小奇的工作则主要是填词。从1983年起，他每年要填100多首歌，最多时一天能填9首。大量的茶座歌手唱着经由他们之手"舶来"的英文歌、日文歌、粤语歌。他们年轻，个性张扬，歌曲像他们一样充满自由的气息。

1985年，是流行乐坛历史的拐点。那一年，由"广州文化记者协会"发起的"红棉杯85羊城新歌新风新人大奖赛"得以成功举办，从而使广东原创流行音乐从"地下"真正走到了"幕前",使解承强、李海鹰、毕晓世、张全复、陈小奇等最早一批流行乐坛的领军人物"浮出"了水面。

至于该次大赛的意义,陈小奇认为,"怎么估计都不会过分"。

当初内地业者对广东流行乐坛的普遍评价:"挺新鲜的。如果请不到香港的,就请广东的。"革命歌曲和艺术歌曲一统天下的局面被打破了。

《父亲》《梦江南》《山沟沟》(推出了那英)及《一个真实的故事》都是陈小奇在1980年代的作品。而1980年代的广东基本介入了全国流行音乐的主流创作。它作为国内流行音乐的发源之地,达到1990年代中期有目共睹的总爆发时期,在陈小奇看来,它显然是经历了1980年代长时间的酝酿和发酵后的厚积薄发。

在广州,有全国第一支轻音乐队、第一个音乐茶座、第一家立体声唱片公司、第一批流行音乐创作队伍,这似乎注定中国流行音乐要在"开风气之先"的广东登陆。

接着是20世纪90年代初广东流行乐坛的烈火烹油之盛,而后迅速衰落。直到现在,陈小奇也不肯承认广东流行乐坛落伍了,在他眼里,广东乐坛"恢复到了正常状态"。90年代初的风光,是天时、地利、人和几种因素集中下的"超常发挥"。跟足球一样,"广东队也许可以打赢国家队,但不可能要求广东队永远打赢国家队,也不能说打不赢国家队就是广东队退步了"。

【面对面】

《新周刊》:当时很多茶座歌手在对港台歌曲的模仿上做得非常好,这在当时的环境下不会受到打压吗?

陈小奇:应该说广州这边的环境还相当不错,文化局经常组织歌手的评选活动和茶座新歌的评选活动。广州市政府对音乐茶座的发展还是比较支持的。第一个音乐茶座是在东方宾馆,当时有"广州罗文"李华勇、"广州刘文正"吕念祖、"广州邓丽君"刘欣如,都是在那时候"冒"出来的。

《新周刊》:音乐茶座的门票贵吗?

陈小奇:门票几块钱吧,现在来看也不是很贵。音乐茶座发展到第二个阶段是歌舞厅,然后是夜总会,其发展轨迹是非常清晰的。20世纪80年代中期,广州有一个很出名的歌舞厅,叫"卜通100",还是侯德建帮忙取的名,在全国都很有名,包括朱哲琴、那英等都在里边唱过歌。"卜通100乐队"在当时也很有名，队长最初是中国唱片公司广州分公司为艺术团招聘来的，后来艺术团不搞了，就组了个乐队，这乐队后来不仅参加了中央电视台春节联欢晚会，还有几次为大赛伴奏，很出名。

《新周刊》：当时对"严肃音乐"与"通俗音乐"有一些什么样的论战？

陈小奇：这在全国范围内有争论，广东乐坛内部倒没有。就是有个体的情感注入，这跟以前提的健康、积极向上、展示大我的东西有些不一样，展示出一些小我的东西，还有演唱方面很多人模仿邓丽君，很容易让人联想到20世纪30年代。流行音乐追求的是个性，不是完美，而从艺术歌曲的角度看，要声音的完美。所以就有"离开话筒就不会唱歌了啊"这些攻击。

《新周刊》：作为词作者，当时有什么样的禁忌？

陈小奇：我也是一开始就从唱片业进入乐坛的，在意识形态上面，忧郁的、悲伤的、失恋的风格在当时是不提倡的，唱片公司本身也在把握这个。为什么很多歌曲要重新填词？原因是很多日文歌、英文歌国内民众听不懂，当时也没有什么版权概念。

《新周刊》：你的创作量是多少？

陈小奇：一年填100多首。香港稍有名气的粤语歌都要重新填。

《新周刊》：据说广东电视台的王乃斌有一次到湖南去，在火车站看到有火车的车身上写着"抵制来自广东的精神污染"的标语，知道这件事吗？

陈小奇：哈（笑）……听他说过。那会儿不光是广东，1984年开始搞"反精神污染"嘛，流行音乐里面确实鱼龙混杂，受到攻击也是正常的。流行音乐从一开始就是完全市场化运作的，是体制之外的，大部分从业者又都是年轻人，十几岁的也有，在创作方面不受什么限制，该写什么写什么，"无病呻吟"的也有。

但是广州的歌舞团仍然场场爆满，当时在内地的概念是，请不到香港的，就请广东的。所以这"精神污染"就一下子"上"到广东这边来啦。

《新周刊》：当时对流行音乐官方和权威机构是持回避的态度吗？好像没人敢提出"流行歌曲"这样的称谓，只能说"通俗歌曲"。

陈小奇：没有很公开地支持，但也没有反对。那时候有"广州文化记者联谊会"，现在还有吧，会长是吴其琅，羊城晚报社资深文化记者，非常支持流行音乐，他们联络、发起了"红棉杯85羊城新歌新风新人大奖赛"，非常有胆识。我们当时只是参与。当时每个唱片公司都有收到通知，也开了新闻发布会（我也没参加，反正好像也没做什么，就得奖了）。至于那次大赛的意义，是在后来才总结得到的。

《新周刊》：这个大赛让你、李海鹰、解承强等广东流行乐坛的一批奠基人全面地站出来，你对当时获得这样的鼓励持什么样的心态？

陈小奇：很高兴，也很受鼓舞。我们也很重视对这次大赛的参与，但没想到能获奖。

我当时凭《我的吉他》参赛，因不算原创歌曲，所以没能进入"十大"。后来中央电视台拍的一部音乐纪录片将这首歌用作主题歌，全国很多刊物上也都先后予以刊登了，但填词人写的都是佚名。

《新周刊》：除大赛之外，广东流行音乐在20世纪90年代中的总爆发，还有什么其他基础铺垫？

陈小奇：那个大赛加上电台的榜，一直不停地推出新人新作。当时电台的排行榜是在1987年开始有的，一直坚持办到了20世纪90年代中期。没有这个榜就没有广东流行音乐后来的发展。这团结了一大批词曲作者，大家都把最好的作品拿出来。这个榜最早是每年一次，后来是每个季度，再后来是每周，有一段时间还有北京、上海的比赛，那时候广东的作品只要送出去就几乎没有空手回来的。

《新周刊》：那个年代怎样发现一个歌星？

陈小奇：跟现在差不多吧，有音乐人或机构自己在歌舞厅发掘的，有别人推荐的，也有自我推荐的。

《新周刊》：对现在这年代的电视"造星"运动怎么看？比如《超级女声》之类，甚至《美国偶像》？

陈小奇：这个也很正常，是市场化的东西，市场需要什么就做什么吧。很难讲好不好，只要成功了，打响了，就是好的。

《新周刊》：你看《超级女声》吗？

陈小奇：我不看。我曾参加过华娱台一个类似节目的评委，参加完之后我就说以后我不参加了，因为我觉得它不是一个纯粹的大赛。后来有人提出让我当某节目或活动的评委时，我就会提前了解其性质。所以，像我这种风格的人当评委，不会受欢迎。

《新周刊》：当年的歌唱比赛如何？

陈小奇：我们当年担任上海《东方之星》的评委时，要求对歌手进行点评，起码这种点评是冷静的、客观的，也是从艺术角度出发的。但现在基本不是这样的，就看你怎么损歌手，损得越厉害越好。近几年的电视形态很怪，爱用一种虐待性的方法，包括让艺人吃小虫子啊。靠这些吸引观众，我觉得很难忍受。

《新周刊》：你当时写一首词多少钱？现在呢？

陈小奇：最早是 35 块钱。当时很不错啦！那时发表一首诗也才 5 块、10 块、十来块，一个月工资也只 60 多块。那次大赛后，给外边填词是 50 块钱，几年后慢慢升到 80 块、100 块、150 块。再后来升到 800 块、1000 块。

《新周刊》：那是什么时候？

陈小奇：1980 年代末到 1990 年代初。

《新周刊》：现在呢？

陈小奇：现在，唔……低过 1 万元以下的没有，1 万元以上吧。

《新周刊》：当时广东流行乐坛有几个在全国都称奇的现象，比如作曲的也写词，写词的也作曲，为什么会这样？

陈小奇：大概在 1990 年前后，作曲的这批人中有好多自己写歌，包括解承强、李海鹰、毕晓世、张全复，当时我受他们的影响，于 1990 年左右开始作曲。

《新周刊》：据说你是一个特例，因为就你这个作词的反过来作曲。你的音乐基础最早来自哪里？

陈小奇：我父母是革命干部，在文化馆工作，我早年算是受过"熏陶"。"文化大革命"期间，很多小孩子都学乐器，我最早练的就是笛子、二胡、小提琴，也没找过专业老师，就自己瞎琢磨，进工厂、上大学也搞过宣传队，但最主要是在填词的过程中得到了训练。

那时我填词，就一个旋律，其他什么都没有，题目没定，字数没定，调子也没定，就直接开始，慢慢就找到感觉了。

《新周刊》：当时音乐创作人的收入在全国来说的话，是什么样的水准？

陈小奇：比文学界要高，比起美术界就差远了。（现在呢？）从总体上来看，音乐界不太高，歌手高。一年要能写到几十万元的稿费收入算相当不错了。

《新周刊》：那么，现在这个时代会比那个时代要好吗？

陈小奇：比那个时代要好。但需求量没有那时候那么大。因为那时候填词多，现在全靠原创。现在比我们那个时候出头难。

《新周刊》：关于广东流行乐坛的衰落，你们是在什么时候看到这一点的？

陈小奇：其实历来我不太情愿用"衰落"这个说法，我认为这只是恢复到了一个正常状态。当时四大唱片公司在广州，经济基础比较稳固；广东的媒体在全国的影响力非常大，像当年的《南方周末》《新舞台》等，广东的电视、电台在全国都看得到；还有卡拉OK特别盛行。现在这几种因素都不在，大的唱片公司全是跑北京、跑上海，没有一家是到广东来的；好多歌手离开了；环境没有搞好，外地歌手更不会来了。

《新周刊》：最近你受聘到南方医科大学开讲流行音乐，这事被很多媒体报道？

陈小奇：（笑）我没想到炒作这么厉害。目前，大学的观念在改变，以前教育部发过一个文件，规定流行音乐不能进学校，主要指的是中小学吧，但在大学里实际也是不提倡的。我作为流行音乐的一个代表人物被邀请来做这件事，代表这个时代是在进步的。

《新周刊》：你觉得自己能够适应现在这个时代吗？

陈小奇：哦……还行吧，我们也经常有挺多困惑。像手机、电脑，我怕自己跟不上。（他手边是一部摩托罗拉手机）半年前换的，功能很全，但都不会用，特别是电脑，对我们这代人来说是最"麻烦"的。

【手记】

想必广州的音乐圈人和文化记者，有很多都踏访过陈小奇的家。在你说明所到详细的楼栋位置时，他知道你很有可能拐错到了另一条小路了。

这是一个典型的广东人的家庭布置，重视饮茶文化和养生，采访当天暴雨倾盆，仍敞开四面窗户（以保证通风）。而陈小奇当年于中山大学中文系毕业时选择中国唱片公司广州分公司，一个重要的理由是能留在广州。他说自己骨子里就是个南派脾性的人，喜欢或者说适应广州务实的气质。他对外界所谓的"煽动"总能保持镇定，说："我比较稳妥吧。"

考取中山大学中文系，陈小奇是那个时代的"天之骄子"，亦是"时髦文青"。他写诗发表在《广东文艺》《海韵》《星星诗刊》，是广东最早的一拨朦胧诗人。毕业后他原本想到花城出版社做一名文学编辑，岂料命运弄人，在分配制度下，他只能顺其自然地抓住中国唱片公司广州分公司的这根"稻草"，不想竟意外成就了一生的事业。陈小奇于是称自己是"最幸福的人"。"直到今天我还感觉到幸福，这个行业并不能让你成为百万富翁，但都是你感兴趣的。"

在向他索要1980年代的旧卡带的时候，他流露出勉为其难的表情。"唉，这个家都装修了两次了，好多都丢了。"太太在一旁更是无奈，说广州的雨季太长，好多照片、磁带因为发霉而不得不扔掉。扔掉的或许包括对于本次采访来说至关重要的，1985年"红棉杯85羊城新歌新风新人大奖赛"上获奖的陈小奇等人的合影。而这批人，正是广东流行乐坛在90年代总爆发的奠基石。

现在的陈小奇并不忙，因为歌曲的需求量完全不能与20世纪80年代同日而语。对于自己的创作状态，他仍然满意："最起码我的《高原红》还是拿得出来的。"只是他清楚地感到精力不如从前了。

陈小奇怀念80年代，不仅因为那是他的青春岁月，还因为"那是一个充满上进心的年代"。中国在转型，人人有梦想，前途似乎充满各种可能性。陈小奇们年轻气盛，用他们旺盛的音乐创作敏感捕捉社会变化的每一次律动，将广东流行乐坛由发迹推至辉煌，又在时代变幻的波涛中一同被抛至谷底。有人北上，有人改行，有人从此隐迹，但陈小奇还在，李广平还在，杨湘粤、刘志文还在，李小兵、姚晓强还在，更有新生代层出不穷地冒出头，而这些人，在他看来是"足以支撑整个广东的流行乐坛的"。所以强调一下——陈小奇拒绝用"衰落"一词形容1995年之后的广东流行乐坛，他本人的归纳是"超常状态的广东流行乐坛这才恢复到了正常"。

新世纪让陈小奇看到了希望，只是在中国的又一个转型期，他充满困惑，不理解《老鼠爱大米》这样的歌为什么就火了，不明白《超级女声》这类节目为什么红透内地，但有一点他无论如何都确定——流行的，就是合理的。

他只是像多数的家长一样，跟22岁的儿子存有某种"代沟"——"时代的沟"。儿子喝牛奶、吃麦当劳长大，不喜欢中国传统文化，对陈小奇他们那代人的流行音乐不屑一顾。"老窦（老爸），你们这歌不行啊！""那怎样才行呢？""谢霆锋的，陈慧琳的。"但儿子志向清晰，对音乐只保持业余兴趣，立志投身经济、金融业，去美国读大学之前明确告诉陈小奇："你们做了一辈子音乐还混成这样，我干吗还要做？"

可在前几天，儿子打回来的一通电话竟然让陈小奇意料之外地感动。"老窦！我觉得你们的歌也挺好听的。"他觉得儿子已感悟到音乐的韵味，审美的趣味正在回归"传统"。

（载《新周刊》2008年）

口述高考 30 年

（采写：本报记者朱丰俊　实习生王刚）

陈小奇在 1954 年出生于广东普宁，是我国著名词曲作家、著名音乐制作人及电视剧制片人，曾获中国十大词曲作家奖及中国最杰出音乐人奖。其代表作品有《涛声依旧》《大哥你好吗》《九九女儿红》《我不想说》《高原红》等，以典雅、空灵、具有深厚文化底蕴的南派艺术风格独步大陆乐坛。

恢复高考，让陈小奇这一代人有了改变命运的机会，但陈小奇的人生路绝非一帆风顺：1978 年，因被少计 100 分，他差点与心仪的大学失之交臂；毕业时，谈好的工作"飞"了，误打误撞中他走上音乐制作之路，一炮打响，从此一发不可收拾。

一、"人生的任何悲剧到头来终是喜剧"：知名音乐人陈小奇回忆高考及创业历程

（一）童年：上山捉蛇做二胡

1954 年，我出生在广东普宁的一个党员干部家庭，父母早在 1941 年就入党了，当时他们都才 18 岁。我小学六年级的时候，"文化大革命"开始了。我小时候更多是和外婆一起生活。

我母亲念过高中，还会吹口琴，在那个时代已经属于挺有文化的人。中华人民共和国成立后，她做了地方文化馆馆长，我小时候就经常去文化馆，很早对美术产生了兴趣。相对来说，我小时候和父亲在一起的时间很少。我 11 岁时，父母调到梅州工作，于是我也跟了过去，这才开始接触到父亲大量的藏书。父亲生前常带我们去看潮剧，他业余还写了许多剧本，后来还得了"广东省鲁迅文学艺术奖（艺术类）"。另外，父亲还喜欢玩一些民族乐器。

"文化大革命"期间，父母自顾不暇，客观上给我提供了一个"宽松、自由"的成长环境，我便成天和哥哥等十几个小孩一起玩耍。有段时间，我们对音乐蛮感兴趣，但买不起乐器，于是就自己动手做。我们从山上捉活蛇剥了皮来做

二胡；没有弓弦，我们打听到一个偏方，把剑麻弄碎，放在水里，抽出丝来，也可以代替。当然，我们做的乐器肯定不会有多好，但是自己很满足。我是不敢在父母面前弄的，一来制造的"噪音"会让他们心烦，二来他们吃了艺术创作的亏，不希望孩子还搞这个。

有件小事至今难忘。我在垃圾堆里捡到一本没有封面的唐诗集（几年后才知道是《唐诗三百首》），特别喜欢，就悄悄地躲在被窝里看，父亲发现后把书扔了。为这个事，我还心疼了好久。

中学时代，我遇到了对唐诗很有研究的杨铎老师，毕业时，他填了一首《苏幕遮》送给我，鼓励我进行文学创作。受他的影响，我在中学以及后来的工厂里偷偷填了大概200首词，可惜都丢失了。

（二）高考：找熟人查分发现少录100分

1972年，我高中毕业，被分配到平远县一个汽车配件厂，离梅州市区大概有60千米，一待就是6年时间。从学徒做起，做过工人、资料员（相当于现在秘书）。所幸的是，在工厂里我有几个志同道合的朋友，大家都喜欢音乐、书法、文学，经常在一起切磋交流。我们当时也算是工厂里有文化的人，工厂里的墙报等都是我们搞的。现在大家偶尔聚会碰头，还是很怀念在工厂的那段日子。

像我们这样的个性，在工厂里都是不满足的。可是不敢想未来啊，更没想过这辈子还有上大学的机会！1977年，当报纸上恢复高考的消息传来，大家有绝处逢生的感觉，奔走相告。我们当时毕竟有5年没摸过书本了，所以就赶紧到处找资料复习。语文更多靠的是自己平时的积累，而对于数学我花了很大的精力。当时我们工厂里有很多人一起报考，相互交流。结果是1977年，工厂有三四十人报考却没一个考上。1978年，工厂有一二十人报考也只考上了两个。

我两年高考第一志愿报的都是中山大学中文系，主要是之前受到中山大学中文系的一个毕业生的影响，他给我讲了很多关于中山大学中文系的人和事。这个人是"知识青年上山下乡运动"结束前最后一批下乡的知青，毕业后去了汕头的牛田洋。当时出了"牛田洋"七·二八风灾事件，这个老中大生是幸存者之一，当时他是只穿着一条底裤就跑了出来。

其实，我1977年就参加了高考，文科考的是政治、语文、数学、地理、历史，结果被告知语文不及格。我很惊讶，但当时没有查分制度。后来1978年再考，居然只有272分。我很怀疑，刚好那年开始允许查分了，于是我通过熟人去梅州地区教育局查分。记得当时历史只有6.5分，负责查分的人说，"你这分数够可以了,还有很多人考 0 分呢"。但我坚持要查,最后竟是 86.5 分!我觉得地理比历史考得还要好,怎么只有 68 分呢,坚持之下,查出来居然是 88 分。这样一来,我就多了整整 100 分,而当年中山大学录取分数线是 340 分,我就没再查了。当时想的是只要能上中山大学就行了。

现在想想,当时由于报考人数多,又是完全手工统计分数,条件很差,或许抄我分的人刚好笔没有水了,少抄了一个数字都是有可能的。

(三)求学:一人一琴一二胡

得知被中山大学中文系录取的一瞬间,我觉得自己这一辈子只会和文学有关系了,于是扔掉了和音乐有关的书籍,一个人带着一把小提琴和二胡来中山大学报名。因为有 6 年工龄,当时我是带薪上学的,每月有 36.9 元的工资。那是什么概念呢?当时猪肉是 8 角钱一斤。我每月吃饭用掉 18 元,剩下的钱全部用来买书;对于生活没什么其他追求,一套衣服可以从大一穿到大四毕业。

当时我们七七、七八级云集了那年代的社会精英,大家社会经历迥异,互相交流学习的氛围浓厚。于是,这些具有不同文化背景、不同年龄的人聚集在一起,就产生了"核反应",而不仅是一加一的效果。这点在我看来,是我们七七、七八级现在能够成为社会中坚力量的原因所在。

我们七八级中文系有 99 个同学,年纪小的只有 16 岁,大的 32 岁,很多人都成家了,有的家中还有两三个小孩子。一个女同学来报到时,怀中还奶着一个孩子。那个时候有书读就高兴死了,上大学机会来之不易,大家都非常珍惜,争分夺秒地学。图书馆夜夜爆满,没办法,只能每个班分名额抽签进图书馆。

现在的大学生来源单一,经历也相似。再加上大学严进宽出,大学生努力学习的动力不足,结果差别是可想而知的。

(四)毕业:被"挤"到音乐路上

我走上音乐创作的路,也是因缘巧合。大学毕业后,我原来准备去花城出版社,当时的主编跟我说毕业头 3 年先不要想房子的事,都谈到这个份上了,结果最后被一个人"走后门"顶替了。我当时手脚全乱了,因为除此之外,我并没有跟其他单位联系过。那时正好中国唱片公司广州分公司招人,于是我就去了,应聘时可以说是无人竞争,因为当时懂点音乐的人并不多。

我刚开始是当戏曲编辑,搞了 3 年左右。1983 年年底,公司的一个编辑找我,让我填词,那时忧伤惆怅的词不被提倡,但是可以歌唱爱情。于是我填了

《我的吉他》等，反响特别热烈。1987年，中央电视台拿它去用作一个纪录片《她把歌声留给中国》的片尾曲，上面标着"佚名填词"，也就是说无名作者填的词。可我当时高兴都来不及（这可是莫大的鼓舞啊），哪里会去找中央电视台要求正名！

1985年，广东首次举行"红棉杯85羊城新歌新风新人大奖赛"，我有两首获奖，一个并列第一，一个第三名，这是我第一次获得大奖。由我作词作曲的《高原红》、作词的《又见彩虹》获得第二届全国音乐金钟奖，这个算是专业领域的最高奖项，也是政府奖最高的奖项。其他还有大家都比较熟悉的《涛声依旧》（词曲）等获评中央人民广播电台"1993年全国十大金曲"，拿了200多个奖吧。

其实，这些年的创作经历给我的经验是，文学和艺术是靠自己悟的，不能靠别人教，别人教的要么对自己不一定有用，要么做出来的就是大套路的东西，是行货。在音乐创作路上，我从小到大都没有找过专业老师，一来我们那时候确实也找不到；二来我自己是一个比较内向的人，不喜欢找老师。所以，我强调自我领悟。

二、观点

（一）恢复高考让整个社会受益

论结果，"新三届"现在是社会的中坚力量；看过程，我们这一代付出了太大的代价！恢复高考给了大家一个受教育的机会，是社会公平的体现。我们这一代通过自己的努力，把握住了历史给我们的机会，把大部分失去的东西争取回来。

有人说我们这一代缺少反思，认为我们提到高考更多的只是说它给自己带来的命运的转变。可是，每个人的命运与国运紧密相关，根本上是一致的。恢复高考，让整个社会受益。那时，我们这一代经常提及的就是"振兴中华"，一种历史的责任感可以说是伴随我们一生。直到现在，七七、七八级的同学还经常聚会，谈国家，谈民生，从过去的热血青年变成了热血中年甚至是老年了，但仍然一如既往地关注国计民生。

自从我们走出校门开始，一种强烈的忧患意识就伴随着我们。我们处于激烈竞争的社会中：我们当时只面对本科生，现在面对的是硕士生和博士生；另外，年轻一代信息掌握能力、信息捕捉能力方面远胜我们,我们是先天不足的,所以,任何时候我都会感到后面有一大帮追兵,随时都可能被踢下去台去!

这几十年,我没有一刻敢松懈,尤其是我从事的音乐行业,几年不出好作品,你基本上就消失了,很难再重来!而且,我并不是领国家工资的人,如果不工作,基本的生存都不能得到保证。我得养家糊口啊,现在国情如此,也不可能拿多少版税(更何况盗版满天飞)。所以,我必须努力。

(二)"超女"是时代的进步

"超女"这样的节目我会看一些。我觉得"超女"代表着一种进步。这个活动至少是通过民意评选出来的,而不是像以前那样由评委说了算(虽然我也当过很多回评委)。这代表了一种平民意识的参与,是中国以前从来没有过的!评委选出来的不一定就有市场,但是大众选出的肯定是有市场的!从这两点看,时代是进步的。尽管从专业上看,"超女"们还不算完美,但是这种平民意识和市场取向是符合潮流的。另外,这个过程中我们也看到了新媒介(手机)的作用,相比传统媒介更难被控制和垄断。

对于后代的教育,也是一样道理。我对我儿子的教育就是让他自由选择。我记得他小学的时候我让他学钢琴,他不乐意,坐在那里偷偷地抹眼泪。我就对他说:"你不喜欢就不要学了,等哪天想学时再学吧!"后来到了初中,他突然对钢琴感兴趣了,自己主动要求学,我就给他找了老师。所以说逼出来的东西是没有用的!

我儿子快念完高中时,和我说他不想读大学了,因为他想去做生意。我没有直接阻止他,而是提议让他出国,他欣然同意,自己去美国学金融了。以前在家他很叛逆,很少和我说话,现在去了国外,和我倒能够聊得来了!

我很佩服古人造字的智慧,中国知识传授的传统很强大,但是我个人认为大学不应该止步于知识的传授,而应该是智慧的传授。知识学死了,就是"知"字加个"病"字头,那叫"痴"!知识用的活了,那就是"知"字加个"日"字,那叫"智"!一个人的成功靠的不是死板的知识,而是智慧!

不管如何,孩子应该有自己的思想,哪怕是叛逆的思想,那也是他自己的想法,至少是自己分析出来的,对自己的人生发展是很有用的!所以,我们需要的是自由、平等地教育下一代!

(载《南方都市报》2018年)

陈小奇："流行音乐尊重了个体生命价值"

回顾 30 年来中国的流行音乐，陈小奇是一个不得不提的名字，这个名字前面常常被冠之以"广东乐坛领军人""广州流行音乐掌门人""流行音乐的创作奇才"这样的定语。他至今有约 2000 首作品问世，约 200 首作品获奖，其中的《涛声依旧》《我不想说》《大哥你好吗》曾经影响了整整一代人。他先后推出过李春波、甘苹、容中尔甲等著名歌手，是改革开放 30 年来中国流行音乐不可或缺的参与者与见证人。

本报记者日前对其进行了专访，他将带领读者一起回顾广东流行音乐最精彩、最落寞的时光以及中国流行音乐 30 年一路坎坷走过的轨迹。

【人物简介】

陈小奇，我国著名词曲作家，著名音乐制作人及电视剧制片人，文学创作一级作家，广州陈小奇音乐有限公司总监。1982 年本科毕业于中山大学中文系。同年进入中国唱片公司广州分公司，历任戏曲编辑、音乐编辑、企划部主任等职；1993 年调任太平洋影音公司副总经理；1997 年调任广州电视台音乐总监；1997 年年底创办广州陈小奇音乐有限公司。现任中国音乐家协会流行音乐学会常务副主席、中国音乐文学学会副主席、广东省作家协会副主席、广东省音乐家协会副主席、广东省流行音乐协会主席、广东省作家协会书画院副院长。曾获中国十大词曲作家奖及中国最杰出音乐人奖、第五届华语音乐传媒大奖华语乐坛特别贡献奖、广东流行音乐 30 周年最杰出音乐人奖。2007 年被评为"读者喜爱的当代岭南文化名人 50 家"。2008 年 1 月获第六届中国金唱片奖的"音乐人奖"，2008 年 5 月获"广东省第二届中国特色社会主义事业优秀建设者"光荣称号。陈小奇从 1983 年开始歌曲创作，有约 2000 首作品问世，曾先后举办 5 次个人作品大型演唱会，约 200 首作品分别获"金钟奖""金鹰奖"等各项大奖。出版歌曲集《草地摇滚——陈小奇作词盒带歌曲 100 首》、歌词集《涛声依旧——陈小奇歌词精选 200 首》等专著，对话录《中国流行音乐与公民文化——

草堂对话》将在近期正式出版。1997年出版个人书法作品集《陈小奇自书歌词选》并在广东画院成功举行个人书法展。1998年出任电视连续剧《姐妹》制片人，该剧获中国第17届电视"金鹰奖"及第六届"广东省鲁迅文学艺术奖（艺术类）"。代表作品有：《涛声依旧》《大哥你好吗》《九九女儿红》《我不想说》《高原红》《为我们的今天喝彩》《跨越巅峰》《拥抱明天》《大浪淘沙》等。其中，《涛声依旧》风靡海内外，是内地流行歌曲的经典作品，《跨越巅峰》和《又见彩虹》则被评选为首届世界女子足球锦标赛会歌和第九届全国运动会会歌，《高原红》《又见彩虹》获中国音乐界最高奖项"金钟奖"。

陈小奇在中国唱片公司广州分公司及太平洋影音公司任职期间，作为制作人及制作总监，先后推出李春波、甘苹、陈明、张萌萌、林萍、伊扬、"光头"李进、火风等著名歌手。广州陈小奇音乐有限公司成立后，先后签约并推出了容中尔甲、宋雪莱、雨儿等著名歌手。

一、邓丽君把我"震"了

在1978年之前，陈小奇还是一家汽车配件厂的工人，在这家工厂一干就是6年。从小热爱音乐并时常喜欢吹拉弹唱的他，不仅在中学曾经参加过乐队，到了工厂更是文艺骨干，担任厂里的宣传队长。如果没有恢复高考，年经的陈小奇可能会在繁忙的工作之余组建一支乐队，小范围地参加各种演出，把厂里的文艺生活搞得风声水起。1978年是陈小奇人生中一个重要的分水岭，因为他考上了中山大学，并且读的是中文专业，从此，他的志向是做一名文艺青年，力图朝作家的方向靠拢。

这一年，文艺青年陈小奇已经发表了不少诗篇。那是一个诗歌狂热、精神富足的年代，新的思想和空气对校园潜移默化地产生了影响。当时的中国刚刚开放，从外面传进来的音乐并不多，陈小奇能听到的也是亲戚从香港带来的录音带，主要是邓丽君的歌曲以及我国台湾地区的一些校园民谣。"第一次听邓丽君的歌，那种震动是很大的，因为之前听的也就是革命歌曲，抒情的歌非常少。而第一次听邓丽君的《月亮代表我的心》，那种甜美、温柔的唱法，会让人觉得内心都被触动了，现在想起来会觉得有一种冰雪消融之感。"当时，邓丽君的歌很容易让人联想到旧上海的时代曲，因而被称为"靡靡之音"，同学们都不敢大张旗鼓地去听。陈小奇其时的主攻方向和兴趣是文学和写作，听这些歌曲也只是消遣。

说到广州当时的音乐大环境，陈小奇提到了从1978年就出现的音乐茶座，这是需要凭外汇券才可以进去的，陈小奇记忆里自己也只去过一次。"当时广州有75家音乐茶座，里面的歌手打扮得都很港台化，穿着白西装、喇叭裤，非常潮流，唱的歌都是在模仿港台流行曲。那时候就产生了'广州邓丽君''广州徐小凤''广州刘文正''广州罗文''广州郑少秋'等，十分火爆。这里是广州唯一能够公开演唱流行音乐的场地，也是流行音乐演出舞台最早的发端。"与此同时，电视剧《霍元甲》风靡全中国，盛况空前，粤语歌曲开始一路风行。就在这样的时代氛围当中，陈小奇度过了自己大学四年的青春岁月。

二、写歌100%使用率

1982年，陈小奇大学毕业，他期待可以分到花城出版社当编辑，但却被人"走后门"顶替了，最后被分到了中国唱片公司广州分公司当戏曲编辑。"我对这个没有兴趣，因为这改变了我的专业方向，但在那个必须服从分配的年代，能够有工作也就只能先干着。再说，我去那里上班马上就有房子分，这一点很吸引我，我也是我们班同学里第一个一毕业就分到房子的人。"

虽然做的是戏曲编辑，但这并没有难倒陈小奇："我父亲在20世纪50年代时曾经是我们县里分管文教的副书记，我自己也可以说是听着地方戏曲长大的，所以做戏曲编辑对我来说并不困难，何况我还有中文基础呢。"说到开始音乐创作，陈小奇称完全是意外："当时外文歌曲大量进入，但唱片公司不能照搬出版，而是要根据日文、英文以及粤语歌的旋律重新填词，所以填词人就成为行业需求量很大的一个职业。1983年，就有编辑约我填词，我学的是中文，有古典格律诗的基础，所以能很快根据需要完成歌词。"有意思的是，陈小奇1983年根据西班牙歌曲填词的处女作《我的吉他》被中央电视台音乐纪录片《她把歌声留给中国》用作主题曲，但作词者名却变成了"佚名"。"当时很多杂志报道了这件事，虽然没有写我自己的名字，但我还是觉得很高兴。当时毕竟没有人知道我的名字，好在周围的人都知道这首歌词是我写的。"

据陈小奇介绍，当时创作最高峰，他一天可以写9首歌词："当时年轻，上学的时候也积累了不少，好不容易找了个突破口，就一发不可收拾，基本上写一首用一首，使用率100%。"当时写歌并不是他的专职工作，"但写歌扩大了我的财路，当时我写一首词约50元，比写诗赚钱多了"。

三、率先创办了排行榜

1985年,广州举行"红棉杯85羊城新歌新风新人大奖赛",陈小奇写的《敦煌梦》和《黄昏的海滩》入选内地第一批十大金曲。从这一年开始,广东的原创音乐人团队日益壮大,产生了李海鹰、兰斋等大量优秀的创作人,还产生了中国第一个进入中央电视台春节联欢晚会的音乐茶座歌手吕念祖。

"当时,音乐创作在大家心目中有着崇高的地位,每个人都怀着满腔的热情和信心,积极性非常高。1987年左右,广东的电台开全国风气之先,创办了排行榜,开始建立广东音乐人的群体队伍。"据介绍,由于港台歌曲对本土的影响,陈小奇这批本土创作人提出了一个"五五运动",即要求电台和音乐茶座演唱曲目里本地作品和外来作品须各占50%。他在之前接受访问时曾这样说道:"有私心杂念在里面,但主要是觉得以我们的创作力量即使不足以抗衡港台,最起码不会连一席之地都没有。"

到了1987年,太平洋影音公司推出广东本土歌星合集《为我们骄傲》,里面共有12首歌曲,其中就有7首是原创之作,陈小奇创作的就有《为我们骄傲》《梦江南》《青春脚步》以及《秋千》4首歌曲。"这在以往是非常少见的,以前一张唱片能够有一到两首本土原创歌曲就相当不错了。这张唱片最后卖了差不多100万张,在当时简直就是一个奇迹。"据了解,当时的音乐人并非全职,各自都有自己的本职工作要做,"但整个创作氛围都非常好,大家都没有功利心,非常团结,经常为了一首歌而互相提意见,完全是抱着精益求精的态度,都希望把歌曲当作艺术品来经营,希望好的歌曲能够被品味且长久流传"。

这个时期,也是中国流行音乐日渐成熟的时期。1987年,崔健的《一无所有》、郭峰的《让世界充满爱》、程琳的《信天游》以及那英的《山沟沟》火遍全国,而《信天游》和《山沟沟》更是广东出品的好歌,在歌坛掀起了一股强劲的西北风。"从西北风开始,中国原创音乐开始崛起,中国流行音乐本土化得以完成。"

四、《涛声依旧》"不适合流行"

从20世纪90年代开始,中国流行音乐渐成气候,内地流行音乐的题材也开始都市化。由陈小奇创作的《涛声依旧》掀起了广东流行音乐的最高潮,而毛宁、杨钰莹组成的"金童玉女"组合开始风靡全国。李春波的《小芳》和甘苹的

《大哥你好吗》更是唱遍祖国的大江南北。谈起这段广东音乐最为辉煌的时期，陈小奇表示："这并不是突然冒出来的高潮，而是有80年代的积累，有非常清晰的发展轨迹。这段时期的歌曲不比粗犷、直率的'西北风'，而是表现当代都市人的感情生活比较多，以抒情性、诉说性为主，很适合在录音机里听。粤派文化当时也在全国有了非常大的影响。"

对于自己的巅峰之作《涛声依旧》，陈小奇称当时就是"自己写着玩"的歌，这首歌来回改了两个月，他自己觉得还不错。陈小奇说："这首歌之前还被香港的一个业余歌手唱过，但没有唱红。而毛宁1993年在全国春节联欢晚会上演唱后，这首歌在一夜之间红遍全国。说实在的，我根本没有想过这首歌会红，因为总觉得太雅了，不太适合普通大众，我对它基本上是不抱希望的。原本以为这首歌能上榜一个月就不错了，谁知道最后竟然能成为全国年度十大金曲之一。"他指出："很多人觉得《涛声依旧》是首爱情歌曲，其实这是反映处在传统文化与现代文化的夹缝中我们这代'边缘人'状态的一首文人歌曲。'这一张旧船票能否登上你的客船'的歌词就是表达了处于边缘的困惑。"对于这首歌走红的原因，陈小奇分析道："可能是歌曲的品位和意境吧，此外，歌中弥漫着的淡淡的忧伤以及怀旧的情绪刚好符合人们的审美需求，而毛宁的气质也深受观众喜爱。"

谈到李春波以及令他一举成名的《小芳》，陈小奇透露道："其实当时我们唱片公司的发行部并不看好他，阻力很大，但我对李春波很有信心，认为他一定可以的。最后，这首歌成为我们的一个成功的范例，首次订货就80万张，加上翻版、盗版起码在市场上销售了1000万张以上。这首歌代表了返城知青的共同回忆，娱乐性很强，也非常朴素，很平民化，非常适合在卡拉OK里唱。"

据陈小奇介绍，1993年，广东已经开始了歌手签约制度："我曾经带过甘苹、李春波、陈明等广东歌手到北京做推介会，盛况空前，有评论称我们是到北京来搞'地震'来了。"那段时间，陈小奇拿到很多奖项，用他的话来说就是"拿奖拿到手软"。在他看来，那是广东流行音乐的巅峰时期。

五、流行音乐是时代的产物

从20世纪90年代后期起，以李海鹰为代表的部分广东音乐人纷纷北上，而曾经从这里走出的歌手如甘苹、陈明、林依轮、毛宁等也陆续到北京发展，广东乐坛开始从鼎盛时期走向落寞。不过，陈小奇并未离去，即使外面有很多"诱感",诸如有北京公司给他开出的薪水是如今的 10 倍,他也并未动心。因为他对这片土地充满了感情,他对广东乐坛并未失去信心,他还试图团结在这里留守的部分音乐人,改善广东乐坛的现状。他说:"其实也有不少音乐人仍坚持在这里,但广东音乐曾经的辉煌,不是仅靠几个音乐人就可以恢复的。"

1997 年,广州陈小奇音乐有限公司成立,成功策划并承办了首届全国旅游歌曲大赛及此后的"唱响家乡"创作演出系列活动。同时,他的公司还签了容中尔甲、宋雪莱等歌手。1998 年,陈小奇开办了流行音乐研习院,用来培养歌手。2002 年,以陈小奇为首的广东省流行音乐学会成立,并在天河体育场馆办了一场百名歌手演唱会。这一年,他的《高原红》和《又见彩虹》获得了中国音乐的最高奖"金钟奖"。2003 年,陈小奇又组织评选了首届广东流行音乐"学会奖",以鼓励对音乐充满兴趣的年轻人。多年来,他对音乐的追求和梦想一直没有变:"我们这批人都还在,都矢志不渝地要重建广东乐坛,在我看来,广东音乐目前正处于等待时机的阶段。"

众所周知,从 2000 年开始,网络歌曲盛行,广东又成为全国最大的网络歌曲、彩铃歌曲的生产基地。但盗版及数字音乐载体的盛行,令整个唱片行业损失惨重。陈小奇指出,目前正是流行音乐"大洗牌"的时期,流行音乐是时代的产物,会随着时代的需求而改变自己。他说:"中国流行音乐记录着改革开放 30 年来人们的心灵轨迹,它表达了对个体生命价值的尊重,这是其他音乐达不到的。流行音乐应与大众紧密联系在一起,它的未来发展,有着不可想像的广阔空间。"

【对话】

一、流行音乐曾被"妖魔化"

《晶报》:你小时候就表现出对音乐的兴趣吗?

陈小奇:我小学 6 年级就开始学二胡了,由于找不到老师教,自己就买类似《怎样拉二胡》这样的书来自学。那时候没有钱,还自己做笛子呢。另外,扬琴、小提琴、唢呐我都有学过,完全是出于个人兴趣。我 1972 年高中毕业后还想过上音乐学院呢,但因为没有专业老师教,到第二轮就被淘汰了。

《晶报》:上大学时读的是中文专业,有想过自己日后会成为音乐人吗?

陈小奇:那时候只想搞自己的专业,经常会写一些朦胧诗等文学作品。上大学时候我就在想,这辈子估计都不会搞音乐了。

《晶报》:但毕业后你却进入唱片公司工作,心情怎么样?

陈小奇:当时确实有些失落,但人都是要有工作的,再说那份工作立即就可以分房子住,这对我来说是蛮大的诱惑。

《晶报》:最后偶然填歌词却踏入音乐圈,当时的状态是怎样的?

陈小奇:改革开放之后老百姓对外文歌曲及港台歌曲的渴求,让填词人的需求量大增。当时的日文、西班文、英文歌曲都需要重新填中文歌词,而港台歌也有一些意识形态方面的问题,都需要重新修改,幸好我的文学基础还不错,人也处于脑子转动比较快的青春时期,所以填歌词对我来说都不是什么难题。那段时期累积了很多歌曲,在圈内的影响也比较大。

二、广东开流行音乐风气之先

《晶报》:有评论称齐秦的《大约在冬季》和苏芮的《跟着感觉走》收获了内地大量粉丝,从而出现了真正意义上的歌迷。你对此是怎么看的?

陈小奇:其实从音乐茶座时期就有歌迷的概念了,那时候很多观众就是为了追星才去看演出的,可以说广东是最早出现歌迷的地方。

《晶报》:说到《涛声依旧》,你认为这首歌为什么可以红这么久?

陈小奇:其实这个确实是我意料之外的事情,我只是将流行歌曲的感觉与现代诗的技巧和古典诗词的意境融为一体,从而形成独特的个性。这首歌表达了在传统与现实夹缝中生存的人们的困惑,旅行的怀旧情绪也很容易引发大家情感上的共鸣。

《晶报》:你认为广东流行音乐在全国占据一个什么样的地位?

陈小奇:广东就是中国流行音乐的摇篮,一直开风气之先并持续不断地为中国流行乐坛提供新的思维和新的实践模式。比如,广东电台最早推出创作演唱大赛和音乐排行榜,广东最早实行歌手签约制度,广东最早大规模推出新媒体歌曲,等等。

三、流行音乐魅力无敌

《晶报》:在音乐人集体北上的状况下,你认为广东还具备优势吗?

陈小奇:事实上,广东依然有一批坚持本土创作的中坚音乐人,近年来更涌现了大批年轻而极富才华的新生代音乐人。这批音乐人都团结在广东省流行音乐协会之中，他们将是广东乐坛未来的希望。而广东浓郁的商业氛围和平民精神也为流行音乐这种商业性的文化形态提供着全国独一无二的肥沃土壤，这就是广东的优势，过去是，现在是，将来也是。

《晶报》：在你看来，流行音乐的核心价值是什么？

陈小奇：流行音乐的核心价值就在于其对个体生命状态、个体生命价值的尊重，包括个性的张扬、对普罗大众的关注以及个体审美的多元选择权等。平民老百姓的生活感受都可以通过流行音乐表现出来，流行音乐能够真实反映这个时代这些老百姓的心灵轨迹，它的历史价值是不可忽视的。另外，流行音乐还丰富了人们的文化、心理及生理的需求。尽管它一路走来非常坎坷，并一度被妖魔化，但它靠自身的生命力走到今天，让人无法抗拒，它的魅力是无法阻挡的。

《晶报》：在唱片行业日益惨淡的今天，你认为流行音乐未来的出路在哪里？

陈小奇：流行音乐是一种与时俱进的艺术，是一个动态发展的过程，音乐载体的变化阻挡不了流行音乐发展的步伐。我相信作为这个时代音乐的代言者，流行音乐一定会有灿烂的未来。

（载《晶报》）

下棋就如音乐按旋律往前走
——中国棋文化广州峰会访谈

嘉宾访谈：陈小奇
采访：施绍宗

外界极少有人知道，写出《涛声依旧》等一大批脍炙人口的流行歌曲的著名音乐人，现任中国音乐家协会流行音乐学会常务副主席、广东省流行音乐协会主席陈小奇是一个超级棋迷，他象棋下得不错，最喜欢的是围棋，虽然其工作繁忙，但一下起围棋就沉醉其中，深深体会"忘忧清乐"的境界。对于陈小奇来说，"棋声依旧"可谓他的生活写照。

小奇兄是我的学长，也是多年的棋友，因为爱棋、迷棋，他还担任了广东棋文化促进会的副会长，与会中同人一道"自带干粮修水库"，乐此不疲。日前，我借《广州日报》与中国棋院、广东棋文化促进会共同主办的首届中国棋文化广州峰会（2009年）即将举行之机，与陈小奇作了一番关于棋文化的畅谈。

施绍宗：棋文化与琴、书、画有何关系？

陈小奇：琴、棋、书、画是中国文化的主要组成部分，在我看来，它们虽然是不同的艺术门类，但都有共通的地方。1956年，国家体育运动委员会（今国家体育总局）把象棋、围棋正式列为体育运动项目。但中国文人把棋当成一种文化活动，认为属于艺术的范畴。就我个人来说，我也是更多地把棋看成艺术，是一种文化形式。专业棋手下棋很重视胜负，毕竟这是竞技体育，他们会把胜负作为追求的终极目标。而我们这些业余爱好者只是把下棋作为休闲娱乐和游戏活动。我们下棋不会像专业棋手那样去冥思苦想，我们追求的是开心，下棋是我们调节心灵的一种活动。胜固欣然，败亦可喜，这是由业余棋手的心态所决定的。

从艺术的角度来说，琴、棋、书、画之间是有联系的，它们之间只有表现技巧和手法的不同，从本质上来说是一样的。所以，我们常看到搞艺术的人在掌握了一门技艺后再去学习别的艺术时，会比其他人上手更快，因为他/她掌握了其中共同的技巧而已。

假如我们不把下棋看成纯粹的体育运动，那么，它和其他艺术是有很多共同之处的。比如琴，如果我们把它视作音乐的概念来理解，就可以从形式上找到音乐和下棋共同之处。音乐是一个流动过程，它是从一个音符转到另一个音符，一步步地按照你构想的旋律往前铺开的。而下棋同样也是一个子接一个子地下，其间也许会有很多干扰，但始终是按你自身设想的目标进行的。

此外，音乐创作有一个发展动机的问题。下棋也一样，你也会有一个选择定式的问题，这个定式很可能就会成为你整盘棋的动机了。比如，是选择下模样棋还是下实地棋，这就决定了你这盘棋的走向。

上面谈的是琴、棋、书、画各类艺术的外在联系，内在的联系就是一个境界的问题。艺术境界决定了你是一个大家还是一个工匠。境界高的人可以取得大的成就，一般人只能完成一般的目标。我认为，不管你从事何种艺术创作，最终所能达到的高度，还要看你的境界如何。虽然琴、棋、书、画相互之间有内在和外在联系，但彼此不会产生直接作用，并不会因为你会下棋，你的音乐作品就会比别人的更好。只能说，我们可以在下棋的过程中，通过调节自己的心理状态，从中得到一些感悟，逐步提高自己的艺术境界。这一点和进行艺术创作是一样的。

施绍宗：在你的创作生涯里，有没有尝试过把棋和棋文化当作音乐创作的对象？

陈小奇：流行歌曲创作大部分取材于社会百态以及对人生的各种体验和感悟，专门单独为棋和棋文化而写的流行歌曲不多。我印象中只写过一首，那是我去贵州采风的时候，根据由陈毅元帅题诗的一个棋亭进行创作的。这可能是唯一的专门为围棋而写的一首歌曲。现在以围棋和中国象棋为创作对象的歌曲确实很少，今后还要发动大家多创作这类歌曲。歌曲作为一种广泛的和有效的推广手段，借用它来推广棋文化，这个工作应当引起我们的重视。

施绍宗：作为一名词曲作家和围棋、象棋的爱好者，你在棋艺上的境界又是怎样反映到音乐创作的境界上的？

陈小奇：下围棋很讲究大局观，下棋前你首先要考虑怎样去布局，包括中盘如何进行，这和流行歌曲的创作有很多类似的地方。比如，我们创作一首流行歌曲，首先要考虑歌曲的题材，会有什么样的立意，接下来还有结构上的处理，等等，这些问题从一开始就要考虑好，类似围棋的布局，一定要有一个明晰的思路。这些都属于技巧上的问题，关键还在于境界。

说到境界，我个人倾向于不要把一些东西想得太复杂，不去苛求某种东西本身就是一种境界。就我个人来说，我会用一种很自然的方式去进行创作或去下一盘棋。我的围棋水平大概只有业余3段到4段之间，水平并不是太高。但我发现，我比赛的成绩往往比平时的要好。原因是我对胜负没有那么执着，不会把输赢看得那么重，因此在比赛时可以随心所欲地下，想进攻就进攻，该退守就退守。把胜负的包袱卸下来了，赢棋的概率相对来说反而更高。这里就涉及一个境界的问题，我想你如果把什么东西都看得很平常，你的境界也会慢慢地提高。

施绍宗： 关于棋文化如何和流行音乐结合发展，你有何更好的设想？

陈小奇： 总体上来说，棋文化和流行音乐两者肯定可以发生某种联系，很可能会诞生出很新的思路。流行音乐的特点就是大众性，它的推介模式和手法是值得借鉴的。我想，棋文化今后的发展和推广可以和流行音乐紧密合作，多创作一些有关棋类的歌曲。把棋里的理念、对胜负的感悟，通过歌曲这一载体，向社会进行推广宣传，让社会受众对棋类运动产生兴趣，从而提高社会的关注度，这就是棋文化促进会的工作重点。我认为棋文化促进会要做的不是培养多少高水平的棋手，而是要让更多的人关注棋类运动和喜欢棋类运动。从这方面而言，流行音乐是可以和棋文化的工作很好地融合到一起的。

施绍宗： 如何用各种手段推广棋文化？

陈小奇： 棋文化的推广完全可以借鉴流行音乐的包装手法。比如，乐坛进行"造星"工程，造出一个歌星偶像，目的就是吸引大家的注意力，让公众在一个焦点上聚焦，从而产生最大的影响力。下棋也如此，优秀的棋手本身同样具有歌星般的号召力，甚至更大。我们当年为什么下围棋，就是因为中日围棋擂台赛造就了那个时代的民族英雄聂卫平，我们都成为他的追星族。造就了这么一个明星后，不仅影响了很多人，甚至还影响到全国。棋类运动主要是靠业内几个顶尖人物带动的。在目前的现役棋手里，谁的技艺最拔尖，其对棋类运动的影响力就最大，我们进行推广就是要重点从这方面入手。对围棋来说，它的国际成绩决定了这个运动项目的普及和推广程度。像中国女排，当年成绩好，拿了五连冠，很多人都在追女排、看排球比赛，但后来成绩下滑，喜欢排球的人就少了很多。

源远流长、博大精深的中国棋文化如何才能够得到更有力的推动？除了棋界人士的不断努力外，还有一点是至关重要的，那就是应该有更多的企业认识棋文化、认同棋文化，最终把棋文化融入企业文化的塑造之中。拥有人力、物力资源话语权的企业，可以成为推动中国棋文化发展的重要力量。

能够论证这一观点的例子很多：如春兰杯世界职业围棋锦标赛就是由中国围棋协会和江苏泰州春兰集团共同举办的。它同由日本、韩国、中国台北等国家或地区的多个企业主办的富士通杯世界围棋锦标赛、丰田杯世界围棋王座战、LG杯世界围棋棋王战、三星杯世界围棋公开赛、农心杯世界围棋团体锦标赛、应氏杯世界职业围棋锦标赛并称为世界职业围棋六大杯赛，对推动棋文化的发展和普及有很大的影响。又如，广州市凤凰山旅游度假公司明确把中国棋文化融入凤凰山项目的开发之中，以长期推动中国棋文化的发展。据我所知，他们近日已与中国棋文化广州峰会主办单位之一的广东棋文化促进会签订协议，将共建一个梳理研究、推广普及棋文化的"中国棋文化基地"，实实在在地为中国棋文化的发展做点事情。

（载《广州日报》2009年2月20日第A28版）

陈小奇作客《亚运会客厅》

主持人晓艾： 亚洲盛会，网聚激情。欢迎走进亚运会客厅，我是晓艾。今天请到的嘉宾是中国音乐家协会流行音乐学会的常务副主席，同时他也是广东省流行音乐协会的主席陈小奇老师，我们欢迎陈老师。

陈小奇： 大家好！

主持人晓艾： 久等了，陈老师最近在忙些什么？

陈小奇： 忙着我们这一行的工作，最近主要是在梅州搞大型民系风情歌舞《客家意象》，因为5月1号要演出了，现在已经到了倒计时的阶段，正在紧张地准备着。

主持人晓艾： 陈老师跟体育也是蛮有缘分的，在创作音乐这条路上，多次跟一些大型体育活动有过接洽和合作，比如说我们熟悉的中华人民共和国第六届运动会、第九届全国运动会（以下简称"全运会"），还有第八届全国少数民族运动会和首届世界女子足球锦标赛这些赛事的主题曲、会歌或者里面一些项目插曲等。

陈小奇： 用音乐跟体育结缘是在第六届全运会的时候，我为团体操写了6首歌的歌词，然后就是1991年首届世界女子足球锦标赛会歌《跨越巅峰》，跟兰斋合作的。后来就是第九届全运会的时候跟李小兵合作创作会歌《又见彩虹》。2007年第八届全国少数民族运动会会歌《矫健大中华》也是跟李小兵合作创作的，中间还有很多不属于会歌的作品，为北京亚运会、奥运会也写了不少作品。我一直是一个体育迷，到现在看报纸首先看的还是体育版，经常看电视体育频道，上网也是为了看体育，因为我从小就很喜欢体育运动。

主持人晓艾： 您是从1983年开始音乐创作的，有没有计算过到目前为止创作过多少首歌？

陈小奇： 2000多首。

主持人晓艾： 陈老师在业界是很出名的，是很成功的创作人、词作家。一般提到大家非常熟悉的歌曲，往往是演唱这首歌的歌手会更让大家记忆犹新，但是我们别忘了幕后还有辛辛苦苦的词作者。比如说，陈老师曾经创作的由毛宁演唱的《涛声依旧》，还有杨钰莹演唱的《我不想说》，这些经典的老歌都是出自陈老师之手。我刚才听陈老师说，《涛声依旧》是创作于1990年，1991年毛宁开始演唱，到1993年春节联欢晚会就唱红了这首歌。

陈小奇：对。

主持人晓艾：陈老师说找歌手是一种缘分？

陈小奇：找歌手是另外一回事。歌曲跟歌手本身存在一种缘分，有些歌手可能非常会唱歌，但是这首歌拿给他/她唱未必能唱红，反而另外一个人把它唱红了，这就是缘分，正好对上了。有些歌手实力很强，如谢晓东的实力很好，但是到现在没有真正唱红一首歌，很多作品都不算是一线的作品。李春波从歌手的角度来看并不算很好的歌手，但是他唱红了两首歌，一首《小芳》，还有一首是《一封家书》，这些都是他自己创作的。还有其他很多歌手碰到了与自己合适、有缘的歌曲。例如，《祝你平安》原来那英唱过，那英多大腕，结果那英没有把它唱红，孙悦却把它唱红了。原来大家都不知道孙悦，因为这首歌她一下子变成了全国一线歌手。这里面真的存在一种缘分，歌手找作品是可遇不可求的，碰上就是这个，碰不上的一辈子都找不着。

主持人晓艾：您自己从小对音乐有一种独特的天分或者悟性？

陈小奇：可能有一些吧，我自己没有真正学过音乐，我都是自学的。

主持人晓艾：我知道，小提琴也是自学的。

陈小奇：最早还没有小提琴，买不起。我最早学的是笛子和二胡，笛子和二胡都是自己做的。上山打蛇，把蛇皮剥下来做成二胡。学会拉二胡就是靠自己瞎琢磨自学的。后来我在中学的时候参加了学校组织的一个乐队，再后来在工厂成了乐队队长，上大学后又参加了文工团。但是我学的专业都不是音乐，我学的是中文，是文学，中山大学中文系，本来我读大学的时候以为我这辈子跟音乐没有任何关系了，把当时抄的歌曲全给别人了，自己什么东西都没有留下。后来去了中山大学，更加坚定这辈子不会跟音乐再有联系了，没有想到一毕业又去了中国唱片公司广州分公司，一到那里又把音乐捡回来了。

主持人晓艾：所以一开始所有的乐器都是您自己学的，吹拉弹唱无所不能。

陈小奇：那个时候搞宣传队的人几乎都是多面手，什么都得学，你不行就把你顶下去了。

主持人晓艾：我听说你7个酒瓶吊起来就可以弹一首乐曲，是这样吗？

陈小奇：读大学的时候，看过一个节目，用啤酒瓶装水来敲打。入学军训完有一个联欢晚会，要出一个节目，当时也不知道搞什么节目，我就找了8个瓶子装水，找两根棍子随便一敲，试了一下，发现效果不错，就上舞台参加表演了。一表演全场轰动，节目的名字叫《青瓶乐》——这个啤酒瓶子是绿色的，蛮雅致的一个名字。

主持人晓艾：您大学毕业以后去到了中国唱片公司广州分公司，那您是什么时候在钢铁锻造车间工作过6年的？

陈小奇：我是在中学毕业的时候。我在1972年就高中毕业了，毕业的时候哪有书读，"文化大革命"还没有结束，本来要上山下乡的，我在家里面排行最小，我哥哥姐姐都已经上山下乡了，所以，我作为被照顾对象到一家工厂当工人。当工人是很伟大的。到工厂里当混合铸工，平时是翻砂工，每个星期开炉浇铸，叫混合铸工。当时有一部电影叫《火红的年代》，翻砂工外号叫"黑三辈"，沙子全部是黑的，整个人都是黑不拉叽的。我在那干了6年，实际上翻砂我干了3年不到，当学徒还没有期满的时候，就到厂里面政保股去当资料员了。

主持人晓艾：好像这个活跟音乐扯不上关系。您同事爆料说，那个时候您已经有音乐的天赋了，唱歌什么的在车间里特出名。

陈小奇：我唱歌不咋地。

主持人晓艾：听说您又能唱，又能弹。

陈小奇：我唱歌还是比较弱的，在厕所里面可以唱。我主要是搞乐器多一些。

主持人晓艾：从您小时候开始，不管是工作也好，念书也好，这条路走得不是特别顺利，蛮坎坷的，就像您考大学的时候也是，考了好几次？

陈小奇：我考大学考了两次，1977年第一次考，语文不及格，觉得很冤枉，也不知道几科及格，几科不及格，但那时候不能查分。第二年考差点没考上，仅超过最低分数线两分，勉强可以参加体检，后来因为分数低得离谱才去查。

主持人晓艾：您觉得自己考得很好，但是怀疑为什么给我这么低的分数。

陈小奇：百分制的考试，历史给我6.5分，打死都不可能。就算65分我可能都认了，6.5分死活不认，非要查不可。那年正好可以查，一查发现前面少了一个8字，实际分数是86.5分。

主持人晓艾：86.5分，这个差距很大。

陈小奇：我地理才68分，一查88分。单就这两科已查出了100分的误差，查完就没有再查了，其他都不用查了，我当时一心只想读中山大学。

主持人晓艾：那个时候知道自己6.5分的成绩，老师还告诉您成绩已经算比较好了，很多人还是 0 分。

陈小奇： 我当问过县教育局，质疑我的历史成绩不可能只有 6.5 分。即使用脚指头夹着钢笔写我都不可能只考 6.5 分。教育局的人说你这已经不错了，好多人考 0 分呢。我气得不行，直接找到地区教育局查分。

主持人晓艾： 考大学特别不容易。陈小奇老师在中山大学中文系念了 4 年书，大学毕业以后就来到了中国唱片公司广州分公司（以下简称"中唱"），从此开始了整个创作音乐之路。

陈小奇： 其实一开始不是，一开始我到唱片公司做戏曲编辑。"中唱"为什么到中文系招人？他们就是想招一个搞戏曲的。我本来对戏曲没有太大的兴趣，听说有房子分，觉得这样也不错，就去了"中唱"。我一开始做的是戏曲编辑，主要负责 3 个地区，当时海南还属于广东，我就负责海南、汕头地区和梅县地区。我的语言还行，潮汕话、客家话都没问题，海南语系跟潮汕那边一样都属闽南语系，这 3 个地区的戏曲我还能勉强对付，基本没什么问题。我到 1983 年才开始写歌曲。当时有编辑找我说："有一些歌你帮我填填词，必须要改。"原来的歌曲多是英文歌，或者是粤语歌，即使是我国台湾地区的歌曲，也都必须找人重新填词。试就试吧，对我来说不是很难，古典诗词我写过很多，为音乐填词是第一次。我在大学时期一直写诗，当时还是广州青年诗人之一，所以填词对我来说不是很难，一下子就写出来了。自第一首填词作品出来以后基本就没有停过，一直到现在。

主持人晓艾： 刚才说到这么多陈老师之前的故事，流行音乐就是从毛宁和杨钰莹那个时代开始风靡一时的，也有很多人称陈老师为广东流行音乐鼻祖级的人物。

陈小奇： 资格算是很老了。

主持人晓艾： 您觉得您创作的风格是偏向哪一种？

陈小奇： 比较偏向民族一点、古典一点，当然文字风格上简单一些，所以我一直有自己的原则和要求，即能够保证古典、流行、现代、民族融合在一起。当然，这属于个人的审美取向，未必说中国的流行歌曲一定要这么写。

主持人晓艾： 虽然是多元化了，但是我们可以把它集中在一起，不会感觉是那么零散的歌曲。

陈小奇： 我当时为什么会那么写？这也跟当时的社会环境和实际情况有关系。流行音乐刚刚进入中国，受到很多非议，被妖魔化得很厉害，被认为是庸俗的、低俗的、没文化的。我和几个合作者认为必须搞出一些作品，在文化层面站得住脚的流行音乐才能在中国生存下去。后来我就做了一系列尝试，写了一大批音乐作品，包括《敦煌梦》等，后来又写了《梦江南》，当时叫"现代乡土系列"。系列音乐作品出来之后反响很好，很快让文化界、新闻界都认可了流行音乐。我当时在电台接过好几个热线电话，还有不少大学教授的电话，都说这些作品让他们改变了对流行音乐的看法。

流行音乐未必都是低俗的，看你怎么写而已。它只是一种简单的音乐形态，和其他音乐形态是一样的。你说管弦乐就是很高雅的，我也可以找到很俗的作品，可以写出很庸俗的作品。音乐本身没有阶级性，就是看你怎么去写它而已。

主持人晓艾：当初有一批年轻、优秀的偶像歌手在广州打开了一片天地，但后来都向往中央，到北京去发展了。他们的出走也是我们广州的流行音乐一个起起落落的开始？

陈小奇：这些一线音乐歌手都是于20世纪90年代在广东冒头的。当时，广州率先实行了歌手签约制度，对签约歌手来说，好处是公司有力量帮歌手做整体的策划，我们连人带歌一起推介，这样，歌手成长比较快，在全国很快就能获得一定的知名度。他们的离开对于广东流行乐坛来说是很大的打击，歌是需要由歌手来唱的，歌手不好的话，要把这些歌推介出去也是很困难的事情。

从另外一个角度来说，他们到北京发展实际上带走了广东流行音乐的文化，把这个文化带走了。然而人各有志，人肯定要往高处走，可以理解。对广东来说当然受到一定的损失，后来这些年，广东乐坛一直没有特别大的起色，从最高峰"啪"一下子掉下来了。如果慢慢地走，对广东影响还不大。所以，他们的出走带来的冲击是相当大的。

主持人晓艾：那几年你们作为幕后的创作人，是怎么样度过的？是怎么想的？

陈小奇：我们也没什么，那时候歌手还比较多，虽然他们几个人走了，还有很多人过来，大家都没有闲着。不过后面几年确实没有了契机，从大的形式上来说，90年代上半期，即从1991年到1995年、1996年这段时间，全国娱乐方面的媒体基本上聚焦于广东，都盯着广东这边。这些歌手走了以后，我们失去了各地媒体的关注，外界关注度薄弱了很多。另外，我们广东自身的媒体在这方面出现了一些问题，本来广东媒体都是全力支持广东流行音乐的，某些原因也造成很大影响，包括电视台1995年之后基本上就没有娱乐性的栏目了，只有电台基本上保住了。但是电台的辐射力还是有限的，在总体上，广东媒体在全国没有很大的话语权，广东乐坛靠自己的一己之力来推动整个市场是相当困难的，几大唱片公司都遇到上述的问题。加上盗版的冲击，正版唱片公司就很难再维持下去。综合上述种种情况，广东乐坛在当时出现低谷也是很正常的事情。

主持人晓艾：已经找不到平衡了。1994年、1995年，广州电台发起了第一个打榜的节目。

陈小奇：打榜在这之前，在1987年左右就开始了。

主持人晓艾：可是那个时候北京任何电台都没有打榜，广东还是第一次？

陈小奇：广东最早可以追溯到1987年。从那时候起，广东创作歌曲大奖赛（原为"广东十大广播歌曲'健牌'大奖赛"）自1987年开办就没有停过，包括你刚才说的《涛声依旧》《弯弯的月亮》全部都是在80年代、90年代初出来的。广州的优秀作品的推出都离不开电台这么好的大环境。

主持人晓艾：随着我们时代的变化，无论换代还是换人，不同的观点都是在变化着的。就像您说的，也许当初的电台节目捧红了一批又一批歌手和新人，现在同样也会有一些优秀的综艺节目捧红一批又一批新人。我不知道陈老师现在怎么样看待流行音乐的歌坛？

陈小奇：目前的歌坛比较复杂，现在里面的关系越来越让大家摸不透了。大家各显神通，可能机会就多一些。现在一个无名小卒想一夜成名已经非常难了，所以，通过各种各样的海选、选秀节目可能还是一个机会。还有中央电视台青年歌手电视大赛，参赛选手如果没有一定的本钱、没有一定的积累、没有一定的人脉，则很难胜出。通过选秀节目出道的偶像，例如，观众很喜欢的周笔畅也好，李宇春也好，陈楚生也好，原来谁认识他们？没有人认识他们。他们能够成名，不是靠几个评委的打分，而是靠老百姓投票。

我们相信绝大部分选秀偶像是大众选出来的，否则不可能成名，几百万的票是买不起的。我相信选秀评选机制有其合理性，而且从其后期来看，每次演出都能够有足够的票房影响力，这些不是造假能造出来的。反观我们原来那批一、二线歌手，他们在市场上的号召力还不如这些选秀偶像。我们在评选机制方面出现了一些问题。这个问题的症结到底在哪个地方，说起来又是很复杂很大的问题。

主持人晓艾：看来陈老师还是比较认可现在的一些新人？

陈小奇：这个都是无所谓的，包括中央电视台青年歌手电视大奖赛也是提供一个平台而已，不管拿奖了没有，有些拿了金奖也没有出名，有些没有拿到金奖但出名了。例如，宋祖英当年只获铜奖，但也出名了；毛宁也没有拿到冠军，包括好多歌手都没有拿到很高的荣誉，但他们最终通过自身的努力出名了。因为他们通过这个平台让大家认识了自己，再加上他们自身后期的努力，一样可以走到第一线。"超女"这一类的海选偶像可以说是良莠不齐，但不管怎么样，其采用方式是首先制造一个偶像，然后再让这个偶像成为实力歌手。从偶像到实力歌手这个过程需要偶像先冒头，之后再去努力，有的可能一两年就没落了。如果能够继续利用这个知名度，加上自身的努力，完成从偶像到实力派歌手的转变的话，也是一个成功的例子。有时候也可先评选评出一个好歌手，再让他/她成为伟大的歌唱家。上述这两种选拔方式到最后还是一样的，即他们既有知名度，又有一定的演唱能力。

主持人晓艾：话又说回来，娱乐圈的确是复杂的，有很多东西是我们平常老百姓摸不透的，也是没有办法了解的。陈老师怎么看待现在歌坛上的一些作品？有的人说有一些东西低俗，也有人说现在风格多了。例如，Rap、Hip-hop、R&B，对市场化到底是一种推动，还是一种没有办法让人去理解的潮流？

陈小奇：这个问题争论比较厉害。我是这么看的，流行音乐从本质上看始终是属于青少年的，所以，我们首先要学会尊重青少年自己的选择。我也不太喜欢纯粹是Rap的东西，Rap跟音乐实际上不是一回事，没有演唱，只是在说唱而已，但是，有一些作品我又觉得挺好的，如《东风破》《菊花台》我就蛮喜欢的。青少年对于音乐的选择会有自己的倾向性，只要他们觉得好玩就行了，并不在于要有多深的思想内涵。

青少年对于音乐的选择倾向跟中老年人的选择会形成极大的落差，这种落差只能供双方体验而已。中老年人也有自己的选择，只是我们现在在推出音乐的时候不太关注中年人的相关需求，更多地倾向青少年，因为大部分消费者是青少年。网络上最活跃的也是青少年，没有几个中老年人在上面拼命发表言论，发表言论的基本上都是青少年，网络上的主流都是青少年，所以中老年群体的声音和对音乐的需求被淹没了，这是我们接下来要注意的一个问题。我觉得咱们也不要说现在的音乐完全不行，毕竟时代在变化。

主持人晓艾：您作为前辈，有什么样的建议或者意见说给现在的歌手或者现在的创作者听？

陈小奇：大家主要明确自己的定位就行了。例如，作为一个歌手，要创作一部作品，要演唱一些作品，需要明确自己的听众群。如果是针对青少年的，你就得知道青少年的倾向和偏好是什么。这个是一个市场行为。市场行为是讲究成本投入和效益产出的，所以，你要有针对性地进行创作和演唱。你要搞清楚自己选的定位，其实都不是很大的问题。

主持人晓艾：我觉得很多歌手都在力求突破，每一年都换不同的风格。比如说周杰伦，有时候唱Rap，两年以后再发专辑，又会听到中国风的歌曲。

陈小奇：我们能明显看到周杰伦的转变。

主持人晓艾：是吗？

陈小奇：他最早推出的那些歌曲最受大众喜爱的就是《东风破》。他对此也肯定做过市场调查，发现作品要让更多人喜欢，必须在风格上进行转变。所以，他在后面的作品中加上中国风的元素，后来出《千里之外》等各种各样的歌曲，包括春节联欢晚会那首《青花瓷》之类的作品都是有意识地往这方面靠。他的目的是要征服这部分听众，青少年那部分他已经稳拿了。

主持人晓艾：他更聪明了，也成功了。

陈小奇：这个人是真的很聪明。

主持人晓艾：刚才我们说到音乐上的风格。亚运会第二届征歌活动已经开始启动了，陈老师作为广州的前辈级作词家、作曲家，在亚运歌曲这方面有没有什么特殊的想法？

陈小奇：不是我有什么特殊的想法，而是我们组委会有什么特殊的想法。

主持人晓艾：刚才我们说到关于音乐风格方面的话题，陈老师认为广州亚运会的音乐风格应该往哪方面靠？

陈小奇：在这方面我们大可不必设计条条框框。全世界所有的运动会包括奥运会等大型运动会的会歌都是很富艺术性的创作，并没有赋予很多政治、社会各个方面的内容，主要表现出一种体育的精神、一种向上的心态，我觉得就已经足够了。

主持人晓艾：有没有想过在音乐方面，我们投入更多，能够使我们这次广州亚运会得到更多的推动？比如说当初的首尔亚运会和奥运会，他们在歌曲方面做出了很大的贡献。通过那些会歌，我们的确更进一步地了解了韩国的文化，知道更多关于韩国我们本来不知道的东西。

陈小奇：《手拉手》是歌唱了全人类共同的价值，并没有特别承载关于韩国的内容，与大众知道这首歌是韩国首尔奥运会的歌曲，并通过这首歌去了解韩国，是两码事。这首歌曲本身只是告诉你首尔举办了奥运会，于是就有了这首歌，以此吸引你去韩国了解其文化。

广东先后举办了3次盛大的体育赛事。关于会歌推广方面，我个人认为广东有长足的发展空间。第一届世界女子足球锦标赛那次稍好一点。第九届全运会的会歌在广东本地的宣传是够的，但外地宣传基本不足，只有中央电视台播了几次。我们的一些朋友说，行内看到过几次，其他就看不到了。

主持人晓艾：都没有伴舞？

陈小奇：有伴奏音乐，但是没有任何舞蹈、没有其他的东西，一看就知道是临时插进去的，完全脱节了。这次少数民族运动会，其会歌据我所知唱都没有唱，连开幕式都没有使用。对于会歌的宣传推广，我个人认为关键在于我们对这件事情重视的程度。如果得不到中央的支持的话，就不可能产生全国性的影响。北京奥运会为什么搞得那么盛大？当然，北京占了地利，周边有很多资源可以共享。广东做不到这点，但是方法是可以想的。如果真的在这方面有一定的推广经费、宣传经费，或者通过各种各样其他的手段，把全国最大的媒体拉拢起来，协助真正推广，流行才有可能。

主持人晓艾：您会参与亚运会歌曲的创作吗？

陈小奇：我要看时间，现在还没有确定。目前我还是组委会征歌委员会的副主任，能不能参加我现在也还不知道，也不知道有没有资格参加。

主持人晓艾：我们还是蛮期待陈老师的作品可以在广州亚运会中出现。

陈小奇：到时候看吧，也许会创作，也许只是当评委。

主持人晓艾：您20多年来一直坚守广东原创音乐，说是成绩单也好，给我们一些新鲜的作品也好，我们都期待着。您除了音乐，也是一个体育迷。您小的时候学象棋，现在对围棋情有独钟。在上个星期举行的三棋晨会上，您也出现在会场上，不仅在研讨会作了非常精彩的发言，而且在棋类比赛当中作为选手参与了比赛。

陈小奇：因为时间原因，我这次并没有参赛。倒是以前我参加过好几次比赛，例如，在广州首届名城名人运动会我拿了第三名。还有一次中外名人的比赛，我拿了亚军，这是最好的成绩。目前，对外（国际比赛）保持不败。

主持人晓艾：那您很厉害。

陈小奇：不叫厉害，是运气好。

主持人晓艾：您曾经以一个运动员的身份参与过一些更大的国际赛事？

陈小奇：运动员肯定不行，要真跟这些职业高手下，我根本不是他们的对手。

主持人晓艾：您跟聂卫平或者其他世界冠军交过手吗？

陈小奇：跟他们下也只能下让子棋。跟聂卫平下过，让4个子都输了。那天在峰会跟王立城下了一次，让5个子，后来赢了，但是赢他们一把真的是太难了。

主持人晓艾：为什么您会对棋类这么感兴趣？

陈小奇：我下象棋是小时候父亲教的。他本身是棋迷，跟他一起下，可以慢慢提高自己的水平。后来觉得中国象棋不过瘾，和棋太多，围棋的格局更大，于是改下围棋。我住的那栋楼里面有几个业余高手，大家平时关系都不错，有机会切磋切磋。

主持人晓艾：您太太无论对您的音乐创作，还是下棋的业余爱好都非常支持吗？

陈小奇：有时候也不见得很支持，但起码不反对就是了，人总是有种爱好的，都得互相理解。

主持人晓艾：您现在是广州陈小奇音乐有限公司总监，听说所有的法律法人、总经理董事都给您太太做了。

陈小奇：主要是我不想管太杂的事。

主持人晓艾：我知道您跟你太太感情一向都很好，特别是每次工作到很晚回家，她都会给您开一盏路灯。

陈小奇：不是路灯，是家里走道上的灯。

主持人晓艾：开着灯等您回来。

陈小奇：我心比较大，原来没有把这个当成一回事。直到有一个歌手和我聊起来，他说他每次一个人回家，黑漆漆的，这里面要是有一盏灯亮着多好，有一个人等着他会是多幸福的事。经他这么一说，我才意识到我一直身处幸福之中。

主持人晓艾：您周围的朋友对您太太的夸奖应该都是非常好的，而且在陈老师身上的确是体现了一个成功男人的背后总会有一个默默支持关心他的女人，就是您的太太。

陈小奇：可以这么说，这么多年来她确实对我帮助很大，我每首歌的第一个审稿人就是她。

主持人晓艾：您会为她写一首歌吗？

陈小奇：没有必要这么去做，如果专门去做太矫情了，你念着她就行了，想着她就行了。

主持人晓艾：在其他方面她还会给您什么样的温暖或者支持？比如，刚才说的写稿后第一个给她审？

陈小奇：她也是作家协会会员，曾出过书、写过散文集，也写过歌词，跟马国华合作过。不能说她现在对歌词的鉴赏力有多高，但她从听众或者读者的角度来看一首歌词，往往可以看出被我忽略的一些东西，所以，我一般还是让她看一看。

主持人晓艾：您的太太真的很细心，而且你们之间很默契。

陈小奇：称不上默契不默契，反正就是这么回事了，这么多年老夫老妻了。

主持人晓艾：今天非常高兴请到陈老师来《亚运会客厅》作客，最后剩下一点时间，希望陈老师把祝福送给我们2010年广州亚运会，也祝福我们未来广州的流行音乐乐坛。

陈小奇：我希望广州亚运会真正能够成为广州的一个盛典、一个节日，并且能够把广州的形象通过亚运会传播到全国，传播到全亚洲乃至全世界，这是每个人都想看到的。我们希望广州市本身也能够把最良好的形象呈现给大家。

主持人晓艾：谢谢陈老师，感谢陈老师今天在我们节目当中跟我们分享了这么多有关中国流行乐坛背后的故事。在这里我们也真心期待在2010年广州亚运会会歌征集活动当中能够听到陈老师的作品，好吗？

陈小奇：我会努力的。

主持人晓艾：谢谢陈老师，也感谢大家的收看，我们下期再会！

［见网易亚运网（http://3g.163.com/news/Qrticle/58NJFKOKO0863CAR.html）2009−05−07］

广东流行音乐如何走出低谷？

（记者　李培）

【核心提示】

"为什么香港流行音乐可以数十年不倒，广东却不行？""为什么产生过毛宁、杨钰莹等一代偶像的广东流行音乐，近几年没有再产生过影响全国的新人新作？"昨天在《岭南大讲坛·文化论坛》的现场，广东著名音乐人陈小奇与现场观众进行了问答互动。

《岭南大讲坛·文化论坛》昨天迎来第三期，广东科学馆500多人的礼堂座无虚席，还专门在三楼开辟了直播室，近千人在现场聆听了陈小奇的讲座。现场甚至有84岁的老人前来听讲座。年过七旬的广东歌剧院退休演员区导，特意穿上一身红裙子，来到现场向陈小奇提问："我是一个广东的老文艺工作者，……广东是最新、最早发起流行歌曲的策源地，我们能不能把这个策源地再启动起来？"

陈小奇昨天主讲的题目是《坚持一个梦想——我的音乐之路》。在大众文化流行的年代，面对越来越多怀有音乐理想的年轻人，陈小奇讲述了自己的选择与理想，并深入剖析了广东流行音乐从发展到衰落的深层原因。但他预言，广东目前仍然是全国搞流行音乐最好的地方，因为这里的包容性和商业敏锐度都比其他地方更好，未来仍可能再抓住一个流行音乐的新苗头，再领风骚。

记者了解到，《岭南大讲坛·文化论坛》自开办以来，吸引了不少热情的听众。信宜市委党校常务副校长杨常斌专门为了聆听谢有顺的《经济危机下的文化机遇》，头一天晚上坐火车来到广州。在深圳开办文化产业公司的陈少慈也专门赶来听这一场讲座。由于有听众留言，希望除了邀请学术名家之外，还邀请一些影视艺术方面的文化名人，因而本期《岭南大讲坛·文化论坛》特别邀请了广东流行音乐的代表人物陈小奇。除了演讲，他与现场观众的互动更为精彩。本报记者将择其精华呈现给读者。

【观点精华】：坚持一个梦想——我的音乐之路

一、音乐让我过得更有趣

在我十几岁的时候，正值"文化大革命"，我们那个时候是没有书读的，唯一乐趣就是可以寻找到一种感兴趣的事情。所以，我当时写字比较多一点，音乐也是在那个时候开始学的。当时买不起乐器，所以只能自己去制作。我自己上山打蛇，用来制作了笛子、二胡，当时年少气盛，是不太害怕的。到了中学，我是中学宣传队乐队的队员。到了工厂，我是工厂乐队队长。到了大学，我也在学校艺术团里搞音乐。但是，当时只是觉得音乐可以玩一玩，并不是走专业路线。

到了我读大学的时候，我选的专业并不是音乐，而是文学。选择文学的原因并非自己不喜欢音乐，而是因为自己没有考上。读中学的时候有想过考现在的星海音乐学院，但是在考的时候糊里糊涂，没有考上。通过高考，我考到了中山大学中文系。在去学校之前，我把所有乐器都扔掉了，只带了一把小提琴。那把小提琴陪伴了我很多年，那是我通过每天去河里挑沙得来的。当时创作的基本上都是一些文学作品，主要是朦胧诗。最后为什么又走回音乐这条路来呢？这又是上天的一个安排。毕业时，我原本被分到出版社，但后来这个单位的入职名额没有了，我必须重新选择一个单位。阴差阳错，中国唱片公司广州分公司需要一个戏曲编辑，而且还有房子分，于是我去了唱片公司，从此开始了我的音乐创作之路。这么一条路子，说起来中间有好几个波折，其实也是一个顺理成章的过程，我很自然地走到这条路上。我到了唱片公司一直在做一些跟音乐有关的事情，戏曲我们还继续在做，但当时周边的环境都是流行音乐。全国当时只有两个唱片公司做流行音乐，一个是太平洋影音公司，一个是中国唱片公司，引进了立体声技术。我很有幸能够在这个行业实现自己的梦想。

二、我们为什么还要坚持搞流行音乐？

我们对广东这块土地有热情，不希望这么轻易地放弃我们这一代音乐人一起辛苦打拼下来的广东乐坛——所以我们一直在努力、在坚持，哪怕一分钱也没有，我们照样搞了很多的活动。我们能够坚持这么多年，就是因为广东这块土地适合我们。

第一，因为流行音乐是符合这个时代的、与时俱进的音乐形态。流行音乐发展始于20世纪初，它的背景是电力。一是发明了麦克风。麦克风是一个划时代的产物。二是电声乐队的产生。现在的电吉他、贝斯、架子鼓等，包括后来的电子合成器等，都是在这个背景下发展起来的，它是时代发展的必然。所以说流行音乐是与时俱进的。

第二，一种以人为本、符合人性的平民音乐，是时代和社会的需要，也是人类丰富的精神生活的内在需求。这里我们可以比较一下古典音乐的特征跟流行音乐的特征，二者有很大的不同。古典音乐是贵族的，流行音乐是平民的，这是它们之间最大的不同。我们从音乐结构上来看，古典音乐是很精美的音乐，它需要很完美的和声织体，包括一个很好的主题去发展它；而流行音乐很简单，是易学易唱的音乐结构，因为它要卖钱，所以必须是让大众容易接受的音乐。

第三，是一种南方的审美趣味和审美观念，是发展社会主义多元文化艺术的需要，也是体现地域文化价值的需要。南北文化有很大的不同，北方文化按照它的中原文化的脉络得以延续。北方出现的是《木兰诗》，南方出现的是《孔雀东南飞》。《木兰诗》表现的是英雄主义，《孔雀东南飞》表现的是儿女情长。为什么南方的文学有这么多委婉的东西？南方天气没那么冷，不喝酒，喝茶，茶文化和酒文化的不同，造就了南北两种不同的审美风格：北方是粗犷的直率的风格，而南方是内敛和优美的风格，这是南北之间不同的风格。"一花独放不是春"，我们现在发展的是多元文化，我们需要的是百花齐放。

【现场问答】

提问：您的主讲题目是"我的梦想"。目前有不少像我们这样的中小学生都在学习音乐，但是其中也有一部分人半途而废，放弃了学习音乐。您觉得我们应该怎样做才能够像您这样坚持自己的音乐梦想呢？

陈小奇：我觉得没有必要让所有的人都去学音乐，并且一辈子去学音乐，学音乐有个人兴趣的问题和天分的问题。不是说没有音乐我们就活不下去了，没有音乐，你可以选择其他的娱乐方式，所以，音乐不是我们唯一的选择，只是众多选择中的一种。你在音乐方面有天赋，这样坚持下去才会有很大的成就。如果自己本身对音乐不是很有兴趣（我看到很多的小孩子学音乐都是被父母逼的），我觉得这样很不好，没有必要。

如果真的对音乐有兴趣，并且有天分的话，那就是你的毅力跟恒心的问题了，坚持肯定是很重要的一块。

提问：现在很多流行音乐创作比赛比较火爆，但是这些比赛都要求参赛者自己演唱，但是这样就限制了一些爱写词曲的人。我想问一下，对于这一部分词典创作者，他们的作品出路在何方？

陈小奇：这确实是一个问题。流行歌曲并没有很多刊物，我知道以前全国有两个刊物是可以发表流行歌曲创作作品的：一个是《通俗歌曲》，一个是《流行音乐》，是河南、河北搞的两个刊物。现在我很少看，不知道还存不存在。其他音乐刊物比较少，各省的音乐刊物基本上由音乐家协会主办，但是全国的音乐家协会都不大支持流行音乐，广东是个例外。但广东也只有《岭南音乐》，流行音乐作品在刊物发表是很困难的。以前发表的途径是给唱片公司，但是现在唱片工业也很萧条，唱片公司的日子不好过，可能网络是现在比较好的途径之一。

【记者提问】

记者：这几年，您几乎退出了流行音乐的一线创作，为什么？

陈小奇：我现在几乎不创作了，只是偶尔给企业和一些与音乐有关的活动作词或作曲。音乐是一种产业，现在唱片业已经不行了，需要靠包装。流行音乐是唱片产业的基础。广州曾经有70多家音乐茶座，靠流行音乐养活了很多乐手。但是现在广州几乎产生不了好的流行歌手了，因为大家都唱卡拉OK，老百姓都自己唱了，不听别人唱了。现在的广东因吸引力不够，好歌手都不过来了，在北方不少省份都还有欣赏流行音乐的场子，广东找个流行音乐的剧场都找不到。广东的流行音乐既没有歌手，也没有市场，已经到了发展的关键节点上了。以前的广东唱片工业发达，但是现在很萧条。

另外一点，每个年龄段都有他们的歌，我们已经写不出"90后"所需要的歌曲了。这个变化很快，"80后"也许还能接受我们这种风格，但"90后"不行，也许等他们长大后可以。我个人认为，我们尽自己最大的努力去创作了，但是单凭个人之力很难起作用。现在的话语权由网络主导。

记者：前几年，广东流行音乐因为网络歌曲复苏了，未来还有没有希望？

陈小奇：我说广州是花城，只开花不结果。很多流行现象往往在广州最先开始。不说最早的流行音乐，前几年的网络歌曲，比如《老鼠爱大米》，最先是广东推出的。广东的商业触角很敏锐，最先在网络上发掘了歌手，给他们推出唱片。广东又有最多的手机用户，所以主打彩铃，最火的时候就是前两年，10首里有七八首是广东推出的。

但一眨眼,北方一觉醒,广东就"打"不过了。广东究竟只是一个地方,不是中心,如果没有政府特殊的政策支持的话,很难被打造成中国流行音乐的乐土。

记者: 现在全国音乐人都聚集在北京,大的国际唱片公司也瞄准了北京作为内地市场的中心,广东还有没有希望?

陈小奇: 广东省委目前提出建设文化强省,这是个福音。另外还有一个好消息。国家新闻出版总署准备设立3个音乐基地:北京主打严肃音乐,上海主打民族音乐,广东主打流行音乐。但这个基地建在深圳,广州没有人接,因为缺乏相应的财政支持。对比广州,深圳一个区一年出3000万元成立原创音乐基地,每首歌给50万元的推广费用,如果推广的效益好,再有其他奖励。这样的力度吸引了国家的注意。可是为什么聚敛了诸多岭南音乐人的广州却做不到?

我建议,能否搞一条像百老汇那样的娱乐街?如果有条件的话,就集中起来,包括酒吧、小剧场等,一条这样的音乐街会很有特色。借助音乐一条街,筑巢引凤,做市场也需要"成行成市"。广东的平民文化底蕴很深厚,更有娱乐的基因,商业文化发达,还是大有希望的。新的文化因素一出现,就像当时的网络音乐一样,只要能抓住机会,一样可以再次崛起。广东音乐拿什么和别人比呢?古典的比不过北京,民族的比不过上海,能叫板的就只有流行音乐了。只要我们足够重视,营造好的产业环境,人才自然就来了。

(载《南方日报》2009年7月26日A12版)

陈小奇老师的音乐人生
和他的心血之作《客家意象》

【访谈时间】：3月15日 14:00—16:00

【访谈对象】：陈小奇　著名词曲作家，著名音乐制作人及电视剧制片人，文学创作一级作家

【访谈承办】：天涯广州（http://gz.tianya.cn）

【访谈协办】：天涯聚焦、天涯广东、天涯深圳

【访谈主持】：bluesteven、CMSUNG、笠sasa

【访谈规则】：专访主要由主持人提问。主持人先提问之前征集的与被采访人相关的问题，其他在线网友也可以提问。访谈对象可以选择是否作答。

【编者按】陈小奇老师被誉为"南方音乐教父"，是我国改革开放以来流行音乐乐坛上的一位超重量级传奇人物。他近年饱含深情、呕心沥血打造的国内首部大型民系风情歌舞《客家意象》，凝聚了全球1.2亿客家人的历史情感和心灵诉求，是客家文化史上的大事件，被媒体比拟为比肩张艺谋的《印象刘三姐》和杨丽萍的《云南映像》，而在文化内涵的厚重和广度上则远超后两者。

【客家意象】

客家人是中华民族最大的一支民系，经千年流徙、繁衍生息，现已有1.2亿之众。

以客家山歌为代表的客家文化源远流长，客家山歌优美的旋律及富有文学意蕴的歌词已成为中华民族艺术宝库中的瑰宝，其即兴的演唱方式更当之无愧地成为自《诗经·国风》以降保存最好、传唱最广的民歌活化石。

为了打造客家文化精品、建设"文化梅州"、为日益增多的海内外旅游者提供文化旅游盛宴，中共梅州市委、市政府斥资千万，与广州陈小奇音乐有限公司联合制作并推出一台集现代性、国际性、民族性、艺术性于一体的大型客家原生态民俗歌舞《客家意象》。该项目在梅州市亮胜客家艺术中心剧院长期定点

演出。

《客家意象》全剧共约90分钟，通过"序幕：南迁""第一板块：家园""第二板块：情爱""第三板块：祈福""第四板块：歌会"及"尾声：天籁"，全面地展示作为中华民族民系之一的客家人丰富的世俗生活、情感生活、精神生活及文化生活。全剧以经过现代包装的客家经典传统山歌为主线，辅以大型舞蹈及壮观、优美的舞台美术设置，将给观众提供一次丰富多彩的视听盛宴及无与伦比的民俗风情文化体验。

本剧主创班子阵容强大，我国著名音乐人、制片人、岭南文化名人陈小奇先生亲自出任总制作人及艺术总监，我国著名音乐人、策划人陈洁明先生出任音乐总监，第九届全运会开幕式大型团体操总导演李华将军出任总导演，第九届全运会开幕式大型团体操执行导演郭平将军出任舞蹈总监，著名作曲家梁军先生与陈小奇先生出任该剧作曲，著名舞美设计师、服装设计师龙华先生出任舞美总监及负责服装设计。台本策划、撰写由陈小奇、陈洁明及广东电视台著名导演黄若峰先生共同完成。《客家意象》是我国第一台以汉族民系为题材的大型原生态民俗歌舞巨制，100多人的演出团队将为您展示出一幅浓郁的客家风情长卷。

《客家意象》于2010年3月19日、20日在广州白云国际会议中心展开首站巡演，之后将赴惠州、东莞、深圳等客家人聚集的城市巡演。

提问： 陈小奇是潮汕人，他创作的《客家意象》能准确表达客家人的精神么？

陈小奇： 这位网友很细心，我的老家在普宁，我也是在普宁出生的。但我11岁到了梅州，在梅州读完小学和中学。我是从梅县东山中学毕业的，后来又在平远县工作了6年，一共在客家地区工作了13年，而且我的太太也是客家人，所以我和客家人有千丝万缕的关系。另外，我的创作团队、我的主要拍档陈洁明本身就是地道的梅县客家人。在创作《客家意象》的时候，我们翻阅了大量的文献资料，收集了数千首客家山歌，所以，我想我们对客家文化的把握，绝对不是轻率和随意的。

提问： 陈老师在广东乐坛赫赫有名啊！想问一下陈老师，什么时候广东乐坛才能重现20世纪90年代初的繁荣景象呢？

陈小奇： 乐坛的繁荣，是需要天时、地利、人和的。广东乐坛90年代的繁荣，是因为当时的环境对乐坛的发展非常有利，当时的岭南文化能影响全国。后来，由于北京的中央媒体也开始重视流行音乐，而首都拥有更多的文化和媒体的资源优势，从而对广东也造成了很多重大的影响。广东只是一个地方的省份，要和北京这样集中了全国大部分精英的中心相比,还是处于劣势的。但是广东足球队也有打赢国家足球队的时候,只要广东乐坛不灰心、不泄气,坚持并努力下去,等待和捕捉机会,广州也会有新的辉煌。例如,21世纪初,广东在新媒体音乐方面,就充分利用了自己在这个产业方面的优势,出现一批流行全国的好歌,引领了新媒体歌曲的潮流。

提问:陈老师是对乐坛现状失望,所以转战商业歌舞剧了么?

陈小奇:如果对广东乐坛没有信心,那我就跑到北京去了。留下来的目的,就是发展广东乐坛。至于打造《客家意象》,是我在客家这么多年生活之后特别想做的一件事。实际上,我们也想把这么多年在流行音乐方面积累的丰富经验都用在这台节目里面。

提问:前几天,毛宁在纽约的演出很成功。对于国内冷淡、海外追捧的情况,您怎么看?

陈小奇:我刚刚看到这个消息,首先对毛宁表示祝贺。一个艺术作品,国内外对其有完全不同的评价,这很正常,因为彼此的价值观念不一样。张艺谋的很多作品实际上也有这种情况。对于艺术作品来说,这是很正常的。

提问:现在的年轻人很少喜欢传统文化,传统文化面临着青黄不接的局面,请问陈老师,如何面对传统文化传承的问题呢?

陈小奇:传统文化对于一个民族来说非常重要,尤其是中国。青少年不喜欢传统文化的原因,我想并不是传统文化自身,而是我们对传统文化的推介在形式上出现了问题。对传统文化的传承,我认为可以有两种角度:一种是原汁原味地保持传统文化本身,让它变得像古董一样,具有极高的价值;另一个角度是,对传统文化进行时尚的包装,让它适合当今青少年的审美取向。这是一个大课题,需要我们所有文化工作者去认真思考。

提问:陈老师,我想请教一下您对原创的歌曲有什么看法?不可否认,我国台湾地区早期的原创歌曲其流行程度、内涵、影响力都大大地超过了内地以及香港。罗大佑、李宗盛等创作人开创的流行歌曲先河影响了不只一代人。90年代初期,内地也开始了流行音乐的发展,也涌现出不少好听的歌曲。但相较而言,当时内地的流行歌曲还是欠缺内涵的,如《纤夫的爱》《喜欢你的人是我》《九九女儿红》等,总是保留着乡土气息,或者说内容十分单调,沉不下去。我也留意到陈老师最近创作的亚运歌曲《最美的风采》,说实话,感觉只是一首应景的歌词,并无太多深刻的东西。请问陈老师,您觉得内地流行音乐与港台特别是我国台湾地区原创的流行音乐差别在哪里?可否分别从创作、包装、宣传、创作环境这几方面进行阐述？毕竟所谓的流行音乐是要普罗大众都能接受或者广泛流传下来的，这方面我国台湾地区的原创似乎更胜一筹。

陈小奇：这位网友的问题涉及面很大，由于时间关系，我在这里做一个简单的回答。我个人也很喜欢我国台湾地区的歌曲，他们对人性的表达确实达到了一个高度。这一点大陆的流行歌曲由于生存环境的不同，在这方面挖掘得还不够深刻，但也不至于像你所说的那样一无是处。我们要看到内地流行歌曲这么多年艰辛的发展历程，内地音乐人已经尽了自己的努力，事实上也已经有很多的优秀作品被广泛接受。至于《最美的风采》这首歌，这是为亚运创作的，是运动会的歌曲，所以它在创作上，肯定不能像一般的流行歌曲那样去进行构思。如果你仔细地去做分析，也许就能够理解我们的一些创作意图。

提问：《客家意象》出彩的地方在哪里呢？

陈小奇：《客家意象》出彩的地方很多。在内容上，我们精选了18个客家的文化符号，以历史的纵线为轴，把客家人的世俗生活、情感生活、精神生活和文化生活做了全方位的艺术化的诠释。在结构上，我们打破了传统戏剧"三一律"的局限，以中国文化中独有的散点透视结构把这些文化符号串接在一起，力图让观众在这些看似并列的符号中去领悟客家的文化内涵。在音乐上，里面集中了二十几首客家传统山歌，我们以现代流行音乐的手法，重新给予整理和改编，使得这些歌曲既有传统的韵味，又有时尚的味道。很多年轻人原来也不喜欢客家山歌，听了这些音乐以后，彻底改变了对客家山歌的看法。在舞台美术上，整台设计非常壮观，并采用了不少动态置景的手法。有些观众看完以后，都很惊讶地说，这里面有拉斯维加斯的影子。在舞蹈上，我们不去故意炫弄技巧，而是紧扣内容，让所有的舞蹈显得生动准确。我们七十几个艺员平均年龄不到20岁，但他们的表现使得我们的编导们都为之惊讶。

提问：客家人现在分布广泛，广东、广西、福建、我国台湾地区和东南亚以及其他地方都有不少客家人。说句实话，现在各地的客家话差别还是比较大的，即便是广东省内，不少地方的客家话也都不太一样，福建和广东都有地方认为自己是客家文化的中心。请问陈老师，您认为您的客家音乐能代表所有客家人吗？能让所有客家人都认同吗？

陈小奇：客家人有上亿人口，历史上基本都分布在山区里，目前公认的世界客都是梅州，理由是一方面，梅州近百年来涌现了很多优秀人才，包括政治上、军事上、文化上的；另一方面，就是客家话的问题。中央人民广播电台所选用的客家话播音，用的都是标准的梅县客家话，这也能够充分说明中央政府对梅州在客家人中的地位的认可。

我当然不能说我的客家音乐能代表所有客家人，它的代表性是需要历史来证明的。但是我们在《客家意象》里面所选用的二十几首传统山歌肯定是具有相当的代表性的。

提问：张艺谋、陈凯歌和冯小刚这些导演都在做印象系列的大型歌舞实景演出，您觉得作为音乐人出身的您做这些会有哪些优势呢？

陈小奇：张艺谋是一位优秀的电影导演，他的印象系列基本都是实景演出，和我们的舞台演出不同。张艺谋对视觉很敏感，这可算他的长处。我是音乐人，但我同时是文学创作一级作家。我们的《客家意象》在文化内涵上，肯定会远远超过他的印象系列，我们的音乐也肯定比他的好听得多。

提问：激动！原来陈老师也是咱潮汕人！！请问陈老师有打算创作《潮汕意象》吗？

陈小奇：很想，但需要机会。

提问：国内流行音乐太商业化了。例如"选秀"节目。看看人家国外选出来的偶像，不论哪方面都非常优秀，再看看国内，我无语了。如果换作陈老师，您会选什么样的艺人呢？

陈小奇：我想你指的是××××选秀吧？当时他们选出的李宇春、周笔畅、张靓颖等已经有了很好的发展。我觉得这种选秀其实给了一个全民参与的平台，这在中国是一个极大的进步。对于选手的选拔标准，我想每个音乐人的角度都不一样。至于我会选出什么样的选手，我肯定选那些符合我自己审美理念的选手。

提问：我想请问一下陈老师的团队在《客家意象》当中是怎样采用一些现代手法对那些传统山歌进行包装的？

陈小奇：一方面，在旋律上，传统的客家山歌是不太重视节奏的。而为了适应当代的审美需求，我们把传统山歌进行了歌曲化的处理，让其变得更好听、更好唱；另一方面，在编配上，我们采用了现在流行音乐的编配手法，把古典音乐、民族音乐和电声流行元素有机融合在一起，让它更时尚。

提问：陈老师，您好！希望您能具体谈谈此次《客家意象》与其余旅游文化演出"二象"之间的特色在于哪些地方吗？

陈小奇：印象是一种主观的感觉，而映像是一种客观的再现，而意象是意和象的结合，即意蕴与具象的结合。

提问：客家文化有其独特的地域性，语言方面也如潮汕话般具有自己的特色，但这种地域的特色会不会影响音乐的传播与交流呢？

陈小奇：方言是一种很美的东西，如果客家山歌不用方言演唱的话，它就没有那种传神的韵味。当然，对不懂客家话的人来说，要感受和领略到它的美，会有一定的困难。很多少数民族用自己母语演唱的歌曲，我们虽然听不懂，但是，仍然可以感受到它的艺术美感，况且我们还有字幕。只要你们到现场，我想你们会被这些音乐感动的。

提问：小奇老师，请问您觉得南方娱乐圈（音乐界）的潜规则严重吗？您遇到过这种潜规则吗？可以谈一下看法吗？

陈小奇：全世界都有潜规则的，我不敢说广东就没有这种现象，但本人还没有碰到这种情况。

提问：陈老师，请问草根文化的兴起会不会推动音乐的发展呢？广东会不会鼓励平民音乐创作呢？谢谢！

陈小奇：草根文化的兴起是大势所趋。随着科技的发展，音乐制作已经走出专业的录音棚，进到千家万户，这对音乐的发展肯定是有利的。

我们当然鼓励平民音乐的创作，本来广东就是一个平民文化最为发达的省份。

提问：小奇老师，请问在您的所有作品中，最得意的是哪部作品？当时是在什么样的情况下创作出来的？

陈小奇：每一部作品都是我的孩子，我不方便厚此薄彼，只要流行的，都是我的得意作品。我想你问的大概是指《涛声依旧》吧？那只是一时兴起而作的，关于这个话题，我已经在媒体上说了很多遍了，今天就不占用大家的时间了。

[见天涯广州（http://gz:tianya.cn）2010-03-15]

陈小奇：为流行音乐的今天喝彩

（《天下潮商》特派记者　江滨　王小燕）

在中国乐坛，陈小奇的歌是一个奇迹。把中国古典诗歌意境融入流行歌词创作，他是艺术形式创新做得最成功的一人。其作品以典雅、空灵、具有深厚文化底蕴的艺术风格独步内地流行乐坛，至今他已经写了2000多首歌，而且有200多首歌曲荣获了各种大奖。他的许多歌都飘逸着怀旧的、淡淡的忧伤和文化悠远的芳香，像抒情诗一样柔化我们的心灵。

陈小奇自中山大学中文系毕业后便开始歌曲创作，《涛声依旧》《大哥你好吗》《九九女儿红》《我不想说》《为我们今天喝彩》《跨越巅峰》《拥抱明天》和《又见彩虹》等代表作品自问世以来迅速风靡海内外，并久唱不衰，成为内地流行歌曲的经典作品。陈小奇先后推出毛宁、杨钰莹、李春波、甘苹、陈明、林萍、火风等上百名著名歌手。香港词作家黄霑生前说过一句话：内地有陈小奇，不必到香港。

今年是广东流行音乐35周年，作为"广东乐坛领军人"，陈小奇积极筹办了8月11—12日的首届广东流行音乐节系列活动。7月15日，他在百忙之中抽出两小时接受了《天下潮商》记者的独家专访。尽管他创作的《苦恋》《一壶好茶一壶月》《彩云飞》等经典潮语歌曲时常在耳旁响起，但陈小奇老师一口流利的潮汕话仍然让我们颇为惊喜。陈小奇祖籍普宁陈厝寨，出生于流沙，在潮汕地区生活了11年，在对生活、对人生、对世界开始拥有自己的认识和见解的阶段，典雅精致的潮汕文化为他打下了基础。他仍然以工夫茶接待客人，虽然冲泡过程简化了；他仍然秉承着潮汕人的低调务实，但言语不乏文人的幽默和睿智；他仍然为广东乐坛而骄傲，当然对现状和未来有着客观的分析和定位。

一、明确定位：做全国最好的流行音乐省份

《天下潮商》：陈老师，您好！我们得知首届广东流行音乐节于8月举行，这是作为纪念广东流行音乐诞辰35周年的其中一个项目。音乐节有什么精彩的

活动呢？举行广东流行音乐节的意义是什么？

陈小奇：今年是广东流行音乐诞辰的35周年，这对广东乐坛乃至广东来说很是重要。这35年来，广东乐坛积累了很多作品、歌手和音乐人，利用此次机会，进行一次大总结，是继往开来、激励士气的一次很好的机会。这届流行音乐节的主办单位是广东省委宣传部、省文化厅、省文学艺术界联合会和南方广电传媒集团，承办单位是广东省流行音乐协会、广东人民广播电台、广东飞晟投资有限公司和广东省演出公司等单位。今年演出地点在萝岗广州国际体育演艺中心，是目前中国非常好的场馆，萝岗区人民政府也给予了大力的支持。

演唱会分为两场，即经典歌曲原唱歌手和后起之秀的歌手两场，适合不同年龄阶层的观众。分为前20年和后15年，从1977年和1996年涌现的经典歌曲原唱歌手为第一场演出，1997年至2012年涌现的当红歌星为第二场演出，主题曲是《早安中国》，第一场是《经典岁月》，第二场是《动力先锋》。

《天下潮商》：在20多年前，我们就听到您的《涛声依旧》，那是中国内地原创流行音乐的起步时期，同时也是广东流行乐坛的黄金岁月。可以说，您是中国内地流行乐坛的领军人和见证者之一。能否为我们简要回顾一下中国内地流行乐坛30年的发展史？

陈小奇：中国流行音乐是从广东起步的，这一点毋庸置疑。广东从1977年开始，出现了第一支轻音乐队。我们将其定义为广东流行音乐的开端，最早流行音乐主要体现在轻音乐队和音乐茶座。音乐茶座在1978年出现，最繁荣的时候广州开办到70多家，全都唱流行音乐，除了唱港台的歌曲之外，也有一部分原创作品在其中。当时文化局有一个规定，音乐茶座必须唱百分之几的国内原创作品，这个政策规定推动了原创音乐的发展，也使得本土粤语歌曲涌现，《星湖荡舟》也就在这个时候出现的。1979年，太平洋影音公司成立，是当时全国第一家音像企业。作为民营公司，又是省一级的公司，太平洋影音公司属于第一家，也是第一家出版盒式立体声录音带的公司，从中国音乐史上来说，这是一个非常重要的项目。

从创作方面看，广东在全国流行的第一首流行歌曲是1982年的《请到天涯海角来》；1985年广东举办第一个流行音乐大赛——"红棉杯85羊城新歌新风新人大赛"，是一场新歌、新风、新人的全国第一个大赛，中国的首批十大歌星和十大金曲也是在此大赛中诞生的。1986年，北京也开始热闹起来，开办了第一次全国百名歌星演唱会，崔健的《一无所有》这首歌曲也由此推介出来，中国电视台第一次出现了通俗唱法。中央电视台青年歌手电视大奖赛在1984年举办,并在 1986 年分出了三种唱法,并延续至今。

从原创作品上来说,流行音乐发展的第一个高峰出现在北京,作品风格多以内地西北地区传统文化为根基,歌唱黄土情结,形成了国内本土原创歌曲的第一次大爆发。西北风之后就是广东的岭南风。当时的广东最先采用歌手签约制度,开启了"造星"工程。1987 年,广东电台音乐台主办的广东十大广播歌曲"健牌"大奖赛诞生,为全国首办,影响巨大。这时期的广东歌曲和歌手都是全国最高端的,毛宁和杨钰莹在此时成名。从 1995 年开始,广东进入低调期,很多歌手选择北上,流行音乐基地开始移到北京。不过,新媒体歌曲、网络歌曲像《老鼠爱大米》的最先兴起,仍然是从广东出发的。目前,网络音乐作品中百分之七八十来自广东,但大家都不知道这些歌曲从何而来。

广东地区乐坛具有市场化的特点。广东人的目光紧跟市场,流行音乐除了市场,另外也有产业的依托,广东网民人数占全国的 1/3,手机用户量占全国 1/3。广东流行音乐一直与这些产业紧密结合在一起,最早的连结是通过唱片公司进行的。盒带的唱片在当时销量很好,那时的发行商都用麻袋装钱来抢购盒带。20 世纪 90 年代的中国,百分之七八十的唱片加工和发行都在广东,也就是说背后有唱片市场的支撑。

二、音乐沃土:始终宽容培育流行文化

《天下潮商》:近几年,网络歌曲兴起,占据了不小的市场份额,不知您是如何评价网络歌曲的?

陈小奇:广东一直保持对流行歌曲的宽容态度,北京则一开始不接受流行歌曲,特别是网络歌曲刚兴起的时候,抵制过流行歌曲的低俗化,还搞过签名抵制活动。但不到一个月,广东开始开会研讨网络歌曲,会议上各人发表不同的意见,仍然认为网络歌曲是社会所需,虽然它有时会携带一些低俗的东西。我认为作为大众文化,网络歌曲中难免有低俗的成分存在,但不能因为有低俗的东西就否定这种艺术形式,它占领国内市场对中国有好处,不然市场被美国、韩国和日本的流行音乐占领就很不利。由此来看,它对中华民族文化的传承也作出了相应的贡献。另外,任何作品都有优秀和落后的部分,犹如金字塔,最底下的部分总是良莠不齐,民歌也如此。

网络歌曲用调侃的方式演唱歌曲,用比喻来演唱爱情,其实爱情的主题一直都在被歌唱,全世界的艺术都在歌唱爱情。但在进入 21 世纪之后,爱情的表达

形式和以前有所不同。以前的爱情歌曲都将其想像成为美好的、甜美的，21世纪的爱情观有了变化，"80后""90后"的年轻人对爱情抱着怀疑的态度，他们不承认纯真和甜美的爱情，所以歌曲基本都是疗伤歌曲，如《你到底爱谁》《为什么伤害我》。我们不能去否定这些东西，不能用以前艺术的审美观来看待这批歌曲，其实它很真实地反映了这个时代的爱情观，这是普通老百姓感情上的一种真实思维状态，具备真实的历史意义，所以我们要与时俱进。从一开始，我们写流行歌曲，也被别人称为"垃圾"，最后大家还是修成了正果。几十年后，一批歌曲积累下来，非常优秀的作品将被保留，而大部分会被淘汰，让全国人民共同喜欢一首歌曲是不现实的，不同环境、不同阶层的人欣赏歌曲的眼光有着天壤之别。例如，打工一族有庞大的群体数量，至少是上亿基数，几亿打工仔共同喜欢的东西不可能被轻易否定。

艺术本身有多项功能，现在讲的是教育功能、认识功能和审美功能。其实还有另外两种，分别是娱乐功能和宣泄功能。对于每种艺术形式来说，娱乐功能和宣泄功能都是非常重要的。现代的社会更强调艺术作品的后面两种功能，如果不给予宣泄的途径，社会将存在很多隐患。社会和谐也讲求心态和谐，如果有人失恋了，负面情绪不允许宣泄出来，心情哪能好起来？等吼完几首歌曲，人的心情反而能好起来，对稳定社会也有帮助。所以我们对流行歌曲需要进行重新认识。

《天下潮商》：您在刚才关于流行音乐发展史的回顾中，谈到了20世纪90年代的流行音乐起步于广东，然后带领了中国流行音乐乐坛发展。但是到新世纪之后，很多歌手北上寻求发展，这种变化不禁让人有失落之感。您如何看待这种发展？

陈小奇：其实这是由环境变化引起的，主要是因为内地多区域经济的崛起。大家为什么崇拜广东呢（其实是崇拜香港）。改革开放时，香港就是天堂，它的经济生活和水准决定了它的高度，这种高度决定了它的文化辐射力。当时大家都无法去香港，香港歌星没法进入内地，而广东毗邻香港。当时，社会大众普遍默认来自广东的东西都是好东西，这种心理趋势随着内地的发展，也逐渐从优势变为弱势。

北京是全国的政治文化中心，广东拿什么与北京比较？比如，广东足球队有时能打赢北京足球队，但广东足球队不能代表中国足球队，这也提醒我们对广东乐坛的定位应该冷静和客观。我的定位是做全国最好的流行音乐的省份，其实这个目标35年来从始至今一直如是，即便是在最低潮的时候也如此。只是20世纪90年代前半期与后半期相比，让人失落而已。

广东是最有平民文化精神的地方，与北京不相同。北京有皇城文化，是政治中心，其群众音乐不如广东。在广东，政府部门对流行音乐比较宽容，20世纪80年代至今都如此。朱小丹任广州市委常委、宣传部部长的时候，曾以市委宣传部名义在1994年主办了中国流行音乐研讨会，这在全国绝无仅有。流行音乐最终要走向市场，走向老百姓。广东的思想观念一直很开放，市场上畅销什么就销售什么，而北京和上海做不到这点，其他省份更谈不上。

广东乐坛歌手北上，其实犹如巴西足球队到世界各地传播巴西的足球文化一样。他们去到北京，实质上传播的是广东的音乐文化。从这个角度讲，歌手北上不算坏事，反而是好事。北上的这些音乐人其实内心对广东乐坛是非常认同的。

三、流行经典：雅俗共赏源于厚积薄发

《天下潮商》：我们知道，您的艺术生涯起步于诗歌，是当年中山大学紫荆诗社的活跃分子。您的歌词不仅具有中国古典诗词的意境，而且深得现代诗的神韵。您怎样看待现代流行音乐与中国文化传统的关系？

陈小奇：我个人认为，任何形式的艺术都有义务去延续中国的文化传统。我是中文系出身，学了中文之后对文化传统的感情比较深。20世纪80年代，流行音乐被妖魔化得很严重，被骂低俗、没文化。我与马小南（兰斋，汕头人）在中国唱片公司广州分公司开始创作一批流行歌曲，目的在于证明一个观点：流行音乐是一种艺术形式，并无高雅与低俗之分，区别仅在于以什么形式或内容来表现而已。所以，我们要写出一批有文化含量的作品，改变大家的看法，起码能让媒体和知识分子重新认识流行音乐。现在回头看，我们成功了。

《天下潮商》：一般来说，从诗人转变成歌词作者比较顺理成章，但成为作曲家比较难。您歌词写得好，作曲也很棒。我们很好奇，您是怎样从诗人转型成为音乐人的？您专门学过作曲吗？还是天生具有优良乐感？

陈小奇：首先，请别称我为作曲家，我最多只能被称为词曲作家或歌曲作家。其实我从小就玩音乐，但都是自学的。到了大学，我加入中山大学的民乐队，可从来也没想过会从事音乐，只当成业余爱好。

当初选报大学的时候，我选了文科，目标只有一个，就是考入中山大学中文系，其他都不考虑。我连续考了两年，第一次是1977年，当时说我的语文不及格。第二年差点又出错，少算了我100分，幸好当年可以查分。我考上中山大学中文系之后，经常写诗并得到发表。

毕业后，中国唱片公司广州分公司在招戏曲编辑，那时我对戏曲也没有感情，不想去，最终吸引我的是到中国唱片公司广州分公司第二年就可分房。我一开始做戏曲编辑，负责3个地方的戏曲——潮剧、客家山歌剧和海南的琼剧，幸好我对潮汕话和客家话也熟悉。中国唱片公司广州分公司要出专辑，歌曲几乎都是从海外来。歌曲虽好听，但歌词都不能通过，歌曲需要重新填词，要求非常严格，于是诞生了填词的行业，我便开始了尝试。填了五六首作品之后，其他编辑也找我填词。这时有一首我填词的作品是《我的吉他》，原曲是西班牙的民谣，这首歌出版后反响特别好。此后很多人都来找我填词，我的业余是填词，但职业是编辑。

我以前接触的都是传统音乐，所以，我填词的过程也是在熟悉流行音乐的过程。广东的作曲家与我合作，一般是给我一段旋律，然后我自己去琢磨，理解成什么就写成什么样。于是，在填词过程中，我对流行音乐的处理为以后的作曲打下了很好的基础，类似于"久病成医"。大概到了1989年年底，我才开始作曲。作曲的缘由说起来也好笑。当时与我合作的作曲人李海鹰、毕晓世、张全复，他们全都开始自己写词，觉得自己会填词，不用与其他人合作。我一看，他们自己填词，那我们不就失业了？他们既然"抢"我们的饭碗，我们也可以"抢"他们的饭碗嘛。于是，我也写了几首歌，其中一首便是《涛声依旧》。

四、潮语歌曲：传承潮汕文化的重要音乐载体

《天下潮商》：您是潮汕籍人士，潮汕文化和风俗传统对您的个人成长和艺术创作有影响吗？您对潮汕文化有什么评价？

陈小奇：我祖籍是普宁陈厝寨，但我没在那里住过，我在流沙出生。5岁时，我在棉湖生活，一直跟着我外婆，直到上小学五年级我才回到父母身边。1965年，汕头和梅县分了专区，从此，我就到了客家地区。按此算，我在潮汕地区生活了11年，在客家地区生活了13年。随后，我在梅县人民小学上学。我所在班级的同学大部分是外地的干部子弟，其中有很多是潮汕人，所以，在学校可以讲潮汕话。到了工厂后，我还是有很多潮汕同事。到了大学，我仍有很多潮汕同学。到了中国唱片公司广州分公司，我也有很多潮汕同事。所以我一直有环境可以讲潮汕话，到了今天，我还能将潮汕话讲得很流利。我认为潮汕文化最大的特点是精致、典雅。从审美的角度看，潮汕文化较为典雅，潮乐、潮剧和美术都如此，我内心深层的部分，是属于潮汕的。

《天下潮商》：潮语歌曲曾经在20世纪90年代初流行一时，您也为我们留下了《苦恋》《彩云飞》《一壶好茶一壶月》《英歌锣鼓》等十几首经典作品。之后进入了低潮期。随着网络发达，我们发现其实在潮汕地区，一群"80后""90后"的音乐爱好者怀着美好的音乐理想，也创作出一些广受好评的潮语歌曲。您本身也一直致力于潮语歌曲的创作，您如何看待潮语歌曲的发展现状和市场？

陈小奇：从长远说，潮语歌曲和潮语流行歌曲有非常好的发展前景，潮语流行歌曲能将文化和时尚的音乐元素结合在一起，发展至今已有20多年。1989年，潮语流行音乐就已开始出现，并且作品深得人心，它有一定的群众基础。对传统文化的传承，我们都饱含责任感。方言文化继续发展下去，也就只有原来传承下来的潮剧。潮剧作为农业文明时代杰出的艺术体裁和艺术形式，走过了高峰期，现在走的是下坡路，年轻人几乎都不看潮剧。在目前这样的情况下，拿什么去传承文化？除了讲古、讲笑话和小品之外，最有发展前景的只有方言的流行音乐。

今年5月，汕头成立了流行音乐协会。我专程到汕头，与汕头市宣传部部长周镇松交流，内容具体到发展流行音乐。广东省音乐协会、省流行音乐协会和汕头市委宣传部三家联合主办潮语流行歌曲大赛，包括创作和演唱；待手续办理完毕后，下半年应该能开始筹划项目，比赛将会在汕头举行。汕头潮乐节在9月底举行，国际潮乐节也会在汕头举行。我们拟筹划举办另一台跨界艺术节目，其中包括潮语歌曲和潮剧的流行唱法。此外，还有潮语歌曲的合唱。汕头的爱乐合唱团已改编了几首潮语歌曲，其中有作品被改编成没有伴奏的合唱。这种形式的节目我也推荐，如有可能，潮剧的唱段也可拿来改编、合唱。潮汕文化的发展需要寻找合适的音乐载体，这种尝试性的动作不怕多做，能得到老百姓的欢迎，就可将其留下来；不成功的话，也可探索原因，使潮汕文化能在更宽阔的层面上进行推介和推广。

汕头的创作力量并不薄弱，我一直认为在歌曲的创作上，汕头的力量居于全省前列。潮汕歌曲发展与创作必须实施根据地战略，首先打开潮汕地区的市场，占领自己的市场；其次是政府的支持和媒体的宣传推介。

（载《民营经济报·天下潮商》2012年9月28日）

广东音乐离"岭南 Style"有多远?

（记者　李雯洁）

有岭南画派，怎么不可以有"岭南乐派"？
——著名音乐人陈小奇专访

一、"岭南风"是时代的选择

《羊城晚报》：您的一些经典作品，像《涛声依旧》《九九女儿红》，都已经唱红了大江南北，能不能从您自己的角度谈谈当时的创作情况？

陈小奇：我从 20 出纪 80 年代开始创作，第一首获奖作品是在 1985 年，当时广东举办全国第一个流行音乐大赛——"红棉杯 85 羊城新歌新风新人大奖赛"，那是我第一次参赛。我是从 1983 年开始创作的，当时创作了一批带有古典风味、民族风格的流行歌曲，创作的动机就是鉴于当时的流行音乐被妖魔化、庸俗化，在很多人眼中，流行音乐都是很不入流的，所以就想创作出一批能够让文化界、新闻界都能够接受的音乐，目的是改变流行音乐的地位。我一直认为，流行音乐只是一种形式、一种载体而已，并没有高雅与庸俗之分。

一方水土养一方人。地域环境和人文环境可以影响一个人的审美情趣和审美观念，包括民歌的产生其实也是如此。西北高原上产生的是西北方的东西，在江南那一带就只能产生江南小调，道理是一样的。在广州这个地方，我们不可能写那些充满风沙味的东西，我们写的东西肯定是充满南方味的。

《羊城晚报》：这些歌曲红遍大江南北的原因在哪里呢？

陈小奇：每个作品的流行都有它的道理，包括你的词、你的曲、你的编配、你的演唱，还有你的制作、你的推广力度和时机。缺了任何一个环节，它都出不来。但就算你什么东西都抓到了，也未必都妥了，这些东西还有一些运气的成分在里面。从创作者的角度来说，首先，当时我就考虑两点：一是符合当时的思潮，即当时的老百姓在想些什么。像创作《涛声依旧》的时期，全国都弥漫着一种怀旧思潮，这首歌里怀旧的概念被大家接受了，当然歌曲好不好听是另外一回事了。二是从内容上来说，符合大家的审美需求。李春波写的《小芳》在当时刚好契合

·177·

大家的知青情结，所以，被流行所选择。从音乐上来说，要符合当时整个时代的审美倾向。在那个时候，大众喜欢什么样的歌曲，你的风格可能就要正好符合大众的需求。为什么广东岭南风歌曲会在20世纪90年代冒出来？因为80年代后半期基本是西北风。西北风是很血性、很激情的，那些作品红了几年之后，大家产生了一种审美疲劳，需要一种新的东西去代替它们。而且随着中国城市化进程的发展，更需要一种都市化的、优美的、好听的歌曲，岭南风实际上是在那个时候产生的。所以，它是一个时代的选择。

二、为中国人服务，不排除走向世界

《羊城晚报》："岭南乐派"这个概念是否成立？这个概念和广东流行音乐有着什么样的关系？

陈小奇：这个概念肯定是可以成立的。实际上，我们在几年前就开过研讨会，当时我们不叫"岭南乐派"，叫"南方乐派"，实际上这两个概念差不多。广东当然可以提出这么一个乐派和这么一种口号，既然有岭南画派，怎么不可以有"岭南乐派"呢？它的产生本身就已经是一种现实，只是我们需要从理论上进行提炼和归纳而已。

《羊城晚报》：您觉得"岭南乐派"在地域、题材、创作者方面有没有一些界定呢？

陈小奇：这个需要研讨会来解决。首先，"岭南乐派"的音乐人也好，作品创作也好，我想大部分还是要以在广东这块土地上生活、工作过的一些人为主。有些人虽然是广东人，但如果长期生活在国外或者北方，这方面可能就属于比较边缘性的。从广义上来说，都可以被纳入；但从狭义上来说，"岭南乐派"更加注重在广东这个地方产生的东西。

《羊城晚报》：流行音乐要求走市场化、产业化路线，市场则要求它是多元化的。请问这种多元化的流行音乐怎么又成了一个乐派呢？

陈小奇：统一的乐派只是从审美观念上提出来的，并不是说所有的个体选择都是一个模式，都进行一样的创作，如果是这样，就不能叫"岭南乐派"了。"岭南乐派"本身就是一种多元的混杂的文化。实际上，岭南画派也是多元的，鼓励各种各样的创新，这是岭南画派当时的灵魂。我想"岭南乐派"同样也应该鼓励这一点。

《羊城晚报》："岭南乐派"之所以形成影响力这么大的地域性的音乐，是否和它前期的商业策划、走市场化路线有明显的关系呢？

陈小奇：当然有明显的关系。从一开始，广州就是围绕市场进行创作的，而且我很早就跟刘欢探讨过这个问题。北京当时提出，流行音乐是卡拉OK的敌人，认为卡拉OK制约了流行音乐的发展。我们的观点是相反的，我们认为卡拉OK是流行音乐的朋友。我们现在判断一首歌曲是否流行，主要看它在卡拉OK里有没有人唱：如果很多人都在唱，那这首歌肯定是流行的歌曲。流行音乐，首先是为我们中国人服务的，当然我们不排除它会走向世界。我们也在为此努力，但是第一步，你必须让中国老百姓喜欢，这是最关键的。流行音乐的创作与推广不是自娱自乐的事情，我们面对的是这个市场、这个社会，那么写的东西就必须在社会上产生效应。而产生效应最关键的一点就是有人喜欢、有人传唱。

三、新媒体走出"岭南style"

《羊城晚报》："岭南乐派"提出的初衷是否为了使乐坛更加市场化、更加深入人心呢？

陈小奇：这个口号必定是为推动这个行业或产业向前发展而提出的，否则它的提出就毫无意义了。

《羊城晚报》：您是否觉得还是有些岭南歌曲和"岭南乐派"这个概念不相容呢？

陈小奇：是否会有这种情况出现，就看我们怎么来定义"岭南乐派"，它有广义的定义和狭义的定义。广义的话，它就是多元的、包容的，如同广东的社会特色，在音乐上将各种各样的风格都容纳进来，形成"岭南乐派"这种风格；从狭义上来说，我更倾向于它是符合岭南人的这种气质、性格的这么一种音乐。

《羊城晚报》："岭南乐派"近些年来的发展，是否秉承了20世纪八九十年代那种细腻的、贴近生活的、比较鲜明的南方特色？有没有发生变化？

陈小奇：在我看来，总体上并没有发生变化，因为每个人的气质实际上是早就定下来的，一个人不可能改变气质和性格，也就是说，创作风格万变不离其宗。这些年来，更多是在新媒体，一些新的音乐人的诞生。因为乐派必须是一个动态的概念，不是说那些人以前是"岭南乐派"，现在就不是了，那样的话，我们就太狭隘了。

（载《羊城晚报》2012年11月25日第B01版）

流行音乐是时代的一面镜子

——访广东流行音乐教父陈小奇

（《洛阳商报》王瑜　叶加裕）

你也许不知道陈小奇是谁，但你肯定听过这些歌曲：《涛声依旧》《我不想说》《大哥你好吗》《九九女儿红》《大浪淘沙》《高原红》《烟花三月》等。这些脍炙人口的词曲作者就是陈小奇。

香港著名作家、词曲家黄霑生曾说过一句话：内地有陈小奇，不必到香港。陈小奇从1983年开始词曲创作，至今有约2000首作品问世，约200首作品获奖，先后推出过李春波、甘萍、陈明等著名歌手，是改革开放30多年来中国流行音乐不可或缺的参与者与见证人。

陈小奇出生于1954年，今年60岁。著名画家、广州市美术家协会原主席卢延光曾意味深长地讲过一句话：人生智慧六十始。现在，且听陈小奇谈谈他对音乐与时代关系的解读，他对流行与传统、流行与经典的理解，以及他如何定义"成功"。

文化投资导刊：您从1983年开始歌曲创作，目前有约2000首作品问世，可谓硕果累累。回顾您的创作历程，您是怎么与音乐结缘的？

陈小奇：我12岁的时候，因为"文化大革命"没书可读，就自学音乐并以此为乐。中学时期，我就开始做宣传队的乐队。在工厂的6年也组建了乐队，一直持续到入读中山大学。大学毕业后，我被分配到中国唱片公司广州分公司做编辑，从此正式与音乐结缘。

文化投资导刊：您怎么划分自己的创作阶段？又如何定义自己每个阶段的特点？

陈小奇：从音乐特点上说，我更多的是对自己音乐风格的坚持。在20世纪80年代，我基本上是在做填词。当时，中国还没有很多原创作品，基本上都是拿一些英语歌曲、粤语歌曲重新填词。基于当时的社会环境，从我国台湾地区引入的国语歌曲大多是一些忧伤风格的歌曲，不符合当时意识形态的要求，因此需要重新填词。到了80年代后半期及90年代，我都是以自己作词作曲为主。2000年以后，主要以企业歌曲、城市歌曲、旅游歌曲为主，唱片歌曲就比较少了。

文化投资导刊： 您讲过"流行音乐是时代的一面镜子"，您的代表作《涛声依旧》《我不想说》《大哥你好吗》《高原红》等能够迅速走红、传唱大江南北，您觉得映射出了哪些时代心理？

陈小奇： 这些歌曲都有一定的时代背景，因为流行歌曲基本上都与时代关系密切，它是时代的一面镜子。例如，《涛声依旧》有着很浓的怀旧心态，80年代的热火朝天与90年代的反思形成对比。《涛声依旧》在1993年红遍全国，实际上我在1990年就把它创作出来了。

《大哥你好吗》《我不想说》都是以当时打工者和白领出门在外的"出门人文化"为背景。《高原红》是带有旅游元素的一首歌曲，但它不是单纯为旅游而创作，因为这时少数民族的流行音乐在全国兴起，像蒙古族和藏族的一些歌曲在当时都特别红，满足了大众了解少数民族地区风情的需求。

文化投资导刊： 广东流行乐坛一度创下多个第一，使广东成为与北京相并列的中国流行乐坛南北两大创作、制作基地，但目前广东流行音乐貌似盛况不再，您怎么看？

陈小奇： 首先文化和经济是紧密联系在一起的，广东早期开风气之先，在全国的经济总量中所占比重很大，同时与音乐人本身的努力有着密切关系。所以，当时广东的经济、文化等方面在全国有一定的影响力，包括生活方式。例如，吃海鲜和喝早茶等都是人们接受和向往的一种生活方式。

但是，随着广东的经济优势不再一枝独秀，广东文化领域自然也不再遥遥领先。但是广东的流行音乐至今仍排在全国的前列。2000年以后，广东音乐的重点放在无线音乐、网络音乐上，如大家耳熟能详的凤凰传奇、郑源、容中尔甲、周笔畅等都是"广东制造"，只不过在网络时代，地域特征没那么明显，所以很多人都不知道这些是广东乐坛的成绩。

文化投资导刊： 除了音乐，您对于书法创作也颇有心得，您是广东作家书画院副院长，举办过自书歌词书法展，也出版过自书歌词书法集，您觉得二者有何相通之处？

陈小奇： 从艺术角度讲，任何艺术门类都是相通的，不同的是它们的表达方式和技术手段，所以它们之间在本质和内核上有一定的联系。但它们之间没有必然联系。音乐家未必喜欢书法，书法家也未必喜欢音乐。

文化投资导刊：您创作的《涛声依旧》意境非常美，和唐代诗人张继的《枫桥夜泊》有异曲同工之妙。您怎么看待流行音乐与中国传统文化的关系？

陈小奇：这首歌的灵感本身就是从这首诗而来。从历史的观点来看，传统文化里的优秀传统艺术都曾经历过一个流行的过程，和今天的流行音乐是一样的。

首先，任何经典所留下的东西必须经历一个流行的过程。流行音乐在今天，它本身的历史并不算太长，我们从20世纪二三十年代开始算起，它在中国的历史也不到100年，实际上中间隔了几十年，真正起步是在七八十年代。在这么短的时间内，它能涌现出这么多的优秀作品和优秀歌手，对一种流行艺术来说，我觉得这已经很伟大了。

每个时代都有每个时代的艺术。早期，我们的农业文明时代所产生的是民族音乐；到了工业革命时代，随着工业及科技水平的提高，我们产生了交响音乐和古典音乐；现在处于电子时代，电声乐队即可创造出远超过大型交响乐队的音乐效果，没有麦克风，也就没有流行音乐。所以，流行音乐的发展和科技的发展也有着密切的关系。

至于中国传统文化，从李叔同的《送别》到我们创作的中国风流行歌曲，直至方文山填的某些词，一直都在受古典诗词的影响。这是我们长期积淀的审美习惯，会保持相当长的一段时间。

文化投资导刊：当下网络歌曲很多，但很多没有特点，缺乏美感，也很难成为经典，您觉得原因是什么？

陈小奇：现在歌曲的发布、流行速度都非常快，然而它的消逝也很快，这种现象是由这个时代所决定的。网络歌曲的作者其实大部分是业余作者。他们没有经过细心雕琢，也无法过多地对音乐进行推敲，制作方面也会相对简陋一些，这种结果是这个"快餐时代"所决定的。当然，这里面也会产生一些好的东西。对于网络音乐，我曾说过它就是都市里的一种原生态音乐，是一种真正的草根文化，但这些作品中的绝大部分都很难成为经典。

文化投资导刊：何镜堂院士曾经讲过，所谓成功就是"当你年老了，退下来时，人们还一样尊敬你、关怀你、呵护你，你就是一个成功人士"。您做到了。但对于不少年轻人，他们看不到这么远，他们更关注当下所谓物质的"成功"。对于他们，您有什么建议？

陈小奇：其实我觉得我也没有做到。在现在这么一个时代，一个人能被所有人喜欢会很难。一个人只要被一个群体喜欢，或者尊重，我觉得已经很不错了。在这一点上，我觉得这样的要求目前是太高了一点。

每一代人都有每一代人的特点。像我们这一代人，有自己的理想抱负，有那种对理想的执着和对艺术的追求，大家没想着比谁挣钱多，反而会把这种精神价值和文化价值看得重一些。现在这个时代，拜金主义的风潮激起了大家的物质欲望，相对来说更加注重物质，但对物质的追求也未必就是坏事。

对年轻一代人，我的建议是大家不要沉醉在目光短浅的事情上，给自己树立一个人生目标，并且能脚踏实地地完成它。一定要记住，物质的成功也仅仅是人生价值的一部分而已。

（载《洛阳商报》2014年8月8日第14版）

陈小奇：我为什么不离开广东？
因为它是一个"拿来主义"的地方

（记者　吴小攀）

一、"南派流行音乐"的概念与实践

《羊城晚报》：现在看来，您当时创作《涛声依旧》这样一批作品，是一种必然，还是有什么偶然机缘呢？

陈小奇：《涛声依旧》这类作品的创作，肯定有它的必然性，可以归为当时流行的"中国风"题材的一种。我是从1983年开始创作流行歌曲的，一开始是填词。1983年年底，我创作了《我的吉他》。这首歌出来后反响特别好，后来被中央电视台放在一部音乐纪录片里。从1984年开始，我就进行原创歌曲的创作了。我和兰斋合作的《敦煌梦》，是当时最早的一首带有"中国风"味道的作品。当时受寻根文学的影响，我觉得音乐方面也要寻根，提出创作"现代乡土系列"，就是把中国历史的一些元素和题材、文化文学意象等融入流行歌曲中。同时，因为当时流行歌曲备受质疑，很多人说这是"靡靡之音"、低俗。所以，我们就想搞一批在内涵、文化上能够站得住脚的作品，来改变整个新闻界和文化界对流行音乐的看法。《敦煌梦》就是在这样的背景下创作出来的。

在1985年首届"红棉杯85羊城新歌新风新人大赛"中，《敦煌梦》虽然只获得了第三名，但这首歌产生的影响很大。我后来创作了《湘灵》《灞桥柳》《梦江南》等，都是延续了同样的思路。《涛声依旧》创作于1990年，是在没有压力的情况下写出来的，慢慢写、慢慢修改了差不多两个月的时间才拿出来。一开始是给一个香港的演员唱，唱完之后觉得有点可惜，后来就找来了毛宁，发现效果很好。原本想的是这首歌能够上榜一周就算是完成任务了，没想到它上了周榜后又上了月榜、季榜，直到荣获第五届广东创作歌曲"健牌"大奖赛十大金曲奖。当时广东有很多歌厅都唱这首歌。1993年，毛宁上了中央电视台春节联欢晚会，之后这首歌在全国大红大紫。创作其实是个积累的过程，前面的作品都是一种积累。我们一直在寻找突破口，一种能够体现中国流行音乐文化内涵的东西，并从这个角度去创作。实际上，现在社会上对我的歌曲的认同基本上还是集中在这一类作品上。

《羊城晚报》：您的音乐作品为什么都带有浓郁的岭南风味？

陈小奇：我们当时提出"南派流行音乐"的概念。北方追求壮美、崇高、大气，南方追求含蓄、婉约、优美。虽然广东创作的《信天游》是北方的题材，但还是包含着南方的审美趣味，明显的一方水土养一方人。从民歌中也看得出地域文化的区别：南方的民歌大部分是小桥流水、吴侬软语、茉莉花，这些都很优美；但到北方就不是了，西北高原上的信天游、内蒙古草原的长调，展现的艺术风格和我们的完全不一样。南方人口密集、城镇化程度比较高，很多东西进入城市必然会改变，你不可能在大街上唱《信天游》，否则，人家当你是疯子；但在黄土高原上你不唱《信天游》，你唱《茉莉花》，会觉得跟蚊子叫一样——这就是地域所造成的影响。我们当时创作歌曲并非刻意去追求岭南风味，而是它本身就带有地域文化的特征。

二、广东的开放氛围令音乐创作多样化

《羊城晚报》：这种岭南特色里似乎还有更耐人寻味的东西？

陈小奇：我们当时构思作品，起码我个人比较注重其中的内涵。我当时曾提出一个"表层结构、深层结构"的问题。例如，《涛声依旧》的表层结构是爱情故事，但我写的时候并不纯粹把它当成一个爱情故事。其实我想表达的是一种困惑，我们这一代人的一个困惑：我们生活在当代文化与传统文化交接的时代，在这个时代里，我们实际上有一些关于道德观、价值观方面的困惑。我们有点像边缘人一样，"能否登上你的客船"，说的是文化的困惑，这些都是这首歌曲深层结构的一部分。

寻根的目的只是通过从过去寻找一些东西来表达我们现在的一些看法。《涛声依旧》表达的是一种现代意识。为什么现在很多用古典词汇创作的歌词大多站不住脚，都不如我们这批歌曲影响力大？是因为我们注入了一些现代、当代的思考。我曾提出两个结构理论，希望歌曲更有内涵。我想通过音乐作品来引发大家的思考和联想，这才是我们要做的东西。《敦煌梦》表达的也是我心中的一种独特感受和思考：对中国古代灿烂文明是一味地歌颂，还是从中看到不同？里面有一句歌词"我魂绕阳关轻轻唱"，后来郁钧剑建议我改成"我魂绕阳关高声唱"，我说"高声唱"就不是我们这边的东西了。我没同意让他这么干，要唱只

能唱"轻轻唱"。因为我们面对着敦煌这么辉煌的古代文明，我感觉的不是骄傲和光荣，感觉的甚至是一种自卑。为什么我们的先人可以创造这么辉煌的文明，而我们却做不出来？我们需要通过歌曲作品去进行反思，从而注入一种现代意识以提升作品的文化内涵。

《羊城晚报》：这种理论自觉对您个人的创作产生了很大的作用。

陈小奇：我出过一本书叫《中国流行音乐与公民文化——草堂对话》，这是我这么多年对流行音乐的思考。流行音乐说到底是很个体化的，它的出现是因为整个社会开始重新重视个体的价值。改革开放带来了个体经济的发达，带来了对个体价值的认可和更深层次的认知。在这种情况下，强调个体生命价值的流行音乐才能走红。流行音乐基本很少用"我们"这个词，基本上是"我""我和你"，它是一对一的，体现更多的是个体意识。当时的广州音乐人都是带着某种个体的自觉意识进行创作的，不是说想到哪里就写到哪里。解承强也好，李海鹰也好，他们也在寻找很多民间的东西来进行音乐创作，包括一些少数民族的东西。广东的整体氛围比较开放，我们不会局限于只写某种风格的音乐作品，大家都愿意去尝试各种风格。

三、当年的"南漂"为何"北漂"了

《羊城晚报》：您刚才讲到了创作的时候是在一个没有压力的状态下进行的，这除了与年轻时的初生牛犊不怕虎有关系外，和当时的时代、地域也有关系？

陈小奇：肯定有关系。因为我们是在20世纪80年代开始走进歌坛的，对中国来说，那是一个最好的时代，整个思想解放运动刚开始，一切条条框框的束缚少了很多，整个社会都处在一个向上的、激扬的状态中。广东是一个开改革开放风气之先的地方，再加上广东固有的市民文化，它本身就处于很开放的状态。广东所有的音乐形式，包括粤剧，跟全国其他地方的音乐有很大的不同。除了语言之外，它的伴奏最早引用了小提琴、萨克斯风等西洋乐器，在粤剧的曲牌里，居然有美国民歌《苏珊娜》，这在其他剧种都是不会有的。为什么粤剧可以有？就是因为这个地方是"拿来主义"的地方，只要是好玩的、有市场的、有人喜欢的，就可以拿来尝试、拿来用。所以，为什么我一直都挺喜欢广东、一直不愿离开广东？我就是看中这一点。

《羊城晚报》：有个很流行的说法："只会生孩子，不会取名字。"这在广东流行音乐界似乎表现得很典型，很多在20世纪八九十年代名噪一时的广东音乐人后来都北上了。您对此是怎么看的？

陈小奇：情况比较复杂。从20世纪80年代开始，广东流行音乐已经走在全国的前列了，一直持续到90年代中期。为什么之后影响力大大下降？跟整个大环境包括我们的媒体，都有很大的关系。在那之前，广东的各种大小报纸，包括《南方周末》《新舞台》《百花园》《舞台与银幕》等几乎卖到全国所有的城市。全国各地都在开办粤语培训班，因为要跟广东人做生意嘛……这些都直接或间接地推动了广东流行音乐的传播。90年代中期以后，中央电视台、北京的各种媒体开始转变观念，大力推广流行音乐，投入大量人力财力，这一弄，北京成了流行音乐的媒体中心、文化中心和演艺中心。广东音乐人有很多本来就是外地过来的"南漂"，像候鸟一样的，哪个地方好就往哪儿飞。还有一个很重要的原因，就是唱片工业开始没落。当时，广东所有的唱片公司备受冲击，失去了支柱作用，因为音乐人都是靠唱片起家的，唱片工业萧条，要留住这些人就更难了。

《羊城晚报》：目前广东流行音乐在全国分量如何？

陈小奇：目前还没有一个省（包括上海）在总体上超过广东；只是现在广东的力量呈分散状态，最重要的原因还是我们整个产业格局的变化使得地域性标志不再明显。从唱片工业时代进入网络的时代，网络时代的出现本身已经把很多地域性的标志给抹掉了。网络信息是海量的，现在几个大的音乐平台落户广东，包括酷狗、YY，还有网易、腾讯等，它们实际上在某些方面代替了原来唱片公司在音乐方面的作用，只是它们仅仅是播出平台，并不具备专业的音乐制作能力。现在广东的演唱人才也还可以，不少大型选秀栏目都常有广东歌手进入前10名的佳绩，但肯定没有以前那种全国性的影响力了。以前全国一年能出一二百首原创歌曲就很不错了，现在一年可以出十几二十万首，很多音乐作品往往变成快餐式的创作，很简单、很简陋的制作，歌、词、曲可能都有很多问题，但它在网络上就火了、红了。所以，我也一直在思考：在这样的时代，如何去创作并推广真正有特色、有内涵的好的歌曲？

四、新环境下如何强调岭南特色

《羊城晚报》：在新的时代环境下，音乐创作怎样强调岭南本土特色？

陈小奇：不像我们那一代，现在的年轻音乐人对于民族音乐的了解越来越少。我们都希望流行音乐里有一些民族色彩的元素，如旋律、乐器、音色等。

《涛声依旧》主题动机用的就是江苏民歌《纺棉花》。前些年，我们和广东民族乐团合作推出了"涛声依旧——流行国乐音乐会"，用民族管弦乐队改编及演奏广东的流行歌曲，很受欢迎。陈佐辉团长说很多年轻人就因此开始喜欢上了民族音乐。最近，广东省委宣传部正在策划推出"南国音乐花会"，一共8台晚会，流行音乐有两台，其中有一台是"新粤乐——跨界流行音乐会"，把广东原生态的民间音乐和戏曲，包括广东音乐、潮州音乐、汉调音乐、地方戏曲唱段、原生态的山歌、渔歌、采茶调、少数民族音乐等，从经典中选取能够时尚化的部分，用电声演奏及流行演唱的方式，颠覆原来的演奏模式，重新进行包装和表演，这是我们正在做的重要探索；目的是要通过这种时尚化的方式，让大家去回过头去关注优秀的民间传统音乐，让优秀的民族音乐经典融入当下的时代。一个时代有一个时代的艺术，所有的艺术发展都是一个过程，都需要不断适应新的时代。优胜劣败、适者生存，这就是艺术的进化论。

《羊城晚报》：对于当下的广东流行乐坛建设有何建议？

陈小奇：从歌曲创作来说，还是一个推广的问题。起码好的音乐作品能够有机会在一些公共平台上得到展示和推广，让社会知道这些优秀作品，慢慢地引导大家去喜欢有文化内涵、文化品位的音乐作品。如果没有政府扶持，单靠音乐人是无法推动的。

《羊城晚报》：理论研究和批评对音乐创作的作用似乎没有像对文学创作的作用那么受重视？

陈小奇：其实理论音乐研究和批评永远都很重要。但在音乐界，做音乐理论研究和批评这一行真的没钱赚。如果没有政府扶持，单靠个人的兴趣和情怀，是难以为继的。所以，几乎整个乐坛的乐评实际上一直没有得到很健康和广泛的开展。赚不到钱，养不活人，谁去干这事啊。我们的"新粤乐——跨界流行音乐会"搞出来后，真希望理论界的人能够多参与一下，进行分析、评议，说坏话都没关系。我觉得文艺评论这种东西本来就需要说真话，不能到处都是"擦鞋"、拍马屁，"粤派批评"就应该说真话、说实话。广东是一个具有开放精神的地方，广府文化、客家文化、潮汕文化、华侨文化、平民文化、海洋文化、咸淡水文化与中原文化互相融合，形成了一个全国独有的多元文化格局，这是广东流行音乐得以生存与发展的优势所在，也应该是"粤派批评"得以立身的土壤和特色。

（载《羊城晚报》2016年8月21日第A07版）

陈小奇解读中国流行音乐创作趋势

——"变化"才是流行乐的常态

（采访者 周豫）

中国当代流行音乐发端于广东。40年来，这里曾涌现众多优秀的音乐人和歌手，作为当代流行音乐的创作者、实践者，长期坚守广东的陈小奇是广东乐坛毋庸置疑的代表人物及领军人。经中共广东省委宣传部立项，2018年4月24日至25日，广东省文学艺术界联合会、中共广州市委宣传部等单位主办的"陈小奇经典作品北京演唱会"暨"弄潮儿向涛头立——陈小奇词曲作品学术研讨会"即将在北京举行。本次经典作品演唱会中，陈小奇从他的作品宝库中精选出横跨4个年代的24首歌曲，涵盖江南风、中南风、西北风、西南风、民族风、都市风等多种音乐风格，演唱会也云集陈小奇的众多"爱将"。近日，陈小奇接受了《南方日报》记者的专访，解读本次经典作品演唱会以及当下中国的流行音乐创作。

一、希望保留岭南独特的审美情趣

《南方日报》：多年来，您为振兴广东乐坛尽心尽力。从1983年开始创作至今，您已经有近2000首作品面世。这次音乐会的24首歌曲选取的标准是什么？

陈小奇：一是选择影响较大的作品，二是选择能体现自己艺术追求的作品。演唱会时间有限，只能挑一些有代表性的作品。广东是我的根，这里的人文环境和自然环境都特别适合我，当然也包括广东的美食。还有一点很重要，岭南的审美情趣一直深深影响着我，我希望保留这种南方独有的艺术感觉。

《南方日报》：改革开放初期那一代歌手唱的流行歌曲非常契合当时的社会主流价值观，对潮流起了一定的引领作用。当下的流行音乐创作，对于创作者而言，提出了哪些新的要求？

陈小奇：对我来说，流行音乐本身就是一种艺术，它拥有复杂又多元的面貌。音乐的影响力越来越大，创作风格也越来越多元化。当下，"中国风"的作品日益受到大众尤其是年轻人群体的喜爱。对任何艺术品，我们都应该提倡创作多元，在宣传家国情怀的同时重视个体的体验。

流行歌曲中呈现的是多元、复杂的面貌，比如，这次音乐会里的《拥抱明天》《为今天喝彩》都很主流，也有《大哥你好吗》《我不想说》这种描写当时那个时代的人的心情、心境的歌曲。毕竟，都市流行音乐带有很强的娱乐性和商业性，它是产品，如果不能直击人心，谁又会买你的东西呢？

二、最担心流行乐丧失文化的厚度

《南方日报》：过去，一首流行歌曲可以流行很多年，长唱不衰，但现在的流行歌曲生命周期很短。现代社会似乎对流行文化创作者提出了更高的要求？在市场价值和社会属性中如何寻找平衡？

陈小奇：流行音乐是非常敏锐的音乐，随着短视频等在各类网络平台的出现，流行音乐的创作越来越强调娱乐性、感官刺激和情绪宣泄功能；同时，因为网络平台缺少有效的把关机制，进入是完全没有壁垒的，不像过去唱片公司还有编辑、制作人，所以，自然而然会有很多人自觉把流行音乐当成"快餐文化"进行创作。现在我最担心的是流行音乐在商业大潮中逐渐丧失了它文化积淀的厚度和经典性，所以，现在需要一批有社会责任感和使命感的人。

《南方日报》：不少乐评人认为，您作为"中国歌坛南派创作的领军人物"，尤其是"中国风"的内核，现代诗的技法独树一帜，这源自您当年在中山大学中文系所接受的古典文学训练吗？

陈小奇：我从小受到的教育告诉我，文学除了有教育功能和审美功能外，还有娱乐和宣泄功能，我的文化背景注定我会更加注重两者的平衡。过去有段时间，我们相对忽视娱乐和宣泄功能；但现在很多音乐创作又只关注娱乐和宣泄功能了。时代发生了变化，这不是音乐创作者能控制的。科技发展给音乐产业和大众审美带来了很大改变，录音和编曲技术原来只有专业人才能完成，但现在专业壁垒被打破。当然，这是好事，因为一方面能让更多喜欢音乐的人制作自己的音乐；但另一方面，歌曲的制作也越来越粗糙了，现代人能用最快的速度追逐社会热点，一年别说1000首，现在市面上上百万首都能完成，但是能有几首真正的好歌曲呢？

三、打造"爆款"要紧贴时代心理

《南方日报》：您的作品《涛声依旧》开创了20世纪90年代广东流行音乐的高峰。现在流行音乐产量很大，流行文化的影响力也越来越大，但为何广东具全国影响力的歌手、歌曲却越来越少呢？

陈小奇：过去，一首歌创作出来，要选新人，可能只能面对面听他/她唱，现在通过网络搜索功能就能成功搜到合适的人选，看似便利了很多，但面对海量的信息、歌曲，在茫茫人海里怎么挑人？实际上，工作量变大了。另外，一首歌曲如果没有足够的推广手段和费用，在当下这个网络时代是很容易被埋没的。目前，广东在包装、策划方面的音乐人才还比较缺乏。进入21世纪以来，在全国能够冒头的歌手不是特别多，出名的比如凤凰传奇、周笔畅，其活跃范围主要也是在北京。

20世纪90年代，全国人民看广东，广东在各个领域都起到了领头作用，包括传播媒体。我还记得广州市歌舞团当时在内地一演就是一年。只要财力足够，文化的影响力也会扩大，要把文化做大做强，就需要更大的投入。

《南方日报》：近年来，随着《中国好声音》《歌手》等音乐综艺节目的盛行，各种流行音乐文化艺术形式如嘻哈、街舞、民谣等日益受到普通大众的关注，感觉大众的审美在被"牵着走"。那么大众真正喜欢的流行形式又是什么？这其中能捕捉到一些规律吗？

陈小奇：流行音乐是一个开放系统，很难讲下一波会流行什么。流行音乐是一定要和时代紧密结合在一起的，相比民族、美声唱法，"变化"才是流行音乐的常态。就像时装一样，不是一种形式现在流行了就要抛弃另一种，一首老歌经过重新编配也可以变得很时髦，这也是流行音乐的魅力所在——在螺旋上升的过程中不断吸收不同时代的审美。在当下的社会环境和文化环境中，如果想要打造一个流行音乐的"爆款"，我们能做的就是在内容上适应社会心态的变化，音乐上迎合时代审美的需求，这两点是永远不会变的。

（载《南方日报》2018年4月17日第A13版）

许多年以后能不能接受彼此的改变
——陈小奇访谈

（采访者　徐冰）

徐冰（以下简称"徐"）

陈小奇（以下简称"陈"）

徐：1978年，您处于怎样的状态？

陈：我老家在潮汕，我11岁跟着父母移居梅州。1972年高中毕业分配到了工厂，1978年还在工厂，一开始当翻砂工学徒，未满3年便调任工厂资料员，即现在的工厂秘书。1978年参加高考，考入了中山大学中文系。

1978年党的十一届三中全会后，我在大学里明显感受到改革开放元年的时代气息。特别在广州这边，因为毗邻香港，广州有很多香港同胞往来，所以，大量流行音乐传了过来。当时，在学校里就能听到港台流行乐。早期听的是邓丽君和我国台湾地区的校园民谣，慢慢听到了徐小凤、凤飞飞等越来越多歌手的作品。自己买不起盒带，就拿空白带找朋友或在街上用双卡机录下来。尽管歌词听不清楚，对歌曲也只是一知半解，但完成了流行音乐的初步启蒙。

徐：您是怎么走上了音乐的岗位的？

陈：我在1982年毕业后本来准备去花城出版社，被别人走"后门"顶替了，就到了中国唱片公司广州分公司。我最早做戏曲编辑，负责潮剧、海南琼剧、客家山歌剧和广东汉剧。由于潮汕话和客家话我都懂，加上文学功底还不错，渐渐做出滋味了。中国戏曲的唱词和音乐相当有魅力，这项工作对我后来影响蛮大的，虽然那时我在社会上的身份是现代诗人。

我写词却是一种缘分使然。

中国唱片公司广州分公司的音乐编辑王文光当时在圈内很有地位，录音棚里的活很多。当时流行"扒带子"，就是将港台地区的歌曲或英文歌曲重新填词录制。有一次，他找到我，让我为他正在制作的歌手蔡妙甜的专辑填了五六首词，于是，我走上了歌词创作这条道路。不过，我在此同时为歌手董岱填词的另一首歌先出版了，所以我的"处女作"就是根据西班牙吉他名曲《爱的罗曼史》填词的歌曲《我的吉他》，那是1983年。两三年后，中央电视台的一部音乐纪录片《她把歌声留在中国》把这首歌选为主题歌，后来，它竟然成为很多吉他弹唱歌手的热门曲目。我记得那时拿了35元稿费；如果是外面的公司，就可以拿到五六十元稿费，在当时是一笔很不错的收入了。当时广州很多歌手，比如吕念祖、张燕妮、陈汝佳等，我都为他们填过词，那时每年平均填一两百首词。

徐：说说您真正成名的创作背景？

陈：由于中国进出口商品交易会（简称"广交会"），早在1979年，广州的很多涉外宾馆就已出现音乐茶座以供外宾休闲娱乐，此后最多时达到100多家。繁荣的流行音乐娱乐市场让文化主管部门产生了要扶持本地作品的想法。这样，1985年广州"红棉杯新歌新风新人大奖赛"就应运而生了。这个活动意义非凡，不仅仅在全国首次推出了"十大歌星"和"十大金曲"的概念，更是带动了整个广州乐坛的良性氛围。我与李海鹰合作的《黄昏的海滩》获得了第一名，与兰斋合作的《敦煌梦》获得了第三名。获奖让我建立了极强的创作自信。其中，《敦煌梦》因为"中国风"概念，其产生的影响更大。这些歌曲在电台播出后，产生了很大的社会影响，很多听众包括大学教授打电话来说，从来没有听到过如此亲切而有文化品位的作品，而这些作品直接改变了他们对流行音乐的看法。

徐：您的作品中，大多都有乡土乡愁气息，包括经典之作《涛声依旧》。这是您本人的创作追求和设计吗？

陈：我早期曾有一首作品《父亲》在1986年获得全国作词大奖，就是受到罗中立油画作品《父亲》的影响。当时，我曾提出"现代乡土歌曲"的概念，在几年里写出了《梦江南》《灞桥柳》和《山沟沟》等一批比较有影响力的作品。

《涛声依旧》其实属于"压箱底"的作品，是在1990年年底创作的，断断续续修改了两三个月。当时有一位香港的业余歌手录专辑，希望能收录我的新作品，我就随手把它从抽屉里翻出来请梁军编曲。后来，那个盒带录制出来，但在市场上反响不强。第二年，毛宁在广州开始初露头角，我感觉他可能比较合适这首歌，就拿了原来的编曲让毛宁重新录制后就去打榜。当时广东电台的"健牌榜"还是很有推动力的，这首歌荣获第五届广东创作歌曲"健牌"大奖赛十大金曲奖。

《涛声依旧》真正大红起来是因为1993年中央电视台春节联欢晚会上毛宁的演唱。后来到哪里都能听到人们在唱"旧船票"，说实话，这出乎我的意料之外。

徐：能问一下《涛声依旧》一共拿到了多少版费吗？

陈：20多年这首歌拿到的各种版权费林林总总加起来，大概20万元吧。

徐：改革开放之后，广东的文化特别是流行文化发展与经济发展是并行共赢的。您有具体的体会吗？

陈：20世纪70年代末80年代初，广东经济突飞猛进。全国看广东，发财到广东。80年代，大家都在学粤语；90年代，大家都在看广东小报，还流行吃广东美食和海鲜。

20世纪90年代初，大家听到的都是广东本土的流行音乐。如果说现代流行乐起源于民国时代的上海滩的话，那么当代中国内地流行乐的发源地就是广东了。

广东流行音乐在那几年能够影响全国，是由3个方面的合力造成的。首先，很重要的一点就是广告业。当时广州的广告业占据全国半壁江山。1989年的太阳神广告单单制作费就用了100多万元（这应该算是内地最早的广告歌曲了，由我作词、解承强作曲，"当太阳升起的时候，我们的爱天长地久……"）。其次，广东的媒体特别是报业的发展在全国处于领先地位。最后，是影视业。广州电视台和广东电视台的《外来妹》《情满珠江》《和平年代》《英雄无悔》等都很风靡，电台也是开风气之先的。

21世纪初的网络歌曲、手机彩铃，都是广东先搞起来的。因为产业基础强大，2000年左右，广东的电脑用户量占全国用户1/3、手机用户占1/3，所以现在的腾讯、网易等平台，都是在当初强大的基础上得以迅速发展的。

徐：很多广东音乐人都去北京发展了，您为何坚守在岭南？

陈：是的，这些年不单单歌手都跑去北京了，广东的音乐人也走了很多。李海鹰、毕晓世、张全复……去北京肯定赚钱更多。但是一方水土一方人，我认为广东更适合我。

徐：大家都公认为您是岭南流行文化的代表人物，您是否对岭南文化发展有自己的理解？

陈：我喜欢岭南文化。现在很多人都在研究岭南文化。在我看来，岭南文化有两个支撑点：一是传统南方审美趣味，二是海洋文化带来的格局和观念。现代岭南文化严格说起来只有100多年历史，也就是在鸦片战争之后睁眼看世界的背景下形成的。近代史上广东出了多少人物啊。这里本来是文化沙漠，影响力都生发在近代史，是海洋文化带来的影响。

现在发展和传承岭南文化有两种方式：一种是古董式传承，原汁原貌。类似非物质文化遗产保护，没有强大的实用功能。另一种是发展式传承。我们所说的民间非物质文化遗产，包括戏曲、民间音乐，经过了几百年的变化，才发展到现今这个状态。前人几百年的精神、物质文化成果一直在变化和改动，现在我们为何不能根据新时代的审美要求对其重新塑型和改变呢？

这些年我也在岭南文化传承和发展中做了一些事情。比如方言流行歌曲，我在二十几年前就发起并创作了一大批潮汕话及客家话的流行歌曲，这批歌曲到现在仍然是方言歌曲的代表作品。最近，我还帮潮汕地区的音乐人举办了"全球潮语金曲榜"，前几年也帮客家地区搞了"客家金曲榜"。两年前，广东省委宣传部举办了"首届南国音乐花会"，我策划组织了一台《新粤乐》的节目，保留广府、潮汕、客家三大民系原来民间音乐及地方戏曲的基本元素，但是不用民乐器演奏，而改用电声和铜管乐队，用流行唱法演唱，很时尚化，这也算是一种发展性传承的尝试吧。

徐：1978—2018年的这40年间，对你的生活产生重要影响的5件事是什么？

陈：第一件重要的事，是1978年考上中山大学中文系，这是改变我命运的根本性的大事。

第二件重要的事，是我偶然进入了中国唱片公司广州分公司，这也注定了我在中国流行音乐发展最好的时期转型为一名音乐创作人的机缘，成就了现在的陈小奇。

第三件重要的事，是1992年，我通过中国唱片公司广州分公司在内地音像机构内率先成立企划部，开展"造星工程"，当时最早有甘苹，后来有李春波、陈明、张萌萌等。第二年，我们带了歌手坐火车去上海和北京举办推介会，影响很大，在北京被戏称为"音乐北伐"，推动了全国的签约热潮。当初的"造星"签约其实都是制作宣传范畴的，没有经纪的概念，所以，后来歌手的市场出场费提升了却没有我们的份，而唱片市场销售又越来越难盈利，最终免不了解约，算是个教训吧。当然，这也是一个很有文化价值的事件。

第四件大事是成立广东流行音乐协会。从1990年开始，至今有28年了，真不容易。这个协会的工作每年花掉我1/3的时间和精力，是没有报酬的，全靠一批志同道合的同仁在支撑，这是一种责任和担当。我们的初衷是通过协会可以让广东的音乐人团结起来，完成资源整合，产生更大的社会力量。

第五件大事是辞职。1993年下半年，我从中国唱片公司广州分公司转到广州太平洋影音公司，担任了总编辑和副总经理；1997年，到广州电视台担任音乐总监；2001年，从单位辞职，创建了自己的公司，并制作了电视连续剧《姐妹》（《外来妹》续集），获得了中国电视"金鹰奖"。此后又策划承办了"首届中国旅游歌曲大赛"、5个城市的旅游组歌以及两个企业组歌，还在梅州制作了一台常设性旅游节目《客家意象》，做了不少自己喜欢的事。从领工资到给人发工资，虽然辛苦，但是获得了人身自由和经济自由。当然，做这一行也不容易，我比喻自己像一个猎人上山打猎，运气好的话，可以打到一只野猪，运气差一点，就只能打两只山鸡，也有不少时候是空手而归的。哈哈！

2018年4月24日，在北京保利剧院举行了"陈小奇经典作品北京演唱会"，25日在北京港澳中心举行了"陈小奇词曲作品学术研讨会"。本次演唱会也是广东省改革开放文化成果的一个标志性展示项目。

（戴《中国进行曲　流行音乐四十年回眸》，上海音乐出版社2018年版）

陈小奇：予歌以生命，予词以灵魂

宋含宇[①]

【内容摘要】2018年是中国改革开放40周年。回顾40年流行音乐的发展，陈小奇是内地流行乐坛最早一批、最重要的词曲作者，被誉为"通俗歌坛的开路人""广东流行音乐掌门人""流行音乐的创作奇才"。陈小奇至今有2000多首作品，是这40年来中国当代流行音乐不可或缺的参与者与见证人。其词曲作品《涛声依旧》《大哥你好吗》等以典雅、含蓄、具有深厚文化底蕴的南派艺术风格独步内地流行乐坛。本文作者与陈小奇对谈，讨论了对当代流行音乐的看法、歌词创作的心路历程等，以此回顾和前瞻中国流行音乐的过去、现在与未来。

【关键词】流行音乐　陈小奇　创作　歌曲　经典

【陈小奇简介】中国当代流行音乐词曲作家、文学创作一级作家。唱遍大江南北的《涛声依旧》《我不想说》《大哥你好吗》《高原红》等耳熟能详的作品都是他的代表作。他是当之无愧的中国当代流行音乐的领军人物之一。1978年，陈小奇考上中山大学中文系。1982年，本科毕业，进入中国唱片公司广州分公司，历任戏曲编辑、音乐编辑、艺术团团长、企划部主任等，在此期间开始填词作曲。1993年，调任太平洋影音公司，担任总编辑、副总经理。几年后，身边的朋友、搭档陆续"北上"，陈小奇仍坚守在广东，因为他坚信广东是最适合流行音乐生长与发展的地方，更是最适合自己的音乐发展的地方。终于，在1997年，他于广州成立了自己的音乐公司——陈小奇音乐有限公司。

陈小奇在一个富有浓厚文化氛围的家庭中长大，小说、戏曲、古诗词、朦胧诗、二胡、小提琴……都伴随着他的整个成长时期。经过在中山大学中文系4年时光的千锤百炼，他拥有了深厚的文化底蕴和文学素养。有了这些奠基，陈小奇创作的作品不仅富有文化内涵，且歌词注重语法、平仄、语感，同时旋律也保持

---

① 宋含宇，吉林大学珠海学院音乐舞蹈学院音乐理论教师，担任省部级科研项目"广东音乐家对中国音乐发展的贡献研究"（陈小奇篇）负责人。

了流行音乐的通俗性与民族性。因此,当《敦煌梦》《梦江南》这样极具高雅艺术的作品出现时,整个流行乐坛焕然一新,一扫往日被称为"低俗、下流、靡靡之音"的音乐舆论,彻底改变了文化新闻界对流行音乐的看法,赢得了流行音乐在广东这个策源地发展的时间与空间,更提升了国人对流行音乐的审美品味。

从1983年陈小奇开始创作至今,跨越了4个年代。他填词、作词、作曲的作品共有2000多首,原创作品约500首(其余大部分为填词作品),获奖近300项,其中不乏金钟奖、金鹰奖等重量级奖项;其作品按体裁可分为6类:流行歌曲、艺术歌曲、企业及校园歌曲、影视歌曲、儿童歌曲和方言类歌曲。他是改革开放以来中国当代流行音乐不可或缺的参与者与见证人,其词曲作品典雅、含蓄、具有深厚文化底蕴的南派艺术风格独步内地流行乐坛。除创作外,陈小奇凭借敏锐的触角挖掘了一批实力唱将。

一、独具慧眼　洞若观火

宋含宇(以下简称"宋"):您是流行音乐词曲作家,就艺术创作与审美,可否谈一下您的观点?

陈小奇(以下简称"陈"):艺术是多种多样的。就本质而言,艺术创作总是在追求一种极致的、个性化的东西,每个人都在坚持着自己的艺术审美观点,艺术审美从来没有统一的标准。每个人的审美不同、气质不同、喜好不同,艺术上的对和错、是与非,这些是没有办法划分的。"萝卜青菜各有所爱",比如有些人不爱吃榴梿,这属于个人喜好,但你就不能说榴梿不好,只是各有各的口味,每个人会选择自己喜欢的东西,这些都是可以并存的。从艺术创作风格来说也是如此,有些人喜欢这种风格,有些人喜欢那种风格。为什么喜欢这种创作风格?这对于作者来说,一定是根据他自己的审美价值来做判断的,而其他不喜欢的风格,也并不说明它不能存在。

宋:在您创作时,是否考虑到流行音乐适用于哪些群体?

陈:我创作时,会尽量考虑整个社会在当时那个阶段在审美上的大致走向。大家创作时肯定都是有所考虑。然而,最终创作出来的作品能否成功,主要还是取决于创作者的审美品位与社会审美趣味是否匹配。如果你的审美趣味跟整个社会的审美趣味是同步的,那么它流行的可能性就比较大。当然,有些时候也会出现偏差,例如,对于某些过于极致的现代艺术,个人也许喜欢,但老百姓未必喜欢,就像老人和小孩喜欢的东西不一样、不同文化层次群体喜欢的东西也不一样。要抓住他们共同喜欢的一个点，确实太难。只能说，创作时，作者会尽量考虑、协调和兼顾个人审美与社会审美之间的关系。

宋：既然流行音乐创作跟当下的审美紧密相连，那么流行音乐也是一部社会学，它反映了当时的社会发展。

陈：对的，因为流行音乐是和当时的社会密切相关的。20世纪90年代那批歌曲为什么会突然火起来？其实是跟当时整个社会有关系的。1989年是一个分水岭，整个80年代是一个自由奔放的年代，所以流行的是西北风。到了1989年就开始冷静下来，人们开始怀旧了，因此，当时那批怀旧歌曲就特别流行。90年代这批歌曲的流行，是有这样一个深层的社会背景在里面的。怀旧对于整个社会来说，也是一个永恒的主题。任何一个年代，在自由奔放了几年之后，都会冷静下来，这也是一种循环，每过几年、几十年就会重复一次。其间，大家都在寻找一种突破，但过几年之后，那时的时尚又会变成传统的一部分了。如果我们在这样的情况下还要继续突破自己，就只有吸收更时尚的东西；在走了一段路又走不通时，就应回头，从根源上寻找另一个新的起点。

二、流而不俗　经典永存

宋：您如何看待流行与经典？

陈：经典跟流行从它们本身来说并不是完全割裂开的。流行是一个基础，首先要经过流行，才能成为经典。所以说，反对流行其实是一种不理智的行为。

宋：您创作了2000多首流行音乐作品，这些作品中您最喜欢的是哪一首或者哪部分作品？

陈：我的每一首作品都是我用心创作的，都倾注了很多心血，说不上最喜欢或者不喜欢，按照市场来说，只有流行和不流行吧。但有些曲子，你不能因为它没流行起来就不喜欢它，就像自己养了很多孩子，有出息的和没出息的都有，你不能说没出息的就不喜欢。

宋：您在南国书香节作为"经典推荐人"发言时，曾提到"到底是为流行而创作，还是为经典而创作"，就这个问题可否谈一谈您的选择？

陈：这个问题可以反映出作者的态度。实际上，对这个问题的回答本身已经决定了作品是否拥有生命力。我在创作每一部作品时，都是将之当成经典作品去完成的；至于它是否可以成为经典，这是另一回事。这对于创作很重要。如果你在创作时，只是为了流行而作的话，那么很多东西你就不会去反复斟酌、推敲，对待细节也可能马马虎虎。细节决定成败，这个成败就变得像一场赌博，即便侥幸成功了，也不是长期的，只是昙花一现罢了，最终作品还是成不了经典。所以，在这个问题上，我的态度是提倡并履行"为经典而创作"。

三、独树一帜　卓尔不群

宋：您在流行音乐作词方面的造诣可谓炉火纯青，那您认为，创作流行音乐古风类的歌词是否需要很深的文化底蕴？

陈：可以这么说，没有哪一种创作是不需要文化底蕴的。比如，现在流行的一些网络歌曲，可能一些作词者的文化底蕴不够，但多少还是有的。当然，作者的文化底蕴越深厚越好，就看他们是否能达到罢了。退一步看，创作没有文化深度也不是不行，但至少一些创作要有自己独特的感悟，别故意把作品搞得高深莫测。例如，一些作品的歌词都是由古文、古诗词组成，乍一看好像很吓唬人，实际上没有什么其他的意义。这也是我跟其他中国风流行音乐词作家最大的差别。我在创作这一类作品时，都会紧跟当下的社会状况、潮流，并不是为了写中国风而中国风，也不是把古诗翻译成白话文或者使用了大量古诗词意象就是中国风。虽然有很多古诗词语可以使用，但最终要看你想表达和表现什么，这才是最主要的。

宋：可以根据您这方面创作的经验，具体谈一下您是如何将中国风作品与当下的社会状况相融合的吗？

陈：好的。大家都知道《涛声依旧》是借《枫桥夜泊》来表达当代人在当代文化与传统文化的冲突下的困惑与彷徨，我就不再赘述了。

例如《巴山夜雨》，这首歌化用了李商隐的《夜雨寄北》，诗中的主题是送别。当时写这首曲子，题目是原唱"光头"李进所要求的，因为他是四川人（当时重庆还没成为直辖市）。送别的主题具体要如何写？我几经思索之后抓住了一个契合点：当时出来闯荡的人很多，产生了很多离别的情境，因此，我就用《夜雨北寄》这首诗与现在"出门人"的文化联系起来。这些人离开了自己的家乡，到一个新的地方发展、生活。自然地，我就把古代和现代的情怀联通了，将古代的诗"巴山夜雨涨秋池""何当共剪西窗烛"拉进现在的社会背景，来表达当代人离别、思念家乡的情感，"推不开的西窗，涨不满的秋池"，当代的文化内涵也就找到了。

又如《白云深处》，这首歌其实跟引用杜牧的《山行》这首诗的关系并不大，但我引用了诗里的背景。我从诗句中关联了一个意象——等车，实际上，诗中并没有等车，而是"停车坐爱枫林晚"，说明作者是坐车上山的，只是沿路秋色绮丽、枫林如霞，便停下车来欣赏。我就利用这里的停车，衍生出"等车"这样一个概念。当代人其实每一个人都在等车，都在等待某种机会、某种情感，因此，这个"等"就有很深的内涵可以挖掘。至于等的是什么，听众可根据自己的生活经验自行解读。

再如《烟花三月》，这首歌突出的是友情。当时写友情的歌还是比较少的，正好李白的《送孟浩然之广陵》是描写友谊的，表示惜别之情。我将这首诗化用在歌词中，地点不变，像是一场穿越，同样是怀念去了扬州城的好友："扬州城有没有我这样的好朋友，扬州城有没有人为你分担忧和愁，扬州城有没有我这样的知心人，扬州城有没有人和你风雨同舟。"而且，歌词中的"烟花三月是折不断的柳，梦里江南是喝不完的酒"，也映照了古人"折柳斟酒"送友人的习俗。所以，我从这些角度来创作歌词，肯定就与其他中国风作品有很大区别了。

宋：您在创作这些中国风歌曲时，是根据已有的情绪来找诗，还是由于自己喜欢某首唐诗，根据诗里的内容抒发情感？在创作时，您认为哪些问题是难点？

陈：两种情况都有。像刚才说的那三首中国风流行歌曲，都属于"命题作文"。既然是"命题作文"，我就会思考怎么样去表现这首诗、怎么样跟当代社会审美需求结合起来、怎么样才具备流行性；语言方面我也不能全部用文言文的形式，要用现代汉语的方式来打乱诗句并重新组合，同时还要保留一些意象和词汇，这些思考点就是难点。直接翻译古典诗词来创作是毫无意义的，那还不如照搬诗句，大家也能读懂诗句。

四、标新立异　脱颖而出

宋：您作词时对题材方面是如何思考的？

陈：每一首歌曲我都争取找到一个切入点，这个切入点我认为要满足两个方面：一方面是别人没怎么写过的，另一方面是能引起社会共鸣的。因为流行音乐显示的是个体的体验，它并不像歌颂主旋律那般，每个人都是民族的代言人，所以，这个个体要引起共鸣，就必须既体现个体的感受，也必须跟更多受众的感受相一致，否则，其他听众听了之后毫无感觉，那就没办法引起社会共鸣了。

像《大哥你好吗》这首歌，它不是古典的，而是现代的。我最初的想法就是想写一首表达兄弟情的歌曲，因为20世纪90年代还没有人写过表达这种情感的流行音乐作品，歌颂亲情类的大多数写的是母亲，而我早在1986年时就创作了《父亲》①，这首作品还在当年首届"孔雀杯"②上获了奖。因为我是全国首写这个题材的人，所以我填词时就预感这首作品能够脱颖而出。我们回到《大哥你好吗》的创作，决定这首作品的题材有几个原因：一是那时我的哥哥正好要出国，我就想借用作品来抒发感情；二是因为这首歌是为甘萍作的，那么创作的题材就定为兄妹情；三是当时听说有一个朋友的哥哥离乡到广东打工，最后却杳无音讯，失去联络。根据这些情况，我就决定写这首作品，主要描述这位大哥因为在原来的地方发挥不了自身的价值、实现不了自己的梦想而离开，在家中的妹妹因为思念大哥而发出的这些感慨："每一天都走着别人为你安排的路，你终于因为一次迷路离开了家"，"每一天都做着别人为你计划的事，你终于因为一件傻事离开了家"。这种情感到了副歌部分就进行了升华，"多年以后是不是有了一个你不想离开的家"，这个"家"就是能够体现大哥自身价值的家；"多年以后我还想看一看你当初离家出走的步伐"，说明妹妹还是希望大哥保持这种积极的、不断追求的状态。其实，这首歌写的也是"出门人"的文化。那个时期从外省到广东打工的人尤其多，这是一个时期的社会现象，而我把这种社会现象作为创作这首歌的切入点，唱出来就能够引起大家的共鸣。所以，这首歌很快就流行起来。1992年年底，这首歌录制完成，第二年3月就在中央电视台播出，可以用"一夜爆红"这个词来形容这首作品。

《大哥你好吗》就现在来说，其实很多人都不会唱，只是听过名字而已。那些会唱的人，大部分也是唱不出来A段的，让绝大多数人记住的是B段的那一句"大哥，大哥大哥你好吗"。这些都没有关系，只要大家都会唱这么一句就够了。一首歌的歌名可以成为当时的流行词汇，那这整首歌就已经流行起来了，也算是很成功了。

好的题材对于作品来说，只是有了一个高的起点，但最终呈现什么效果，还得看成品完成是什么样的。我们也见过许多没有流行起来的作品，其实题材是很好的，就是整首歌的质量还有当时的契机也很重要，运气也是其中一部分。

---

① 《父亲》，作词：陈小奇，作曲：毕晓世。
② "孔雀杯"，首届于1986年2月15日在南京举行。这是一项全国青年民歌通俗歌曲的竞演大赛，同时标志着中国当代流行音乐终于登堂入室，这种有别于古典、传统文化的新型艺术终于得到了社会的认同。

五、传统流行　兼容并济

宋：其实我们知道，在您来到广州之前，您的童年（11 年）是在潮汕度过的，青少年时期在梅州居住了 13 年。您创作了不少潮汕和客家方言的流行音乐作品，那么这些作品是属于传统还是属于流行？

陈：二者都有。关于潮汕的基本都属于流行歌曲的范畴，只是用潮汕话来填词、演唱，表现的内容也是当地文化。这些作品自 20 世纪 80 年代末流传至今，已成为潮语歌曲的经典了。而为客家而作的，采取的是传统与流行相结合的形式。20 世纪 90 年代初期，我们为客家人"山歌皇后"徐秋菊创作了一张用客家方言演唱的通俗歌曲专辑。那时我还没有作曲，只负责专辑中一半歌曲的填词工作。专辑里面有一首《乡情似酒爱是金》，至今也还在流行。

到后来我作为《客家意象》的总编剧、总导演，自己完成了里面二十几段客家方言歌曲的创作：有些是填词，有些是我原创的曲和词。一开始，我尽量从传统的山歌中寻找符合剧情的旋律，以及传统客家山歌中的歌词，尽量将其融合。但后面发现，原本的歌词大部分是没有办法契合这部作品的，因为有些山歌的节奏是散拍子，既不规范，又没办法贴合剧情，所以要进行大量修改；连旋律、编曲和演唱方式都要改，因为如果全部使用传统山歌的唱法，会显得缺乏新意。我要么将它改为流行唱法，要么改为民族唱法或合唱，当然也保留了部分原生态的传统山歌唱法。其中一首《长潭山歌》是客家一首非常有代表性的山歌，旋律极美，所以根据剧情需要，我没有做大的改动，只是降了几个调，用女声流行唱法来演唱，效果非常好。另外，还有一首比较特别的我国台湾地区客家山歌，是一首男声的摇篮曲《书生摇篮曲》[①]。这首我也没改动旋律和歌词，同样只是降调再换成流行合唱而已，毕竟这些是要根据整部作品所表达的我对客家人的理解，以及客家人生活的场景来创作的。客家人主要分布在广东、福建、我国台湾地区这 3 个地区，我挑选了各地及梅州 7 个县市中最具代表性、旋律最优美也最有可能被非客家人士所接受的山歌进行汇总、改编和重新创作，让它们被更多外地听众所接受。毕竟，音乐是听觉的审美，大家首先要觉得好听，才会去琢磨歌词，慢慢品味里面更细致的内涵。《客家意象》的音乐后来获得了中国金唱片奖"创作特别奖"，得到了专业评委的高度认可，这也说明这种探索是成功的。

[①] 客家人的劳作分布是"男主内，女主外"，妇女下农田干农活，丈夫在家读书、带孩子，所以就出现了男声摇篮曲。

宋：您将传统与流行结合起来，您自己如何看待这种带有新元素的作品？

陈：传统和流行并不是相互矛盾的。传统怎么来的？传统就是那个时代的流行所积淀下来的，我们现在所说的流行，是这个时代的流行，归根到底，只是时间的位移和这个东西的衍生罢了。艺术是有时代变化的，包括民歌和戏曲等，现在流行的都是千百年来变化发展而来的，它们代表了农业文明时期的艺术巅峰。但到了今天这个时代，如果你在创作时不加入流行、时尚、新鲜的元素，那么必然会被时代所淘汰，因为不属于这个时代，又如何生存呢？更遑论发展了。这就是艺术历史发展的进化论和辩证法。

创作流行音乐，自然就要勇于创新。目前，很多带有地方特色、新因素的作品都采用了地方方言演唱，因为方言艺术始终有着自己存在的价值。其中，方言歌曲就是这种方言艺术当中较为重要的传播、传承形式。那时，我发现乐坛有很多闽南话、粤语等的流行音乐作品，但用客家话、潮语来演唱的流行音乐作品却没有，我认为这两个影响力很大的语种有着自己独特的文化价值和文化意义，所以我要当这方面"第一个吃螃蟹的人"。

客家这个地区的音乐就跟潮汕不一样，它有曾经广泛流行的客家山歌。像《客家意象》，它有一部分传统的元素在里面。而潮汕这个地方比较特殊，潮州音乐有潮剧，但唯独没有民歌。潮汕只有一种叫"歌册"的说唱艺术，但它不具备旋律和调性。由于潮汕音乐的特殊性，我在创作《一壶好茶一壶月》这首潮语歌时，旋律采用的是汕尾那边的一首渔歌，将原来的旋律放慢、扩展，加入卡农的作曲手法与合唱的演唱形式改编而成。还有一首《汕头之恋》，则是借鉴了潮州音乐的一些旋律，听起来颇有潮剧的味道。至于我其他的潮汕作品，跟潮州音乐的关系并不大，只是用潮语进行演唱而已。

这种将传统与流行融合的创作方式，既能够保留地域性优秀文化的精华，又做到紧跟时代，使其成为社会发展中方言音乐文化发展的主流。

跋：经过与陈小奇的访谈，可以说他对中国流行音乐发展最大的贡献和影响是，一方面为流行音乐的歌词注入了文化内涵；另一方面是将中国地方的传统音乐与流行音乐进行融合，可谓"执子双手，与子共生"。旋律好比为人的生命，那么歌词就是人的灵魂，只有二者都达到一定的高度时，才是一首完整的优秀的流行音乐作品，才能经久不衰、历久弥新。

（载《中国文艺评论》2019 年第 2 期）

陈小奇：再造中国流行音乐的"广东模式"

（记者　徐子茗）

广东是流行音乐的发源地，拥有深厚的音乐文化基础与活跃的产业氛围。改革开放以来，《涛声依旧》《弯弯的月亮》《我不想说》等歌曲传唱大江南北，这片热土涌现了一批批独领风骚的音乐人与作品。

近年来，广东音乐人在各个领域崭露头角。广东人常石磊参与创作北京2022年冬奥会和冬残奥会主题口号推广歌曲《一起向未来》；广东原创音乐人黄智骞创作的《率土之滨》十三州府交响组曲漂洋过海，获2021年度"好莱坞音乐传媒奖"提名；江门台山姑娘、深圳大学学子伍珂玥夺得2021年《中国好声音》总冠军……

广东流行音乐如何再领风骚？南方日报、南方+专访扎根广东乐坛的当代流行音乐创作者陈小奇，畅谈如何再造中国流行音乐的"广东模式"。

一、以时尚流行音乐传播传统文化

南方+：近年来，广东流行音乐的发展取得了怎样的成绩？

陈小奇：作为与中国改革开放同步诞生的艺术形态，广东流行音乐曾经取得了辉煌的成就，成为广东省在全国影响力最大的文化名片之一。

这一两年在疫情的背景下，音乐活动受到了很大的制约，但广东流行音乐依然在稳定地发展，不少年轻的歌手在全国的各个大型选秀赛事中取得了优异的成绩，一些音乐人也在国际赛事中获得了重要奖项。广东乐坛在广东流行音乐协会重点推动的流行童声、流行钢琴方面更是走在了全国的前列。

广东省流行音乐协会每年都进行优秀音乐人的评选。广东省流行音乐协会于2020年对广东乐坛在2017—2019年3个年度的成绩进行了总结及评选，颁发了近百个奖项，内容涵括了创作、制作、录制、音乐教育、音乐培训等。

南方+：在新媒体社交平台，国风歌曲受到年轻人的欢迎，您怎么看待这一现象？

陈小奇：国风歌曲在这些年的盛行，体现的正是一种对中国传统文化的自信。事实证明，以最时尚的流行音乐传播中国优秀的传统文化是一种最有效果的传承方式。

同时，流行音乐也在这种传承中找到了自己的根，只有在自身传统文化的基础上发展起来的流行音乐才能够真正走向世界，成为真正具有中国特色的流行音乐，自立于世界音乐之林。

二、发挥流行音乐机构集团的合力

南方+：面对新的环境，广东音乐创作者可以如何"突围"？

陈小奇：进入网络时代以来，广东流行音乐已经失去了原有的在唱片工业上的优势。在这种背景下，广东流行音乐首先需要加强自信、扎扎实实地打好基础，并发挥广东流行音乐在思维模式、实践模式上敢于探索、敢为天下先的传统优势，寻找到在创作和音乐产业上的突破口。今年，我们将在产业上进行较大规模的整合，力图发挥各个流行音乐机构的集团化的力量，群策群力，为中国流行音乐的发展再造一个新的"广东模式"。

南方+：在新的一年，您在音乐创作、推广和人才培养上有哪些计划？

陈小奇：这些年，我的重点放在了儿童歌曲的创作和流行童声的培训上，希望能为广东流行音乐的未来打造一支薪火传承、生生不息的生力军。目前，全省各地通过广东流行音乐主办的两届华语童声大赛已涌现出众多优秀的童星，他们将是广东流行乐坛明天的希望所在。

此外，普宁市政府将为我在我的故乡建造一个1000多平方米的陈小奇艺术馆，我希望通过这个项目加强优秀流行音乐的展示和传播，也激励更多的流行音乐界人士奋发努力，为广东乃至中国的流行音乐做出更大的贡献。

[《文化强省新春大家谈》，见"南方+"网站（https://www.sohu.com/a/521816511-100116740），2022年2月10日]

三 名家序文

"形而上"追问

——《草地摇滚——陈小奇作词盒带歌曲 100 首》序

(祖 慰)

一

陈小奇是中山大学中文系 82 届毕业生,有深厚的古典文学及现代文学素养,有很灵光的艺术感觉,有现代的审美意识,那么,他为何去写中国文人所不屑的流行歌曲的歌词?

电视专题报道。全球权威性电影奖——奥斯卡金像奖正在颁奖。获奖者不仅有编剧、导演、演员、制片人、摄影师等,还有一项是奖给流行歌星的;这些歌星自己作词、作曲和演唱,成为当今电影艺术的重要组成部分,因而获此殊荣!在中国文坛,小说家坐在艺术殿堂的正中(如来佛那个位置),报告文学、诗歌、儿童文学等作为亚流而在五百罗汉所在的边厢房,流行歌词难入神佛之流,只有在殿外餐风饮露了。文学对封建等级制猛烈抨击,而又用水泊梁山坐交椅的办法给各类式样排座次。其实,小说在唐宋时期也是不准入殿堂的街巷话本,不比当今流行歌曲阔气,只是它如今"多年媳妇熬成婆"。

一则旧闻。英国甲壳虫乐队的领袖约翰·列侬(也是该队创演唱 250 首流行歌曲全部歌词的作者),于 1980 年在纽约被他的崇拜者枪杀。这噩耗震惊整个西方世界。各国从总统、首相到千百万披头士崇拜者们,都为列侬遇刺表示极为同情和痛苦。当时,几乎所有的西方电视台都改变播音节目,整天一遍又一遍地播放列侬和他的甲壳虫乐队演唱的流行歌曲。报纸的哀悼胜过总统逝世的哀悼规格。当列侬的追悼会在纽约中央公园举行时,约有 10 万人参加,而美国有 1300 万人以各种仪式追悼他!这个甲壳虫乐队被举世称为"不列颠的财富和骄傲",英国伊丽莎白女王曾亲自授予该乐队 4 位成员"大不列颠帝国勋章",而只有英国最杰出的人物才能获得此殊荣。

当代著名的艺术评论家赫伯特·里德对当代艺术做过一段见地独到的描述:

现在的世界严格分工，越分越细，只有艺术能把各个领域沟通，连结人的直觉和理智、混乱和秩序等两极化的东西。看来，流行歌曲最能沟通各种职业、各个阶层、各个民族的人，歌词是最广泛的、奇妙的"横向学科"。

陈小奇痴迷作词，不仅有不亚于小说家的经济效益，还有与小说家同等的艺术效益。

"陈小奇是精仔！"我这个写小说的人始终认同并为他写序。

二

有人说，现代艺术是形而下的表达对形而上的生命意义的追问。通常，流行歌曲富有生动而亲近的形而下的表达，却贫困于形而上。就说连侬的名作《把所有的爱捎给你》吧，这首词确实只有形而下："闭上你的眼睛我要吻你，我多么爱你，记住我永远爱你。明天我要走，我要每天给你信，把我所有的爱捎给你……"

陈小奇却极力超越艺术的形而下与形而上的两极对立。这是一项风险探索。如今凡能得诺贝尔奖的小说、诗和戏剧，都不通俗，大都十分难懂。有一次，李陀和我在深圳讨论，能否把畅销书的"基因"移到严肃文学来，像遗传工程那样创造新物种？我们的结论是不乐观的，成功的概率很小。横观世界文坛，比较成功的例子大概只有美国塞格林写的畅销了30多年的名著《麦田里的守望者》。我国台湾地区的琼瑶、香港的梁羽生等，他们的作品因具有形而下的魅力而畅销，但贫困于形而上，成不了严肃文学的精品。

陈小奇似乎在试图进行形而下与形而上的文学基因组接。

自侯德建先生写了《龙的传人》之后，流行歌曲咏龙之作如潮涌来。龙成了中华民族自豪的象征。陈小奇写了首《龙的命运》，却把"龙"写成了阿Q精神的文化积淀。他最后警示："从此后不再崇拜龙的伟大，从此后不再迷信龙的威力，从此后我们懂得龙的命运，不在天不在地，就在我们手里！"这就是陈小奇用龙的意象（形而下）对民族集体潜意识中的形而上的追问，问出了一种劣根性。

陈小奇的《青铜时代》列举了人间"祈求欢乐而总得到悲哀"的种种事与愿违的情景之后，突然把必然低吟者带进历史的隧道，去呼唤出一个青铜时代。这时，如果你看了罗丹的雕塑名作《青铜时代》，就会联想到那个充满生机和活力的黑色男裸体人体。陈小奇在思接千载、情贯万里之后追问出历史的形而上:"在血火中脱胎、在屈辱中过来、在痛苦中脱胎、在逆境里过来的文明时代!"人参补人,不是因为它提供什么高蛋白、高脂肪,不,这些营养物质全没有,它的功效是能增强机体适应性,激发人体去更好地消化那些高营养物质。陈小奇的歌词就有这种"人参效应"。《青铜时代》还能触动人想到深层的语义结构:历史、生命、人生、痛苦和欢乐,以及屈辱和伟大,全是共时共生的。他荣获"红棉杯85羊城新歌新风新人大奖赛"十大新歌奖第一名和第三名的《黄昏的海滩》《敦煌梦》,还有荣获"全国首届民歌通俗歌曲大选赛奖"的《父亲》《梦江南》等歌曲的歌词,这些作品字面上都较一般,大量用了古典诗歌的陈词,但正是陈小奇注入了"形而上",加上歌词的空灵朦胧,有着"人参效应",使这些歌成为高格调的通俗歌曲。

然而,你会在这个歌词集里发现不少只有形而下或者只有形而上的作品。这证明了这种探索的冒险性,但陈小奇又用歌词向我和李陀论证:"你们过于悲观。"

三

几十年来,音乐界总是为一个古老的难题所困惑——怎么用民族化抵抗"全盘西化"?为了民族化,音乐学院曾把钢琴贴上封条,把意大利美声唱法讥诮为"羊鸣驴叫",把一切西洋古典歌曲从教材中排斥出去,改用戏曲和民歌。至于西方现代音乐,则视作鬼哭狼嚎了。为此,音乐界提出了许多理论:一是"中学为体,西学为用";二是"越是民族民间的,越是世界的",因而追求纯粹的乡土味;三是"寻根",企盼从古墓中挖出最现代的宝贝来,因为"越是原始的,越是现代的"。

陈小奇陷入了这马拉松式的古老的困惑中了吗?他似乎根本没有去钻这个没有出口的理论迷宫。

不错,他的歌词中,有"汉时关""秦时月""烟雨""夕阳""断肠""晚钟"等古典诗词中多次出现的高频词,同时又有"魔方""飞碟""名片""碰碰车""阿波罗""爵士鼓手"等现代的外来高频词。似乎这就标志着"中西合璧"了。其实,陈小奇根本无意去搞什么"洋为中用""古为今用"的意象烹调。他咏唱作曲家的曲,有当代作曲家写的,也有柴可夫斯基的,还有西班牙民歌及日本流行曲,他从曲中忽然发现了"形而上",就像莱布尼兹从八卦中发现了二进位制,罗丹从一块大石头里发现了美,马上用诗的意境把这"形而上"表达出来。这些诗化了的歌词,可能是古典的意境把这"形而上"表达了出来;这些诗化了的歌词,可能是古典韵味的(如《敦煌梦》),也可能是现代朦胧体(如《明信片》《蓝色的梦》《问夕阳》等),但都倾注了陈小奇的现代审美意识(形而上)。在这里没有民族化或西化的冲突,只有他的现代审美意识与各种文体的谐和。至于怎样选择文体和语汇,都由他当时对曲的悟性及其审美直觉来决定。因此,他的词不仅是诗化了的,而且是音乐化了的。在人类从氏族意识、民族意识进化到全球意识的今天,就不该再有是否民族化的古老的困惑了,倒是有着把全部人类文化进行空前的"基因组接"的艰难。我们倒是该钻一钻全球化、未来化、多元化的文化迷宫。

四

袁枚有首论诗的诗:"但肯寻诗便有诗,灵犀一点是吾师。夕阳芳草寻常物,解用都为绝妙词。"

陈小奇有神秘的灵犀吗?

一首《雪季》。"雪,深藏着欢乐的踪迹,拥有首洁白的美丽,走过去,打开春天的日历。"

一首《冬天,你告诉我》。"雪,死一样的寂寞。肆虐的雪下,不会有圣洁的许诺。就是雪消的春讯,也只会使多少心灵失落。"

同一意象"雪",却对应着背反的深层语义结构。陈小奇像转魔方一样,凭灵犀解用其中的绝妙。

哦,蓝花伞,太是寻常物了,但陈小奇解用得绝妙啊:"肩上……蓝花伞,撑起我蔚蓝的童年。收起来是一团美丽的梦幻,打开来是天真的笑脸。手中……蓝花伞,撑起我蔚蓝的初恋。旋转起来是甜蜜的誓言,放下来是温柔的诗篇。雨季里给了我一片蔚蓝的晴天,烈日下给了我一片蔚蓝的荫凉。蓝花伞呀,给了我多少蔚蓝的思念;蓝花伞,藏起多少秘密在心间!"

在海边,常听到的是大海的物理性的声波(涛声),作曲家德彪西却听到了交响诗《大海》。

人类的感官相似,对物理的、化学的信息感觉相似;但是,艺术的感觉有着天壤之别的体验。

陈小奇起码有着"小奇"于常人的灵犀。这，于日常语言无法传递，只有请读者于陈小奇的词里去顿悟了。

（1990年）

《涛声依旧——陈小奇歌词精选 200 首》序

(乔 羽[①])

我们这个历史时期的歌词作者是幸运的,因为我们所处的时代是歌词事业兴旺发达、人才辈出的时代。20 世纪 50 年代投身其中的作者,他们与共和国同步成长,有些至今仍然具有旺盛的创作力。他们在当今词坛上起着承先启后的作用,从他们身上可以清楚地看到中国歌词艺术发展的轨迹,足资后来者借鉴参考。令人振奋的是改革开放以来的 20 年中,如此众多的年轻作者一浪推着一浪,涌入了歌词创作队伍。他们一无羁绊,以一种"所向无空阔"的冲击力为词坛注入无限生机。新人老手,业余专业,世纪之交,风云际会,形成空前的盛况。歌词事业、歌词队伍正在向着新的世纪迅猛前进。我相信它的视野将会更加宽阔,技艺更加精纯,参与者更加众多。这不是臆测,这是时代的需要,或者说这是时代的召唤。这种需要与召唤是一切事物发展前进的最根本的推动力量。天意君须会,中国要新歌。

我们应该也必须在这个大的历史背景下来观察我们的歌词队伍,来评价我们的歌词作者,为什么有些人获得了成功,有些人却不免失手。面对着《涛声依旧》这部收入 200 首作品的歌词集,我们很自然地会把焦点聚集在词人陈小奇身上。

中国歌词界注意到陈小奇这个名字,是在一曲《涛声依旧》广泛流行于全国之后。这首意蕴深厚、诗意葱茏,而且极富个性色彩的佳作,使人感到我们的词坛上出现了一位值得寄予厚望的作者。小奇果然不负众望,接连又有《大哥你好吗》等几首作品问世,依旧显示他的功力、他的才华。小奇在音乐市场上成功的经营,使他不仅成为全国知名的音乐人,同时也成为南国乐坛的重要代表人物。虽然情况如此,但除了这几首广为流传的作品外,说实话我当时对小奇所知甚少,没有读到过他更多的作品,不知道他的生活经历,也不知道他的创作经历。后来,他有时来北京,我有时去广州,接触渐多,所知渐深。我觉得这个人为人

---

① 中国音乐文学学会主席、著名词作家。

也不错。在他的身上很少看到那种时髦人物常有的浮躁之气。好像他不善于言谈，很少谈到他自己。这虽然可以说是为人的本分，但时下却甚为难得。直到不久以前，他将《涛声依旧》这部词稿寄来让我写一篇序文，我才有机会读到了由他本人精选的这200首歌词。我反复阅读了这些作品，一种直觉是，其中的大部分如果得到了好的谱曲，都有可能流行于世，就歌词艺术而论，其水平并不逊于《涛声依旧》这一首。这就是说，他的写作很稳定，他仍在精进不已。这让我想起另外一种情况。我们的有些作者初来时都有一首或者几首很不错的作品，但一旦小有名气，便会产量骤增，质量渐减，终于成为水面上的一片浮萍。为什么小奇没有落入这个怪圈，而在稳步前进，向着更高层次发展？这是我们审视当前大量作者涌入歌词界而歌词水平却没有相应地得到提高，甚至相反地让人发出了歌词"病危通知"这一可悲现象时，必须深究的一个课题。

小奇在改革开放的年代应运而生，这可以说是天时。他挟着一股锐气活跃在得风气之先的珠江三角洲这片充满希望的土地上，这可以说是地利。我现在想说的却是他的人和。

这里讲的人和，是指一个作家的品格、素质、眼界和心胸。中国有句带有贬义的话叫作"眼高手低"，其实手低的人绝对不会是眼高者，要手高必须首先在眼高上下功夫；一个真正的眼高者，他是绝对不会甘心于自己手低的。不要说是一位作家，就算是一位厨师，如果他没有吃到过、见到过好菜，他就无法懂得什么是好的菜、什么是不好的菜。你要他凝神一志地做出一席精馔美食来，大概人家不会笑话这位厨师，却要笑你这位仁兄太会捉弄人了。古人要求作家、诗人"读万卷书，行万里路"，孔夫子要他的学生"多识于鸟兽草木之名"，大概就是这个道理。这里面就包含着积累、借鉴、继承、发展诸多事情。现在几乎人人都在讲"精品意识"，却不怎么讲这种意识从哪里来。这就叫作不事耕耘，但求收获。每天大喊大叫："要精品！要精品！"嗓子喊哑了，也把精品吓跑了。也许有人会说，你讲的这些只不过是一点常识，没有什么大见识、大学问。所言甚是。但是，这点常识对一个作者而言，如果身体力行，付诸实践，是要拼掉他毕生心力的。文字生涯，谈何容易。我这样说，当然并不是说今天的陈小奇已经有了多大的学问、多高的见识，已经写出了多少超越千古、永垂不朽的作品，一点这种意思也没有。他还只是一个中年人，他正在继续努力一个字一个字地写，但从字里行间能够使人明确地感觉到，他的功力远比时下的一些歌词作者深厚。依我看，眼前许多作者是仓促上阵，但他是有备而来。

小奇也有自己的局限，正像所有的作者都有自己的局限一样。他的局限，我认为是他还不够豁达，个性对他的约束过多，限制了他与大千世界更广泛地接触。他偏于文，偏于雅。我认为雅俗共赏才是艺术的最高境界。齐白石高于黄宾虹，梅兰芳高于程艳秋，就高在这一点上。不知道小奇能否接受我的下列两点建议。

一、要主动争取与当今最优秀的作曲家进行广泛的合作

小奇自己能作曲，这是他的优势之一。但是，他毕竟不是专业的作曲家，这又给他带来了限制。每个优秀的作曲家都有自己的天地。他们的胸怀、他们的兴致、他们独有的音乐语言与表达方式，能使和他们合作的词作者获取新的灵感。善于养生者提倡杂食，反对偏食，与此仿佛相似。写歌词的人从作曲者那里获取教益是最直接的，也是最生动的。不是与一个而是与许多个作曲者合作，不论是年老的、年少的，也不论是成名的、未成名的，多样的契合和冲撞，能使歌词作者的词路更宽阔、更多彩，能使自己的表现力更丰富、更自如，使自己的艺术个性处于经常的发展中。

二、再在民歌上下些功夫

小奇对中国古典诗词的妙处颇有领会，这在形成他的作品风格上有目共睹。这也是他的优势。但是我也在想，如果他对中国民歌的妙处也有同样的领会，同样的功力，情况会怎样呢？我提出这个问题，绝对不是劝他改弦更张去写民歌体的歌词，我还不至于这般不分青红皂白。小奇对中国诗词就不是模仿，不是套用，而是作为自己的一种涵养、一种眼界来酿造自己的酒浆。对中国民歌当然也应该是这样。岂止对小奇，对我们的歌唱家特别是使用美声方法的歌唱家，我也劝他们去听一听那些蛰居深山老林中的民歌手们的演唱。心中有这些东西和没有这些东西，对一个艺术家来说，情况是大不相同的。

读着小奇的词稿，心中想起这些事情，拉拉杂杂地写出来，不知是否符合序言的体例？

（2000年10月8日）

中国歌词的希望

——《涛声依旧——陈小奇歌词精选 200 首》序

张 藜[①]

中国歌词发展到今天，历史的长河真是浪峰迭起。我们只是来不及细说端详。而鳞次栉比的细碎而奔跳的浪花，更是灿若大海的银星，欢乐地托拥着兀立的浪峰，组成一幅幅浪群叠化的瑰丽风景，真让人喜不胜喜地历数查看，歌词画卷何其辉煌！

在这浪峰之画林里，陈小奇是我非常非常喜爱的一峰！我和他有过交谈，但太少了。我们之间用各自的作品对话，虽然默默无声，但耳洞里却十分热闹，又是我甜蜜听觉的一个个乐章。

我总觉得中国的艺术，个性十分突出，但有一个时期，也失于单一。雷同的东西再多，也是贫乏的、缺血的。我看中国的歌词，有时顿生慕新的强烈愿望，就像要从琳琅满目的物种里，极爱发现别于其他的一个。那个时期，这种愿望太过强烈了，有时甚至扭曲着我的思想空间。突然，我听到了《涛声依旧》这首令我久久不能忘怀的歌词，尤其经过那娓娓道来的旋律和歌唱，更使我百听不厌。当我看到曲谱，竟发现词曲同出一手。啊！小奇不仅擅词也擅曲，他像南宋词人姜白石道人，不仅词道精良，曲工也好！多一门技艺，不更有利于驰骋吗！尤其词家，极懂音乐能亲自执笔而作，而且不比曲家逊色，这真是更为得体，难能可贵！因为不懂音乐的人写词或不懂歌词的人写曲，都是只能射箭而不能耍枪的骑手，小奇前后左右都有功夫，这是词家的一幸！

他创造了翻新古诗词的一个新模式。而他的这种翻新不是翻译，而是注入了新鲜的时代的因素。《涛声依旧》播出后立即引起全国的反响，并成为歌厅晚会必唱曲目，就是因为歌词内含了许许多多不言却明、含而未露的东西，纠缠着不少人的深层次的心态。多而不单、深而无浅的创作才是最过瘾的创作。那种无端由的重复一句句淡而无味的辞藻，与强按人头咀嚼白蜡有何区别？而如今这种歌

[①] 中国音乐文学学会副主席、著名词作家。

词还少吗！这和赴宴竟给你端上一盘不加任何佐料的草芥马料有何区别！希望我们的词家，从小奇的创新意识里取些营养，少作那些草末词文吧。

后来，我又读到了小奇的《九九女儿红》《大浪淘沙》《烟花三月》《朝云暮雨》《巴山夜雨》《白云深处》《山沟沟》《珠江月》等等美的词章，逐渐地我就琢磨起他来了。我觉得，我的这篇小小文章之所以立《中国歌词的希望》这个标题，是有我足以论证的依据的，这就是当前歌词界极需要的一些词质和词德。

陈小奇的词，一有文学底蕴，二有音乐质地，三有创新苛求，四有厚语珠玑，五有严格标尺……小奇是一个严谨而不轻率的词家。

他写任何题材，都不轻轻放过，其文学底蕴是很厚实的。如《想家的人》：

　　我的家是一只无人的船
　　停泊在烟雨迷蒙的杨柳岸
　　我的家是一株相思的莲
　　等待在红尘滚滚的池塘边
　　我的家是一颗不倦的心
　　你让我入梦却不让我入眠
　　我的家是一脸痴心的泪
　　你让我回头却不让我看见
　　家呀家，别离我太遥远
　　这一封家书要写多少年
　　家呀家，别让我太挂牵
　　这一轮月亮还要我醉多少遍

这个想家就想得很深邃了。小奇用纷繁的比喻排比成情感的流动线，让人看词听歌想得很多，像品尝一杯多味儿酒，尝着酸、想着涩、品着苦、忆着甜，品味许多的词才有味道。

当然，歌词是供听供唱的，深涵与易解的和谐统一，才能为流传大开方便之门。"你让我入梦却不让我入眠"这句多么贴切，又多么深刻。他的词不仅仅只有几个比喻，而是排比如注，冲动着读者的心，让人目不暇接、思不企及，使想像十分活跃，这才是形象思维的乐趣所在。

又如《老百姓》：

老百姓的目光里都有追逐太阳的梦想
老百姓的脸庞上都有拥抱青天的回忆
老百姓的故事里都有充满自信的结局
老百姓的歌谣里都有美丽纯真的主题
老百姓的汗水都是千年运河的潮汐
老百姓的叫喊都是万里长城的根基
老百姓的手掌都握着列祖列宗的嘱托
老百姓的肩膀都负着子孙后代的希冀
拥挤的人海里
又何必分辨究竟哪个是我哪个是你
……
从昨天走过来，向明天走过去
默默承受无边无际的风风雨雨
……
中国的老百姓，普通的老百姓
虽然每一个人奉献的只有点点滴滴
……

陈小奇的词，内容扎实，很少空洞。内容扎实文之基也，只有内容扎实才不浪费语言。近来歌词写得多，生厌之伪作实在太多，由此有"诸多文体，歌词最臭"的评语。这句扎耳朵的话真让写词的人害羞，我们也该洗耻而作词文的心境了。多写些小奇式的有内涵的歌词吧。歌词虽然忌冗长，但也不能短得四六八句内容干瘦，让人目不忍睹。

小奇的词音乐性很强，带着音乐构思，写出的词既繁复、又有序，很容易从音乐曲体上组织。音乐性存于字里行间的乐感之中。当然，曲体大致有分类，但对我们来说，也还在于创造，用最恰当的结构去组织感情的有序流动。

语言，无论美句子还是别种味道的语言，都在于词家语言仓库储备满，而不是用几句就没词了。语言的准确性、生动性、内涵的丰富性以及节奏的铿锵，都能使人的情感在一首歌里得到淋漓尽致而有力有节的发挥。

一个词家每写一首歌词都力求创新，这是最重要的，总满足于走老路、走熟路、轻而易举，这是不负责的。只要我们有创新的苛求和渴望，那我们每一次创作就是向创新的彼岸逼近的一步。

陈小奇既是创作者，又是创新者；既是品牌创立者，又是与文化市场同行者。进而，作先行者，又必定是创新标尺的把握者。这样，自己给自己设关闯隘，必能滤出真正的精品。

我作为一个老歌词作者，对于年轻于我很多很多的后来人充满了喜悦和庆贺，对于他们的每一成就都视为中华歌词文化的增添光彩，对于他们跃升于词坛，喜不胜喜。

词体虽小，真正的词人气度要大，只有这样，中国歌词的希望才能永远绽放奇异的曙光，迎接每天东升的太阳。

就这一点，我拥抱小奇。

我很喜欢这个南方词友。

（2000年7月12日写就于北京芳华小区）

陈小奇、陈志红《中国流行音乐与公民文化——草堂对话》序

（黄树森）

时尚，其势滔滔而莫之能御，无处不在而古今皆然。

这是一个使人狂热的字眼，一个讨人嫌弃的字眼，一个让人困扰的字眼，也是一个丰富涌流、生生不息、上达王宫后妃、下达市井无赖，跨时空的字眼。

这仿若一块白布染上了一滩红墨水，陶醉中的热恋者说它艳若桃李；而惊恐万状、处于危难中的逃亡者，则说流了好多的血。

这一切，都取决于对时尚文化的观念认同、价值取向、审美视角和心理倾斜。

那时候，我把当代文化中的流行词、生活行为、时尚图景、消费品味、影视媒体、资讯网络、品牌效应、大众文化、通俗文化、快餐文化等，也即人类共享着、交流着、传播着，频率最高、流通最广，或街谈巷议，或奔走相告，或津津乐道的人、事、物、史都囊括在时尚文化的框架中。自然也包括了流行音乐。

30年前的文化阴影是巨大而深远的。鄙人在那个年代，曾以"受命鸣鞭示警"为业，经有多年。20世纪70年代末开始，检视前尘，校正自身。我先后打出了3张牌：一是于中国首次引进白先勇的小说，梁羽生的《白发魔女传》，卫斯理的科幻小说（未果）；二是以"商品与文化（文学）消费与文化（文学）""文学上的三个'哥德巴赫猜想'——'巴蜀之谜''津沪之谜''岭南之谜'——商品经济发展之后的广州、上海、天津""文学会萎缩吗？""琼瑶热之谜"等系列讨论，爆引话题，激活思维，为"文化重新寻找位置"；三是提出"经济文化时代"的理论主张，认为："社会主义市场经济体制原来还需要有一个与之相配合的新的人文精神、一种新的形态的文化，没有这种新形态的文化和新的人文精神，社会主义市场文明原来也是建立不起来的。"

因此之故，当志红交来她和陈小奇合著的《中国流行音乐与公民文化——草

---

① 时任广东省人民政府参事、广东省文艺批评家协会名誉主席、中山大学客座教授、编审。

堂对话》，并嘱我作序时，我重拾记忆，续断前缘，回到那令人神往、鲜活可感的文化时代。志红也是在那个年代，在我们共同操持的理论刊物《当代文坛报》上，在关注大都市现代文明和确保消费文化大众文化健康这两个热点理论上，大施拳脚，步入文坛的。我欣然应允，便写下了以下文字。

这是一本重宏论，不薄众声；喜大气，不避细密；尊史实，尤重学理的大度、大气、大趣之作。

一、通揽了一个时代

30 年来，广东流行音乐于 20 世纪 70 年代中后期萌芽。1978 年，音乐茶室在广州东方宾馆浮出海面，邓丽君就在这时走进了内地人中间。她那化不开的柔情告诉人们歌曲还有另一种唱法，使你不由自主地感动着，长久地沉浸在这种优美的旋律中，成为一代人的共同记忆。其后，它的发展、繁荣引爆了中国音乐史上一系列重大事件，成为改革开放以来广东新文化的一个缩影，也是中国音乐史一个划时代、具有里程碑意义的缩影。广东流行音乐与中国音乐的一个重要区别，就是提前完成了文化载体的革命。由于电子技术的普及、印刷水平的提高、市场的发育成熟，文化工业蔚然兴起并初具规模，因此催生朝气蓬勃的流行音乐和流行文化，使文化世俗化运动一泻千里。文化空前普及，平民大众都沉浸在文化的汪洋大海里，正应验了熊彼特的话："所谓经济发展，就是女王穿的丝袜，一般的工厂女工也有能力购买。"二陈的这部著作，通过纵向的大气度、大泼墨，抒写了流行音乐一连串艰难险阻的历史轨迹，让我们借以通揽一个时代的经济、文化、社会面貌。殊为可贵。

二、揭示了两种关系

文化与流行音乐，学理与实践，作者将这两条任督脉线贯通。

文化工业是指用工业化和商业化的方式生产某种产品，提供文化服务。这种提法，发端于 20 世纪二三十年代，概念提出者为霍克海默和阿多诺。他们采取批评态度，认为文化被纳入顺从于经济策略、市场利益的考虑，而丧失其独立性；其后，批评家们越来越倾向于把文化工业当成一个客观的分析性概念，而舍去了以前的评判概念，并在后现代主义那里，随着雅与俗、精英与大众界限的消解，越来越多的批评家公开宣扬大众文化比高雅文化更应受到重视。

陈志红以文学博士、文化研究专家身份，以流行音乐为靶心解剖文化。她早在1984年便开始文艺评论及文化理论研究，并有专著问世。陈小奇是著名音乐人，以创作、制作人的姿态来思考文化，他们互补互动、相得益彰。而这种对话是倾诉式、碰撞式的，是以研究"中国问题"为指归的，许多提法都很新颖，富于见地，如"流行音乐最核心的价值，在于对个体生命的尊重，包括它作品中强烈的民本精神，演唱的个性以及受众的个体选择等"。20多年前，许多人对"别走""别离开我"的痴痴纠缠、"当初""曾经"的自我慰藉、"为什么这样对我"的哀怨自怜、"如果""也许"的逃避现实，不予理解和接受，但这里面的确揭示了某种个体需求，折射了某种社会心理。二陈将这一思考和研究，深刻化了，学理化了，十分有趣。

三、探究了三对范畴

价值、市场、文化之于流行音乐。

这30年来，文化心态复杂、吊诡。常见的一种是谁沾染流行，就如同得了不治之症，把流行视为大逆、怪诞、荒唐、挞伐斧砍；一种是谁拥抱流行谁就品味不高，品格低下、低俗。

时尚狂飙，流行勃兴，给文坛注入三大不可转移的铁律，即尊重受众，讲求竞争，推崇平等。这种严峻情势，势必使文化创造者与传播者的界限渐渐模糊和断裂，精英文化的特权面临挑战和阻击，文化发动者、创造者和追随者的角色位置有被置换甚至颠倒的可能，社会把他们推到无奈、气馁、尴尬的境地。

本书提出流行文化面临"一个很强大的、已成型的文化价值的等级制度"，提出应给予流行文化以"国民的待遇"之论，深中肯綮，颇值玩味。更值得深思的是，许多大学问家、元首政要都是时尚文化的追随者和鼓吹者。300多年前的明代文艺评论家就力排时俗，把《水浒传》与《庄子》《史记》相媲美；西方政要于战争状态时以阅读侦探小说和科幻小说调剂心态；胡适是还珠楼主（即李寿民，他的《蜀山剑仙传》曾行销中国大江南北）的忠实读者；华罗庚更是在1984年的《光明日报》撰文称：武侠小说是成年人的"童话"。20世纪80年代初，著名武侠小说家梁羽生为武侠小说的正名和发展修书一封，介绍我到北京采访数学家华罗庚。如今思之，不由黯然神伤。《飘》、鲁滨逊、007，以及氢气球的"超人"，《泰坦尼克号》在中国风行几十年、上百年，长久而不衰，此落而彼起，构成大众文化/时尚文化一幅璀璨的图案和记忆。具有讽刺意味的是，拥有 170 多位作者 680 部作品的中国鸳鸯蝴蝶派小说，却被视为毒草，销声匿迹几十年；琼瑶作品虽盛行于 90 年代，我所在的刊物、所作的调查证实，许多学生说他们的父母"虚伪"，白天他们教育子女说琼瑶作品是"心灵癌症"，晚上则从子女枕头下偷偷抽出琼瑶作品，奉如至宝般狂读。到了今天，我们还要为流行作品呼唤"准生证"。

四、呈现了四重面貌

四重面貌即流行音乐带来政治进步、经济奇迹、文化多元和社会活力。哼过流行曲、进过卡拉OK厅的人都会有所体验，不遑多论。

五、发出五大天问

这本书不仅立论新颖，学理到位，纵横捭阖、别致异趣，同时，还发出了中国流行音乐的"五大天问"。

（1）流行音乐是餐前小吃，还是主流大餐？

（2）流行音乐的生存，有没有合法性？是否该享受"国民待遇"？要不要讲"文化平等论"？

（3）流行音乐能在多大程度上适用大众文化方式，体现国家的核心价值观？

（4）流行音乐评选上的专家机制和反专家机制，抑或是第三种选择，哪种更有利于流行音乐的多元化多样化发展，更有利于音乐人才的崛起？

（5）南北歌坛差异很大。广东音乐也是流行音乐，被音乐界称为"国乐"。30 年来，广东流行音乐一直处于执牛耳的大本营地位，南方乐派待字闺中，经有年矣，是靓女先嫁，隆重迎娶，还是再看看等到更年期再说？

鄙意以为，这些命题和天问，命意结穴、饶有趣味，有望一石飞溅、涟漪不断，有望街说巷议、众声喧哗，击发出不绝的话题，迸裂出无数的火花，爆引出出色的佳作，给广东流行音乐的重出江湖、梅开二度带来一个绝好的契机。

是为序。

（2008 年）

从草堂到厅堂

——《中国流行音乐与公民文化——草堂对话》序

(金兆钧)[①]

陈小奇兄发来他和陈志红的《中国流行音乐与公民文化——草堂对话》的电子文稿,读过颇多感慨。陈小奇要求写篇小序,也就有了本文的题目。

陈小奇和陈志红对话的草堂当然是"极其乡土味而又充满了时尚元素的草堂",但中国流行音乐虽然也"乡土味"并似乎"充满了时尚元素",却还远远没有这场对话来得潇洒。

陈小奇是中国流行乐坛重要的人物之一,其大量优秀的词曲作品有不少经过时间的检验已经进入经典行列;他在中国唱片业的发展中也是筚路蓝缕的一个,至今仍固守岭南,继续带领歌坛后来者耕耘风云。此外,他也是一个思想者,多年来我们每每见面,几乎都离不开关于中国流行音乐的讨论。这部著作应该说是他和文艺批评家陈志红以流行音乐文化为题,在大文化层面上观察和思考的结晶。

中国流行音乐命途多舛,可谓先天不足、后天失调,多年来处于"妾身不分明"的尴尬境地。个中原因,自然是一言难尽,但可以说:流行音乐在中国现代文化的生存权乃至话语权至今仍面临着激烈的争议。在这个意义上,这本书中的很多观点不仅带有深刻的理论思辨,也同时带有强烈的感情色彩。两位对话者把中国流行音乐放在中国改革开放以来的大环境下,展开了一系列思辨和言说。

一篇小序,无从对书中的观点一一评论。但有些观点我却是深有同感。不妨小摘几句:

> 从音乐的本质来分析,流行音乐就是一种都市音乐,是城市里产生的一种音乐,也是一个国家或者一个民族从传统到现代的转型期产生出来的东西。
>
> 流行音乐从根本上来讲也是一种平民音乐,体现了一种平民文化、草根文化。

---

① 《人民音乐》主编、中国音乐家协会流行音乐学会常务副主席。

流行音乐本身就是这个时代的主流音乐,它并不是一个餐前小吃那么简单。

对流行音乐的基本看法,我们滞后太多了,说到底就是没有给它应有的进入某种序列的待遇,一种"国民"的待遇。

流行音乐最核心的价值,在于对个体生命的尊重,包括它作品中强烈的民本精神、演唱的个性化,以及受众的个体选择权,等等。

流行音乐对于一个社会的进步,对公民意识的培养,对人的个性化培养,对人性的关怀,为一个民族的个性重铸和重新昌盛,作了一个很好的文化上的注解。

公民社会是流行音乐生存的最好土壤,而流行音乐,更应该成为公民文化中最有活力的一个部分。

回想中国歌坛这30年,我一向认为它的生存状况是"来也匆匆,去也匆匆,就这样风雨兼程",也是"两岸猿声啼不住,轻舟已过万重山"。其命运的坎坷自有复杂的历史与现实的种种作用力,但流行音乐界至今缺少心性和理性的自省也是重要原因。30年来,拿流行音乐说事的多矣,但这个肩负未来日子的孩子恐怕更多要靠自己的打拼去澄清自己的身份和性格。在这个意义上,陈小奇与陈志红作为音乐人同时又作为文化人的思索无疑具有情感和理性上的诚实,也带有呼告和警示。这是我希望读者们能够留意其中的。就我所知,这是为数不多的对流行音乐进行全方位思辨探讨的一部著作。我认为它的特点在于:第一,对话者双方各自站在自身的角度上发表相对独立的观点和看法,而这些观点和看法无疑是由双方多年来在各自业界的实践和思考中提炼而成,因而它所具备的理性思辨有着坚实的实践基础;第二,对话以流行音乐为核心展开,但拥有一个远远超过流行音乐领域的大文化视野,从而使得这些观察和思考不仅对流行音乐进行了深刻的剖析,同时也涉及了广泛的社会文化层面;第三,对话中所提出的一系列重要观点对于流行音乐理论研究乃至现代流行文化的理论探索架设了独特的框架,无论是对流行音乐的立美、审美和传播等理论体系的建构,还是对当代流行文化的理论建设都开辟了全新的视角,开拓了一片有待更多学者共同耕耘的园地。

当然,批判的武器代替不了武器的批判。中国流行音乐能否从草堂到厅堂还有待流行音乐人的上下求索。"这里必须杜绝一切犹豫,这里任何怯懦都无济于事!"

(2008年)

小奇亦奇

——《陈小奇自书歌词书法选》序

（林　墉）

　　读小奇的歌词，挺文雅。听小奇的歌曲，很和气；无做作，无躁动；既非无赖的撒泼，亦非悲伤的霸王；有一股流畅的清越，有一种温藉的深沉；自然，也并非没有叹息，可那是一种深沉的感触，而绝非豆芽式的感叹！

　　小奇面对大千世界，近乎腼腆平实的面貌中，有的是敏感的多情和多思，这情思经过小奇古典式的沉滤，就逸发为很有文化气息又很有芸芸人味的歌曲。就这一点而言，我很器重小奇，毕竟他是个脚踏实地、心中有父老乡亲的赤子、才子。

　　近年来，小奇于书法有兴趣，心有所寄，情有所钟，手有所作，日月累积，就相当可观。偶来坐谈，披卷摩娑，道三说四，指此及彼，不亦乐乎！

　　后来小奇萌发了以自己歌词书法一番的畅想，并真的动起手来，不慎投入，反复定稿，废纸盈筐，始得称心。看小奇的书艺，亦如其人，才气之外，有文雅在，有温情在，严冬酷暑，宜对其书幅，亦略可清虑提神。

　　一般称文人，是指识字的人，识字的人称文人，是指有学养品格的人。小奇这人，一般人看他，是个文人，文人看他，还真像个文人样，这年月，亦不多！

　　涛声虽则依旧，小奇即使仍持着那张旧船票，登上客船，其实就不会是能否的问题，毕竟有那些旧朋新友在，在一起，听钟声。钟声啊，那么久远都一样地响，既会悲戚，亦仍热切！

　　小奇之奇，奇在还挺热乎的！

（1997年中秋前）

书法，跳跃的旋律
——读陈小奇书法
（林书杰）

法国诗人克洛岱尔认为：目亦能听。书法是可以看的旋律，这是从书法线条的变化及音乐的节奏起伏来评析它的。音乐与书法是极为相似的艺术形式，它们都在节律中道出创作者自身对人生和社会的感受。

小奇通过运笔流露出来的书法势态，表现了自身欲把音乐体味具体化、形象化的情愫。从书法这个角度体味小奇的音乐，更能感知美的旋律无处不在；其书法作品，行笔所至，或清新挺秀，或苍劲雄浑，颇有浪漫感。透过这飘逸典雅的凝固的"音乐"，让人直取那江南烟云、敦煌古梦的境地。从其对书法的把握和理解上看，他对传统的领会和现代的思考，体现出一种形而上的意念。他的心灵顺应传统浪漫主义精神的写照和现代理念的创意，对书法的神韵有了一种心灵深化的体会。

小奇习书，对规范的楷法、随意的行草以及严谨的篆隶，都理解为一种音乐节奏的过程。因而，其书法和音乐同样幻化出艺术的浪漫情怀：字里行间溢出一股灵性，在笔墨的轻重、浓淡、快慢、急缓中跳跃着旋律，以至其书具有音乐的韵味。

书法的抽象性近似音乐。因此，小奇每每欲表达音乐诗词所要表述的意境时，就通过音乐的节奏使之不断地把这意境升华，使诗词音乐形象更为生动；音乐疏朗的张扬和书法神怡的挥洒，使音乐与书法的节奏在这里得以同步。小奇神往此时。

音乐与书法能反映出最深刻的主体性的灵魂，它们是心灵的感触与现实世界的体会的矛盾和对立，人们通过其节律将这对矛盾加以激化来获得深刻的本能体验。小奇在书法创作中同样与音乐创作一样，通过这样一种本能的体验，获得了艺术生命的一种奇妙回味。其书具有自然之气，源溢于其诗词之味。小奇的诗词与其书法尤为感性，因为感性源自本能，并能引导自身的心灵直抒内心之情。小奇的书法从诗词内容乃至表现意境上基本做到了统一相谐，做到了笔墨之情与诗词之韵同出心胸。

关于音乐的 7 个音阶与书法的永字八法，小奇试着将它们有规律地组合，来奏写优美的旋律。把音乐的跃动节律融汇至书法的笔墨节奏里，小奇的才情、气质和学养充分地表现在书法的旋律中。

在小奇的情感世界里，有音乐、书法、诗词等表现形式。他同时运用流动的音符和线条去勾画天地宇宙间的不息的艺术形象，以丰富书法、音乐的表现力和内涵。我想，这是一项将音乐及书法得以生命外化的文化个体工程，它将使音乐与书法和人一样富有灵性——小奇正在这样做。

（1997 年 9 月于珠江畔）

四

研讨会发言文稿

歌词的南派风格

最近，本报编辑部召开了"陈小奇歌词创作讨论会"。与会者有陈小奇、侯德健、刘索拉、瞿小松、刘志文、马小南（兰斋）、毕晓世、解承强、曾昭仁、陈洁明等，著名歌星程琳及刚从日本参赛归来的歌星刘欣如也应邀出席了会议。

一、现代诗歌与古典诗词交汇的南派风格

曾昭仁： 小奇的歌词，一个最明显的特点就是将现代诗歌手法和古典诗词的表现方法熔为一炉。他也追求意境，有些甚至有很浓厚的古典意味，但他用以营造意境的手法却是全新的，比如时空跳跃，充满现代气息的集合意象罗列，等等。如果说刘索拉的歌词有强烈的北方风格的话，我觉得陈小奇的歌词则以他的含蓄、空灵和淡淡的古典情调构成了他鲜明的南派风格。

侯德健： 看得出来，小奇古典文学的底子很好，他以前又写过一段时间的新诗，个人风格很完整，语言上也相当成熟，甚至我们拿起一些歌词来，都能判断出是不是他的句子。我觉得只要有一个题目，他就能完整地表现出来。

刘志文： 长期以来，我们的歌词创作一直处在沉闷状态之中，思维模式和表现手法的单一，使歌词一直都在老路上徘徊。近年来，港台歌曲对我们的冲击很大，他们以听众感兴趣的题材和具有现代色彩的语言，以及多样化的表现手法向我们提出了挑战。小奇接受了这种挑战，他用他的作品打破了词坛上的沉闷，引起了人们的注意。

陈洁明： 我觉得今天似乎可以说有三个流派的代表人物在一起。小奇的词大量采用现代诗歌的技巧，有追求古典诗词式的意境，如《敦煌梦》《梦江南》等，以他的精巧玲珑和清新典雅形成了鲜明的南派风格。侯德健的歌词则追求一种深邃的哲理，但又深入浅出、易记易唱，比如，"从来不需要想起，永远也不会忘记"的词，很绝。刘索拉的词又有不同，她追求的是表现自己的气质和性格，粗犷、洒脱，有很浓的北方风味。

（**陈小奇：** 不同的地理环境会产生不同的带有地域性的美学趣味，不同的文化修养和审美经验会产生不同的艺术个性。作为一个很喜欢现代诗歌又喜欢古典

诗词的南方人，我理所当然地作出了这种选择。应该承认，现代诗歌和古典诗词给予我的启示同样多，我希望二者能在我的词中得到有机融合，虽然至今为止我的追求仍然是令人失望的。这种追求究竟是进步，还是倒退，又或是一种可笑的中庸之道？恐怕要再碰几次墙壁才能悟出来，也许这辈子都悟不出来，因为世界上有些事情是极难弄明白的，要紧的是自身的追求，而不是身外的评价。）

二、从现代诗汲取营养是一个时代趋向

侯德健：文学艺术的现代化是各个民族文化发展的必经之路。打第一炮的往往是现代诗歌，其次是现代音乐、绘画、小说、戏剧、电影等。歌词要使自身现代化，必然要从现代诗中汲取营养，这是一个时代的趋向。当然，现代诗注重画面上的追求和推敲，而歌词除了画面之外，还要注意如何以声音去表达。此外，歌词的结构也受到一定的限制，但现代诗的技巧对歌词是完全适用的。小奇的词很善于运用技巧，如他的《秋千》用了很多通感手法，把秋千、阳光、童年、回忆等多重意象糅合在一起，让它们和旋律一起"摇"起来，并且"摇"得不露痕迹。

刘索拉：我很喜欢《敦煌梦》，写得很深沉，手法很新，但在外表上又看不出多少技巧的痕迹，我觉得在这条路子上应该坚持下去。

陈洁明：在如何汲取现代诗技巧入词方面，小奇确实摸索出了一条路子，尤其在意象的选择和运用上，更有自己的独到之处。他常把主题隐藏起来，而通过各种精选了的意象来表达，使听众参与共鸣。技巧的运用源自较好的功底和丰富的想像力，小奇有这种基础，因而他的词总使人感到很新鲜。这是他能在当今词坛上独树一帜的原因。

（**陈小奇**：词是诗的分支，歌词的现代化必然要从现代诗中汲取营养，侯德健所言极是。我们正在经受现代诗歌技巧的轮番"轰炸"。对歌词形式美的要求，正摆在每个词作者的面前。歌词要想表现现代人丰富而复杂的内心世界，必须具备更多的张力和弹性，而这一切，都需要技巧的更新。然而，既为"轰炸"，便有可能伤及无辜，对这种"美丽的罪恶"仍需警惕。）

三、淡而有味：关于听众的承受力

曾昭仁：小奇的有些作品似乎复杂了些，需要慢慢欣赏才能领会得到，有些

甚至觉得接受不了。歌词与诗毕竟有所不同，"淡而有味"应该是歌词的最高境界，平白一些更有利于扩大歌曲的覆盖面。

毕晓世：我也有同感，歌词应该用简练的语言去表达，太复杂群众恐怕难以接受，要考虑听众的口味。

刘索拉：我反对这一点。我们老觉得老百姓不懂，老说他们感受不到，弄得他们信以为真，以为自己真的不懂。其实他们懂，老百姓是有鉴赏能力的，只不过一时不太适应罢了。

瞿小松：应该尽量满足群众的要求，但不能老是考虑流行。我国台湾地区歌星苏芮一开始根本就不被人接受，但等到侯德健他们的《搭错车》出来后，一曲《酒干倘卖无》便走上了高峰。她坚持了整整10年，如果光考虑群众口味，那绝对不会有今天的成就。流行音乐也是艺术，不是纯粹的商品，即使有些东西现在有些人不能接受，也应该坚持下去，否则艺术的提高只能是一句空话。

陈洁明：小奇有些词一开始不太被人理解。比如，《濛濛细雨》中最后一句"美丽的世界到处飘满濛濛的爱"，大家对"濛濛的爱"一词就有过争论，有人说它不通；又如，一开始也有不少人表示不理解《梦江南》，问为什么写"睡莲"（"也不知今夕是何夕的睡莲"），为什么写"唐宋诗篇"，觉得老百姓会很难接受。但歌曲出来后，听众也很快就接受了。

刘索拉：侯德健的词已越过雕琢的阶段，进入了一个较高的境界。小奇的词有时技巧性的东西多了些，对字面上的美的追求多了点，还没能完全跳出雕琢的框子。

解承强：小奇的词看来还不够稳定，可能由于填词本身的局限和时间限制，有些歌曲不说出来真不敢相信是他写的，如《化装舞会》就不太像他的风格。

侯德健：小奇的词在题材上还应该大胆一些，现在他手里已经有了一把很成熟的刀子，剩下的问题是杀鸡还是杀牛，我等着吃牛肉。（笑）

（**陈小奇**：凡涉及批评，总是分外客气而小心翼翼，这是我们老祖宗遗传下来的品德，纵使至交好友亦不能幸免。幸而都是龙的传人，因此还不至于飘飘然，以为真无多少缺陷可言。歌词创作目前还处于草创时期，我和几位词曲家们的唯一愿望是尽自己的一点微力，为完成流行歌曲创作由"初唐"向"盛唐"的过渡而闯出一条像皱纹般弯弯曲曲的路出来，仅此而已。）

（载《现代人报》1986年11月）

广东音乐人的文化自信和兼容开放

（郑雁雄）[①]

改革开放 40 年之际，陈小奇到北京献演经典音乐作品，并开展研讨交流，探讨流行音乐在新时代重整行装再出发的路径，很有意义。在此，我代表广东省委宣传部对研讨会的召开表示热烈祝贺！对参与研讨会的理论家、艺术家表示衷心感谢和亲切的问候！对我因公务不能到会聆听大家的真知灼见感到万分抱歉和遗憾。

流行音乐自进入我国人民文化生活以来，以其内容通俗、形式活泼、情感真挚、易于传唱而深得广大人民群众的喜爱，至今已经成为人民对美好生活的需要中不可或缺的一种大众音乐。这一发展过程几乎是与我国的改革开放同时起步的，因而广东扮演了一个非常特殊的重要角色，其在我国流行音乐从开放到普及、从模仿到创造、从补缺到繁荣的美丽蜕变中起了至关重要的作用。陈小奇作为与改革开放同成长的高考生、中文男、音乐人，不论是《涛声依旧》《大哥你好吗》《高原红》《灞桥柳》《九九女儿红》《我不想说》等无数传唱至今的金曲，还是"中国十大词曲作家奖""中国最杰出音乐人奖"等多项实至名归的荣誉，乃至于陈小奇作品中蕴含的浓浓的古风、淡淡的愁绪、绵绵的情愫、勃勃的自信，都在彰显着一种现象级影响力。陈小奇就是广东流行音乐史开篇的书写者，也是中国流行音乐的奠基人之一。

值得我们总结的是，广东历代音乐人总有一种刻骨铭心的文化自信和高度自觉的兼容开放，何柳堂的《赛龙夺锦》是典型的中国民族音乐，却隐含着强烈的进行曲节奏；马思聪的《思乡曲》表现的是小提琴的魅力，却充满如泣如诉的中国式乡愁；冼星海的《黄河大合唱》虽是经典的交响乐，却充满革命浪漫主义的激情。到了流行音乐时代，陈小奇神奇地把中华古风、唐宋诗韵、家国情怀融入现代化、大众化、通俗化的流行音乐中，其作品弥漫着一种极具融合力的自信和兼容，一点点、一步步张扬着中国审美理想的含蓄内敛、谦和有度、托物言志、

[①] 时任中共广东省委宣传部常务副部长。

寓理于情、意境深远。这就是海纳百川，有容乃大；这就是先做自己，再优雅地改变自己；这就是习近平总书记号召的中华文化的创新性发展、创造性转化。

对于新时代文艺发展的方向、使命、方法，习近平新时代中国特色社会主义思想中的文艺思想高屋建瓴，为我们拨云见日，提供了有力的思想武器。习近平总书记一方面要求我们"要善于从中华文化宝库中萃取精华、汲取能量，保持对自身文化理想、文化价值的高度信心"，另一方面要求"我们要坚持不忘本来、吸收外来、面向未来，在继承中转化，在学习中超越，创作更多体现中华文化精髓、反映中国人审美追求、传播当代中国价值观念、又符合世界进步潮流的优秀作品，让我国文艺以鲜明的中国特色、中国风格、中国气派屹立于世"。这一论述阐明了一个非常重要的理论命题，这就是创新不是无本之木、无源之水，也不是仅仅为了创新而创新，而是一种"创造性""创新性"的发展转化过程。自信是创新之本，创新是更自信的源泉，两者统一于转化、发展的全过程，服务于"在继承中转化、在学习中超越"。就像陈小奇的流行音乐，文化自信是底气、创新创造是动力，构成了中国式流行音乐的发展基本形态。

处在改革开放前沿，拥有40年排头兵经验，拥有全国最长海岸线、最长开放史、最多对外口岸、最多海外华侨、最大贸易总额、最毗邻港澳地区的广东，注定要成为自信与兼容、改革与开放的佼佼者，注定要为新时代中国流行音乐再出发开辟道路、走在前列。

改革开放浪潮中的艺术弄潮儿

（陈晓光）[1]

我第一次知道小奇先生的名字，是因为20世纪70年代末80年代初他的作品，那时候我在歌曲编辑部、市场编辑部工作。

其实，作家有了深厚的文化底蕴积累之后，如何能够更好地从传统文化中汲取营养，这是一个学问。我们听到一些作品，有的人虽然没有改编，但是一听就知道，这个歌是从哪里拿出来的。真正的高手，通常是把民歌听进去，吸收融合以后变成自己的东西，让你能听到他有根、有下沉的地方。

作词也是如此，刚刚我讲到了《经典咏流传》里面主要有两类作品：一类就是拿诗词来谱曲，还有一类，像两段体的歌一样，前半段是他的感触、情感，后半段是四句或八句古诗词，这种结合是值得讨论的创作方式。我赞同和钦佩的是，陈小奇在创作中把我们传统文化、古诗词的精髓吸收了，而把它化成了——涛声依旧、巴山夜雨、大浪淘沙、烟花三月。我可能说得过于直白，他获得并拓展古人的意境、思想、成长，就像毛泽东诗词《咏梅》一样，总之，这是在继承传统、吸收营养的基础上的创新。

小奇先生，成名于20世纪80年代，一直在广东乐坛辛勤耕耘到今天，和改革开放40周年同步。在这40年当中，我国流行音乐创作确实取得了很大的成就。如果我们把抗日战争作为新音乐运动以来歌曲创作的第一个高峰期，把中华人民共和国成立以来的17年作为第二个高峰期，那么第三个高峰期就是改革开放40周年，而且这次的波涛浪潮要高于前两次，小奇应该算是改革开放浪潮中的一个弄潮儿。在40年歌曲创作者当中，他是一个应该被记住的重要作者之一。我相信这次总结，将使小奇能够更加清醒、更加理智地前进。谢谢！

（根据录音整理）

---

[1] 中国音乐文学学会名誉主席、著名词作家。

用音乐追寻中国梦的行者

(王立平)[①]

陈小奇先生是一个孜孜追梦的行者,几十年来,他用自己独特的语言,赢得了广大听众、广大人民的理解、支持和热爱。我其实是比他大一轮的,我们所处的距离也比较远,相聚的时间也比较有限,但是其实我一直很注意他的创作,倒不是注意他怎么写的,我最注意的是他怎么想。大概所有的作词作曲的,一生都会有一个苦恼,就是怎么也琢磨不透什么样的曲子可以受欢迎,受热爱,得到流行,得到社会的肯定。这是一个难解的题,谁都在想,谁也没想明白,谁也永远不可能彻底想明白,但是我会很注意看他是怎么想的。

其实小奇一直用他的语言在讲一个故事。我很难说他是讲了一个什么样的故事。可以说,他讲的是中国故事,也可以说他讲的就是中国梦。昨天现场有两句歌词,我觉得很受启发,他说"远方是一个梦,明天是一个谜"。我觉得他通过作品把他的梦和他的谜展示给大家,让大家跟他一起去追梦、一起去解谜,与此同时不断地提出新的梦跟新的谜。我觉得他这几十年就干了这么一件事。但是为什么那么多人关注呢?昨天的音乐会,很难得,有那么多首是大家耳熟能详的,令人无论什么时候唱起,心里都有一种感动,这就是他的独特之处——创作的思维、切入的角度、作品的温度、思想的高度、范围的广度。我指的广度就是地域和受众不分东南西北、男女老少,还有思想的深度。小奇创作的第一条主线,是回头的线,自己的祖宗、自己的传统、自己的民族;第二主线,是关注生活,关注所有的人,给人的这种人文关怀;第三条主线,是思想的高度,他都把它提升到人生的高度来思考、来表达,所以就有一种很高的境界。这个境界也是魅力,就是人们爱听、爱信、爱想,就算没听明白前两句歌词说什么,但最先被他这种氛围、这种沉稳、这种温度、这种感觉吸引了,这就是他特殊的地方。

什么样的作品能够得到大家的青睐?我们有的时候感觉很难把握,很难总结。可是我想来想去,有些是必然的:就是作品的留存率、受关注的热度和影响

[①] 著名词曲作家。

的广度。我们从小奇的作品中看到其独特的优势。曾有杂志采访我，问及讲雅俗共赏问题。雅俗共赏就是指你的作品在社会中求得最大的公约数，就是在人群中，在地界的划分和人群各类的划分中，它能有更大的比例。那么如何才能达到这一点？我就从小奇的作品找到答案，其中很重要的一点，就是每首作品都是与其他人的另外作品不同，别具一格。这些特色可能源自取得的题材不同，切入的角度不同，作品的构思不同，作品的风格不同，形式不同，由于诸多的不同才有可能流传。

小奇的每个作品都有自己的特色。像《大哥你好吗》《涛声依旧》，其实"小小的一张旧船票"，这样的想法哪来的？就是这种淡淡的忧郁、淡淡的怀念、淡淡的文人的情思，使他的作品有了迷人的魅力。他的每首作品都能从不同的角度挖掘人民的内心，使其能够感受到一种情感的温度。尽管他的作品数量及类型都很多，但这是一条基本不变的基线。不同的音乐作品会因所处的时代、环境的不同印有不同的经历。但是小奇的作品都能得到大家的青睐，这在于他的作品激发了大家共同的感受、共同的迷恋、共同的热爱。我觉得小奇是一个很聪明的人，但光聪明不够；他是一个很勤奋的人，但光勤奋还不够；他还是一个很智慧的人，善于思索和总结，他善于从分析得失胜败中治愈自己。

我跟小奇有很多共同的想法和经历。我也写词。我倒不是想写词，而是被逼得没辙了，创作《少林寺》主题曲的时候被要求"你两三天之内必须写出一首词来，填词"。我那时候也是逼着我自个儿写词，现在看来，也是一件不错的事。小奇的作品几乎都是他自己写词的，这得益于他的文学构思。一切文学艺术最基本的构思就是文学构思，没有了文学的歌词，很难做到的深刻和完整。我觉得小奇的创作出自他对生活的深刻理解和深厚的文学功底，他在不断地追寻、不断地开拓新的领域和新的题材，并且从新的角度和新的切入点，寻找一个人们能接受且心里有但口中无的那样一个切入点。

我们也不能光说他很棒，这种话没用。我们面临的一个很现实的问题是，现在的音乐创作不尽人意，不是我不满意，而是老百姓对我们不满意。中国从来就不缺好的文人作品：历史上，从乐府说明那时候可收集的作品太多了，大家热爱的作品太多了；抗日战争时期激荡着热血，鼓励人们斗志的作品；中华人民共和国成立后的50年代，那些作品激荡人心。但是现在我无言以对。我在担任中国电影音乐学会会长期间，曾研究探讨电影音乐的发展。现在，电影音乐没了，不是没有电影音乐，而是在人们心中，那些可以听的、可以欣赏的，还能口口相传的电影歌曲，还有几首？我汗颜，我很悲哀，我们不该是这样的。尽管我们面临重重困难,但我们知难而进,我们往往靠这种生而知之的能耐来吃饭,我们需要一种探索自己的精神、不满足的精神、进取的精神,像小奇这种追梦不死的、做一个"行"字的精神,每天要往前走。这就是小奇给我们的启示,谢谢!

(根据录音整理)

注重审美精神回归才能成就经典

（庞井君）[①]

非常高兴昨天晚上欣赏了陈小奇作品演唱会，因为在欣赏演唱会的过程当中，我忘却了时间，而且忘却了自我，不知不觉，这个音乐会就结束了，这于我是一种意识上的享受。所以，今天参加这个研讨会，又听到王立平几位老师精彩的发言，我很感动。第一，从我个人角度来讲，作为观众，我非常喜欢和欣赏陈小奇先生的作品。第二，从作为一个理论研究工作者的角度，我觉得，陈小奇先生的作品，可以叫作"小奇现象"或"陈小奇现象"。从音乐这个角度，至少在流行音乐的角度，我觉得"陈小奇现象"给了我们很多人启发。我们通过分析研讨这个现象的本身，更有利于我们探讨和总结艺术发展的规律和方向，促使我们思考今天以及未来中国艺术的发展。

我是搞哲学出身的，主要研究社会价值论和文艺工作，结合专业特点从知识自觉、价值论角度思考一些文艺方面的问题，以及美学和审美的问题。结合小奇的作品，我想谈一点我个人的感受。我认为，如果从价值论角度来看今天中国的文艺发展，或者说对于中国文艺未来的展望，可以用8个字的概括："儒雅清新，自由自然"。前4个字"儒雅清新"是对中国的当代艺术与未来艺术气质的希冀，后4个字"自由自然"是对其内在精神内核的追求，因为"自由自然"这4个字，可以作为我们意识的一个基本的价值内核。那么从这8个字来看，我觉得"小奇现象"或者是小奇的作品，它体现了这种基本的价值，是在这个价值体系下展开的一种音乐的表达。

反观我们今天的艺术发展，大家肯定有很多满意的地方，也有很多不满意的地方：满意的地方，比如说我们的市场很繁荣，作品数量很多；不满意的地方，就是精品太少，没有高峰，或者说很难留下传世的经典作品。等再过几十年、几百年之后，我们这个时代的艺术家会给历史留下什么呢？这是一个需要我们深入思考的问题。那么，这个问题出在哪里呢？我们正处人类精神大变革的时代中，

---

① 中国文学艺术界联合会理论研究室主任、中国文艺评论家协会副主席兼秘书长。

放眼未来，我们将迎来人类的也是中国的一个新的文化意识形态、文学意识形态，对于这样的一种新的文学艺术形态，我们还很难给出确切详细的描述。但是站在今天这个历史的关节点上，我们大概可以看到这样的一个轮廓，一个可以看得清轮廓或者是精神气质上面的东西，那么它是什么呢？

我如果从价值论的角度来看，它应该是审美本体的一种规律。在我个人看来，这种审美是精神，是人类精神结构中一个很重要的板块和体系，它是与认知体系和信仰体系相并列的板块。这个板块的特性是什么呢？它是感受型的，是区别于信仰特性和认知特性的人类的一种精神感受，这样一种精神感受性构成了艺术的本体。我们今天的艺术出现了这样或那样的问题，是因为我们的文化意识受到了市场的挤压、物质消费的挤压、技术的挤压，以及碎片化生活的挤压。这4个因素有利有弊，从好的方面来讲，它们是推动艺术转型的力量；从坏的方面来讲，它们使我们的意识本质，也就是这种感受性遭到了反驳和疏离。那对人类未来的，或者是中国未来的一丝新形态的呈现，一定是感受性的。这种感受性，如果从意识本体上讲，并非一种一般意义上的感受性，它应该是一种超越性的感受性。

听了陈小奇的音乐作品以及大家的发言，结合我自己的理论思考，我最大的启发就是我们今天的艺术发展要注重审美本体的回归，注重让我们的艺术沿着从现实的感受性到超越的感受性的方向发展。这种超越的感受性，也就是北京大学著名大师张世英先生所倡导的，艺术的高远境界就是把人类的精神、把我们的文化影像、把我们的人生引向永恒，引向广大，引向个性，引向生命，形成新的艺术形态。谢谢！

（根据录音整理）

"新古典主义中国风"影响深远

(王晓岭)[①]

首先,我要向昨晚陈小奇经典作品音乐会取得的成功表示祝贺。昨天我也和大家一样,怀着非常激动的心情欣赏陈小奇作品演唱会。我问周边的一些亲戚朋友晚会怎么样,他们说这场晚会非常有意思,包括节目内容、舞台搭建等,充分地体现了陈小奇歌曲的魅力。改革开放40年了,陈小奇的创作几乎是同步的。流行音乐在内地的兴起是一个非常重要的标识,流行音乐的分支比较多。陈小奇几乎是从流行音乐开始的,所有之中的形式、样式,包括各方面音乐风格的流派,他都在参与,并且都有自己的代表作品,这是非常难得的。首先是西北突然间刮起来的一股强劲的风。小奇是以东南的姿态汇入了西北风,出现在《山沟沟》这样的一个高潮。其次是在西北风一夜之间突然消失之后出现的岭南风。我姑且将其命名为"新古典主义音乐中国风"。那为什么之后的《涛声依旧》能成为代表呢?这股"新古典主义中国风"影响了人们相当长的年代。进入21世纪以后,到了方文山和周杰伦他们的新"中国风",形成了第二次高潮。我觉得是在《涛声依旧》的这种脉络之上的新的挖掘。一直到之后的城市民谣,仍然是在以《涛声依旧》为代表的风格的持续影响之下慢慢衍生出来的。再往后,进入新时期的2010年以后,新的"中国风"又形成了,比较具有代表性的有像凤凰传奇这种的"草原风",一夜之间又开始流传,也延续了相当长的时间。可是它真正的开始还是以陈小奇的《涛声依旧》以及西北风的《山沟沟》为代表的。那么,这样的一个转折是怎么来的呢?从某种意义上来说,它就相当于在改革开放中突然间提出了一种新的思维。我不知道这种歌曲是怎么诞生的,它在过去可能有一些例子,但是没有具体形成。而它的形成,还有老百姓接受的心理,以及对人生的思考,是从古典诗词的融合中来的,我认为这是更加值得思考的问题。谢谢!

(根据录音整理)

---

① 原战友文工团团长、著名词作家。

坚守广东，彰显词人风骨和责任感

（甲 丁）①

两个祝贺：一个祝贺就是昨天小奇音乐会的圆满成功。欣赏音乐会之后，我感触良多，我觉得不光是听作品，在这过程中，我还听小奇的内心，听他的经历。第二个祝贺就是今天我们这个研讨会，让我有一种也想在某个时刻做自己的作品演唱会的冲动。今天众星云集、风云际会，大家在一起坐着或站着表扬小奇，多舒服，我觉得这种幸福感特别舒服。这一生当中有这么一段美好的经历真是很好——昨天是自我欣赏，今天是大家的。

今天有一个这么好的研讨会，从歌词理论的这个角度，我不想多说，因为我不是这方面的学术专家。我只想说两点小奇给我的感受：一个是事关词品，一个是事关人品。关于词品，我能够感觉他的真实。这么多年来，他不从流，不同流。歌词的风潮在这些年来变化非常多，但是小奇自入行直到现在，他始终坚持着自己的词风，这是风骨，这是品德。在这种坚持当中，他塑造了一个"陈小奇"形象，让我一想起他，就能想到他的这些作品，而听到这些作品，我就能够想到他这个形象。他不像我们，什么歌都写，什么类型都写，在这点上，小奇是让我钦佩和敬佩的。他不媚俗，不与现在所谓的某种时尚去同流、去合流，我觉得这是一种品德，在这点上我真是要夸一夸小奇。他的词的辨识度是对我们词界的一种填补和内容的一种丰富。我觉得，写词者，模仿我的，模仿晓岭的、朱海的可能不多。但是效仿他的作品并能够得到启发的，应该很多。所以在这点上，我觉得他的音乐流行中又为中国文艺音乐文学事业做了一个特别重要的示范贡献。

第二个是坚守，就是人品，这个大家都承认。广州是我们改革开放的前沿阵地，也是我们原创音乐的一个重要的根据地，但是随着广东音乐人向北迁徙，我们广东流行音乐的这片沃土和圣地，应该说是危在旦夕。为什么说危在旦夕？就是没人了，撑不起来了。那么在这个时候，小奇的坚守就尤为重要。因为他的

---

① 中国音乐家协会流行音乐协会副主席、著名导演、著名词作家。

坚守，守住了岭南乐派的半壁河山；因为他的坚守，让我们所有人不能轻视广东流行音乐的存在，即岭南乐派的存在。咱们试想小奇他们也去了北京，对于现在广东的流行音乐，我们应当如何评价？我们在说他们的岭南乐派的时候，我们是一种什么样的感觉？那将成为曾经和过往。小奇代表的不只是曾经，还是现在，也许还会代表未来。为什么？就是因为他在那个位置上，自己身在其中都没有发现，对于流行音乐的发展与建设，他筚路蓝缕、殚精竭虑，不仅仅是他想证明了流行音乐的存在和价值，更重要的是他给我们传递了一个音乐人的社会责任。陈小奇已经远远超过了业界良心了，他是一个社会责任，他用他的行动告诉我们，我们要在这个地方做什么，我们做的目的是什么。而这个"什么"，代表的是我们大家对广东岭南乐派的共同认识。陈小奇还有很多跟他一起奋斗的人，因为他们的存在，因为他们的执着和坚守，我们岭南音乐这么重要的一面旗帜才没有倒下，而且一直在整个流行音乐乐坛占有重要的位置。整个岭南乐派也打开了我们内地跟香港音乐乐坛的一个交流的窗口跟通道。这个通道的保留，离不开陈小奇及其志同道合的同人坚守。

希望小奇能够创作出更多出色的作品，能够给我们的歌迷、流行乐坛、流行音乐史留下更多经典作品。

（根据录音整理）

坚守岭南,坚守境界,坚守梦想

(朱 海)[1]

我主要想表达一个愿望,就是这个研讨会早应该20年之前就来北京这边来做了,我认为耽误了,开晚了。为什么呢?就陈小奇作品的影响力,他的示范力和对广东广州文化的贡献而言,如果不是行业的限制,早就应该来了。相关研讨会在广东开了好几次,这次终于乘着40年的改革的助风,开到了北京。我觉得很好,这是新时代的标志,此次活动的举办有一个很大的向心力。

我特别想讲一下,我认识小奇是在1992年邓小平南方谈话以后,我们在设计师的房间里看到一张关于《涛声依旧》的海报,上面印着他的歌词。1992年,我认为他的"涛声依旧"是自觉的文化意识追求。我在广州待了10年,在我去广州的时候,港台地区的流行音乐甚嚣尘上,基本上把广东都给"占领"了,把全国也"占领"了。我国港台地区歌曲的盛行,博得了大家的青睐。但是,中国流行音乐在广东的崛起,我认为有一次历史转折下的壮举,在我国港台地区歌曲最热的地方、我们岭南音乐的发源地——广东,小奇的作品揭竿而起。我认为包括今天来的很多人、音乐公司,当时做了非常伟大的事情,在重兵压阵的情况下,他们率先开创流行音乐的先河。改革开放40年,我们现在可以回答,流行音乐到底能不能承载精神?昨天晚上的演唱会节目单充分告诉我们,流行音乐能够承载民族精神、能够承载一个伟大国家的精神,如果没有家国情怀,怎么可能分东西南北,怎么可能分民族。

流行音乐能不能承载文化?40年前很多人觉得流行音乐太"没文化"了。那流行音乐能不能承载文化?仅此以小奇一家来看,满满的都是传统文化、红色文化和今天的时代元素。这就是我们文化体系的语境。40年前,很多人瞧不起流行音乐,流行音乐人忍辱负重,最终在广东杀出一条血路,这就是经典的力量。现在我们需要提升整体流行音乐的水平跟平台。

很悲哀的是我们的广东流行音乐只活了40年,还没开始就变成历史了,因

---

[1] 著名文化策划人、中央电视台撰稿人、著名词作家。

为陈小奇的作品——昨天晚上的歌，很多都被称为历史性歌曲。广东流行音乐的后续，是广东省要打造流行音乐强省。对于流行音乐，广东是一个大的符号和阵营，但是不能等到成了历史才挖掘出来。我们要培养后继生力军，我们要有意识把势头抓过去，他们要敢北上，我们就要把它做回去，这种就叫魄力。我在广州留着房子，就是等他们再召唤我回去。我们不能把陈小奇的作品当纪念品，我们要把它变成进行曲，一路把流行音乐唱响。如果广东省、广州市委宣传部主办单位拿出一大笔钱，组织一批人，开始收复我们曾经失去的战场，这未来10年中国新时代流行音乐乐坛将是非常激动人心的。我觉得，按照美声唱法，再唱50年都够呛，最有效果的、最能激动人心、最能民意表达的，没有一个歌曲形式能够超越流行音乐。我坚信，流行音乐就是民意的表达、就是民心的畅想。只要作品好，是没有下里巴人的，关键是要"走心"。此外，我也想表扬陈小奇的坚守：第一个是坚守岭南，第二个是坚守境界，第三个是坚守梦想。我们都在写梦，但我们自己往往缺少梦想，而且写梦的人多了，往往我们自己作为写梦的人并不能长远坚守梦想，所以说一定要有梦想。最后，希望我们广东省文学艺术界联合会多对流行音乐保持关注，谢谢！

（根据录音整理）

流行也可以经典

(陈平原)[①]

我对流行音乐不熟悉,我来参加这个研讨会纯粹因为陈小奇是我的同学,所以我有义务来这里捧场,说得不到位的,请大家见谅。今年是我们入学40周年,我是七七级,他是七八级,我们都在一个系里面上课,同时都参加了校刊《红豆》的编辑和投稿。这个文学杂志在1979年和1980年存在了两年,是当时的中山大学中文系创办的,是当时最规范而且办刊时间比较长的,我们总共出了7期。而当年因为一些原因,《红豆》连同无数个文学杂志,都停下来了。因为入学40年周年,回溯我们走过的道路,所以我们会看《红豆》的整个篇幅,其中有3首陈小奇的诗,是新诗。看到这里,我特别感慨,当初中大中文系号称好多诗人,但是走到今天,在学术界在文坛上被认可的一个也没有,反而出来了一个词人,那就是陈小奇。我们当初好多人的幻想、很大的抱负,北大中文系、中大中文系很多人都在做这件事,包括在民间杀出来的北岛。但学院派基本都不行,到90年代后基本才能出来一些。这个曾经的新诗,之所以特地拿出来说,是因为我感慨早年文学进步的路径会影响到他日后的一些感觉、语法和词汇,例如《涛声依旧》,大家都不断地表扬这首歌。但是最近几年出来的一些同样是中国风的作品,包括方文山的,我其实觉得《菊花台》《青花瓷》的意象太密集,对于流行歌曲来说,这不是很理想的状态。只有不断地琢磨,一个词一个词地琢磨,才能够明白为什么这些词在一起能成为一首歌。相对来说,我之所以说陈小奇是从新诗入手的,是因为他的歌虽然借助了很多古典诗词的意境,但基本上是能听懂的,或者说可以感觉到古典意象,与当代人的思潮是相连接的。

另外,我想说他在1992年出来,像王晓岭先生刚说的,为什么西北风停了,涛声会起来?我直截了当地告诉大家,因为1992年不仅有邓小平南方谈话催生的下海热潮,1992年也是国学重新兴起的年代。

1992年,《人民日报》发表了一篇长篇报道,那篇报道题为《传统文化在

[①] 北京大学中文系原系主任,教育部"长江学者"特聘教授。

渊源悄然升起》,这代表了一个时代的文化方向,也代表了中央对高校、对整个文化环境的期待。从那个时候开始,我们对传统文化有了比较多的关注。从某种意义上来说,从那种批判性走出来,然后强调国学的意义或者传统文化的意义,大多是为回到传统寻求创新的资源,是1992年的学术界文化的共同区位。在这种潮流之下,我们知道20世纪80年代曾经有过一个像邓丽君那样翻唱唐诗宋词的,但是后来我没看到那个作品;陈小奇的《涛声依旧》本身也借鉴了传统的好多意象,但并不是简单方向的传统。当初我有一个好朋友,今天是一个很出名的学者,他写了一篇文章,叫作《唐诗过后是宋词》。他强调,其实传统的中文系的学生老师们很容易按照高雅和通俗的角度来考虑问题而搪塞过去,而宋词当时也被认为是低俗的,但是之后也被认为是中国文学很重要的一笔。而这篇文章专门谈了1992年的《涛声依旧》。我们知道流行音乐词的写作是一项文学性很强的工作,但是小奇的独特之处在于就是他词曲兼修,这与特别著名的黄霑、方文山有很大的不同。某种意义上的词和曲有何吻合程度,对流行音乐、对整个音乐的写作是影响很大的,而这对中文系出身的陈小奇来说是不容易的。某种意义上来说,我们从文学进去学术殿堂以后,我们对音乐的隔膜、我们对音乐的产品的把握会产生困难,但小奇这方面做得很好。

我是中大的校友,校友会和学校层面对于陈小奇的个人演唱会包括在广州开的演唱会,在外地的、到国外的(澳大利亚和新西兰演唱会),都会出面给予帮助和支持,这次到北京也是给予全面支持。词人来开演唱会的背后是一个大学的力量,我觉得特别值得关注。我们都记得90年代中期有一句口号,叫作"文化北伐"。那时候北京被那个"野蛮"的南方,尤其是广东"占领"了。有至少一两年,广东是信心满满的:我们不仅有经济,而且还有文化,所以我们当时才有那句"文化北伐"的口号。那句口号出来以后,我说了一句话:对于一个地区来说,大学不崛起,单看流行文化是不可能完成,是不可能持续的。当时首先是中山大学要能起来,以后才有可能带动整个地区的文化和学术。而最近20年,中山大学的排名迅速上升,而且做得很不错,学术方面的影响力越来越大,我高兴的不仅是中大有这么大的发展,而且中大校友陈小奇在跟校方的合作中有很好的互相的帮助和收益。我当了十几任北京中大校友会的会长,每次活动后面都是放陈小奇的《山高水长》——他们认为是第二校歌,所以学校和一个词人有这么好的合作,我特别高兴。

那最后是一个建议,一个外行的建议。不管怎么说,将来留下印象的,对于陈小奇来说,都是以《涛声依旧》为代表的这一类风格的作品。对于作家、文人和学者来说，风格化是一个成功的标志，可是风格化也是一个"陷阱"，因为大家只接受你这一类型的作品，别的都不是你的。所以，这是风格化有利有弊的地方。一辈子做一件事是不容易的，这件事对于陈小奇来说就是古典如何获得新生，那个"生"可以是"生活"的"生"，也可以是"声音"的"声"，这件事可以做到底。我认为今天的小奇已经有些逃避这个风格的发展。我反而希望小奇在这一方面有进一步的深入。为什么我这样说？因为有"古典新生"这样的说法。基本上只用唐诗的绝句来创作，这些作品流行起来很容易，大家一听就听明白了，而且很好听，但是这样它会显得单薄，这跟小奇基本上就以一首绝句来做生长的基点有关系。所以，我说流行音乐可以精品化，也可以经典化。流行可以经典化，但这取决于当事人和整个学术界的合力。学术界我就不说，但是当事人一定要自我经典化，对于自己的作品，不再只考虑轻重和流行。就像当年金庸重新去编著自己的小说，我希望以后小奇能够再走这一步。从某种意义上说，到了这个年纪，声誉有了，经济问题也解决了，再多一个掌声，再少一个掌声，关系不大，自己给自己多一个历史定位，这应该是日后小奇努力的方向，谢谢！

（根据录音整理）

从经典中创造新的经典

——陈小奇歌词的古意与今情

（彭玉平[①]）

一、"以诗为词"：陈小奇歌词的经典底蕴

一种好的文化几乎都是在传统中化育与衍生出来。

陈小奇的歌词对于传统诗词的继承是一个非常突出的现象，如《涛声依旧》《烟花三月》《大浪淘沙》《白云深处》《巴山夜雨》等等，其背后都对应着张继的《枫桥夜泊》、李白的《黄鹤楼送孟浩然之广陵》、李白的《早发白帝城》、杜牧的《山行》、李商隐《夜雨寄北》等。为什么陈小奇的歌能那么快地走进听众的心里？原因其实很简单，这些唐诗的经典早就凝聚为一种民族的审美心理，他们曾经以一种古典的方式盘桓在听众心里，而陈小奇的歌词正是精准地把握了听众的心理，优雅地唤醒他们可能已经淡忘甚至沉睡的诗心。

文化需要经常被唤醒，否则再好的文化也会沉睡，而如果经历了漫长的沉睡，一种优秀的文化是有可能消亡的。从这个角度来说，陈小奇的歌词包含着他对传统的礼敬以及由此带来的使命感和责任感。

这是我理解的陈小奇歌词中的"古意"。从前人的经典作品中汲取营养和灵感，这种创作手法也是古人常用的。宋代的歌词，特别是到了苏轼的时候，就经常使用一种叫作"以诗为词"的作法，简单来说，有时直接移用唐诗的句子，有的稍加点染，有的借用核心意象。在苏轼当时，其实对此很有争论。有的干脆说：你那怎么叫词，应该是"句读不葺之诗"，备受批评甚至讽刺。但事实证明，词这种文体到了苏轼手里，"无事不可言，无意不可入"，大力提升了词的地位。所以，以诗为词已经被证明为一种文体发展的自然规律。

陈小奇沿着这条创作道路进行自己的创作，可以被视为是对一创作传统的传承。当然，这种传承是建立在对以往经典诗词广博的阅读和了解的基础之上的。

[①] 中山大学中文系教授、系主任，广东省"珠江学者"特聘教授。

陈小奇的这一类歌词展现了他作为流行歌词作家深厚的古典底蕴。

陈小奇在流行歌坛能独树一帜，建立起自己的风格，我觉得这是非常重要的一点。

二、"犯之而后避之"：从经典中再创经典

一种好的文化应该都带有特定的时代气息和时代审美观念。

陈小奇化用的唐诗并不生僻，有的甚至可以说家喻户晓。艺术创作其实都讲究避熟而求生，因为"生"才能带来新鲜感。这是针对一般的词作者来说的。我记得金圣叹批点《水浒传》的时候曾经提出过一种理论，叫作"犯之而后避之"。什么叫"犯"呢？就是故意写出一种相似；什么叫"避"呢？就是在看上去是一种重复，当中体现出超越之处。他说一般人避也就避了，因为他是一般人。但才子就不能这样了，才子不仅不怕与人重复，而且要故意重复，但就是让人在重复之中包含着那么多的创意在里面。才子不怕比较，怕的是没有比较。简单来说，专门写人家没写过的，不算本事；写人家写过，而且是写经典传达过的内容，但能使人耳目一新，那才是真本事，那才是大才子。

陈小奇肯定属于这种大才子，因为他从经典诗词中展现的不只是经典原有的意境，而且是为我所用，传达的是自己非常有个性化的情怀，属于典型的"犯之而后避之"。

张继的《枫桥夜泊》就四句："月落乌啼霜满天，江枫渔火对愁眠。姑苏城外寒山寺，夜半钟声到客船。"你看这诗直接说了"对愁眠"，又说"客船"，这两个关键词一拎起来，就知道写的是一种思乡之愁。

陈小奇一方面很尊重张继的原诗，像歌词中的渔火、枫桥、无眠、月落乌啼、客船等意象就是来源于《枫桥夜泊》这首诗。但陈小奇不是简单地写思乡之愁，而是用一张旧船票来表达顽强地回到过去的一种情怀。我一直特别欣赏这几句："尘封的日子，始终不会是一片云烟。久违的你，一定保存着那张笑脸。许多年以后能不能，接受彼此的改变。"你看这里面有期待，有愿望，改变过的自己回到没有改变前的日子，这是一种非常有创意、有力量的情感。这当然是一种怀旧，但也是一种尊重当下的怀旧，把怀旧的情感写得很有冲击力。

杜牧的《山行》诗云："远上寒山石径斜，白云生处有人家。停车坐爱枫林晚，霜叶红于二月花。"这诗主要写景，写的是一种怡人之景，因此也写出了一种流连之情。但陈小奇用一个稍带感伤的爱情故事串起这首诗，使这诗歌的情感

也因此一下子丰富、生动了起来。杜牧说："白云深处有人家。"但陈小奇说："白云深处没有你的家。"所以这白云深处的家是谁的家呢？是一直是别人的家，还是曾经是自己的家而现在已经不属于自己呢？种种想像都有驰骋的空间。因为这个调整，整个歌词的情感就动荡了起来，在陈小奇的歌词意境之中，停车不再是简单地因为欣赏晚秋枫叶，而是什么呢？我们看歌词：

  你说你喜欢这枫林景色/其实这霜叶也不是当年的二月花
  半路下车只是一丝牵挂/走走停停总是过去的她
  长长的石径回响你的相思/回头的时候已经是梦失天涯

原来诗人不是偶尔闯入白云深处，原来他是故意地寻觅。但结果当然是没有结果的寻觅，所以陈小奇接着说：

  等车的你走不出你收藏的那幅画/卷起那片秋色才能找到你的春和夏
  等车的你为什么还参不破这一刹那/别为一首老歌把你的心唱哑

经过这么一演绎，杜牧已经只是一种若有若无、若隐若现的背景。站在这首词前面的其实是陈小奇心目中和想像中全新的人和景了，连人物与景物的关系，也做了全新的处理。

  这是再典型不过的"犯之而后避之"了。
  以上不过是对陈小奇歌词一种类型的分析，从古典中走出来的陈小奇，分明带着现代的气息。因为古典，他的歌词耐人寻味，让人有一种不言而喻的文化归属感；因为现代，他的歌词能迅速走进听众心里，让他们感受似曾相识的情怀。我总觉得，没有古典作为底蕴的流行歌词，可能只能各领风骚三五年，甚至更短；而与当今现实隔膜的歌词，也注定没有流行的基础和可能。
  陈小奇准确地拿捏了两者的关系，成为流行歌坛兼具高度、深度和广度的一流词曲作者。这是他对这个时代的贡献，也为后来的词曲作者指引了一条康庄大道。所以，陈小奇的意义不仅是现实的，也是未来的。

当今中国学院派（歌）词作者代表人物——陈小奇

（李　炜）[①]

从语言的角度看，诗歌或者歌词是语言的特区。歌词语言往往会突破常规，以达到陌生化的效果，但这种突破必须在语言规范的框架内。如何在新奇和规范这两者之间取得平衡，则需要创作者具有深厚的文化底蕴和人文素养。我认为，陈小奇就是这样一个具有深厚文化底蕴和人文素养的词作者。下面从三个方面来说明。

一、语言规范方面

陈小奇的所有歌词都严格遵守语言规范，无一例外。在母语规范框架内进行写作已经内化为他的创作自觉，因而在他的歌词里，我们挑不出语病。比如大家耳熟能详的《涛声依旧》，意蕴深远是大家公认的，难得的是在将古汉语转化为现代汉语的过程中，转变自然，没有出现一处语病。"带走一盏渔火""留下一段真情"动宾搭配，"温暖我的双眼""保存着那张笑脸"的修辞，"流连的钟声还在敲打我的无眠"中"无眠"的词类活用都很规范，还有"让它温暖我的双眼""让它停泊在枫桥边"这类使役句因为常常省略主语，很容易犯"取消主语"的语病（比如"通过这次活动，让我们明白了劳动最光荣的道理"，中学语文常作为改错题），歌词里省略了主语但是没有取消主语，十分讲究。

相比之下，有些歌词为了标新立异，不惜牺牲语言的规范性，这既不利于汉语创作的健康发展，同时也对青少年造成不利影响。当然，有些错误不是作者故意为之，而是由语言基本功不够造成的。比如，有些作者在填词时将"徘徊（huái）"的"徊"放在ui韵的韵脚，再比如将"不能自已（yǐ）"误填成"不能自己（jǐ）"。这些错误歌词传唱很广，在青少年中造成了很大的负面影响，

[①] 中山大学中文系教授。

而这些影响一旦形成，需要很长时间才能消除。这是歌词创作者必须警醒，而且需要避免的。准确、规范地使用语言是所有创作的基本要求，歌词、诗歌创作也必须遵循这个基本要求。在这方面，陈小奇做了很好的表率，我想这与他扎实的中文专业训练是分不开的。

二、语言修辞方面

陈小奇的作品中，有一些看似诉说平常事的歌词，但是因为善用修辞而具有音乐美感。比如《大哥你好吗》："每一天都走着别人为你安排的路，你终于因为一次迷路离开了家，从此以后你有了一个属于自己的梦，你愿意付出毕生的代价；每一天都做着别人为你计划的事，你终于因为一件傻事离开了家，从此以后你有了一双属于自己的手，你愿意忍受心中所有的伤疤。"歌词讲述的是一个故事，但我们感觉这和平常的谈话不一样。歌词和谈话语体的区别在于，它属于文艺语体，修饰成分多，多用长句。比如，歌词里"路"前面有复杂定语"别人为你安排的"，"离开了家"前面有原因状语，这些修辞手段将"歌词"和日常谈话区分开来；另外，前后段句子字数相当，音节整齐，偶句押韵，平仄交替，读起来扬抑起伏，富有音乐美，将歌词和散文区分开来。虽然是平铺直叙，但利用语音、词汇等修辞手法，赋予了歌词音乐美感。

三、古典诗词（文化）的继承和现代化探索方面

巧妙化用古诗词是陈小奇歌词作品的特点，比如《涛声依旧》化用《枫桥夜泊》，《烟花三月》化用李白的《黄鹤楼送孟浩然之广陵》。这种化用不是简单的照搬照抄，而是在感悟古人情感的基础上，将古人的情怀感悟与现代主题结合，准确地用现代汉语表达出来。比如，"月落乌啼总是千年的风霜"化用了"月落乌啼霜满天"，保留了四字格"月落乌啼"，但是把单音节词"霜"变成"风霜"。这改写创作十分准确，因为四字格是汉语沿用至今的传统格式，但双音化是现代语法区别于古代汉语的显著特征。《烟花三月》中"牵住你的手，相别在黄鹤楼，波涛万里长江水，送你下扬州……烟花三月是折不断的柳，梦里江南是喝不完的酒，等到那孤帆远影碧空尽，才知道思念总比那西湖瘦"，把顺序打乱，根据现代汉语的词语搭配特点重新组合，又保留了古诗"长江水""孤帆"的意象，赋予古诗新生命。除了直接化用古诗，将传统文学意象融入现代歌

词也是陈小奇作品的特点。比如，《烟花三月》跳出李白诗歌本身，融合了具有"送别"延伸义的"劝酒""折柳"词汇；再比如，《九九女儿红》虽然跟古典诗词没有直接关系，但是"青石巷""映日荷花""长亭"这些词语都有各自的文化含义。用现代语言表达古韵，需要深厚的语言和文学功底，需要作者对古代诗词文化以及现代汉语特点的准确把握，才能运用自如。

我们再看看现在的所谓"中国风"作品，用了很多古诗词的词汇，乍一看好像"很中国"，但不能细究。比如，有的作品堆砌了一堆的文学意象，对古汉语词汇、句子也是直接照搬照抄，表达的是旧诗词里常见但离当今社会较远的"闺怨"的主题。这类作品既不是真的古典，也不符合现代汉语特点，大部分民众对"不见高轩""此时难为情"这些语句的意思也不明白。这种所谓的"中国风"歌曲的广泛传播，有创作者"投机取巧"的因素在，创作者投的正是民众期待复兴传统文化之机。但这种从主题到文学意象再到遣词造句都是照搬照抄的作品，对传播和弘扬传统文化来说并非好事，容易造成民众的误解。这也是创作者必须警醒的。

准确、规范是母语写作的基本要求，善用修辞是文学创作的基本要求，传统文化的现代化则是对创作者提出的更高要求。正因为陈小奇有着对汉语的准确把握、对传统文化的坚守，既保持着我国文人的传统追求，又像现代学者一样进行创作，因而在中山大学校友圈内流行着这样的评价："陈小奇是文艺界真正的学者。"希望今后有越来越多的跟陈小奇一样拥有优秀语言文学素养的歌词作者，以敬畏之心对待创作，写好母语作品，唱好中国歌曲，坚持中国文化自信，走出自己的流行之路。

中国风与现代诗

——略论陈小奇先生的歌词艺术

（李广平[①]）

陈小奇是中国歌坛独具创作风格的优秀词曲作家，他以2000多首歌词和数百首作曲的歌曲为中国原创歌坛做出了自己的贡献，并且在理论上确立了以公民意识为文化价值观，以开放自由、民主多元的格局为流行音乐发展理念的创作观，成为中国歌坛南派创作的领军人物。特别是他在20世纪80年代就已经确立并拥有自我理论指导和创作实践的"中国风"歌曲，为他赢得了无数歌迷的欣赏口碑和各种奖项。

20世纪80年代，也就是1985年前后，刚刚步入流行歌坛的中国唱片公司广州分公司的戏曲编辑陈小奇就开始介入中国最初的流行歌曲创作实践，他很早就有强烈的自我意识，立志走一条"中国风"的创作之路。我曾经多次和他探讨过关于"中国风"歌曲的创作理念，大致是指内涵用中国文化作底蕴，采取中国文化意象描摹世俗人情历史变迁，歌词采用深具中国古典文化背景的语句，并用现代流行音乐的旋律、唱法及编曲技巧，达到中国背景与现代世界的音乐节奏的完美结合，成为把含蓄与空灵、写实与写意、古典与现代、时间与空间融合在一起的文化歌曲。这种熔文化与商业于一炉的中国风格流行歌曲，以1992年前后《涛声依旧》的成功风靡大陆为高潮，其后陈小奇创作的系列歌曲和歌词都持续成为一种流行的热潮。因为我们一直就是一个注重旋律、注重歌词文学性的民族，所以无论流行的潮流怎么变，"中国心"是永远不会变的！

陈小奇是中山大学中文系七八级学生，在校期间开始创作现代诗，与中国当代著名诗人马莉、苏炜、辛磊等人一起从校园起步，走入中国文坛。因此，关于他的创作特点，我用最简洁的观点指出，就是："中国风"的内核，现代诗的技法。

[①] 著名词作家、乐评人。

一

　　从题材选取的角度看,陈小奇的歌词创作很早就确立了自己的角度:避开情歌的创作思路,从人与历史的反思出发,创作一系列"现代乡土歌曲"。这是最早的他和作曲家兰斋(马小南)以及李海鹰合作时期的作品:《敦煌梦》《湘灵》《灞桥柳》《梦江南》《七夕》《断桥》《忆江南》等等。关于这一类歌曲,陈小奇的本意并非描摹具象的历史场景和故事人物,而是从人文关怀的角度,反思历史批判历史。例如,《敦煌梦》是对中国古老文明带有强烈忧患意识的关照,尽管"千年的飞翔也迷茫",但请别忘记"千年的古钟夜夜敲响""我魂绕阳关轻轻唱",既是审美的关照,也是人文的关怀。让流行音乐拥有人文关怀的灵魂之内核,是这一系列歌曲的最大创新亮点。《湘灵》则把笔触深入到了中国文化的源头——屈原的《离骚》和楚辞的篇章中,借"湘灵"这一古老的中国文化意象,作了一种现代化的梳理:在流连、迷恋、沉醉和痴狂中,作者希望唤醒这些古老的爱和美,成为我们现代人心灵新的养料和文化进步的内在动力。这批30年前创作的歌曲,虽然没有大面积流行,但是最近在中央电视台《经典咏流传》节目的火爆,恰恰证明陈小奇和他的伙伴们当年的创作探索是多么的可贵和具有先锋意味。这批歌词作品不仅仅独具文字的美,还具有一种历史流传中生命的美,就像流淌在我们血液中的中华文化,华美大度、典雅雍容、神秘高远,傲然立于世界东方。

　　从立意上来考察这批中国风歌词,很多人立马会发觉:陈小奇的古典诗词修养极高,这也许是和他在工厂劳作时,不忘和工友比赛背诵古诗词的美好结果,当然也和中大中文系严格的古典文学训练息息相关。其实,陈小奇最早的创作还并非直接从古典诗词中汲取具体的诗词歌赋的精华,还是主要从立意上,从意境、韵味、画面来构思自己的歌词,并填写进作曲家的旋律中,形成美好的一首歌曲。例如《梦江南》,你很难说它具体来源于哪首诗词,但是"只愿能化作唐宋诗篇,长眠在你的身边"这个立意就非常美丽而奇特,这是一种渴望自我与江南融为一体的美妙而真切的表达。《七夕》来自"牛郎织女"的爱情神话,《断桥》来自民间传说与故事。前者借神话故事以古喻今,写出了现代人对于爱情的内心冲突,以及对爱的呼唤和等待;后者用传说故事,浇现代人爱情的心中块垒:"多少岁月多少春秋/那罪恶的金钵罩不住这爱情天长地久",颇有石破天惊般的向往自由爱情的省思与解脱的畅快。包括《三个和尚》《一百零八条好汉》《桃花源》《圆明园》都是在立意上精心选取角度,然后切入内核,在创作中完美表达自己的新内涵和新感觉，文字优雅而含蓄、隐忍而不铺张，甚至幽默写意而清新流畅，引人惊叹连连的同时，歌之咏之，一唱三叹。

直接从古典诗词中生发引用而来的创作，也是陈小奇"中国风"歌曲创作中占有一定比例的作品：《涛声依旧》来自唐朝诗人张继的《枫桥夜泊》，《大浪淘沙》来自李白的《早发白帝城》，《朝云暮雨》来自宋玉的《高唐赋》，《烟花三月》来自李白的《黄鹤楼送孟浩然之广陵》，《白云深处》来自杜牧的《山行》，《巴山夜雨》来自李商隐的名作《夜雨寄北》，等等。陈小奇与其他"古风"歌曲创作者最大的不同是：虽化用原诗词的个别语词，但整体的意境、起承转合、遣词造句已经和原诗词有极大的不同，形成了陈氏独特的韵味与意指。从语言学的意义上说，能指（古典诗词）转向了所指（当代情感），几乎是完美的转向。我们以《涛声依旧》和《巴山夜雨》为例：前者是当"涛声依旧"在回荡、"渔火依旧"在温暖我们时，我们这些现代人漂泊的灵魂，是否会随着"流连的钟声"继续飘荡，无依无靠？还是可以登上一艘心灵的"客船"，寻觅到自己的精神家园？另外一首不算太流行的歌曲《巴山夜雨》却一直是我的挚爱，这首歌词完美地溢出了原诗词的意境，注入了更多陈小奇自己的感受和体验："伤心是一壶酒，迷惘是一盘棋""推不开的西窗，涨不满的秋池"，这些堪称妙手偶得的现代诗意象与倾诉方式，真是千千万万"剪不断的柔情万缕"，让整首歌曲盈满思念的情感，渴望倾泻而出，真可谓一首婉转曲折、含蓄空灵、浑然一体的元气饱满的佳作。

"中国风"歌曲的创作，如何避免食古不化，如何超越原来诗词的美丽意境和中国画风，如何转换视角与新生语词，等等，对于这些问题，陈小奇都有自己深刻的感悟和思考，并且用创作实践来回答这些问题。与方文山、黄霑、高晓松等优秀词人的"中国风"创作最大的不同是，陈小奇后期大量词曲结合的自我创作，更加注重简洁直白与含蓄空灵的结合，更加注重画面感的营造而不是故事的宣泄，更多使用现代语词的转换机制而尽量用点缀式的写法，将语言磨炼得更加炉火纯青、更加敏锐探索、更加精致凝练。如新作《月下故人来》，同样写扬州，其中一句"你是三分明月夜的那二分无赖"运用得恰到好处且耐人寻味，把唐朝诗人徐凝不太为人熟悉的诗句"天下三分明月夜，二分无赖是扬州"的诗句用得出神入化，这里的"无赖"实在是韵味无穷。全词因此而生机勃勃，在庄重典雅之中又平添一丝顽皮轻盈，显示了一座城市古老而青春的活力。

二

如果仅仅是会从古典诗词的意境与韵律中寻找自己的灵感并创作出自己的作品，还不算是一个优秀的词人。陈小奇的现代诗歌创作手法和随之而来的现代意识的表达，才是他取得成功的真正法宝。

（一）意象的高度概括力

歌词与诗不同的地方，是选取的意象必须是对生命与世界的概括性的选取，选取是否得当，将决定这首歌曲是否成功。陈小奇因为写现代抒情诗的训练，他的艺术触觉异常敏锐，往往能在纷纭芜杂的意象中直取最重要、最美的意象，写出人人心中有、人人笔下无的意象。比如，《高原红》这首歌曲就是最典型的代表："高原红"作为一种生命的体征，作者通过这个意象去展示生命的轨迹和人生的画卷，写出了初恋的真挚与"雪崩"激情，写出高原人的刚毅与温柔、坚强与热烈的爱情故事。"高原红/美丽的高原红/煮了又煮的酥油茶/还是当年那样浓；高原红/梦里的高原红/酿了又酿的青稞酒/让我醉在不眠中。"藏歌的元素都有了，但是都集中在"高原红"这个主意象下面，充满一种圣洁的美、高贵的美，让人心醉神迷。在为彝族的"山鹰组合"创作《七月火把节》这首歌词的时候，其实我们并没有真正体验过火把节的盛大美景，但是陈小奇非常准确地抓取了"七月"和"火把节"这两个意象，把它们有机联合起来，用"火"把"双眼""心灵""青春""梦想"都点燃；再加上"骏马""姑娘""鼓乐""美酒"，这些意象语词在作者手里柔软起来，折叠起来，组成了美妙的节奏和音韵，烘托出一种热烈火爆、温暖激情的场面，加上旋律的律动感，想不舞动起来都不可能啊！再看《九九女儿红》这首歌，也是如此。作者选取"女儿红"这种美好传说中的酒名来写歌词，却把江南的景物与传奇都融汇进去："乌篷船""青石巷""红灯笼"与"长亭相送""红盖头""烛影摇红"，组成了"九九女儿红"中国水彩画般的美丽画卷，让我们无比熟悉又略显陌生。这些流淌在我们血液里的中国意象，当然会立刻随着旋律映入我的脑海，滋润我的呼吸，唤醒我的审美力和想像力，让我歌吟起来。

（二）独特的语感

充分运用现代诗的通感手法和拟人化手法，让歌词活起来，形成了陈小奇歌词独特的语感。通感修辞又叫"移觉"，就是用个性化的形象的语言使感觉转移,将人的听觉、视觉、嗅觉、味觉、触觉等不同感觉互相沟通交错,化成全新的全方位的新体验和新感觉。这也是陈氏歌词最显著的特点之一,在他的许多歌词作品中随处可见。如《秋千》的"树上有个童话在摇啊摇/树上有段记忆在飘啊飘/树上有个秋千在睡午觉/树上有个知了在叫啊叫"等句子,这里面的"童话"在"摇"、"记忆"在"飘"、"往事"在"飘渺"、"阳光"在"蹦蹦跳跳",都是用通感的艺术手法把它们串联起来,形成一幅儿童夏日秋千图。这是极富童趣而又天真浪漫的写法,名词的动词化凸显儿童跳跃无界的心态,凸显出心灵的自由高远,想像力的无远弗届的动人美感,加上旋律的动感律动,一首好歌就此诞生。再看《七月火把节》里面"远方的朋友请你过来歇一歇/一起尝尝彝家的美酒彝家的岁月/献给你的幸福吉祥请你都带走/你栽下的友谊之花永远不凋谢"。品尝美酒般的岁月、栽下友谊之花,都是信手拈来的通感手法,充满了真情实意的美感和开阔的想像空间。《山沟沟》里面的"看一看灰色的天空/那蔚蓝能否挽留""甩一甩手中的长鞭/那故事是否依旧",这里的形容词成为名词的对象化使用、动词跳跃到名词的婉转,都是现代诗训练的结果,用起来非常娴熟而完美,使一首歌词立刻具备了很高的艺术境界,却又无比简洁生动、灵气四溢。

(三)词曲结合的高超填词手法

陈小奇的歌词作品绝大部分是填词作品,因此,在与作曲家合作或者他自己作曲的创作过程中,他都非常注重词曲的音韵和歌词的接合度,力求词曲的完美结合。在《大浪淘沙》这首歌词的填写修改过程中,我目睹了全过程:为了突出全曲高潮部分的大气浪漫,陈小奇反复与旋律磨合,力求营造出气韵饱满气、象深厚、血脉奔放、神情飘逸的好词。"九万里长江穿过千重山/轻舟已飞过猿声还是那样暖/大浪里淘尽所有的往事/可是我会珍藏那张永远不老的风帆",视觉与触觉、夸张与隐喻、古典与当代、实写与虚写,都与旋律丝丝入扣、严丝合缝地结合在一起,唱起来荡气回肠,听起来柔情万种,短短数行,在起伏跌宕的旋律的配合下,既表达了人的感情的峰回路转,也隐喻了世界的沧海桑田,这种词曲结合都高度合一的歌曲,很适合歌手用来参加歌唱比赛。难怪此歌一出,就常常回旋在各地的歌唱赛场里,成为歌手的常规比赛曲目。这种填词的艺术手法,特别是与旋律的亲密度,在陈氏创作中处处可见。无论是与作曲家合作的如《黎母山恋歌》《拥抱明天》等作品,还是他自己作曲的《马兰谣》《烟花三月》《三个和尚》等,都是词曲结合堪称完美的作品。

（四）诗书画合一的意境与画面营造

作为一个有深厚中国古典艺术修养的学者型创作人，陈小奇的作品在诗书画意的融合艺术方面卓有成效。因为酷爱书法绘画艺术和围棋艺术，陈氏歌词将画面的美感营造、歌曲的A段与B段的叙述与高潮、色彩与韵律、留白与点染、泼墨与明暗、点线面与大写意等相结合的手法，都运用到歌词创作中，让人大开眼界。陈小奇的歌曲特别注重意境的营造：如《白云深处》里面的白云、枫林、霜叶、二月花等都是构成"等车的你走不出你收藏的那幅画"的人生意境，《梦江南》的"草青青水蓝蓝白云深处是故乡，雨茫茫桥湾湾白帆片片是梦乡"是江南水墨画意境，而《九九女儿红》则是浓墨重彩的水彩画，《七月火把节》《灞桥柳》《敦煌梦》等则可看作热烈凝重的油画效果了。

三

要在一篇几千字的文章里尽可能全面论述陈小奇的歌词艺术是不可能完成的任务，但是通过我简略的说明，我相信还是可以管中窥豹，领略到陈氏歌词的艺术魅力。陈氏歌词对历史文化资源的神奇化用、对平民文化自由精神的呼唤、对现代诗歌的探索手法在流行音乐中的大量使用、对媒体批评的敏锐感受，以及对商业文明的挑战与引领，都有值得我们思考和学习的地方。流行音乐的精神特质，永远是自由开放的、包容跨界的、博古通今的，这在陈小奇的音乐创作特别是歌词创作中随处可见，也是他创作上一直秉承的艺术精神。陈小奇很早就意识到：流行歌曲是最容易走进心灵的艺术之一，所以，唯愿陈小奇继续创新自己的艺术生命，与时代一起，继续歌唱。

大哥你好吗

——写在陈小奇北京演唱会举办之际

（朱小松[①]）

一声《大哥你好吗》温暖了亿万打工者的心，一首《我不想说》融化了人们对外来妹的误解与偏见，一曲《涛声依旧》唱尽了天下漂泊者的离愁别绪。改革开放真是一个伟大的时代，它不仅结束了"十年动乱"，创造了经济奇迹，而且迎来了思想解放的春天。在打破思想僵化坚冰的战役中，真理问题大讨论、为冤假错案平反昭雪、党的十一届三中全会决议等，举足轻重。而流行音乐及歌曲的引入与再造，又为人们转变思想观念、推动文化进入多元繁荣时代，起到了催化剂的作用。在这支拓荒追梦的音乐文学大军中，陈小奇先生无疑是极具代表性的人物之一。他不仅自己上下求索，而且带领一批音乐达人攻坚克难，他们中有甘苹、李春波、陈明、张萌萌、林萍、伊扬、"光头"李进、廖百威、陈少华、山鹰组合、火风、容中尔甲等著名歌手。在纪念改革开放40周年之际，回顾陈小奇先生走过的探索成功之路，或许能折射出几代音乐人、词作家在改革开放新时期的奋斗身影。感受他们的勇气与闯劲、困惑与艰辛，这些"当初离家的步伐"，或许会对正在行进中的中国音乐文学和流行乐坛有所启迪和帮助。

一、探索脚印之一：向古诗词学习，形成最早的"中国风"

中国现代歌词的诞生，得益于三位伟大的"母亲"：两位亲生母亲"分别是中国古诗词和中国民歌"，一位外来母亲是"外国音乐文学"。陈小奇先生是科班出身，自然是中国古诗词的"母亲"对其影响最大。他身处改革开放的前沿阵地——广东省，既没有走体制内词人在主旋律旗帜下求新变革的稳路，也没有走港澳台爱恨情仇永恒主题的熟路，而是走了一条用现代的音乐唱出古典的味道的"中国风"新路。他对中国古诗词烂熟于胸，并能化为自己的抒情语言，逐步形

---

① 中国音乐文学学会理论与批评工作部副主任。

成了自己独特的歌词风格：典雅、空灵、诗意盎然。比如，他的送别歌《烟花三月》就写得情深意厚、荡气回肠。尽管这首歌的歌词意境取自唐代大诗人李白的名篇《黄鹤楼送孟浩然之广陵》，但陈小奇先生不是简单地"拿来"，而是用现代人的情感体验来揣摩古代诗人之间的离别情怀，用于服务当代离乡远行的人。"牵住你的手，相别在黄鹤楼。波涛万里长江水，送你下扬州。真情伴你走，春色为你留，二十四桥明月夜，牵挂在扬州。"前四句交代人物、地点、事由及目的地，后四句是抒情主人公为朋友去异地的担心、牵挂和离愁："扬州城有没有我这样的好朋友，扬州城有没有人为你分担忧和愁，扬州城有没有我这样的知心人，扬州城有没有人和你风雨同舟？"作者通过连用四句排比，把抒情主人公的细腻情感充分展露了出来，是重要的出彩段落。最后四句总结升华："烟花三月是折不断的柳，梦里江南是喝不完的酒。等到那孤帆远影碧空尽，才知道思念总比那西湖瘦。"扬州素以瘦西湖闻名天下，在这里，陈小奇先生巧用一个"瘦"字，与对友人的思念联系起来，既形象，又贴切。

二、探索脚印之二：向民间民歌学习，使作品有地域特色和人文追求

陈小奇先生生于广东普宁，但却对锦绣江南情有独钟。《江南可采莲》是汉代流传下的一首民歌："江南可采莲，莲叶何田田，鱼戏莲叶间，鱼戏莲叶东，鱼戏莲叶西。鱼戏莲叶南，鱼戏莲叶北。"诗歌描绘了江南采莲的热闹欢乐场面，从游来游去、欣然戏乐的游鱼中，我们似乎也听到了采莲人的欢笑。这也是一首与劳动相结合的情歌。诗歌采用民间情歌常用的比兴、双关手法，以"莲"谐"怜"，象征爱情，以鱼儿戏水于莲叶间来暗喻青年男女在劳动中相互爱恋的欢乐情景，格调清新健康。想必陈小奇先生也受其感染，于是他笔下的江南，多次出现采莲人的形象。比如他的《忆江南》："有几回在风里摇着船，摇到我日思夜想的江南。有几回在雨里采着莲，采到生我养我的运河边……游子的情啊，故园的爱，壶中的月啊，沧桑的脸，梦中江水绿如蓝，能不忆江南。"又如他的《千百个梦里全是你》中"运河边那个采莲的女子呀，把爱情唱得山青水绿"，好一幅美丽动人的江南风光图。从某种意义上讲，咏江南、思江南一直是古今文人吟唱的主题。一是因为江南从古到今秀丽富庶、才子佳人辈出。二是因为它也是中国文人心中的精神家园和生活福地。陈小奇先生的另一首《梦江南》同样婉转缠绵："草青青，水蓝蓝，白云深处是故乡，故乡在江南。雨茫茫，桥弯弯，

白帆片片是梦乡,梦乡在江南。不知今宵是何时的云烟,也不知今夕是何夕的睡莲,只愿能化作唐宋诗篇,长眠在你的身边。"很明显,他的重章叠句受到民间歌谣的影响。"只愿能化作唐宋诗篇,长眠在你的身边。"这一句歌词也透露出陈小奇的美学理想和艺术追求。他还向少数民族民间文化取经,他的《黎母山恋歌》写得粗犷而神奇:"抬头不见雨打湿的脸,兽皮裙上可有当年的剽悍。噢黎母山,噢黎母山。回头不见风吹落的箭,黑森林中可有当年的缠绵。噢黎母山,噢黎母山。你瘦骨嶙峋的五根手指,该怎样抚平野火中烫皱的思念。你呜咽哭泣的万条泉水,怎样流尽石缝中寂寞的忧伤。我再不能掩饰苦恋的情感,你身上的花纹是否已凋残;我再不能忍受长久的等待,这古老的围裙要再度鲜艳。黎母山啰喂烧不死的山,太阳般的哥哥快回到我身边,黎母山啰喂淹不灭的山,月亮般的妹妹为你把歌唱到永远。"

三、探索脚印之三:勇于创新,使自己的歌词创作更具有辨识度

这大概是许多艺术家的立身之本,同时也是艺术产品成为商品后的标志之一。我们说歌词作品是大众艺术,一般要求其通俗易懂、流畅好记。像陈小奇先生这样歌词创作有较高辨识度的大家,并不多见。更多的词曲作者把自己的作品放在一堆歌曲中,如果不写姓名,别人很难辨识出来。这可能与我们多年所受到的同质化教育和同质化宣传有关,它束缚了我们作为优秀文艺家区别于他人的想像力和感染力。殊不知生物多样性是地球的生命,风格多样性是艺术的生命。古人云:"人有百口,口有百舌,不可名其一处也。"([清]林嗣环《口技》)千篇一律,千人一面是文艺的大忌。聆听陈小奇先生的歌曲作品,你会有一种时空的穿越感。不是从今天穿越到未来,就是从今天穿越到古代。在他营造的歌词意境中,许多唐诗宋词中常用的景观、事物,都被赋予了新的生命和温度。比如:长亭、云烟、睡莲、渔火、阳关、灞桥柳、风帆、西窗、秋池、筚篥、羌笛等,都不再遥远和陌生。除了前面笔者提到的送别歌《烟花三月》外,在陈小奇的歌词世界里,长亭是不用长相送的(《九九女儿红》);霜叶也不是当年的二月花(《白云深处》);灞桥柳是拂不去烟尘、系不住愁的(《灞桥柳》);千年的飞天是迷茫的(《敦煌梦》);两岸猿声是温暖的(《大浪淘沙》);西窗是推不开的,秋池是涨不满的(《巴山夜雨》);等等。陈小奇不仅在古诗词的词汇运用方面有他自己的独到想法,而且在观察、捕捉、表现生活的视角上也与

众不同。比如歌词《高原红》，"高原红"原是指长期生活在高原地带的人们，面部所出现的片状或团块状的红色斑块，主要是由于气候环境造成面部皮肤角质层过薄，毛细血管扩张显露于表层，所表现出红血丝的症状。许多创作人一般不会据此展开想像，作为写作素材。他却用来借代高原姑娘圣洁的美。很传神，又阳光，还具有代表意义。"许多的欢乐，留在你的帐篷，初恋的琴声，撩动几次雪崩，少年的我为何不懂心痛？蓦然回首，已是光阴如风！离乡的行囊，总是越来越重，滚滚的红尘，难掩你的笑容，青藏的阳光日夜与我相拥。茫茫的雪域，何处寻觅你的影踪？高原红，美丽的高原红，煮了又煮的酥油茶，还是当年那样浓！高原红，梦里的高原红，酿了又酿的青稞酒，让我醉在不眠中。"又如他创作的一首儿童歌曲《老爸》，原以为歌词里只是女儿对老爸的赞美互动，没想到女儿却提醒老爸要把给自己的爱，分点给妈妈，这样才是快乐的一家。据说是在一次机缘巧合中，小歌手吴英佳把自己内心对于爸爸"不能只疼我，也要关心妈妈"的想法，告诉了著名音乐人陈小奇，就是因为这样一次简单的对话，陈小奇为吴英佳量"声"打造了《老爸》这首歌曲。朴实无华的歌词直达人心，将父爱通过日常最简单的小事情，表达得暖彻人心，舒缓轻快的旋律将深情的父爱慢慢地流淌。可见，创作要做有心人，优秀的作品才会从大量平庸作品中脱颖而出。

再如那首脍炙人口的童谣《三个和尚》，从孩子口中唱出大人世界千百年养成的积习和无奈。"一个呀和尚挑呀么挑水喝，两个呀和尚抬呀么抬水喝。三个和尚没水喝呀没呀没水喝呀，你说这是为什么呀为呀为什么？为什么那和尚越来越多？为什么那和尚越来越懒惰？为什么那长老也不来说一说呀？睁着眼闭着眼只念阿弥陀佛。大和尚说挑水我挑得最多，二和尚说新来的应该多干活，小和尚说我年幼身体太单薄呀，白胡子的长老说我年老不口渴。一个和尚挑呀挑水喝，两个和尚抬呀抬水喝，三个和尚没呀没水喝呀，你说这是为什么呀为什么？"一般写到这里，许多作者会就此止步。但陈小奇先生却进一步挖掘现象背后的本质："从此以后呀和尚都不挑水喝，不挑水的日子还是一样过。谁也不用奇怪也别问为什么呀，几千年的奥妙谁也不会说破。"陈小奇先生把这流传在寺庙里的故事结合当代人的人情世故，叙述得栩栩如生，并用只问不答的形式，给受众留下思考的空间。从美学意义上讲，该歌曲可与丹麦作家安徒生的传世童话《皇帝的新装》相媲美，只不过前者是提醒人们"改造国民性"（鲁迅语）的重要性，后者是讽刺皇帝的愚蠢、官吏的虚伪，赞扬孩子的大胆和勇敢。

四、探索脚印之四：从"我写歌词"，到"歌词写我"

此句是笔者从南宋著名哲学家陆九渊的名句"我注六经，六经注我"套用而来。相传曾有人劝陆九渊著书立说，陆九渊回答"六经注我"。六经即《诗经》、《书经》（《尚书》）、《礼经》、《易经》（《周易》）、《乐经》、《春秋》6部儒家经典的合称。笔者认为，"我注六经"是指初学者想尽办法去理解六经的本义。而"六经注我"是指在"我注六经"的基础上，做更深入的研究，融会贯通，达到新高度，建立新体系，即六经为我所用。著名数学家华罗庚曾把读书分成两个阶段：第一阶段是越读越厚，指为弄懂一本书，找来许多书读，情同"我注六经"；第二阶段是越读越薄，指对全书进行深入细致地分析，扬弃枝节，抓住要点，甚至来龙去脉都一目了然，意同"六经注我"。歌词创作也是如此，当你刚入歌词之门时，是"我写歌词"，调动一切知识储备和情感储备来丰富歌词艺术。当你经过多年创作积累和思考探索，功夫到达炉火纯青阶段之时，是"歌词写我"，即你已经成为歌词艺术的一部分。同时，你的作品经得起多方解读和时间考验，因为它是"复合维生素"，不是单一"维生素"。陈小奇先生20多年前填词的《我不想说》，今天听来就像当时流行歌曲的"自辩书"："我不想说，我很亲切。我不想说，我很纯洁。可是我不能拒绝心中的感觉。看看可爱的天，摸摸真实的脸，你的心情我能理解。许多的爱，我能拒绝。许多的梦，可以省略。可是我不能忘记你的笑脸，想想长长的路，擦擦脚下的鞋，不管明天什么季节。一样的天，一样的脸，一样的我就在你的面前。一样的路，一样的鞋，我不能没有你的世界。"其"自辩内容"正是流行歌曲所具备的主要特点："我很亲切"，有亲和力；"我很纯洁"，不带功利色彩；"我不能拒绝心中的感觉"，真实，不虚伪，坦露心路历程；"我不能没有你的世界"，说明流行歌曲与人们的精神生活紧密相连。陈小奇先生自1983年开始流行歌曲创作以来，先后有2000余首作品问世，其中约200首作品分别获"中国音乐金钟奖""金鹰奖""中国十大金曲"等各类奖项，代表作品有《涛声依旧》《大哥你好吗》《九九女儿红》《我不想说》《高原红》《为我们的今天喝彩》《跨越巅峰》《拥抱明天》《大浪淘沙》《灞桥柳》《烟花三月》及中国第一首企业歌曲——太阳神企业形象歌曲《当太阳升起的时候》等。可以说陈小奇是真正达到"歌词写我"境界的为数不多的中国优秀词作家之一。其中，《涛声依旧》自问世以来迅速风靡海内外，并久唱不衰，成为内地流行歌曲的经典作品，并入选"中国原创歌坛20年50首金曲奖"；《跨越巅峰》《又见彩虹》及《矫健大中华》则分别被评选为首届世界女子足球锦标赛会歌和第九届全国运动会会歌及第八届全国少数民族运动会会歌；《高原红》《又见彩虹》获中国音乐界最高奖项"金钟奖"；原创专辑《阿咪罗罗》（容中尔甲演唱）获中国金唱片奖最佳制作奖；音乐专辑《客家意象》获中国金唱片奖评委会创作特别大奖。

  2018年4月24日19:30，"陈小奇经典作品北京演唱会"在北京保利剧院隆重举行。演唱会由广东省委宣传部作为指导单位，广东省文学艺术界联合会、广州市委宣传部、中国音乐家协会流行音乐学会、中国音乐文学学会主办。演唱会之后第二天，还在北京港澳中心会议室举办"陈小奇作品研讨会"。临近文章结尾，笔者又想起那首耳熟能详的歌曲《大哥你好吗》，歌中抒情主人公略带叛逆并成功转型的经历，使笔者想起当年"走异路，逃异地，去寻求别样的人们"的青年鲁迅。笔者一直认为该歌曲是陈小奇先生唱给自己听的人生告白："每一天都走着别人为你安排的路，你终于因为一次迷路离开了家。从此以后你有了一个属于自己的梦，你愿意付出毕生的代价。每一天都做着别人为你计划的事，你终于因为一件傻事离开了家。从此以后你有了一双属于自己的手，你愿意忍受心中所有的伤疤。噢，大哥、大哥、大哥你好吗？多年以后是不是有了一个你不想离开的家？噢，大哥、大哥、大哥你好吗？多年以后我还想看一看你当初离家出走的步伐"……

涛声依旧　小奇不老

（段春芳[①]）

时间缓缓，流过岁月。曾经的少年变成中年，中年步入老年。而有些声音、有些人却不曾随时间老去。

在这个最美的人间四月天，在京华如水的夜晚，聆听陈小奇老师的经典作品演唱会，有种时光交错的感觉，仿佛将自己的青春时代又重走了一遍。而涛声依旧，作者不老，真好啊！

首先，我要说陈小奇老师创作的歌曲不老。

陈小奇老师这24首歌，从1984年创作的《敦煌梦》开始，到2012年创作的《客家阿妈》，时间跨过了4个年代。在这4个年代里，一代代人在长大、变老，我们生活的社会也一直发生着变化，人们的思想、观念、喜好等也在悄然发生着变化，而这些歌却一直为我们所喜爱、一直陪伴着我们。它们已经融进了我们的血液，成为我们成长的见证与回忆的一部分。

听到《梦江南》《我不想说》等，我会想起兄妹几个凑在一起听录音机磁带、还未长大分开的场景；听到《山沟沟》，会想起"西北风"盛行时那个人们大声唱歌的年代；听到《涛声依旧》，会想起某年的大年三十和家人一块看春节联欢晚会的欢乐；听到《大哥你好吗》《为我们的今天喝彩》《九九女儿红》等，会想起和同学们走在校园听广播里飘出这些歌的场景；听到《三个和尚》，会想起和还未长大的儿子一起听歌时，他又唱又笑的时光；听到《烟花三月》《高原红》《客家阿妈》等，就唤醒自己想浪迹天涯、四处旅行的青春梦……这些天，我曾放陈老师的歌或说歌名给我的父母、后生晚辈和身边的同学、朋友等听，这些人的年龄跨度从20世纪40年代出生的70多岁的老人，到21世纪后出生的十几岁的孩子。他们全都听过陈老师的歌，有的边听歌，边跟着唱。

什么是经典作品？对于歌曲而言，我认为经典作品在时间长度上，应该是经受了时间和岁月洗练后而留下的作品；在接受广度上，并非只以"和众和寡"为

[①] 河北省音乐文学学会副秘书长。

判断尺度，而是能让一代代人欣赏甚或产生共鸣，并愿意经常欣赏的作品；在创新性上，它们从历史的惯常轨道中脱离出来，在某个或某些方面具有开创性，能给人耳目一新的感觉；在价值层面，经典作品应该是或能启迪人的心智，或能给人以美的享受，或能抚慰人的灵魂的作品。

陈小奇老师的这24首歌，每一首都承载着一段光阴，承载着不同人的不同回忆，并也将在一段时间后，成为孩子们现在或以后记忆的一部分。

其次，我要说陈小奇老师的歌曲语言不老。

说陈小奇老师创作的歌曲不老，其实就包含了他创作的歌曲语言。之所以单独拿出来说，是因为一首歌曲的生命力如何，编曲伴奏的质量、歌手的演唱水平、推广的力度等都是很重要的因素，而词曲作为源头则尤为重要。有人说，一首歌能不能流行主要看曲，能不能流传主要看词，我比较认同这个说法。

这24首经典歌曲，无论是中国风、民族风还是都市风，之所以受到那么多人的喜欢，还是因为契合了时代的审美，在歌曲中增加了流行元素，使旋律朗朗上口，受众更加易学易唱。在这里面，歌词作为一首歌曲的内核，是演唱的基础，所以一首歌曲能直入人心、久唱不衰，歌词也起了很重要的作用。

单就歌词而言，总结陈小奇老师的歌词，其最大的特点是：有诗意却不晦涩、易学唱而不浅白，自有节奏感在其中。

而陈小奇老师在歌词创作的语言方面也有很大创新。现在提到中国风歌曲，人们会如数家珍说出很多中国风歌曲的名字，而在20世纪八九十年代，既具有古典意蕴，又具流行元素的中国风歌曲还不是很多。陈小奇老师在初入歌坛时便写出了《敦煌梦》《梦江南》《灞桥柳》等歌词，之后又创作了《涛声依旧》《巴山夜雨》《大浪淘沙》《烟花三月》等一批脍炙人口的歌词，有的歌词由他亲自谱曲。这些歌词或借用某一首唐诗宋词，或借用古典诗词的意境作为创作源，来抒发今人的感情。其歌词语言兼具了雅致和通俗，既化解了古典诗词与现代语言的疏离感，又非一些口水歌般直白。他将古典诗词里的人、事、情从遥远的时光里拉进现代社会你我的生活中，将语境进行了变换，时间地点变成了"此时此地"，里面的主人公变成了"你"和"我"，读者也不再隔岸观古人的喜忧，而是变成了作者与读者，或者说倾诉者与倾听者内心情感的相互缠绕，即所谓的产生了共鸣。化古而不泥古，借古以为今用，这样的中国风歌曲才为现代人所喜爱。

说到陈小奇老师的中国风歌曲，我要重点说说《涛声依旧》，因为这首歌到现在都是我的至爱。大家都知道这首歌化用了张继的《枫桥夜泊》，但孤旷寂寥的寒山寺不见了，带有人间烟火气的渔火、枫桥、钟声、乌啼、涛声还在。"久违的你一定保存着那张笑脸/许多年以后能不能接受彼此的改变"，将乱世羁旅的苦愁诗变成了"你我"爱而不得的爱情歌。这首《涛声依旧》在现在的我看来，也未尝不可以解读为一首写给曾经的自己的歌："今天的你我怎样重复昨天的故事，这一张旧船票能否登上你的客船？"让受众沉浸在时光一去不回头、思思忆忆独对愁的怅然里，千回百转，不能自拔。这首歌因为和生活在 90 年代的人们产生了情感上的普遍共鸣而唱遍大江南北。以此为标志，中国唱片业宣布成功启航。

凡事都有个因果。陈小奇老师写出这么多有古典意韵的好歌，自然是缘于他深厚的古诗词功底，但这功底不是天生的。当知道他在中学时就已经填过几百首格律词时，不用想也知道他暗自读过多少书、背过多少诗词、下过多少工夫。

除了中国风歌曲，陈小奇老师创作的《大哥你好吗》《客家阿妈》等都饱含深情，听来让人动容；《七月火把节》《高原红》《黎母山恋歌》等地域歌曲抓地域特点抓得相当准，在歌里也总能感觉到真情的涌动，我就不再一一列举了。在这 24 首歌里，《三个和尚》很出挑，陈老师把 3 个和尚的故事用风趣、幽默的语气唱了出来，是寓教于乐的绝佳范本。

再次，我要说陈小奇老师培养的歌手不老。

广东作为内地流行音乐的发祥地，在 20 世纪八九十年代，拥有大量的唱片公司、制作机构，唱片业蓬勃发展，形成了一条龙的商业运作模式。陈小奇老师作为广东乐坛的领军人物、"岭南流行文化的旗手"和中国流行音乐不可或缺的参与者与见证人，一方面进行词曲创作，一方面不遗余力地培养词曲新人、挖掘潜力歌手，为中国流行乐坛做出巨大贡献。

作为词曲作者，自己的歌让出名的歌手唱出名不算牛，牛的是让还未出名的歌手因唱自己的歌而出名。这些年来，因为演唱陈小奇老师的歌而在歌坛占据一席之地的歌手不胜枚举：如甘萍、陈明、张萌萌、"光头"李进、陈少华、"山鹰组合"、伊扬、廖百威、容中尔甲、韩炜、林萍、张咪等等。这些歌手包括火风、李春波等都是被陈小奇老师这位制作人及制作总监发现、签约并培养，从而各自走出了一条自己的音乐路的。而毛宁也因为演唱了陈老师的《涛声依旧》、杨钰莹因为演唱了《我不想说》、那英因为演唱了《山沟沟》一炮而红，迅速广为人知。

为这么多歌手写出了这么多成名作，难怪大家说陈小奇老师是"流行音乐的创作奇才"。而他推出的这些歌手至今依然活跃在舞台上，他也在不断培养着新的歌手，所以说陈小奇老师培养的歌手不老。

最后，我要说陈小奇老师的艺术生命不老。

陈小奇老师一直有着旺盛的创作力。他从填古诗词到填歌词，从填歌词到写歌词、给词谱曲，至今大约有2000首作品问世，约200首作品获奖。有这样的作品数量和质量的音乐人，在国内应该是屈指可数的。难能可贵的是，陈小奇老师一直都保持着这种良好的创作状态，这几年又创作出了我特别喜欢的《月下故人来》《紫砂》等堪称经典的好歌。

陈小奇老师这些年还在不断探索流行音乐的走向，致力于紧跟时代步伐，创新流行音乐，培养更多更好的歌手，以期让广东乐坛再度成为中国流行音乐的领头羊。

陈小奇老师还写过诗歌、话剧等文学作品；他还会演奏二胡、萧、扬琴、唢呐、三弦、小提琴等乐器；他对海南的琼剧、潮汕地区的潮剧、梅县的广东汉剧、山歌剧等戏剧也有研究。陈小奇老师还是中国音乐界里书法造诣颇高的一位，他在广东画院办过书法展，出版过《陈小奇自书歌词选》。书法和音乐这两种艺术本就是相通的，陈小奇老师将它们蕴含的美和留白、意境等技巧相互融入其中，使书法有音乐的流动性、音乐有书法的洒脱。

陈小奇老师这样一位多才多艺的文人雅士有这么多艺术相伴，怎么会老呢？他和他的艺术生命只会越来越年轻。

陈小奇老师说过："我希望来看我演唱会的，都是真正喜欢我的歌的朋友，也不枉我忙这几个月。"我相信来看陈小奇老师演唱会的，确实都是从心里喜欢他的歌的人。再祝陈小奇老师经典作品演唱会圆满举办！

以作品和人品立世的人都值得敬重。让我再说声：涛声依旧，小奇不老！

带着温暖的"旧船票"重温燃情的青春岁月
——观《陈小奇经典作品北京演唱会》而感

（金 姬[①]）

2018年4月24日晚，由广东省文学艺术界联合会、广州市委宣传部、中国音乐家协会流行音乐学会、中国音乐文学学会联合主办的"陈小奇经典作品北京演唱会"在北京保利剧院上演。

在此之前，陈小奇曾于20世纪90年代在广州、深圳、汕头举办过3场颇具规模的个人作品演唱会。时隔20年后，陈小奇带着他的经典歌曲，走出广东，在首都北京的舞台上再度唱响，为春意盎然的京城奉上了一台华语流行金曲盛宴。

演唱会上，《涛声依旧》《我不想说》《大哥你好吗》《拥抱明天》《九九女儿红》《大浪淘沙》等24首歌曲一一重现，涵盖了陈小奇在各不同时期所创作的最具代表性的优秀作品，展现出陈小奇作为华语流行乐坛知名词曲作家的艺术造诣。

一、红棉怒放 声声芳华

陈小奇的流行音乐创作始于20世纪80年代初。1985年12月，在广州迎宾馆举办的"红棉杯羊城新歌新风新人大奖赛"，是中国首次本土原创歌曲大奖赛。在那次比赛中，《黄昏的海滩》（作词：陈小奇，作曲：李海鹰）、《敦煌梦》（作词：陈小奇，作曲：兰斋）获评"红棉杯85羊城新歌新风新人大奖赛"十大新歌奖，31岁的陈小奇正式登上中国原创流行音乐的舞台。

在陈小奇30多年的职业生涯里，他用《涛声依旧》《大哥你好吗》《我不想说》《九九女儿红》《三个和尚》《巴山夜雨》《拥抱明天》等百余首多姿多彩、曲风变幻不尽的流行金曲回馈养育了他的广东大地，多维度展现了他作为中

---

① 流行音乐硕士、乐评人。

国最早一批流行音乐从业者的艺术造诣。

（一）古诗风韵之作

陈小奇毕业于中山大学中文系，深厚的文学素养铸就了他日后成为一名优秀的词作家。因文学而作词，又因作词而结缘流行歌曲，陈小奇的音乐之旅正是从他深厚的古典文学修养开始起步的。在他创作的流行歌曲中，有相当一部分作品都折射出浓郁的中国古诗词韵味，他将当代词作与古代诗歌完美融合在一起，开创了这一富有独特个人魅力作词手法的先河。

谈到陈小奇，《涛声依旧》是绕不开的话题。这首由陈小奇作词、作曲的歌曲被收录在毛宁1992年发行的专辑《请让我的情感留在你身边》中，经1993年中央电视台春节联欢晚会的播出后一夜成名，为中国百姓所熟知，标志着陈小奇的创作进入成熟的巅峰时期。《涛声依旧》的歌词将唐代诗人张继《枫桥夜泊》与现代白话文完美糅合在一起，通过描摹江南水乡夜景图和主人公的细腻内心感受，透露出曲作者对生活和往事的随想。歌曲采用中国五声徵调式，旋律素材来源于苏杭一带的江南小调，"一字多音"的手法让歌曲听起来婉转悠长，展示出作者对民歌素材、创作手法与整体意境三者的娴熟运用。《涛声依旧》以其情味隽永的艺术气质，成为华语流行歌坛的标杆之作，时至今日依然被广大中国百姓所深深喜爱。"涛声依旧"4个字，甚至逾越了一首歌名的限定，而成为一个新生的词语，一首成功的流行歌曲所带来的社会效应在这首歌中得到了强有力的印证。

《大浪淘沙》（作词：陈小奇，作曲：张全复，演唱：毛宁）是陈小奇继《涛声依旧》之后又一部沿袭古诗词风韵的成功力作。歌曲的歌词将唐代诗人李白的《早发白帝城》化用其中，从整体基调上来讲，较温婉细腻的《涛声依旧》更多了一份磅礴大气之感。歌曲视角从江南水乡移步到了长江，描绘对象从细腻温婉的水景拓展为壮丽辽阔、山水共融的画面，通过大量"一字一音"的创作手法刻画出铿锵有力的音乐形象。原诗所表达的主人公愉悦的心情和对壮丽河山的赞美，以及诗仙李白的豪放派气概，都完美映射在了歌中。

《白云深处》（词曲：陈小奇，演唱：廖百威）引用了唐代诗人杜牧《山行》中的精髓佳句，歌中"白云""枫林""霜叶""秋色"等具有强烈色彩寓意的词，绘出了一幅热烈的山林秋色图，是陈小奇少有的对色彩的描绘尤为入微的作品。歌曲采取常用于江南民歌的清乐宫调式，整首歌透着丝丝江南气息，准确表达了歌曲意境，同时也体现了陈小奇根据歌词来选择合适作曲手法的纯熟经验。

《巴山夜雨》（词曲：陈小奇，演唱：李进）借用唐代诗人李商隐《夜雨寄北》中的精华片段，看似描述巴蜀之地的自然景象，实为抒发离愁别绪。歌曲采用六声羽调式，旋律线条迂回起伏跌宕，注重对力度、音区的对比刻画，在一定程度上与《涛声依旧》《大浪淘沙》《白云深处》这3首古诗词韵味之作形成了对比。

《烟花三月》（词曲：陈小奇，演唱：吴涤清）曲中融入了唐代诗人李白、杜牧的诗作《黄鹤楼送孟浩然之广陵》《寄扬州韩绰判官》当中的经典佳句，以委婉的叙述方式，带出了长江、二十四桥、明月、杨柳、瘦西湖等有着"月亮城"美誉的扬州的人文景观。歌曲以江南民歌特有的"级进"方式组织旋律音型，让整首歌听起来富有吴侬韵味。

《忆江南》（词曲：陈小奇，演唱：赖惠英）是一首从曲名就能直接联想起唐代诗人白居易的同名诗作《忆江南》的歌曲。一句"梦中江水绿如蓝，能不忆江南"，将白居易的名句"春来江水绿如蓝，能不忆江南"引入其中，隐含了对杭州、苏州两座城市的溢美之情。

"古诗词"系列的绝大部分作品都由陈小奇作词并谱曲，彰显了他作为一名词人所兼具的成熟作曲功底。在歌词创作手法上，虽直接从原诗中引用个别词句，但表现了其独一无二的文化意象与审美品位。

（二）都市风情之作

善于创作多种类型风格的作品是一名成功的歌曲创作者不可或缺的能力，陈小奇便是这样一位词曲作家。在他创作的最为知名的一批歌曲中，有相当一部分是充满时尚都市感的作品，让人们领略了陈小奇的另一面。

1991年，由广州电视台推出的10集电视连续剧《外来妹》在中央电视台播出后，为广大中国观众所熟知。剧中主题曲《我不想说》（作词：陈小奇，作曲：李海鹰，演唱：杨钰莹）伴随着电视剧的热播，成为红极一时的流行金曲。《我不想说》打破了杨钰莹"甜歌皇后"的定位，展示了她驾驭成熟类型歌曲的能力。这首充满着"都市女人心"气质的歌曲，诉说着一个离开家乡来到南方打工的寻梦女孩的委屈，展现了女孩对美好幸福的幻想与憧憬，抒发了未来生活对主人公敞开希望之窗的真情实感。20多年后的今天再听这首歌，它的时尚度丝毫不逊于当下流行的歌曲，依然令人内心泛起层层涟漪。一首成功的流行歌曲不会随着时间的流逝而褪色，而是成为一代人心中永恒的记忆。

《大哥你好吗》（词曲：陈小奇，演唱：甘苹）是陈小奇又一首较为知名的代表作。同年，甘苹带着这首歌参加了中央电视台第七届全国青年歌手电视大奖赛，获得专业组流行唱法三等奖，进一步拓展了该歌曲的社会知名度。歌中时时呼唤的真情实感流露，某种程度上是陈小奇对歌手甘苹的真实生活经历的一种准确表达。歌曲第二段反复出现的"大哥，大哥，大哥你好吗……"，强有力的切分音带出的主题句，字字击打观众的心。

南方大都市广州是众多全国性、国际性大型运动会的举办地。作为"岭南乐派"代表人物之一，陈小奇因音乐与体育结缘，创作了一大批运动歌曲。《拥抱明天》（作词：陈小奇，作曲：毕晓世）是1991年首届世界女子足球锦标赛开幕式主题歌，首发演唱阵容为那英、叶爱菱、黄绮珊。1992年，歌手林萍凭借这首曲风独树一帜的动感之歌，一举夺得中央电视台第五届全国青年歌手电视大奖赛业余组流行唱法一等奖，为当年的流行歌坛注入了一阵时尚都市风。这首有着标准硬摇滚曲风的歌曲，与当时流行度很高的一众歌曲有着明显不同之处，让中国观众第一次觉得：原来中国也可以有像1988年首尔奥运会会歌《手拉手》那样唱响国际的体育歌曲。10年后的2001年，陈小奇为第九届全国运动会创作的会歌《又见彩虹》（作词：陈小奇，作曲：李小兵）体现的更多是庄重的大气之感，配合肃穆恢弘的旋律，陈小奇的歌词与之高度契合。2002年，《又见彩虹》荣获第二届中国音乐"金钟奖"作品奖（声乐作品类）。

如果说《拥抱明天》让林萍在中国观众面前崭露头角，那么《为我们的今天喝彩》（作词：解承强、陈小奇，作曲：解承强）则是真正让她走红全国的歌曲。1993年中央电视台春节联欢晚会中，林萍以青年歌手电视大奖赛冠军歌手身份，用载歌载舞的表演形式，奉上了一曲《为我们的今天喝彩》，让全国观众领略了来自南方都市的潮流风。该歌曲生动刻画了年轻人乐观、积极、向上的精神状态，曲中男声Rap的出现，对于20多年前的中国歌坛而言，走在了时尚前沿。该歌词简洁直白的表达方式，为它在社会传唱起到了关键推动作用。

（三）地域风光之作

陈小奇出身于中国著名侨乡、潮汕文化的聚集地广东省普宁市，他的青少年时期是在榕江畔、南海边度过的。24岁那年，他远赴广州上大学，开启人生新阶段。身为地道南方人，母亲河珠江给予了他源源不断的创作思绪。但陈小奇的音乐创作视野并不只局限于中国南方，吴侬软语的江南美景、西南边陲的风光、大漠西北的风土人情、多姿多彩的少数民族风情都化身于他笔下的歌曲。传统与当代的融合、不同地域文化的融合在他创作的众多歌曲中得到了诠释。

令人魂牵梦绕的江南水乡风光历来都是文人墨客的描摹对象。在陈小奇的眼中，江南犹如一位多变的姑娘，从各个侧面闪现着婉约的面庞。浙江绍兴籍歌手陈少华演唱的《九九女儿红》（词曲：陈小奇）是20世纪90年代中期流传度十分广泛的一首歌曲，歌中的"乌篷船""青石巷""女儿红"将人带入了江南名城水乡绍兴，用绍兴人唱绍兴歌，情味绵长。《梦江南》（作词：陈小奇，作曲：李海鹰）是陈小奇早期的作品，早在1987年，这首歌曲就已被广为传唱。这首颇具中国传统格调的歌曲，从"江南"的立意上建构歌词，完美契合了作曲家的旋律，真切表达了欲与江南融为一体的美好念想。在"古诗风韵之作"中提到的《烟花三月》《忆江南》，同时也是"江南风"系列歌曲，抒发了作者对杭州、苏州、扬州3座江南名城的细腻情感。

《千百个梦里全是你》（词曲：陈小奇，演唱：陈思思）是一首带有黄河源头、祖国西南地区风光既视感的民族声乐作品。作为从广州出道的中国第一位签约民歌手，陈思思演绎广州音乐人的作品，温暖而走心。此歌曲中运用了琵琶、竹笛等具有江浙一带地域特征的乐器，令这首本应有粗狂气概的歌曲多了几分柔美之意。其实，陈小奇对西南题材的创作并不陌生，在《巴山夜雨》《大浪淘沙》中早有尝试，已拥有了相当的创作经验。

20世纪80年代中后期，带有西北民歌风格的流行歌蔚然成风，《我热恋的故乡》《黄土高坡》《十五的月亮十六圆》等是"西北风"时期的代表作。在这当中，有相当一部分歌曲并非来自西北地区，而是出自广东音乐人之手，陈小奇便是当年这创作队伍中的一员。《敦煌梦》（作词：陈小奇，作曲：兰斋，演唱：曾咏贤）曾获"红棉杯85羊城新歌新风新人大奖赛"十大新歌奖，是陈小奇正式登上中国原创流行音乐舞台的标志之作。此歌中，作者用"千年的飞翔也迷茫""千年的古钟夜夜敲响""我魂绕阳关轻轻唱"等充满审美观照的词句，表达了对敦煌大漠的文化传承、对自然景观依依不舍的怀念。《山沟沟》（作词：陈小奇，作曲：毕晓世，演唱：那英）作于1988年，是"西北风"时期的代表作之一，用当时颇为流行的"女声演绎阳刚劲歌"，既富有时代气息，又有着"黄土色调"的新鲜感。《灞桥柳》（作词：陈小奇，作曲：吴颂今，演唱：张咪）是张咪1990年专辑《公关小姐》的主打歌，歌词中无处不在的离愁别绪，透过张咪的凄婉唱腔，再现了自古以来"灞桥折柳赠别"的场景。

一名多产的音乐创作者的格局必定是多元化的。陈小奇的不少作品都与"民间"紧密相连，将视野投向广袤的中国大地。无论是展示最美意象的藏族歌曲

《高原红》（词曲：陈小奇，演唱：容中尔甲）、《吉祥谣》（作词：陈小奇，作词：李小兵，演唱：容中尔甲），还是颂扬客家母亲的《客家阿妈》（词曲：陈小奇，演唱：韩炜），抑或是歌唱祖国南疆的《黎母山恋歌》（作词：陈小奇，作曲：兰斋，演唱：胡月）和热情多姿的彝族歌曲《七月火把节》（作词：陈小奇，作曲：吉克曲布，演唱：山鹰组合），陈小奇都将内心由衷的赞美献给了藏族、客家族、黎族、纳西族等少数民族地区。在这批具有民族风情的歌曲中，人与大自然浑然一体，民间习俗独特神奇，陈小奇用歌为生活在城市中的人建筑了一座多彩的海市蜃楼。这其中，采用中国传统民歌中常见的"衔尾式"创作手法的《高原红》，获得2002年第二届中国音乐金钟奖（声乐作品类），《客家阿妈》荣获2012年第二届客家流行音乐金曲榜"年度金曲奖"，这些奖项充分肯定了陈小奇在新阶段所取得的个人突破和成绩。

（四）童趣儿歌

陈小奇的音乐创作并不总是限定在成年人的世界里，他的歌词创作素材来源广泛。根据中国民间传说与故事改编而来的《三个和尚》（词曲：陈小奇，演唱：甘苹）极富童趣；《马兰谣》（词曲：陈小奇，演唱：李思琳）则以纯真的视角去探寻美好的儿童世界，天真而浪漫。在此类儿童歌曲的创作中，陈小奇从立意上精心选取角度，加以动感律动的旋律，好歌由此诞生。《三个和尚》更是"插上"MTV的翅膀在中央电视台热播，成为老少皆欢喜的歌曲。

二、陈小奇和他的"中国风"流行歌曲

陈小奇是1978年我国恢复高考制度后的第一批考生中的一员，是改革开放后的第一批大学生。他从潮汕平原的普宁而来，走向南方大都市广州追寻人生新梦想。

毕业于中山大学中文系的陈小奇曾是一名前朦胧派诗人。青年时代，他曾与一众广东诗人结伴前去拜访中国著名朦胧派诗人北岛。因而，听陈小奇的歌，总会觉得与众不同，有着不可模仿的精神气质与文化意象，这些都得益于他从青年时期就积累下来的敏锐艺术直觉和深厚古典文学底蕴。

1990年，陈小奇与李海鹰、解承强等人一同倡导并发起成立了广东流行音乐创作学会，在国内第一次提出"流行音乐"的行业性名称并赋予其组织行为。作为"岭南乐派"及广东音乐界的带头人，早在20世纪90年代，陈小奇

便已在广东省内举办过 3 场个人作品音乐会。1992 年 4 月 11—12 日,"风雅颂——陈小奇个人作品演唱会"在广州友谊剧院举行,吕念祖、朱哲琴、金学峰、"卜通 100"乐队等当红歌手、乐团参加表演,社会反响热烈;时隔两年后的 1994 年,陈小奇的第二次个人作品演唱会"涛声依旧——陈小奇个人作品演唱会"在深圳体育馆举行,规模空前;1998 年,在汕头市林百欣国际会展中心举办了他第三次作品音乐会"涛声依旧——陈小奇歌曲作品 98 汕头交响演唱会"。

流行歌曲在历史的视野中不是一成不变的,它必须具有时代感。作为一名以词人身份出道的歌曲创作者,陈小奇的很多作品在刻画人文内涵的同时,不放弃追寻细腻、感人、动听的旋律,他对旋律与歌词的契合度有着敏锐的判断能力。陈小奇对于中国流行音乐的贡献在于:他将中国古典诗词的意味与中国传统音乐语言融合在一起,同时又赋予歌曲一个全新的、更适合年轻听众接受的时尚外衣,唤醒了那些久违了的集体记忆,走在了时代前沿。

在西方,爵士乐教父、小号手 Miles Davis 和萨克斯演奏家 John Coltrane 在 20 世纪五六十年代的一些作品中都带有明显的东方音乐色调;摇滚乐界著名乐团 The Beatles 在 60 年代出品的一些歌曲中也充满了来自东方的声音。曾经,有着悠久灿烂文明历史的东方国家音乐文化也是深深影响过而今主导世界音乐发展格局的西方音乐舞台的。在改革开放以前,中国老百姓听的音乐以传统民歌为主,刚传入中国大陆不久的台湾校园民谣等早期港台流行歌曲为辅。无论从中国作曲家的创作手法还是从观众的听觉记忆来看,中国式的调式歌曲写作传统已有了深厚根基。80 年代,随着港台和西式流行歌曲的大量涌入,带有中国本民族特色的歌曲被逐渐取代了中心地位,被年轻人所淡忘。80 年代中后期兴起的"西北风",在某种程度上也是当时的作曲家和歌手对中国传统民族音乐的一种期待和唤起。从中国流行音乐发展史的角度来看,陈小奇的流行歌曲创作有着其特殊的承前启后的地位,主要从以下几方面来进行综合考量和评价。

(一)确立了中国内地流行歌曲创作"原创性"的行业榜样

在中国改革开放以前、20 世纪 80 年代早期,大众听到的流行歌曲基本以中国港台地区流行歌曲为主。即便是那些风靡一时的中国港台地区流行歌曲,当中有不少也是将欧美、日韩的流行金曲加以重新填词、改编后再发行的,从本质上看仍然不属于原创歌曲范畴。陈小奇等一批国内最早的流行音乐从业者,从 80 年代中期就开始了原创流行歌曲的探索之路,并且在 90 年代初期成立了国内首个流行音乐行业性组织——广东流行音乐创作学会，将广东原创流行歌曲成功推向了全国，在全国范围内掀起了原创流行歌曲的浪潮，让内地流行歌手有了真正属于自己的作品。至今，"原创"这一传统仍然被新一代的流行音乐创作者们所保留。

（二）开辟了华语流行歌词全新的立意审美标准

无论在西方还是华语流行音乐起步较早的港台地区以及日韩等亚洲其他国家，"爱情"一直是流行歌曲的主要题材。但是在陈小奇的歌里，几乎很难找出纯粹以歌唱情爱为主题的作品。他的歌词内容涉猎广泛，对历史文化资源的神奇化用，对现代诗歌的探索使用，包容跨界，博古通今，却唯独没有亘古不变的情爱主题，这是陈小奇歌词的特有之处。不歌颂爱情的、写意的陈氏流行歌曲，一样受到大众欢迎。

（三）中国内地流行乐界"词人身份兼任作曲"的成功典范

从流行音乐在美国诞生的那天起，songwriter这个称谓就是为那些既作曲又作词的流行音乐创作者而设的，有别于古典音乐作曲家composer。只是，以作曲家身份出道兼任作词的范例举不胜举，获得成功的典范有很多，但像陈小奇这样，以词人身份出道兼任作曲并且获得成功的，迄今为止，中国内地流行音乐界只有他一位。陈小奇钟情于作曲并非偶有为之，而是相当高产，在他最为知名的一批歌曲中，有相当一部分都是由他填词并谱曲的。放眼整个华语地区，另有香港的黄霑，是"词人身份兼任作曲"的成功典范，此外再无他人。

（四）开创了内地"中国风"流行歌曲创作的先河

陈小奇从20世纪80年代初涉流行歌坛时起，就一直在寻求用中国化的语言来表达流行音乐的方式。从最早的《黄昏的海滩》《敦煌梦》，到后来《涛声依旧》《大浪淘沙》《白云深处》等作品的成功问世，都记录了他在"中国风"流行歌曲创作之路上的探索之旅。作为华语流行音乐史上最为成功的代表性作品之一的《涛声依旧》，为陈小奇特有的"中国风"流行歌曲创作树立了标杆。虽然台湾有方文山、香港有黄霑，都是以创作"中国风"流行歌曲著称的优秀音乐人，但陈小奇的"中国风"流行歌却有着其特有的审美价值。作为一位有着深厚中国古典艺术修养的学者型创作人，陈小奇的作品更为注重简洁直白与含蓄空灵的结合和对歌词画面的美感营造，将写实与写意、古典与现代、时间与空间融合在一起，歌曲段落间的叙述与高潮、色彩与韵律等技术手法控制得精致而凝练。他以中国文化为底蕴，描摹世俗人情和历史变迁，在保留中国调式歌曲写作传统的基础上又赋予了作品时代气息。当下，在《中国好歌曲》《歌手》等音乐真人秀节目中，涌现出了《卷珠帘》《悟空》《老神仙》《舍离断》等一批深受大众欢迎的"中国风"歌曲。从某种程度上看，这些歌曲就是对陈小奇所开创的"中国风"流行歌曲的一种传承与发展，让更年轻一代的中国观众领略了中国音乐的无穷魅力。不同的是，当今的"中国风"流行歌曲主要从编曲、演唱方面着手去刻画意境，而陈小奇的"中国风"形象的建立主要依托的是歌词与旋律。所以，即便放到现在的音乐社会环境中看，陈小奇的作品依然葆有其鲜明的个性。

好的音乐应有能将不同人、不同情感都放进去的承载力，经过历史沉淀留存下来，成为时代记忆。30多年来，陈小奇创作的众多作品是中国改革开放的历史见证，是中国人的情感记忆，而陈小奇本人亦是中国原创流行音乐一个无法绕过去的人物。他以多达2000首歌词和近百首成功获得社会反响的词曲作品创作实绩，成为广东歌坛的标志性人物。衷心期盼陈小奇在今后的音乐创作旅程中，能够保有初心，推陈出新，以新时期的视角，为一代又一代中国人写出更多带着"中国"印记的流行歌曲。

在当年与陈小奇一同开拓中国原创流行音乐事业的朋友心里，陈小奇有如一张温暖的"旧船票"。有了他的牵引，大家仿佛又回到那曾经的燃情岁月，一起把久违的老歌一一唱响，重温那红棉花怒放的青春时光。

流淌在音符里的文字

——记陈小奇的诗词曲赋

（宋含宇[①]）

今年，是改革开放 40 周年。广东既是经济腾飞的重地，也是中国流行音乐第一辉煌之地。确切地说，广东流行音乐的出现，比改革开放的时间还要早一年。1976 年至 1977 年年初，许多流行音乐的磁带通过各种渠道进入广东、福建等地区。标志性的事件，是 1977 年在广州成立的第一支流行乐队"紫罗兰轻音乐队"，其于当年 5 月 1 日在广州中山纪念堂首次亮相演出。

说到广东流行音乐，一个不得不提的名字就是陈小奇。

陈小奇，1954 年 5 月生于广东普宁。从小受到家庭艺术氛围的熏陶，文学与音乐更是伴随着他的整个青少年时期。就算在"文化大革命"期间，他依然迷恋着古诗词与文学创作。这些文化底蕴的基奠，顺理成章地使陈小奇成为中国流行音乐界不可或缺的参与者和见证者；其词曲作品以清新、典雅、含蓄的南派艺术风格独步内地流行乐坛。至今，陈小奇共创作了约 2000 首作品，约 200 首作品获奖，其中不乏金钟奖、金鹰奖等重量级奖项；其作品按体裁可分为 6 类：流行歌曲、艺术歌曲、企业及校园歌曲、影视歌曲、儿童歌曲和方言类歌曲。

众所周知，陈小奇毕业于中山大学中文系。之后通过种种必然的"巧合"，走上了音乐的道路。对他而言，或许文学和音乐相结合的最好状态就是流行音乐——既需要文字功底，也需要一定的作曲能力。

1982 年，陈小奇大学毕业后顺利进入中国唱片公司广州分公司（以下简称"中唱"），担任戏曲编辑一职。这个时候，中国的流行音乐才属于萌芽阶段。从 1983 年开始，陈小奇便在中唱担任起填词的工作。当时的填词，是把日文、英文歌曲的歌词改成中文歌词，他填词的第一首脍炙人口的作品是根据西班牙吉他曲《爱的罗曼史》所改成的《我的吉他》。除此之外，填词工作还要负责修改港台流行歌曲中比较"晦涩难懂"的情绪或辞藻，让它们得以和内地的听众见

[①] 音乐学硕士。

面。在陈小奇看来，填词是一种锻炼，在填词的过程中，他能找到对应旋律的心里的感觉，加上歌词，能让旋律随物赋形。

流行歌曲之所以流行，是因为社会环境的需求。陈小奇认为，从音乐的本质来说，流行音乐即都市音乐。大城市与流行音乐不可分割，等同于一个地区与它的文化紧密相连，它们相互需要、相互促进发展。所以，在欧美地区，会出现乡村音乐；而我国的农村，则孕育了民歌。

流行音乐的出现，也是一种"被选择"。当人们需要通过一个出口去宣泄情绪时，在这样的背景下诞生音乐很自然地就被大众所选择，也就成了流行音乐。20世纪六七十年代的人基本听不到30年代留下的音乐：上海曾有过中国最早的流行音乐，但现在已无迹可寻。当时的人们根本不知道什么是流行音乐，只是通过一些电台听到类似于邓丽君的"靡靡之音"，而那些词曲刚好可以表达大众心里的喜怒哀乐。慢慢地，这些音乐普遍传唱开来，也就流行起来了。流行也即通俗，但并不是俗，是歌词通俗易懂，歌曲易于传唱。陈小奇笔下的流行音乐就没有"俗"。基于陈小奇深厚的文学底蕴，他的作品更多地保留和展现了中国的传统文化，但并不做作，不是对古语古诗词进行简单的摘抄与借用，而是将诗词文化与现代汉语融会贯通。

为流行音乐注入文化内涵，这就是陈小奇对中国流行音乐最大的推动和贡献。1984年，他受台湾歌曲《梦驼铃》的影响，用《敦煌梦》这样格调高雅、极具中国传统文化意蕴的作品，为"通俗歌曲"在内地乐坛的发展赢得了空间，漂亮地回击了被媒体和公众诟病为"低俗"的内地流行乐。当时，国内有一些词作家也试着将古体诗写入歌词，但显得古板、俗套、缺乏现代气息，而陈小奇却能化用古诗词，运用自然、空灵含蓄。在流行音乐创作中，陈小奇给自己定下的目标是：把古典意境、现代诗技巧与民族韵味结合在一起。

填了好几年词后，陈小奇便开始作曲。"形势所迫"，当时的作曲家都是在"文化大革命"期间出现的，他们的创作风格已经难以适应新形势；而一些能适应新时期的作曲家都自己写词。在这种情况下，陈小奇不得不加入作曲的行列。1989年，陈小奇有了自己作词作曲的第一首歌《明天的杰作》。而第二首，便是让他声名鹊起的1993年在中央电视台春节联欢晚会由毛宁演唱的《涛声依旧》。该作品通过化用古诗词所创作出的含蓄典雅的歌词和行云流水的旋律成为大众及媒体一致谈论的话题。这首歌改变了此前流行音乐留给人们的浅薄庸俗的印象。陈小奇认为，流行音乐只是一种表现形式，它的雅俗与否，关键看词曲表达了什么。当然，作为一种易于传唱的音乐形式，流行音乐一旦被赋予高雅的情感和文化内涵，便更具诱惑力，自然而然就扩大了传播和影响。

无独有偶，陈小奇借用古诗词作词，充分体现艺术形态的流行音乐作品还有《巴山夜雨》《大浪淘沙》《烟花三月》《白云深处》等。《涛声依旧》的灵感来自唐代诗人张继的《枫桥夜泊》。歌词与诗歌的意境非常吻合；歌词在描写时间、地点、环境的同时，用周围事物衬托出人物的内心情感，也彰显了陈小奇对传统文化的眷恋。陈小奇在读《枫桥夜泊》这首唐诗时，他觉得诗背后应有的故事是"江枫渔火对愁眠"的"愁"：《涛声依旧》中"这张旧船票是否还能登上你的客船"，虽然人们从中感受到歌曲的表层情绪是情和爱，但歌曲的深层结构却表达了当我们步入了当代社会，却还依恋着我们的传统文化——这种现代与传统并存的"愁"。

《巴山夜雨》中的雨打芭蕉的意境，让人立马就联想到了李商隐的《夜雨寄北》。"君问归期未有期，巴山夜雨涨秋池。何当共剪西窗烛，却话巴山夜雨时。"这是李商隐身居异乡巴蜀，写给远在长安的亲友的抒情七言绝句，是诗人给对方的回信。诗的开头两句以问答和对眼前环境的抒写，阐发了诗人孤寂的情怀和对友人深深的怀念；后两句即设想来日重逢谈心的欢悦，反衬今夜的孤寂。这首诗即兴写来，写出了诗人刹那间情感的曲折变化。语言朴实，在遣词、造句上看不出修饰的痕迹。与李商隐的大部分诗词表现出来的辞藻华美，用典精巧，长于象征、暗示的风格不同，这首诗质朴、自然，同样也具有"寄托深而措辞婉"的艺术特色。陈小奇在这首《巴山夜雨》中，同样用朴实、简洁的词句，表达对家乡和家人的无限念想——"许多年修成的栈道在心中延续，许多年都把家想成一种永远的美丽"；而后的"推不开的西窗，涨不满的秋池"，则与李商隐的诗句相呼应。

《大浪淘沙》的词，是气韵饱满、气象深厚、场面宏大的。同样，这是一首化用李白《早发白帝城》一诗的现代流行版。但他化用得寓意深厚，现代意识浓烈："轻舟已飞过，猿声还是那样暖"这种视觉向感觉效果的转换，是纯粹个人体验式的，收笔时的那句"大浪里淘尽所有的往事，可是我会永远珍藏那张不老的风帆"是柔情万种的留恋。短短数行歌词，蕴藏着独特深厚、历尽风霜的爱的赞美和感叹。

《烟花三月》突出的是江南水乡的人间气息和水墨画般浓烈的春天景致。歌曲渲染的是一种友情的珍贵和人与自然山水的融合。此歌词契合了李白的《送孟浩然之广陵》，"烟花三月是折不断的柳，梦里江南是喝不完的酒"，古人有折柳斟酒以送别友人的习俗，而江南更是文人墨客荟萃之地。最后一句"思念总比

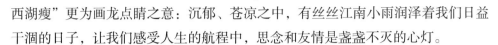

西湖瘦"更为画龙点睛之意:沉郁、苍凉之中,有丝丝江南小雨润泽着我们日益干涸的日子,让我们感受人生的航程中,思念和友情是盏盏不灭的心灯。

《白云深处》则来自杜牧的七言绝句《山行》。陈小奇保留了唐诗里的以情驭景,使情感与自然水乳交融、情景互为一体。"白云深处没有你的家,你说你喜欢这枫林景色,其实这霜叶也不是当年的二月花。"用现代汉语转换了诗句,还能将此诗并不是简单的即兴咏景而是咏物言志的精髓贯穿了整首歌词,是为妙哉。

陈小奇对古诗词进行解构、注入了新鲜的时代因素,让古诗词能够适应当今社会,加上朗朗上口、易于传唱的旋律,使流行歌曲做到融汇古今、"流而不俗"。陈小奇21世纪以来的作品《朝云暮雨》《紫砂》等,我们也都能从中看到中国传统文化的影子。可见,音乐与文学、文化的结合,不仅使音乐有了别样的魅力,也给听众和当代流行音乐界带来了不小的影响:既提高了大众的音乐素养,又洗清了流行音乐"粗俗"的"冤屈"。

可以说,至今都尚未出现能超越20世纪90年代初的那股岭南流行音乐旋风的新潮流。在《涛声依旧》《大哥你好吗》《我不想说》《高原红》等这些至今被传唱的金曲中、在这股流行音乐风潮中,陈小奇是背后的英雄。作为词曲作者,这种温暖柔软的曲风和古朴清新的歌词永不会过时,就像中国传统文化,可以延绵、可以流长。

"带走一盏渔火,让它温暖我的双眼,留下一段真情,让它停泊在枫桥边,无助的我,已经疏远了那份情感,许多年以后才发觉,又回到你面前……"对于这样的歌词,我们不会认为其存在什么烦琐的意义或者高超的意味,它是平庸里萃取出来的淡淡挽歌;它是让人在20世纪90年代痉挛和澎湃的安抚剂;它是时代背后催人留步的阵阵缠绵私语。给予陈小奇的定语,并非"中国流行音乐史上的救世主"也并非"通俗歌坛的开路人",他对中国流行乐坛所做出的贡献,不过是让文字流淌在音乐里,拥有文化的厚度和坚毅的灵魂。

经典的流行音乐作品不只是流行于一时,而是无论哪个时期、哪个年代,在经历了时间的沉淀后,再听上一曲,仍觉音乐本应如此,简约而不简单,音乐即表达,直触心弦。

文化、平民化、地域化的坚守

宋小明[①]

我觉得，前面有些人已经点评了小奇的作品，他有三个坚守，第一个是对文化的坚守。我还是喜欢叫"文人化"，虽然这个阶层在共和国成立后消失了，但是现在又在生成。他是具有家国情怀以及忧患情怀的，他的很多作品都是以恋歌式的角度去唱出来，但是仔细去听，其抒发的是对历史人文自然的家国情怀，而且他的这种情愁最后发展成了家国之愁，这也是这一代人的特点。因为与共和国一同成长的这一代人经历了太多的艰辛，所以对一切都会很珍惜。第二个，就是他对古典诗歌意象和现代诗歌意象的融合，这是他的一个特点，和之后十几年在我国台湾地区出现的方文山，有一些相似的地方。但是两个人不同的是，小奇在意象的选择上非常重视，文山比较偏重于字句的得失，所以他的意向比较混乱；而小奇的词很少能够有那种语不惊人死不休的，但是文山是有的，小奇就显得非常集中。第三个特点就是，在文艺作品，在其歌曲作品之中，他特别注重审美追求。其实审美是文艺作品往往最能够成为经典的东西，他在审美上面有着非常高的追求，这实际上也证实了他能用传统的线跟现代结合的形象，就像党的十九大报告里讲的"优秀传统文化的转化"，我觉得他这点做得比较好。

第二个是对平民化的坚守。首先，他写的现代题材具备平民化的立场，这样的词实际上也是小奇作品的大部分，其绝大部分作品是流行歌曲，这和我们北方的很多作品，包括和我本人一样，现在出现了非常多非流行作品，所以从这点来讲，它必须是平民化的。另一个是他使用的平民化语言。我们讲平民化的语言，它实际上是古典诗歌、古典文学语言上的化白。再有就是，他的文人与平民的身份组成。小奇是一个非常有意思的人，他原来在体制内，最后在退休时反而逃到体制外存在。这样一种生命状态，我觉得他可能是为了追求创作上的自由，所以这样的文人就是"有所不为"，而不是"所有都为"。

---

① 中国音乐文学学会主席、著名词作家。

第三个是对地域化的坚守。我曾经试问过他为什么不到北京来？他反问我，我到北京能做什么？南方是他熟悉的地方，生他养他的地方，已经在成型的地方，到北京去反倒还失去了他的所长。所以写自己最熟悉的生活，写出自己最真切的感受，这个是他始终把握得很好的。我个人观察小奇的作品，尽管有《灞桥柳》《敦煌梦》《高原红》这样的作品，但实际上大部分作品还是以长江为分界，是以江南岭南为界限的，他的音乐，透出的是湿润、温暖，而不像北方的，永远特别干燥，特别容易披头散发的感觉，所以这就形成了他熟悉的那块地方的那种感情。他还是改革开放之中唯一坚持在南方的词曲作者，所以形成了独具一格的特点。中国自古以来就形成了南北文化的对立统一的局面，但唯独在歌词上，有一段时间是以北方为主，有一段时间是以南方为主，这种统一就比较少。实际上，小奇在坚持一个理念、对社会的责任。上述这几点构成了陈小奇的创作特点。

（根据录音整理）

五

各界评论

《中国当代歌词史——陈小奇篇》

(晨 枫)

陈小奇,我国当代流行歌曲创作的代表人之一。1954年5月生于广东普宁县,1979年毕业于中山大学中文系,翌年年末由写诗而转入写歌词,并就职于中国唱片公司广州分公司,现为广州电视台音乐总监,广州陈小奇音乐有限公司董事长、总经理。

陈小奇的歌词作品从一开始便显示出身手不凡的势头,不仅数量颇丰,而且这些作品极富流行歌曲独有的个性韵味。陈小奇于1986年即在广州举办陈小奇词作研讨会,1989年出版个人歌词作品《草地摇滚——陈小奇作词盒带歌曲100首》,1992年在广州举办"风雅颂——陈小奇作品演唱会"。陈小奇后入主广州太平洋影音公司,并相继推出了甘苹、"光头"李进、张萌萌等有影响的歌手。1994年陈小奇又在广州举办"涛声依旧——陈小奇经典作品大型歌舞晚会"。自90年代的重要代表作《涛声依旧》起,陈小奇开始独立写词度曲,从而成为当代从中文系毕业先诗后词再词曲兼备的词坛第一音乐人。

受过系统的汉语言文学专业教育的陈小奇,在理论上谙熟了从生活到艺术的规律性的基础上,又经过了诗歌创作的亲身实践,在步入歌词领域时,对歌词创作上的文学品格的把握是准确到位的。应当客观地说,目前我国这支影视、音像歌词作家队伍中,他所具备的文学修养使他的歌词作品不论是谱曲与否,均能够在文学与音乐的品质上经受得住种种推敲,这一点,恐怕能与之匹敌者难有几人。

陈小奇歌词作品的显著特色,便是有意识地将现代诗的技巧、古典诗词的意境与流行歌曲的感觉融为一体,形成自己独特的艺术个性与南派风格。其早期作品清新空灵,而20世纪90年代之后则注重力度与凝重感。透过他20年来作品中反映出来的细微变化,我们不难看到他始终追踪时代生活的不断变化所留下的成功者的足迹是如此鲜明。

20世纪80年代初,陈小奇歌词作品中突出反映的是对我国古典诗词中描述过的景物的钟情与向往,如《敦煌梦》《灞桥柳》《天苍苍,地茫茫》《大浪淘沙》等。这些作品在别具新意的借古中，渗入了诗人异常浓酽的现代人的情感成分，比如《灞桥柳》：

  灞桥柳，灞桥柳，/拂不去烟尘系不住愁。/我人在阳春心在那深秋，/你可知无奈的风霜它怎样在我脸上流？
  灞桥柳，灞桥柳，/遮不住泪眼牵不住手。/我人在梦中心在那别后，/你可知古老的秦腔它并非只是一杯酒？

典雅而不过度、含蓄而不艰涩，诗人借助灞桥柳这个特定的意喻送别分手的事物，寄托一种离愁别绪，既让人联想到唐代的伤心故事，又给人以古今相同的亲人离别时伤感的情感渲染。

  20 世纪 90 年代初，他为电视连续剧《外来妹》写的片尾曲歌词《等你在老地方》，虽没有古诗的依托，却写得机敏睿智、干净深邃。

  年复一年梦回故乡，/天边的你在身旁，/随着那热泪在风中流淌，/流得那岁月短又长。
  年复一年想着故乡，/天边的你在心上，/把那沧桑珍藏在行囊，/独自在路上忘掉忧伤。
  抓一把泥土在手上，/塑成你往日的模样，/一遍一遍回头望，/你已不在老地方。/不管你会怎么想，/我会等你在老地方。

一往情深的眷恋，在岁月与空间的天地里矢志不渝，心痴迷，神驰往，在百般无奈中，宁愿"抓一把泥土在手上，塑成你往日的模样"，这是何等痴情依依、笃诚专一，让人为之久久动容。但稍加注意就不难发现，这一时期诗人的歌词仍然未曾摆脱那种等待谱曲的被动局面。也就是说，他还是像众多的歌词作者一样，在期待作曲家对作品投来目光，而这种等待无疑是被动的、漫长的，甚至在不少情况下会是无望的。真正实现现代诗歌技巧、古典诗词意境与流行歌曲感觉的结合，仅靠歌词单一化的创作恐怕是很难实现的。

  也许是改革开放带给文艺创作的发展使原有的歌曲创作程式显得过分陈旧给予了他深刻的启示，也许是歌词完成后等待作曲家认领的尴尬给予了他诸多痛苦的思考，也许是对自己艺术追求的锲而不舍的奋发产生的必然，让我们感到吃惊的是，在经过不到 10 年的全力求索之后，1993 年，陈小奇终于以一曲独立完成作词作曲的《涛声依旧》，证明了自己在寻找现代诗歌的技巧、古典诗词的意境与流行歌曲的感觉的完美结合上所取得的水乳交融的成果。

  带走一盏渔火让它温暖我的双眼，/留下一段真情让它停泊在枫桥边，/无助的我已经疏远了那份情感，/许多年以后却发觉又回到你的面前。
  流连的钟声还在敲打我的无眠，/尘封的日子始终不会是一片云烟。/久违的你一定保存着那张笑脸，/许多年以后能不能接受彼此的改变。
  月落乌啼总是千年的风霜，/涛声依旧不见当初的夜晚，/今天的你我怎样重复昨天的故事？/这一张旧船票能否登上你的客船？

人们对于美好事物的审美意象，常常缘于对逝去的往事无法割舍的频频回首，正是这种身不由己的回首，往往能够让人们释放深藏于内心深处的审美心理积淀。这无疑是《涛声依旧》在演唱之后立即由南而北地获得广泛认同的一种不可忽视的重要原因。

这首作品几乎没有进行多少人为的炒作，却仿佛在一夜之间便由音带走进了电视、舞台、歌厅以至千百万听众的心中，我们不能不对这雅而不俗的歌词与新而不疏的曲调进行必要的思考。

就歌词而言，诗人在宁静悠缓、深沉幽雅的语境里，传达出一种人们对于美好情感虽已逝去但却无法忘怀的感受，在时过境迁之后的追忆中，既有对生命缺憾的无奈的慨叹，又有在慨叹中流露出来的空蒙的希望。人们正是在"今天的你我怎样重复昨天的故事？这一张旧船票能否登上你的客船"的吟唱中，在对美好往事留恋的呼唤中，宣泄了一种强烈的情感，从而在对某种人生体验进行审美过程中，获得一种人性的满足与补偿。这首作品的脱俗之处在于，诗人将审美情感的传达同诗化意境的创造十分自然地融为一体，他并没有远离自己一向钟爱的我国古典诗词优秀名篇，而恰恰是摄取了唐代诗人张继的名作《枫桥夜泊》的独特的诗意，又将自己的情感体验十分自然地融于其中，从而以人的情感作为灵魂大大扩展了作品的意义，使原诗中古人的实景实情变成了今人的虚景与真情，亦幻亦真，于空灵中见充盈，于缥缈中见真切，达到了艺术的另一种审美层次。

以往以词作家的身份出现在人们面前的陈小奇，在完成了这首作品的作词作曲的全部生产程序后，则以一个兼词曲作家于一身的崭新面目出现。这不仅表示着他先天的音乐天赋与后来的刻苦勤勉使他的作曲才能获得了一次完整的彰显，也表明了他对于当今时代的歌词艺术面对市场需求，所应当遵循的市场化生产方式的原则所作出的回答,并由此确立了他作为当代音乐人的坚实地位。一位中文系毕业生成为歌词作家似乎不足为怪,而竟至成为流行歌曲作家与音乐人,则不能不让人感到惊诧不已!从《涛声依旧》开始,陈小奇开始步入了他歌曲创作的新阶段,其独立完成的作品源源问世、硕果累累,如《大哥你好吗》《九九女儿红》《三个和尚》《巴山夜雨》《朝云暮雨》《白云深处》《烟花三月》等。这些歌曲造就了一个又一个唱红歌坛的歌手,在整个流行歌曲界,掀起了一次又一次异常猛烈的汹涌浪潮。

从歌词作家到成为走红歌坛的音乐人,陈小奇的成功实在是一种值得研究的歌曲文化现象。仅以歌词而论,他的如此众多的作品均以歌词中所包容的丰富的人文内涵与人情意趣而赢得了歌者与听者的赞赏,而他在创作中给予我们的同样启示似乎不少。对此,陈小奇自己也曾经简约地阐述过他的歌词创作艺术观。

他说,歌词是一种可以歌唱的文体,其特点突出表现在语言节奏的可唱性上;同时,歌词还是一种代表人类共同感情与人类本体意识的语言品种。基于此,他认为当今歌词可以分为两大类型:一类是流行歌曲的歌词,另一类是创作歌曲的歌词。

他认为,流行歌曲的歌词大致具备以下几个特征:其一,是它的宣泄性,能够真实地传达某种情感;其二,是它的煽情性,善于对所要抒发的情感进行夸张、夸大;其三,是它的时装性,表现在随着社会大众审美思维的变化而迅速变化;其四,是它的多元性,它可以使多重价值观念得以并存而并不去排斥异己;其五,是它的平民性,贴近普通人的心曲的歌词往往充满了人性味,富有亲切感、新鲜感,作者要十分注重一首歌词须有一个好歌名、一句好歌词和一段好旋律,并以此使听众赞叹不已。与流行歌曲歌词不同的歌曲歌词创作,大多主题鲜明,结构也较为严谨,情绪上强调健康向上,但作者往往注意了它的教育作用而忽视了歌词的娱乐性。

如果我们将陈小奇的创作实践与他的这些创作观加以对照就不难发现,他的创作观更多是从他的创作实践,尤其是从写词到谱曲到制作到包装再到发行的歌曲生产全过程中总结出来的。这些观点新颖独特、与众不同,在当代的词坛与歌坛上,都是值得我们格外重视的。

(2002年10月)

歌词作家陈小奇及其作品

（杨友爱）

陈小奇（1954—），广东普宁人。1982年毕业于中山大学中文系，一级作家。现任中国音乐家协会流行音乐学会常务副主席、中国音乐文学副主席、广东省流行音乐协会主席、广东省作家协会副主席。1980年开始创作，曾先后在《作品》《花城》《星星》《海韵》《青年诗坛》《人民日报》《南方日报》《羊城晚报》等刊物发表现代诗。

陈小奇主要的艺术成就在于歌词文学的创作。他早期受现代诗的影响，在港台流行音乐涌入的时代环境中转向歌词创作，这一转变引导了他日后的艺术发展。1983年，他以一曲《我的吉他》的填词，叩响词坛的大门。其代表作品有《涛声依旧》《敦煌梦》《大哥你好吗》《九九女儿红》《我不想说》《高原红》《为我们今天喝彩》《江南梦》《秋千》《山沟沟》《等你在老地方》《跨越巅峰》《大浪淘沙》《灞桥柳》《白云深处》《巴山夜雨》《烟花三月》《三个和尚》《又见彩虹》等。新时期流行音乐的崛起，造就了陈小奇歌词文学创作的卓越成就。在20世纪80年代广东文艺领域中，流行音乐扮演着重要角色。文化的发展和流行音乐的活跃在这一背景下被激活。一直以来，中国流行歌曲是在一种充满艰难曲折甚至漫长而痛苦的历程中走向现代化的。"从1949年以后到改革开放近30年的时间，基本是被放逐了，淡出人们的视野，这与艺术上和思想文化上的贫瘠、苍白、单一的状态是同步的。"①广东作为中国当代流行歌坛的发祥地，勃兴于20世纪70年代末。"它的繁荣、发展引爆了中国音乐史上一系列重大事件。成为改革开放以来广东新文化的一个缩影，也是中国音乐史一个划时代具有里程碑主义的缩影。"②作为一位穿越了两个世纪，从20世纪80年代初至本世纪，陈小奇一直以来都是这个时代的歌坛守望者。他的作品带有时代变革造成的深刻的心灵回响。"在起承转合的周期中艰难地完成了一次美丽的蜕

---

① 陈小奇、陈志红：《中国流行音乐与公民文化——草堂对话》，广州新世纪出版社2008年版。

② 黄树森：《中国流行音乐与公民文化·序》，广东新世纪出版社2008年版。

变。"①在他的歌词中，与其说是在为守望流行歌坛而歌唱，不如说作者从一开始就被流行歌曲的潮流所裹挟，并自觉奔向"潮流"。

迄今为止，他的全部写作正好体现了这一历史变革新时期的真实全背景。若把他的歌词创作作为一个完整的艺术整体来看，则几乎再现了一个时代的历史风貌，是广东乃至中国当代歌词文学30年来发展史的折射。

应该说，他的作品在中国当代词坛中占有特殊的地位，对当代词坛的影响十分深广。与中国许多当代歌词作家一样，随着整个现代流行歌坛在20世纪80年代的民族化和现代化，陈小奇从《我的吉他》开始，经过《故乡恋情》《让我们到野外去》和《东方魂》，直到后来的《跨越巅峰》《涛声依旧》《大哥你好吗》等，也经历了一条相似的发展路线。他从早期耽于现代诗派转向对流行音乐的热情，一开始于歌词创作，就突出了艺术上更多注重从传统文化中汲取精华并尝试在历史与传统的融合中，赋予传统以新鲜的生命的特点。他努力探索对古典诗词中意象、境界的现代转化，借传统意蕴来抒发现代情绪，他的《敦煌梦》《湘灵》《灞桥柳》《白云深处》和《涛声依旧》都呈现了作者融通传统精神的创作发展的轨迹。20世纪90年代初期以后，受潮流影响，他的艺术观和创作思想明显地走向"现代"。当时，作为词人的陈小奇已经"把文学趣味带入歌词意境中，打破了当时认为流行音乐粗俗肤浅的普遍观念；用平民化视角，抱世俗心态，致力写个人的情感体验，使音乐从高亢讴歌、刻意大气的高位走回民间"②。不过，较之同代的其他流行音乐词人，陈小奇的"现代"倾向并不完全背离传统。当然，他追寻古典背景的"现代"，在艺术上冀望找回中国古典诗歌中最富魅力的意境和韵味，进一步表明了他对东方传统人文的精神情结，这个情结常常以传统的意象来传达现代感兴，传递作者的观念与感情。这在《涛声依旧》中更有明显的体现。当然，在《江南梦》《烟花三月》和《白云深处》里，作者所追求的实际上是中国古代的景致，是一种感情上的趋向，但也是现实的体验。当出现了《巴山夜雨》《七夕》《桃花源》《九九女儿红》等作品时，则更为体现了作者对现实的镶入，但仍以一个文化历史视界进入民族的时空。

现代主义对流行音乐的催化，客观上促使其对传统音乐的动摇，并从形式上进行摧毁与反叛。但他只能选择从传统歌词中蜕变来开创属于自己的写作方式。这也是陈小奇文体自觉与文学自觉的体现。

---

① 陈小奇：《广东流行音乐史·序》，广州东世纪出版社2008年版。
② 伍福生：《广东流行音乐史》，广州东世纪出版社2008年版，第119页。

他一方面以空灵的风格追求儒雅的"古典";另一方面又以平民化、世俗化的现代风格作为自己的追求,开创了中国流行歌曲词坛的写作风气。他的作品常常以"非诗似诗"的方式出现,并且表现在其艺术行为上,以对传统歌词写作的美学秩序的反动来敞开自己的写作。

从《敦煌梦》到《涛声依旧》,说明作者"不再满足于以一种外化的形态进入中国古典文化,而是寻求把现实的人生感悟融入更为超越的历史感悟之中"①。陈小奇自己就说过:"我的作品可能没有很强的叛逆,但我的歌词也体现了很多对现存的一些价值观念的怀疑态度。《敦煌梦》里面这种基于寻根文化的忧患意识在以前的歌词里边是没有的,《涛声依旧》也是提出一种困惑。""表面看只是一个爱情故事。但它的深层结构表现的却是当代人对昨天与今天在空间叠置上的一种无奈与怀念。"②在艺术情感上它体现的是一种"美丽的忧伤"。

他的词作的品格具有一种特殊的文学意义和审美价值。其艺术特点具二重性:既有文学语言刻画出的文学形象的明确性,又有音乐语言描述出的音乐形象的抒情性。陈小奇深知歌词语言的意义,它直接影响到音乐旋律的进行是否抒情流畅并合乎曲式的规范。因此,也只有他这种充满了音乐性、文学性的歌词,才会诱发出作曲家作出优美的旋律来。他极注重表现语言格调的形式美,这反映了他的审美观和独创性。不论是词采、音律、造语,还是立意、构思等审美范畴,其语言色彩的古雅中交织着现代语境,出现了现代派诗的语言句法及表达方式,而在词的艺术形式上,却以新的语言实验超越了旧歌词的美学形式,表现出一种清纯、灵动的语境特色,从而形成其独特的传统语言与现代语言交融的歌词风格。

作为一位出色的词家,陈小奇的行文不是当下那种空洞的抒写。他的词作常常隐藏着一种叙事的倾向,作品背后常常有个动人的故事。不像那些徒有空泛美丽的抒情,但却没有"故事性"的逻辑情感与想像联系,抑或是读了开头,就能预知它的结局的平庸词作,在陈小奇的歌词里,经常出人意料地出现"戏剧性"的情境悬念和使人惊讶的语境语言。他的歌词,几乎每一首都充满着故事性和情节性,就像带着情节抒写的戏剧与故事。

---

① 洪子诚、刘登翰:《中国当代新诗史》,北京大学出版社2006年版,第320页。
② 陈小奇、陈志红:《中国流行音乐与公民文化——草堂对话》,广东新世纪出版社2008年版。

他这种充满"戏剧性"情节的写法——将现代语言技巧,尤其现代派诗的语言表现手法融入古典意境,或将古代的诗词、典故以现代意象重新处理,从《敦煌梦》《烟花三月》《白云深处》《巴山夜雨》《大浪淘沙》《朝云暮雨》《灞桥柳》《圆明园》《九龙壁》《桃花源》《高山流水》《涛声依旧》等作品中都可以看出。其中最具影响的是《涛声依旧》:

带走一盏渔火让它温暖我的双眼
留下一段真情让它停泊在枫桥边
无助的我已经疏远了那份情感
许多年以后却发觉又回到你面前

流连的钟声还在敲打我的无眠
尘封的日子始终不会是一片云烟
久违的你一定保存着那张笑脸
许多年以后能不能接受彼此的改变

月落乌啼总是千年的风霜
涛声依旧不见当初的夜晚
今天的你我怎样重复昨天的故事
这一张旧船票能否登上你的客船

爱情的故事在时空的穿越中淡出,构成一幅极富回返古今的对话效果的情境。传统与现代的精神,透过抒情主体与客体的连接乃至语言描摹、意境营造上技巧的强烈对比,使《涛声依旧》别具艺术张力。这种以现代观念和方式重新异化"古典"的创作,是陈小奇在流行歌坛寻求回归民族性的一种艺术探询。

陈小奇早期受"寻根文学"的影响,他冀望通过音乐文学来表现民族和本土的东西。1984年,他以《敦煌梦》的尝试,追求他的"现代色彩和民族风味"。继《敦煌梦》之后,《梦江南》《灞桥柳》等也实践了他所提出的"现代乡土歌曲"的艺术主张。

陈小奇不仅提出"现代乡土歌曲"的艺术主张,而且将之贯彻到他的一系列创作实践中去。从《我不想说》(电视剧《外来妹》主题歌)到《等你在老地方》,即标志着他向另一个主题——"打工歌曲"转移的开始。他的这首《我不想说》成为中国第一首关注"外来妹"的打工歌曲。而《大哥你好吗》的出现，则是对"打工"这一创作主题的新突破。这种突破，除了说明作者跨越了原先的"寻根情结"，还说明作者怜悯的笔触终于以一种平民化的理性精神去观照"外来妹"和"大哥"的命运，并对"打工仔"的生存现状予以质疑。我们不去追问现代工业文明"都市化"进程中种种问题的诟病，但生活在农业国度的人们为何无奈疏离乡村？而当真正面对现代都市求生的时候，他们却又陷入对城市的困惑与疏离，再度眷恋着失去的"精神家园"。是什么原因令他们被挤压在两面尴尬的现实隙缝里？现代城市物质文明的生存境况、潜在的生存困扰与危机，尤其令"出门人"包括最大的人群——外来务工人员，日益深感困惑。因此，尽管他们远去他乡，漂泊都市，也会常常魂牵梦绕地对着故乡呼喊；同样，也会时时听到那远隔千山万水、留守家中的亲人的呼唤。陈小奇从平民性情感出发，站在都市文化视界的高处关注着，用他那别样的歌声来吟唱："我为你梦中呼喊千百回"（《故乡恋情》），总觉得"这个城市没有家乡的月亮"亲切，虽然有些失望，但你"不愿轻易把泪流"（《疼你的人》），也许突然感到"无家的心"最痛苦，但还要去安慰"远方的爹娘/您别再倚门望"的儿女了（《远方的爹娘》），这种情景只能发出"别离我太遥远/这一封家书还要写多少年"（《想家的人》）的感慨。他们的失落和思乡的隐痛折磨，在作者的《离开家的日子》里得到继续："离开家的日子/不知道明天不知道归期。"这是何等的迷惘与茫然。作者深深认知这一点，他才又深有感触地发出"漂泊的游子已迷失了方向"的咏叹（《小溪》）。

陈小奇的这些作品，被概括在"乡土"的意象里，其裸露出来的"乡愁"情感是赤诚的、富于诱惑的。其中深蕴着乡情与理性的冲突，寓含了对现代都市诟病的诘问。一方面表明了陈小奇自觉的艺术人生，一方面也让感情直接融于主人公的人生感遇中。他的这类"现代乡土歌曲"的文化乡愁，有着沈从文"文化乡土"的情致，而没有沈从文守望"精神家园"的"孤独者"之痛苦。[①]陈小奇的这类"现代乡土歌曲"的文化乡愁，也是构成他歌词文学的一个重要内容。

当然，爱情题材更是陈小奇的歌词最重要的主题。可以说，它决定了陈小奇歌词文学的基本风貌。作为一个极富现代潮流意识的词家，陈小奇的爱情歌词抒发了当代人具有独立意识的爱情，突现了当代女性与东方女性的传统含蓄性格的融合，而且表现更多的是现代都市少女情怀的内心探询与委婉倾诉。他歌词里的

---

① 参见朱光潜《从沈从文的人格看沈从文的文艺风格》，载《花城》1980年第5期。

现代意识，是以东方含蓄的审美方式来表达的。"那一天很累很累的时候/你的手轻轻放在我额头/不敢睁开我的眼/只怕此刻的温柔/从此以后不再有//……好喜欢坐在身边的那种感受/好喜欢静静靠在你胸口/看你买来的鲜花/听你呢喃的问候/明天的你走不走？"（《明天的你走不走》）这种离别的缠绵与仰慕只有现代人的爱情才拥有。爱情被作为一种情感意象不断被陈小奇叙写着、吟唱着。然而，因为时代的嬗变，表现在中国过去传统与现代作家陈小奇创作中的爱情观，明显地有着鲜明的差别，被赋了新的内涵。他的另一首《能有几次我这样的爱》："能有几个你这样的人/让我苦苦地等了又等/能有几次我这样的爱/爱得心中满是伤痕……你是否明白你是我生命之中/最美丽的一部分。"比较之下，作者很少写这样直露的"情歌"，但他极注重把主要的意境放在情感的动态上营造。

在陈小奇大量的爱情歌词中，有一首是以《明信片》为题的，用明信片来作为感情的宣泄对象，其象征意味注定是悲剧式的宣示。我国台湾地区女诗人林泠笔下有过《一张明信片》，而内地的孙大梅的现代诗也有《明信片》，也都是以明信片为载体，抒发的也都是对爱情的失落的阴郁心境。她们用的是对明信片进行实写的手法。但陈小奇的《明信片》不作写实，他只是把它作为一个喻体而已，在词中轻轻一笔，让它出现在"撕破茫茫云烟，传递美丽的忧伤"，而这一切不过是一张"苦恋的明信片"罢了。作者善于通过语言的巧妙构置把情感"演绎"成意象，从而唤醒欣赏主体的感觉。而他的《蓝花伞》《浪漫年华》《爱情备忘录》《十六岁的年龄》《假日我在路上等你》等情歌，则是对少女情怀的直接抒唱。这里，他把初恋的复杂而又单纯的心理世界描摹出来，对其中的欢乐、痛苦、幻想、恍惚、焦躁抑或甜蜜、浪漫的情状，作者仿佛有着深切的情感体验。因此，他的这些作品在抒唱上显出格外美丽动人。尤其是《蓝花伞》一词，更为美丽、温馨、浪漫："肩上小小的蓝花伞/撑起我蔚蓝的童年/收起来是一团美丽的梦幻/打开来是天真的笑脸/手中小小的蓝花伞/撑起我蔚蓝的初恋/旋转起来是甜蜜的誓言……蓝花伞，藏起多少秘密在心间。"以"伞"来移情、造境，在中国新诗史上，最早恐怕是戴望舒《雨巷》里的那把"油纸伞"，还有台湾著名的诗人余光中的《六把雨伞》和痖弦的《伞》。陈小奇同诗人们一样，借伞的意象用以表达感情。不过，《蓝花伞》无论在艺术表现上还是思想格调上，却是与众不同的，其最大的鲜明区别就在于作者以"蓝花伞"来象征当代背景下特有的感情内涵。因此，细读陈小奇的爱情作品，往往可以从中感受到一种强烈的来自心灵的颤动——也许这正是作者用他那略带淡淡的忧伤与惆怅的笔调，为我们描绘了一个诗境般的深邃、隽永而又充满浪漫的爱情世界。他的绝大部分爱情题材作品总是表现了忧愁、悲伤的情感，但其思想格调却总是阳光向上的，并且往往能从人格精神的层面上给人以哲思。他的这些作品的基本主题是对人的尊严与自由的歌颂，对爱情与理想的赞美。他以强烈的现代意识抒发带有平民特征的情感世界，对爱情的自我价值与尊严加以肯定和确认。

每一个时代都会用自己的"艺术"来观照过去，也会用自己的想像去塑造未来。陈小奇的"神话"，就在于他的流行歌曲里。他的许多作品已被人们视为新世纪歌坛的翘楚。陈小奇用他的歌词文学所进行的探索，旗帜鲜明地冲锋在中国流行歌坛的前沿。他的出现，对于中国流行音乐是块崭新的里程碑。他的歌词所产生的影响和成就，连同其独特的艺术特色和创作风格，也将在我国当代文学史上赢得重要的一席之地。

（载《广东文艺研究》2013年第3期）

陈小奇歌词作品的语言学分析*

（李 炜[①]　石佩璇[②]）

【摘要】歌词中的语言往往会突破常规以达到陌生化的效果，但这种突破必须以符合语言规范为前提。从语言的角度看，陈小奇的歌词作品在语言创新和规范之间取得很好的平衡，并特别注重歌词语音韵律与歌曲曲调的和谐关系，创作出符合汉语特点的优秀作品。

【关键词】陈小奇；歌词；语言学

陈小奇自20世纪80年代以来，创作了2000余首流行音乐作品，其作品以典雅、富含古意著称，其中《涛声依旧》《高原红》等作品传唱度高并经久不衰，成为流行音乐中的经典。从语言的角度看，诗歌（包括歌词）是语言的特区，往往会突破日常语言的常规，以达到陌生化的效果，但这种突破必须在语言规范的框架内。如何在创新和规范这两者之间取得平衡，需要创作者对语言特点和诗歌特点有准确把握。同时，歌词作为一种语言和音乐的结合体，讲究词、曲在韵律上的和谐，需要创作者对汉语特点和音乐特点有理性的认识。本文将从语言规范、语言创新和词曲和谐3个方面对陈小奇歌词作品进行分析。

一、严格遵守语言规范

所谓"歌词可以突破常规"，指的是在语义上的突破，而非语法上的突破。什么叫语义上的突破呢？比如日常语言中，我们不会说"竹笛吹老叹息"，只会

---

* 本文部分内容曾在广东省委宣传部主办的"陈小奇词曲作品研讨会"（2018年4月，北京）上宣读，得到与会专家的宝贵意见，谨此致谢。资助基金项目：广东省哲学社会科学规划青年项目（项目号：GD18YYS02）。

① 李炜，男，1960—2019年，汉族，中山大学中文系教授，博士研究生导师，广东省流行音乐协会副主席，文学博士。主要研究方向：汉语语法、社会语言学。

② 石佩璇，通讯作者，女，1983年生，汉族，星海音乐学院讲师，文学博士。主要研究方向：汉语方言与文化。

说"牛郎吹竹笛,表达表达叹息";也不会说"梦乡在江南",只会说"故乡在江南"。在歌词创作允许使用通感、比喻、象征方法,突破逻辑语义关系和搭配习惯。这种修辞手段,既合乎语言规范,又让诗歌获得新奇独特的艺术效果。所以,我们认为"牛郎的竹笛,吹老了多少叹息"(陈小奇《七夕》)、"白帆片片是梦乡,梦乡在江南"(陈小奇《梦江南》)①这类歌词突破语义常规但又符合语法规范,创造出陌生化的艺术美感。但如果罔顾语言规范,滥用"特权",就会出现语病。比如,有些作者在填词时将"徘徊(huái)"的"徊"放在ui韵的韵脚,将"不能自已(yǐ)"误填成"不能自己(jǐ)"。这些不符合语言规范的"创新"是所有创作者必须避免的。

准确、规范地使用语言是所有文学创作的基本要求,歌词创作也不例外。陈小奇的歌词均严格遵守现代汉语语言规范,无论是化用古诗还是"单纯"的现代歌词作品,均是如此。比如,传唱度最高的《涛声依旧》化用了唐诗《枫桥夜泊》,这首作品在继承古典诗词的意象和诗法的同时,又严格遵守现代汉语的语言规范。以这首歌词的前两节为例:

> 带走一盏渔火让它温暖我的双眼
> 留下一段真情让它停泊在枫桥边
> 无助的我已经疏远了那份情感
> 许多年以后却发觉又回到你面前
>
> 流连的钟声还在敲打我的无眠
> 尘封的日子始终不会是一片云烟
> 久违的你一定保存着那张笑脸
> 许多年以后能不能接受彼此的改变

在语音上,以上歌词采用我国古典诗词的押韵方法,但根据现代汉语普通话的语音来押韵(以上两节韵脚均为"ian"),而不拘泥于古韵。在句法上,作者通过汉语句法手段塑造歌词的结构美。从第一节内部看,"带走一盏渔火""留下一段真情"均为述宾结构,对仗工整,而后半部分"温暖我的双眼""停泊在枫

---

① 陈小奇作品均援引自《涛声依旧——陈小奇歌词精选200首》,小奇音乐官网 http://www.chenxiaoqi.com/Other_files/635108712103593750.pdf。

桥边"分别为述宾和述补，略有变化；上下两阙，通过"无助的我已经疏远了那份情感"和"久违的你一定保存着那张笑脸"的对仗两连（两句均为主谓宾结构，主语均为偏正结构，谓语前均有副词修饰，后带单音节体标记，宾语前有数量结构修饰）。但这两节的句法结构又有区别，第一节首两句为复句，第二节首两句则是单句，两节歌词工整中又有变化，让歌词既有重复回环的旋律美，又有灵动的变化。歌词结构美来自作者遣词造句的能力，而这种能力又必须以创作者对汉语句法特点的准确把握为基础。

二、古语今化的语言创新

巧妙化用古诗词是陈小奇歌词作品突出的特点，比如《涛声依旧》《烟花三月》《大浪淘沙》《白云深处》《巴山夜雨》分别化用了张继的《枫桥夜泊》、李白的《黄鹤楼送孟浩然之广陵》《早发白帝城》、杜牧的《山行》，以及李商隐的《夜雨寄北》。但这种化用不是简单的照搬照抄，而是"我手写我口"，将古典诗词语言现代化。比如《涛声依旧》中的"月落乌啼总是千年的风霜"化用了"月落乌啼霜满天"，保留了四字格"月落乌啼"，但是把"霜"变成"风霜"。这种改写创作十分准确，因为双音化是汉语现代语法和古代语法的区别特征之一，而四字格是汉语沿用至今的格式。整首歌词因化用了古诗而高雅，因采用现代语言表述方式而近俗，达到贯通古今、雅俗共赏的美学效果。

再比如，《巴山夜雨》化用了李商隐的《夜雨寄北》，原诗表达了对远方亲友的思念和对重逢的期盼：

> 君问归期未有期，巴山夜雨涨秋池。
> 何当共剪西窗烛，却话巴山夜雨时。

"问归期"是思念的缘由，"烛（剪烛、秉烛长谈）""巴山夜雨"是经典意象。陈小奇保留了《夜雨寄北》的创作思路和两个经典的文学意象，但是将诗歌语言进行现代化，创作了《巴山夜雨》：

> 什么时候才是我的归期
> 反反复复的询问却无法回答你
> 远方是一个梦，明天是一个谜

> 我只知道他乡没有巴山的雨
> 借着烛光把你的脸捧起
> 隐隐约约的笑容已成千年的古迹
> 伤心是一壶酒，迷惘是一盘棋
> 我不知道今夜该不该为我哭泣
>
> 许多年修成的栈道在心中延续，
> 许多年都把家想成一种永远的美丽。
> 推不开的西窗，涨不满的秋池，
> 剪不断的全是你柔情万缕。

首先，陈小奇选用现代人听能懂的现代词汇替换古语词，将"巴山夜雨""剪烛"等经典意象重新分析组合，将"巴山夜雨"变成了"他乡没有巴山的雨"，"剪烛"化为"烛光"。其次，用现代句法结构形成新的诗法，比如"西窗""秋池"在原诗中句法位置不同，分别是名词"烛"的修饰语和动词"涨"的宾语，在《巴山夜雨》中它们均作为句中的中心语，并且形成对偶句。这种创作，既保留了原诗意象，又比原诗更加易懂，同时赋予了其新的意义。最后，增加了与"归期不定"主题相关的对偶句"远方是一个梦，明天是一个谜""伤心是一壶酒，迷惘是一盘棋"。原诗主题比较隐晦委婉，增加这两联对偶句，思念的主题变得清晰、更贴近今人的表述方式。

没有语言的现代化，就不可能实现情感主题的现代化。化古人之语为今人之语，进而化古人之境为我之境。彭玉平这样评价陈小奇的歌词："从古典中走出来的陈小奇，分明带着现代的气息。因为古典，他的歌词耐人寻味，让人有一种不言而喻的文化归属感；因为现代，他的歌词能迅速走进听众心里，让他们感受似曾相识的情怀。"但归根结底，只有具备"古语今化"的语言能力，才有可能超越原经典，创造新经典。

三、歌词与曲调在韵律上的和谐

音乐和语言在音高、时长、音色、音强、重音等韵律特征方面具有结构上的相似性。汉语是声调语言，语言上与音乐关系最密切的是音高和音长两个特征。在音高方面，我们一般用五度标调法①来描述汉语声调的调值，如汉语普通话有阴平（一声）、阳平（二声）、上声（三声）、去声（四声）4个声调，调值分别为55（高平调）、35（中升调）、214（降升调）、51（高降调）。在实际语流中，上声还会发生音变，上声在上声前变成中升调35，在阴平、阳平、去声前变成低降调21或211。在音长方面，汉语语流里除轻声字外，一个个音节本身就是一个个大致"等音长"的节奏单位（沈家煊，2017）。但是实际到诗词韵律里面，却有主观的节奏感，不一定是完全等长的音节了，比如，我国诗词朗诵有"平长仄短"的传统，就是阴平、阳平可以延长，上声和去声的实际音长相对较短；从词性的角度看，实词（动词、名词、形容词）比虚词（包括"在""向"等介词、"着""了""过"等助词）的音长要长，实词必须音足调实，在现代汉语的韵律系统可以弱读轻声，或者依附在前面的实词音节中。具体到汉语声调和曲调的对应，体现在音高和音长上的和谐，即调值高的声调与曲调中的高音相对应；虚词占的节拍数应该比实词少。②

陈小奇最为著名的《涛声依旧》《烟花三月》《高原红》，词曲作者同为一人。在这些作品中，歌词的韵律特征和歌曲的曲调特征高度吻合，因而词曲和谐，朗朗上口。以《烟花三月》为例说明（见表1）：

表1 《烟花三月》部分简谱和歌词调值、节律表

曲调	‖: 3 23 5 56 1 | 2 2 3 21 6 56 5 · | 61 5 6·1 5 32 3 | 5 53 32 1 2 - :‖ 牵住 你的手， 相别在黄鹤楼， 波涛万里长江水， 送你 下 扬州.
单字调值	55/51/ 214/55/214| 55/35/51/35/51/35| 55/55/51/214/35/55/214| 51/214/51/35/55
语流调值	55/51·/21/55·/214| 55/35/51/35/51/35| 55/55/51/21/35/55/211| 51/21/51/35/55
歌词节律	牵住/你的手 相别在/黄鹤楼 波涛万里/长江水 送你/下/扬州

注：单字调值和语流调值符号说明——"/"表示汉字音节之间的界限，"|"表示句的界限，"·"表示音长变短。

表1中，第一行是歌曲旋律，第二行是歌词的单字调值，第三行是在语流

---

① 赵元任参照五线谱创造了"五度标调法"描写汉语的声调，用1、2、3、4、5来表示音值的高低，其中"1"表示声调中最低的音值，"5"表示最高的音值。
② 虽然词和曲是两个独立的韵律系统，但我国古典诗词和传统戏曲讲求"词腔"关系。根据歌词的声律特点，谱出与之和谐的曲调，听感上更和谐，更符合我们的审美追求。

中实际调值,第四行表示歌词在没有旋律情况下的语音节律(也叫音步①)。这段歌词在语言和音乐旋律上都有4个分句,语音韵律和音乐旋律的和谐体现在以下3个方面:从音高角度看,歌词每个分句音高最高部分和声调中的高调相对应,如"牵"是句中调值最高的两字(高平调55),对应的小节中最高音3,上声的"你""手"是上声(214),不是声调中的最高调值,也没有出现在高音位置。从音长角度看,虚词"的""在"所在占节拍数小于(或等于)与之相关的实词"你""相别";节拍数最多的"楼""州"为高平调(曲折调不容易形成拖腔)。从节律角度看,这4句歌词每句由两个节律单位构成(以"/"表示),每个节律单位对应的旋律最高音和最低音跨度不超过5度,与汉语声调的调值差相仿(约等于5度)。因而这首歌的曲调与自然语言韵律十分贴近,歌唱起来特别有"倾诉感",与对老朋友娓娓道出赠别诗句的主题特别契合,实现了声、音、意三者高度统一,成为经久不衰的佳作。

通过对陈小奇优秀歌词作品的语言学分析,我们提出流行歌词创作的3条语言原则:①准确、规范使用母语是写作的基本要求;②古语今化是现代作品继承优秀传统文化时应遵守的要求;③词曲和谐是歌词创作者的美学追求。这是在提倡坚持讲好中国故事、传播好中国声音的当下,歌词创作者创好中国歌曲、树立文化自信,应该努力做到的3个语言标准。

参考文献:

[1] 彭玉平. 从经典中再创经典:陈小奇歌词的古意与今情[C]. 陈小奇词曲作品研讨会会议论文,北京:2018.

[2] 黄伯荣,李炜. 现代汉语[M]. 北京:北京大学出版社,2012:58-72.

[3] 沈家煊. 汉语"大语法"包含韵律[J]. 世界汉语教学,2017(1):4-5.

[4] 冯胜利. 汉语韵律诗体学论稿[M]. 北京:商务印书馆,2015:161-163.

[5] 冯胜利. 汉语的韵律、词法与句法(修订版)[M]. 北京:北京大学出版社,2009:27-29.

---

① 音步也叫节律单位,是语言中最小的一个"轻重"片段。汉语最基本而且最小的节律单位是双音节(两拍)。这段歌词"你的手""相别在"虽然有3个字,但虚词不占拍,语音上弱读,在节律上仍属于两拍;汉语的四字格属于复合韵律词,可以看成一个节律单位,如"波涛万里"。见参考文献[5]。

意境深远，韵味悠长

——评陈小奇《意·韵》专辑

林丽晶　何艳珊[①]

【内容摘要】《意·韵》专辑凝聚了陈小奇30余载创作生涯的思想精髓与文学底蕴，其从"意境"与"韵味"两大古典美学范畴中汲取养分，实现了流行音乐与传统文化融合的新高度。笔者基于与陈小奇的访谈，对专辑进行了细读，尝试从传统美学角度分析其意境的创构方式及歌曲的韵味。《意·韵》借助以诗为词、选取核心意象及综合运用修辞格的方式，营造了情景交融的歌曲意境；在乐器演奏、人声伴唱、衬词衬腔等方面呈现出一种虚实相生的审美旨趣。此外，专辑中的爱情、友情与怀乡等情感素材是听众能直接把握和感受的内容；而歌曲隐含的人文关怀，则需要靠听众进一步思而得之、品而得之。

【关键词】陈小奇；《意·韵》专辑；意境；韵味

《意·韵》专辑发行于2011年，其囊括的15首歌曲是从陈小奇创作的2000余首词曲作品中精选而出，专辑具体曲目为：《敦煌梦》（1984）、《梦江南》（1986）、《灞桥柳》（1987）、《涛声依旧》（1990）、《巴山夜雨》（1994）、《白云深处》（1994）、《大浪淘沙》（1994）、《朝云暮雨》（1995）、《九九女儿红》（1995）、《桃花源》（1995）、《烟花三月》（1997）、《高原红》（2000）、《珠江月》（2003）、《七月七》（2006）、《故园家山》（2007）。[②]

《意·韵》最大的特点是实现了流行音乐与传统文化融合的新高度，专辑标

---

① 作者简介：林丽晶（1994—），女，广东佛山人，广州大学音乐舞蹈学院2018级研究生，研究方向为中国音乐美学；何艳珊（1973—），女，河南安阳人，广州大学音乐舞蹈学院副教授，音乐学博士，研究方向为中国音乐美学、文艺美学。

② 《意·韵》中除了《大浪淘沙》（张全复曲、陈小奇词）、《敦煌梦》（兰斋曲、陈小奇词）、《梦江南》（李海鹰曲、陈小奇词）、《灞桥柳》（颂今曲、陈小奇词）是由其他作曲家谱曲外，其余作品均由陈小奇作曲作词。

题所谓的"意"与"韵"蕴含了古典美学中关于意境与韵味的审美旨趣。

一、《意·韵》歌曲意境的创构

意境是中国古典美学的一个核心范畴,也是衡量文艺作品优劣的重要标准。陈小奇在创作《意·韵》时十分注重对歌曲意境的艺术追求。《意·韵》宛如其名字般,专辑收录的15首作品都蕴含了深远的意境。其中,《意·韵》的歌词创作最为明显地体现了意境范畴中情景交融这一审美特征,而在音乐表现中则呈现了一种虚实相生的旨趣。

(一)歌词创作中的情与景

1. 以诗为词,古语今化

化用古典诗词意境是《意·韵》创构歌曲意境的重要手段之一。在其收录的15首歌曲中,化用了古典诗词的作品就占据了6首(如表1所示)。古诗的意境一般较为含蓄朦胧,语言文言化,再加上古今意识的不同,容易使现代人产生距离感。基于此,陈小奇在化用古诗时,将古汉语转化为现代汉语,同时把原诗意境与现代人的情感相结合以进行创作。由于这些古诗本身就是在情景交融中创构意境的佳作,因而《意·韵》的6首化用了古诗词的作品也同样具有深远的意境。采访时,陈小奇告诉笔者,他在化用古诗词时主要采用"由诗抒情"和"据情选诗"两种方式。

表1《意·韵》中化用了古诗的6首歌曲

歌曲	化用的古诗	歌曲与原诗表达内涵对比
《涛声依旧》	张继《枫桥夜泊》	原诗:家国之忧,羁旅之思 歌曲:现代与传统之间的冲突
《巴山夜雨》	李商隐《夜雨寄北》	原诗:盼望与妻团圆,共叙旧情 歌曲:对心灵世界的追寻
《白云深处》	杜牧《山行》	原诗:赞美深秋山林之景 歌曲:对历史的无奈和感叹
《大浪淘沙》	李白《早发白帝城》	原诗:诗人遇赦后的豪情和欢悦 歌曲:人类历史上的一种向上精神

续上表

歌曲	化用的古诗	歌曲与原诗表达内涵对比
《朝云暮雨》	①柳宗元《江雪》 ②宋玉《高唐赋》	柳诗：革新失败后，诗人虽处境孤独，仍傲岸不屈、超然物外的思想感情 宋赋：表达国家富强、政治清明的愿望 歌曲：表达对爱人的思恋和牵挂
《烟花三月》	①李白《黄鹤楼送孟浩然之广陵》 ②杜牧《寄扬州韩绰判官》	李诗：思念与送别友人之情 杜诗：对江南风光与友人相聚之向往 歌曲：送别友人之不舍

所谓"由诗抒情"，即选取一首诗作为模板，继而再去思考用怎样的情感去表现这首诗。若从情与景的结合方式来看，可以理解为情随景生，也就是说陈小奇在创作前并没有自觉的情感思绪，当他与某一首诗"邂逅"时，突然思绪万千，有感而发，于是借原诗意境来抒发自己的情感，从而达到情与景的水乳交融。《意·韵》中的《涛声依旧》《巴山夜雨》《白云深处》及《烟花三月》为"由诗抒情"的代表作。

《涛声依旧》是由化用唐朝张继的《枫桥夜泊》而来的，但其整体的句法结构与原诗有着极大的不同。如"月落乌啼总是千年的风霜"，取自原诗的"月落乌啼霜满天"，歌词保留了四字格"月落乌啼"，把"霜"变成"风霜"。李炜教授认为，"这种改写创作十分准确，因为双音化是汉语现代语法和古代语法的区别特征之一，而四字格是汉语沿用至今的格式"[①]。经句法结构的改写后，更符合贴合现代的语言表述方式，也使原诗之景与现代之情的结合更为融洽。

《涛声依旧》在保留原诗中几个重要意象如"渔火""枫桥""钟声""月落""乌啼""风霜""客船"的基础上，还创造了"云烟""涛声"和"旧船票"3个新的意象。这3个新的意象与原诗意象的重新组合，非但没有给人一种简单堆砌而成的意象群之感，相反，两组意象之间发生了有机的联系，使原诗凄清孤独的意境得到了扩展和补充：当"流连的钟声"依旧，"涛声"依旧的时候，徘徊在传统与现代之间的"我们"，是否还可以凭借手中的"旧船票"回到过去呢？那一颗颗被污染而蒙尘的心灵能否被千年的"钟声"敲醒呢？

陈小奇从一首大家都耳熟能详的古诗中萃取了几个重要意象，以新的姿态再

[①] 李炜、石佩璇：《陈小奇歌词作品中的规范与创新》，载《艺术广角》2019年第8期，第88页。

现了现代人的情感,从而创构了一个全新的歌曲意境,"它不仅让听众从《枫桥夜泊》里得到古典式的美学享受,同时也被它深沉细腻的感情所感染"[①]。

如果说《涛声依旧》是在汲取原诗意境的基础上突破原意的,那么《白云深处》则是陈小奇反用古诗原意的作品。《白云深处》虽沿用了杜牧《山行》的部分景物,但在歌词写作上却运用了反写的手法,如"白云深处有人家""霜叶红于二月花"分别改写成了"白云深处没有你的家""其实这霜叶也不是当年的二月花",道出了当时许多"出门人"远离家乡漂泊在外的孤独感受。在歌词的第三段中,作者甚至告诫"等车的人"要赶快走出"收藏的那幅画""参破这一刹那"。这与原诗所描写的山林秋色图的题旨截然相反,却给予了"出门人"最深切的关怀。

上文分析的是"由诗抒情"的作品,其余两首作品《朝云暮雨》和《大浪淘沙》则是采用了"据情选诗"的创作手法。所谓"据情选诗",即根据已有的情绪来寻找合适的古诗进行表达。若从情与景结合方式的角度上看,可将"据情选诗"理解为"移情入景",也就是说,陈小奇把自己的情注入所选古诗的景中,借原诗的物境将情抒发出来,从而继承而又超越了原诗的意境。下文以《朝云暮雨》为释例。

《朝云暮雨》是陈小奇亲历三峡奇境后的有感之作,他把战国末期辞赋家宋玉的《高唐赋》描写的瑰奇魁伟之境融入三峡的壮丽景色中,从时空上拓展了歌曲意境,给听众一种穿越之感,正如词所说"飘飘渺渺不知今夕是何年"。最后两句歌词"你是长江钓不完的碧雪,只让我在蓑衣里编织着从前",更是这首作品的神来之笔,其化用了柳宗元《江雪》的"孤舟蓑笠翁,独钓寒江雪"。陈小奇在原诗句幽僻清冷的景色基础上,注入了一层充满人性关怀的色彩,使原诗凄冷的意境焕发出全新的柔情气质,歌曲的"情"与"景"也从古今视角得到了完美的契合。

无论是"由诗抒情"抑或是"据情选诗",陈小奇在化解古典诗词的时候总能借古而不泥于古。他从古典诗词中展现的不仅是原诗的意境,而且能为我所用,把当代社会思潮与大众心理融入其中,在古典与现代之间来去自如。"艺术作品中的'美'和'诗意',往往正潜藏在这种意境之中,换句话说,一部

[①] 沉浮:《涛声依旧与陈小奇》,载《大舞台》1994年第1期,第56页。

具有深远意境的艺术作品，它本身往往就是'美'的和充满'诗意'的。"①《意·韵》"诗意"般的歌词，让歌曲意境在时空、视觉上得到了拓展和延伸，营造了一种古典之"景"与现代之"情"交相辉映的意境氛围。

2. 核心意象的选取

艺术意境的创构往往依托于意象中情与景的融合所呈现的效果。

《意·韵》的歌曲意境达到情与景高度融合的关键还在于歌词本身对核心意象的选取上。下文以《九九女儿红》为释例。

《九九女儿红》的词虽由多个意象组成，但实际重心都放在了"女儿红"这一意象上，其他辅助意象则始终围绕"女儿红"这一带有民俗文化意味的意象来构筑意境。从色彩上看，新娘脸上的胭脂、"红灯笼"、"红盖头"、"烛影摇红"等都是喜庆的红；从空间上看，从"摇起乌篷船"到"穿过青石巷""点起红灯笼""斟满女儿红"，再到"掀起红盖头"，生动地描写了女子出嫁的热闹场面；从时间上看，"十八岁的脸庞""十八年的等待""十八年的相思""十八年的梦""十八年的女儿红"，作者特别强调了"十八"这个数字，这一切，都展现了汉族的风土人情。作为核心意象的"女儿红"不是物理意义上的酒，而是一个情景相融的意象，其中融入了作者对中国传统文化、传统习俗的喜爱与认同心理。

在《意·韵》中，类似"女儿红"的有着深刻含义的核心意象还有以中国传统节日为核心意象的《七月七》、以中国艺术瑰宝——"敦煌"为核心意象的《敦煌梦》、以文人墨客的精神家园——"江南"为核心意象的《梦江南》等。这些意象有一个共同点：都和中国传统文化相关，是流淌在我们血液里的基因精神力量。陈小奇在创作时有意识地选取具有中国文化韵味的意象为核心意象，除了受自身的审美品质影响外，原因在于他对当时社会经济快速发展所带来的负面影响有着深深的焦虑。在社会转型期间，大部分人都注重物的质感，那关于人生命的质感呢？如何才能让传统文化与现代文化相融合呢？基于上述的思考，陈小奇在选取象征中国文化或与民族特征相关的物象、事象的基础上，注入了自身对中国传统文化的崇敬与热爱之情，从而创构出情景交融的核心意象。歌曲意境也由这些核心意象及其背景所构成的整体效果，通过听众自身的审美体验得以生成。

---

① 于润洋：《试从中国的"意境"理论看西方音乐》，载《中央音乐学院学报》2013年第3期，第4页。

3. 修辞格的综合运用

《意·韵》的歌曲意境创构方式主要以"以诗为词"和围绕核心意象创作为主。但无论是前者还是后者，都必须借助语言手段将歌曲意境呈现出来，这就体现在《意·韵》对多种修辞格的综合运用上。修辞格的使用让《意·韵》的歌词中情与景的融合更为生动、贴切而富有感染力，在拓展歌曲意境和表情达意上给听者带来美的感染和享受。《意·韵》常用的修辞格以暗喻、拟人、排比和对偶最具代表性。

（1）暗喻。

1）伤心是一壶酒，迷惘是一盘棋。（《巴山夜雨》）

2）烟花三月是折不断的柳，梦里江南是喝不完的酒。（《烟花三月》）

3）谁能知道等待是一本最苦的日历。（《七月七》）

例1）是《巴山夜雨》的词，此处把抽象的情绪状态（情）——"伤心"和"迷惘"分别比喻为具体形象的事物（景）——"一壶酒"和"一盘棋"。从景与情的结合角度来看，原本只是物理意义上的酒和棋，在融入了人的内在情绪因素之后，拥有了新的内涵：酒成了带有"伤心"性质的酒，而棋则是一个让人解不开的迷茫棋局，两者都染上了一层人的情感色彩，进而使歌曲意境更为深邃而富有感染力，含蓄委婉地表达了人们处于新旧时代交界时的那种不知所措的困惑感。

例2）以柳和酒来比喻"烟花三月"和"梦里的江南"，映照了古人折柳斟酒送友人的习俗。在一片繁花似锦的江南春色中送别友人，别是一番滋味。美景让人赏心悦目，而送别却令人满怀忧伤，呈现出一种充满诗意的离别意境之美。

例3）"等待"原词性为动词，这里却比喻成名词"一本最苦的日历"，将"等待之苦"物化为"日历"，这本"日历"也因此被赋予了鲜明的情感色彩。此处的"日历"（景）与"等待的苦"（情）相互生发与渗透，成就了一个孤独愁苦的意境世界。

（2）拟人。

1）青藏的阳光，日夜与我相拥。（《高原红》）

2）波涛万里长江水，送你下扬州。（《烟花三月》）

上述两例均采用了拟人的手法，赋予物以人的动作，使事物实现了人格化。原本拥抱与送别都是人的动作，但作者却用来作为"阳光"与"长江水"的动作，使本来无生命意义的景物获得了人的属性。乍眼看去，景与物的交融似乎不太明显，然而"一切景语，皆情语也"①，"阳光""长江水"实际上都寄托了歌曲叙事者的思念之情、离别之不舍，从而创构出一个情在景中、意在言外的歌曲意境。

（3）排比。

1）扬州城有没有我这样的好朋友，扬州城有没有人为你分担忧和愁，扬州城有没有我这样的知心人，扬州城有没有人和你风雨同舟。（《烟花三月》）

2）敦煌梦，梦敦煌，千年的相思在梦乡；敦煌梦，梦敦煌，这一曲阳关已断肠；敦煌梦，梦敦煌，千年的相思在梦乡；敦煌梦，梦敦煌，我魂绕阳关轻轻唱。（《敦煌梦》）

上述的两例都是由4个分句构成的排比，体现了多样统一这一形式美的基本规律。

例1）从内容上看，每个分句各从一个侧面向友人发出了内心的疑问，这4个侧面可视为"多样"。4个侧面的内容并不是毫无关联、松散的，始终都由一个中心点即"我"对友人的满怀关心串联起来。这个中心点并不独立于4个侧面之外，而是存在于它们之中，因此，可视为统帅多样的统一。从形式上看，4个疑问句的词语都各不相同，然而却有着相同的句法结构（扬州城有没有×××）。4个疑问句由相同的语法结构有机结合成一个整体，不同的词语可理解为"多样"，相同的结构呈现出统一。可见，其无论从内容或形式上看，都体现了"多样统一"的美的形式原理。通过几个结构相同的句子之间的排列组合，营造了一种和扬州城的春色美景一样怡人的人性美（情）与自然美（景）交相辉映的意境，深情而含蓄地表达出对即将远行的友人的关怀与不舍。

例2）的排比句同样在多样统一中实现了情与景的高度融合，其运用4个分句把作者浓烈的忧患意识付诸"敦煌梦"这一历史意象，在拓展歌曲意境的同时抒发了作者对历史的感喟。

（4）对偶。

1）月落乌啼总是千年的风霜，涛声依旧不见当初的夜晚。（《涛声依旧》）

2）推不开的西窗，涨不满的秋池。（《巴山夜雨》）

上述两个例子采用了对偶的修辞手法，例1）两个分句的对应关系分别为：

---

① 王国维著，陈永正注评：《人间词话　王国维词集》，上海古籍出版社2016年版，第126页。

"月落乌啼"对应"涛声依旧","千年的风霜"对应"当初的夜晚",两组景物在时空角度上形成对比而又互为映衬和补充,反映了歌曲叙事者所处空间的自然景物与时间的沧桑巨变,深刻地揭露了人类面对历史的无奈和感慨。

例2)两个分句字数相同,词性相对,其中动词"推不开"与"涨不满"相应,名词"西窗"与"秋池"相对,歌词整体达到一种高度的对称与平衡。虽然,歌词中没有直接描绘情感的词语,但其是从化用《夜雨寄北》的基础上创作出来的,因此,"西窗"与"秋池"这两个景物本身就带有感情色彩,而这两个具备情景交融特点的意象是构成歌词意境的重要基础。

(二)音乐表现中的虚与实

虚实相生贯穿于中国各门类艺术创作和艺术评论之间,成为一个与西方艺术不同的标志性特征。由于虚,才能呈现《庄子》所说的"无声之中,独闻和焉"[①];由于实,才能做到《孟子》的"充实之为美"。总之,只有做到"'虚'和'实'辩证的统一,才能完成艺术的表现,形成艺术的美"[②],才能呈现出意境。《意·韵》歌曲意境的创构也在以下3个方面表现出虚实相生的审美特征。

1. 乐器组合与演奏中的虚实之美

中国古典音乐向来追求一种虚中有实,实中有虚的意境美,往往会以最少的声音物质来表现最丰富的音乐内涵。正如吴调公所说的:"在密度上以少胜多,在色彩上以淡写浓。"[③]这一点在《意·韵》中得到了充分的体现:为了让歌曲意境更好地获得虚实相生的审美况味,《意·韵》各作品与改编前相比,在配器上以小型乐器组代替大型乐队,缩小了主奏乐器的规模,大大地减轻作品音响的厚重感。表2是《意·韵》使用的主奏乐器情况。

表2《意·韵》歌曲使用乐器的情况

作品	主奏乐器
《朝云暮雨》	长笛、大提琴
《九九女儿红》	古筝、笛子

---

① 陈鼓应:《庄子今注今译》,中华书局2016年版,第312页。
② 宗白华:《美学散步》,上海人民出版社2015年版,第100页。
③ 吴调公:《神韵论》,人民文学出版社1991年版,第54页。

续上表

作品	主奏乐器
《巴山夜雨》	小提琴、大提琴
《白云深处》	萨克斯、琵琶
《烟花三月》	笛子、二胡、琵琶、古筝
《梦江南》	古筝、小提琴、大提琴
《七月七》	长笛、二胡
《故园家山》	二胡
《满桥柳》	古筝、洞箫
《敦煌梦》	喉管、琵琶
《高原红》	喉管、三弦
《大浪淘沙》	萨克斯、大提琴
《珠江月》	高胡、笛子、大提琴
《桃花源》	萨克斯、中阮
《涛声依旧》	琵琶

根据表1–2可以发现，《意·韵》中作品的主奏乐器一般为1～4种，其中以两种主奏乐器居多。如《九九女儿红》只运用了古筝和笛子两种乐器。歌曲开头前四小节以古筝作为主要的音色，紧贴江南水乡温婉秀丽的民族风韵。第五小节在古筝如流水般的刮奏音色中引出了笛子悠扬的声音，此时笛子成为主要的音色，与古筝的伴奏旋律交相辉映。古筝的弹拨音呈现出颗粒性的"点"状形态，在听觉上"点"与"点"之间是有空隙感的，而笛子的音色是通过气息吹出来的连绵不断的长音，呈现出"线"状形态。若把"点"理解为"虚"，"线"理解为"实"，那么，旋律在以"点"带"线"、以"线"补"点"（即以"虚"带"实"，以"实"补"虚"）中显现出了一种虚实相生的旨趣。待人声旋律进来后，古筝与笛子的旋律在人声独唱的长音中若隐若现。在此情况下，人声旋律是"实"，古筝和笛子的旋律是"虚"，两者在交替过程中也是虚实统一的表现。歌曲的结尾部分与前奏相呼应，结束在渐弱的古筝刮奏与笛子的长音中，给听众留下无限的遐想。而改编前的《九九女儿红》（陈少华演唱版本），除了有主奏乐器古筝外，还加入了爵士鼓、吊镲等打击乐器，电声节奏基本贯穿其中，讲究展现立体的音乐氛围。因此，歌曲整体的音响效果较为厚重，音色上略显庞杂，

与《意·韵》版的《九九女儿红》相比,其追求的是音响上的"实有",呈现出一种磅礴的气势,却少了一分轻盈的灵动感。改编后的《九九女儿红》减少了对打击乐器组的运用,突出了主奏乐器笛子与古筝的空灵、悠远的音色特质,其简洁的旋律线条更是包含了"虚实相生"的重要审美品质。

2. 以人声伴唱营造空灵之境

《意·韵》各作品与改编前相比,以人声伴唱代替原有电子音乐伴奏也是其一个鲜明的特点。《庄子》的"三籁"说对"人为之声"即"人籁"是持否定态度的,而对"合乎规律与自然本性"的"天籁"持肯定态度。人声伴唱虽然还不算真正意义上的"天籁",但相对电子音乐伴奏而言,人声伴唱是自然的、质朴的、非人为的。正因为人声伴唱具有"天籁"般自然、干净、纯粹的特质,所以在主旋律声部中加入人声伴唱声部,往往能起到烘托歌曲情绪的作用,营造一种蕴含虚实相生旨趣的空灵之境。

图1是《故园家山》主歌第二段(1—5小节)的片段,共有3个声部,包括一个女声旋律声部(简称为"女独")和两个女声伴唱声部(后文均简称为"女伴1""女伴2")。根据谱例,我们可以发现"女独"声部与"女伴1"的唱词相同,"女伴1"是"女独"声部下方小三度派生出来的旋律,纵向和声关系得到了加强。"女伴2"的唱词"咦耶咦耶"为非语义性的语气词,演唱的音区较高,与另外两个声部形成对比。从唱词的角度上看,"女独"与"女伴1"的唱词是有明确语义的"实"词,"女伴2"的唱词则是非语义性的"虚"词。从音高的角度上看,"女独"与"女伴1"的音区相对较低,给人一种厚实之感,笔者称此为"实"。而"女伴2"的音区较高,给人一种缥缈、空灵之感,笔者称此为"虚"。而且,"女伴2"只是片段式地出现在其余两个声部的长音位置,"女伴2"的若隐若现,不但起到了填充旋律效果,而且营造出一种情与景、虚与实、形与神水乳交融的意境美,从而使听众进入超乎于声音层的意境中。

图1 《故园家山》第1—5小节

上述两个例子源自《朝云暮雨》的旋律片段，图2两个声部的旋律线条流畅而舒缓，"女伴"声部比"女独"声部慢三拍进来，在节奏、音区、唱词上形成对比的关系。其中，"女独"声部的唱词为"今夜就让我枕着潮水入眠"，而"女伴"声部并没有演唱完整的词，其省略了"枕着潮水"留下"让我入眠"的字眼。若把独唱声部完整的歌词视为"实"的部分，伴唱声部"零碎"的歌词视为"虚"，歌曲在"实"与"虚"之间，委婉含蓄地表达出了作者对爱人深切的思念之情。图3的旋律声部是男声独唱声部（简称"男独"），伴唱声部由女生演唱。由于男女声音特性的不同，男声独唱给人一种低沉浑厚之感，更接近于音乐审美中的"实声"部分，而女生音域高、声音明亮而尖细，更接近于"虚声"的部分，两者在色彩上形成强烈的对比。男女声相结合的演唱形式，让歌曲塑造的形象更为丰满，颇有一种余音绕梁之感。总之，《意·韵》在歌曲中加入人声伴唱的形式，使歌曲更好地获得空灵的意境氛围，反映了"中国文化的传统思维方式中原有的一种朴素和辩证、重直觉、重灵感、重整体印象的哲学思想"[①]，而听众在灵动的音响中能更好地体验弦外之音、声外之境的旨趣。

图2 《朝云暮雨》第3—4小节

图3 《朝云暮雨》第5—8小节

3. 衬词、衬腔的运用

《意·韵》有超过2/3的歌曲汲取了衬词、衬腔的民歌元素。这些衬词基本是无意可解或非语义性，也不属于正词基本句式内的词句，但一经和正词配上曲调来演唱，这些非语义性的衬词就会和正词产生化学反应，成为构建歌曲意境色

---

① 修海林、李吉提：《中国音乐的历史与审美》，中国人民大学出版社1999年版，第231页。

彩画中的重要一笔。衬词（虚）与正词（实）的结合，是对艺术虚实相生辩证法运用的体现，衬词衬腔的加入在构建《意·韵》歌曲意境上发挥的功能与作用大体有以下的3个方面。

（1）拟声绘景，烘托氛围。

图4是源自《九九女儿红》的片段，除了男高声部演唱的"斟满了女儿红"是有具体语义的实词外，男低声部演唱的"吟咯吟咯"、女高声部的"耶耶"、女中声部的"呀呀"并没有实际的语义，但是当它们与实词配曲进行演唱时，生动、形象地模拟出了婚礼现场人们热闹的起哄声，勾画出了一幅生气盎然、绘声绘色的汉民族嫁娶的场面。

图4 《九九女儿红》第1—3小节

图5是《高原红》曲首的一个5小节的女声衬腔，衬词仍旧为没有实际意义的虚衬。这个衬腔虽然只有短短的5小节，却很有表现力。女演唱员以徐缓的速度，轻声地唱出然后渐强，最后又渐渐收弱以引出正词与歌腔，体现了一个"以虚带实"的创作过程。若把这句衬腔去掉，不仅会大大削弱歌曲的表现力，而且歌曲的意境氛围也会被破坏。这句衬腔的加入让听众跟随歌者的声音来到了一片优美而又辽阔的雪域高原，增强了歌曲的生动性与感染力。

图5 《高原红》前奏第1—5小节

（2）强调语气，丰富情绪。

图6为《烟花三月》的一个唱句，若把句中的"呐"字去掉，就只是一个普通的疑问句；若就"呐"字本身来看，其只是一个无特定含义的语气词。但当两者结合时，只占了半拍时值的"呐"却成为整个唱句不可分割的一部分。由于虚词"呐"字的加入，具有实在意义的疑问句（即"扬州城有没有我这样的知心人？"）的语气得到了加强，歌曲情绪更为强烈饱满，也由此表现了作者对即将远行的友人的关怀与不舍之情。

图6 《烟花三月》第10—11小节

图7是《灞桥柳》中的片段，唱句中共镶嵌了"那"和"呀"两个衬词，以代词"那"作衬词，并将"那"与实词"深秋"相连接，强调让歌曲叙事者惦记的是与"她"分别的深秋，而不是平常的一个深秋，丰富与补充了实词"深秋"有限的词义。同时，"那"在乐句中恰好处于切分节奏的强拍位置，使句子的语气得到了加强。另一个无实际意义的语气衬词（虚词）"呀"在乐句占了两拍的时值，加重了句子的语气，也让正词（实词）与歌腔所表达的内容得到了强调与引申。

图7 《灞桥柳》第9—13小节

（3）反衬情绪，深化主题。

图8长达8小节的衬腔是《白云深处》的间奏部分，这段衬腔用得十分巧妙，节奏欢快而明朗，与歌曲主体部分缓慢又略带一种哀伤情绪的节奏形成鲜明的对比。《白云深处》的主歌部分表达了现代人无家可归的感受，渲染出一种哀伤与无奈的情绪；而副歌部分更多表达的是作者对这些寻根归乡人的关怀与告诫。这段衬词衬腔紧随副歌最后的乐句，即"等车的你为什么还参不破这一刹那？别为一首老歌把你的心唱哑！"而出现。此时，仅作为语气词而无语义的虚词"吧啦吧啦"仿佛画外音，用一种类似旁白的手法，从侧面补充和引申了实句意犹未尽的内容，即告诫人们不要以有限的生命追逐无限的世界。而虚词与实词

的结合，使歌曲主题与意境得到升华，其过程其实就是一个由无到有的过程，这不正体现了虚实相生的旨趣吗？

图8 《白云深处》间奏第1—8小节

二、《意·韵》歌曲韵味的延留

"韵味"说是晚唐司空图诗论的核心，经后人的继承和发展，"韵味"逐渐成为中国古典美学的一个重要范畴，有"韵味"的艺术作品一般具有两层结构：一层是作品直接呈现的实在的内容，它应源于生活、源于自然，表现出具体、生动、形象的特点而不流于浮浅，即司空图所谓的"近而不浮"；一层是除作品表层之外的一种深刻意味，它应呈现出一种启示性、隐喻性的姿态，给欣赏者留有思考与回味的余地，即司空图所谓的"远而不尽"。

专辑《意·韵》以一种委婉含蓄的方式向听众传递丰富而深刻哲理意蕴，呈现出言近旨远的艺术效果。那么《意·韵》这种委婉含蓄的方式指的是什么呢？陈小奇告诉笔者，在创作中他不会把歌曲深刻的意味和内涵浅薄直露地告诉听众，而是会留有余地，给听众提供一个想像的空间去品味歌曲的内涵。基于此，《意·韵》的歌曲一般都具有"双重结构"，即表层结构与深层结构，而这两个结构可以说是《意·韵》成为"韵味"之作的重要原因。

（一）《意·韵》中的情感素材

《意·韵》中歌曲表层结构的内容大多为人们现实生活的情感素材，其中爱情、友情、怀乡作为人类永恒不变的三大情感，主题自然成为《意·韵》中歌曲表层结构的首选。

1. 爱情——永恒的主旋律

《意·韵》中以爱情为主题的作品有：《涛声依旧》《朝云暮雨》《桃花源》《九九女儿红》《高原红》与《七月七》。与普通情歌不同，这些作品在情感表达上含蓄而委婉，很少出现类似"爱""情"等直白的字眼，而且爱情通常只作为《意·韵》歌曲的表层结构。换言之，在这些表达爱情的歌曲的表层结构外，还有一层需要听众品味与思索的内涵，这就涉及深层结构的内容。关于《意·韵》的深层结构在后文再作讨论，现就《意·韵》中以爱情作为歌曲表层结构的6首作品展开分析。这6首歌曲若按照情感基调进行划分，大致可分为"喜悦"与"忧伤"两类。其中，表达喜悦情绪的只有《九九女儿红》一首，如图9所示：

图9 《九九女儿红》

正如前文所述，该作品以女儿陪嫁贺礼"女儿红酒"为核心意象，并从新郎的视角描写了婚礼当天热闹的场面，具有一定的叙事性。从歌词结构类型来看，其属于三段体的结构，3段歌词的内容表现为承递式的逻辑关系。主歌第一段，生动具体地描写了迎亲的情景：由乌篷船组成的迎亲队伍，穿行在一望无际的"映日荷花"间，此时温婉动人的新娘与新郎携手一起站在船头接受亲朋好友的祝福。乌篷悠悠，满载这对新人的憧憬，驶向爱的港湾，形成一幅美丽的江南水乡婚俗画卷。主歌第二段镜头切换至新人共饮"女儿红"合卺酒的喜庆场面，随后新郎缓缓地掀起了新娘的红盖头，两人含情脉脉地相视。这对新人从相识到相知相爱，而今天终于修成正果、喜结连理，此时是属于这对新人难忘的动人时刻。副歌部分旋律的起伏变化紧扣第三段歌词的情感表达并给予了支撑。这坛埋藏了18年的女儿红，酿出了一个少女18年的梦，歌曲暗喻了爱情在等待与相思中终于迎来了美好结果，同时也抒发了作者对真挚爱情的歌颂与向往。

剩下的5首作品基本上都带着些许忧伤的基调，具体还可以分为诸如怀念、相思的情绪，这些情绪无疑是那个时代人们情感状态的真实写照。例如：把古诗《枫桥夜泊》拉入歌曲背景的《涛声依旧》，它的表层结构描写的就是一个经典的爱情故事。两个年轻人在枫桥边从相遇到相知再到相恋，最后因为不得已的原因而分开，回到各自的世界。20年后的今天，这对已经步入中年的男女，再次相遇在枫桥边，看见彼此那张熟悉而久违的笑脸，埋藏在双方记忆深处无尽的思念之情终于在这一瞬间爆发出来。涛声依旧，流连的钟声也依旧，但经历了世事沧桑的我们是否还能继续重复昨天的故事呢？对于这个问题，连创作者陈小奇自己也无法作出回答。歌曲的最后一句"这一张旧船票能否登上你的客船？"更道出了当时许多恋人的无奈和遗憾。

此外，还有寄托了对初恋对象思念之情的《高原红》，表达相思之愁的《桃花源》《朝云暮雨》《七月七》等等。这些歌曲可以说是新时代人们情感状态的真实写照，尽管歌曲没有一些描写爱情的直白字眼，但听众却能简单地感受和把握歌曲中那种对爱情渴望和向往的真挚情感。

2. 友谊之歌永流传

《意·韵》除了以爱情主题作为歌曲表层结构外，也有不少以友情主题为表层结构的歌曲，它们带给听众的感动不比爱情歌曲少。例如：《大浪淘沙》《烟花三月》《灞桥柳》这三首表层结构为友情主题的歌曲，若根据歌曲叙事的人物行为划分，都属于送别题材。下文以《烟花三月》为释例（见图10）。

图 10 《烟花三月》

  《烟花三月》由 3 个相对独立、相互对比、相辅相成的乐段组成，属于不带再现的三段体曲式结构。第一乐段具有呈示性，由两个并列关系的乐句组成。在第一个乐句中，乐音与乐音之间基本处于同一水平线上，具有"水平式"旋律形态的特点。而此处的歌词"牵住你的手，相别在黄鹤楼"所表达的情绪与"水平式"的旋律线条密切相关，其平铺直叙地诉说了"我"与友人离别的场景与地点。此时"我"的内心较为平静，尚未出现较大的情绪波动。第二个乐句音符之间的起伏与第一个乐句相比较为明显，其化用了"烟花三月下扬州"的诗句，把原诗意境融入现代情景中，虽在写长江波涛万里的壮阔之景，却处处抒发了"我"对友人离别之不舍。

  第二乐段（第 6—15 小节）由 4 个乐句组成，与第一乐段形成对比，其是一个对友情主题进行提升和深化的乐段。从旋律形态上看，第二乐段主要表现为

"环绕式"的特点，始终围绕中心音A徵而发展；从歌词文本上看，4个采用排比手法且无需回答的疑问句，通过"环绕式"旋律形态将"我"对友人关切与不舍的细腻感情表达得淋漓尽致。

第三乐段（第16—23小节）仍由4个乐句组成，其引入了新材料，与前面两个乐段形成对比。其中，第一乐句与第二乐句是"同头异尾"的两个乐句，且为全曲的高潮部分，两者的歌词互为对偶句，在情感上也映射了古人折柳斟酒送友人的习俗；第三乐句化用了诗句"孤帆远影碧空尽"，表面在写景，实际上描绘了"我"在黄鹤楼边送行，看着友人乘坐的帆船渐行渐远，越来越模糊，最后只剩下一点身影的情景；而第四乐句中小字组的a到小字一组的a的一个八度的跨度，强调了歌词中的"思念"二字，且把"瘦西湖"说成是因为思念而"瘦"，成为全曲的点睛之笔。至此，歌曲意境已全出，颇为感人，让听众感受到在生命的航程中，友情是一盏盏不灭的心灯。

当时的社会处于转型阶段，友情成为许多在大城市打拼的年轻人心灵上的寄托。直到现在，友情也一直是人们交往活动中的一种特殊而真挚的情感。以友情主题作为歌曲的表层结构，在很大程度上契合了人们内心深处的精神需求。

3. 乡音难改，乡情难却

《意·韵》以家乡情结主题为表层结构的歌曲颇多，如：《白云深处》《巴山夜雨》《梦江南》《珠江月》和《故园家乡》。下面我们将以《故园家山》为例。

《故园家山》是一首清明谣，其曲风旋律清新优美，音域适中，易于传唱；歌词语言朴实，但情真意切。主歌部分的乐音以平级进行为主，多采用"四分音符"和"八分音符"这类均等的节奏型，且乐句的结束音基本为长音，旋律节奏的格律紧扣歌曲情感的表达，营造了清明春雨纷纷的意境氛围：清明时节，一个思乡的季节，天空下着"天街小雨润如酥"的细雨，此时，出门在外的行旅之人内心最盼望的就是回到那遥远的故土与亲人相聚，将这清明情结传承下去。副歌部分中"那是我的故园我的家山，为何只有清明才来到眼前（心间）？"这一乐句为全曲音域最高之处，也是情绪最为饱满的地方，歌词听起来虽朴实无华，却发人深思，歌曲亲切与温情的怀乡主题也得到了升华：故乡是我们的根与魂，无论离家多远、身居何处，故乡始终是我们永远的牵挂（见图11）。

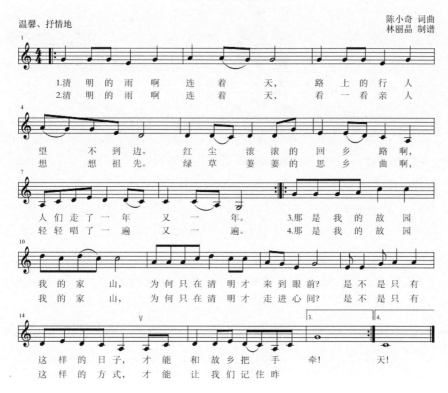

图 11 《故园家山》

此外，还有道出了寻根人迫切归乡却无处是家的孤独与无奈的《白云深处》；渴望化作唐宋诗篇长眠在故乡江南身边的《梦江南》；尽显作者温情委婉的珠江情怀的《珠江月》等。这些以怀乡情结为表层结构的歌曲，歌曲形象具体而亲切，从社会心理层面来说，能与社会群众产生强烈的情感共鸣。

总之，《意·韵》歌曲表层结构中的爱情、友情、怀乡三大情感主题，都是人们对当时社会生活深刻细腻的情感体验的真实写照。陈小奇对这些主题作了真切自然的表达，使每首歌曲的形象呈现出鲜明可感、生动亲切的特点，也让听众在欣赏过程中自然而然地获得同样真切的感受。

（二）《意·韵》隐含的人文关怀

如果说《意·韵》歌曲的表层结构是听众能直接把握和感受的实在内容，它决定了《意·韵》传唱的广度的话，那么，《意·韵》的深层结构则是要靠听众经过思索、品味才能体会的一种"醇美之味"，它是《意·韵》富有真正的生命力和艺术价值的来源，也是《意·韵》歌曲韵味的一种延留。

笔者认为《意·韵》这种令人寻思的"韵味"，实际上就是其深层结构含而不露的人文关怀。陈小奇把人文关怀嵌入到歌曲深层结构中，体现了他对个体生命、人生价值的尊重和关怀。概括起来，《意·韵》深层结构隐含的人文关怀内容，大致有以下三方面。

1. 引领人们反思历史

"中国是一个史学特别发达的国度，从《春秋》到《汉书》再到《资治通鉴》，从左丘明到司马迁再到钱穆，或书写一种鉴古知今，总结历史兴亡得失的历史精神；或传达一种见盛观衰，居安思危的历史思维；或对于传统文化流露出的一种'可大可久'的历史哲思，都是国人融入生命里的历史意识之体现。"[①]作为文学专业出身且拥有浓厚古典情怀的词曲作家，陈小奇秉承了这一史学传统，在歌曲的深层结构中实现了当下关怀与历史反思两者的有机结合。

处于社会文化剧烈变革的时代背景，人们对其中衍生出来的传统文化和现代文明之间的冲突问题，应该做出怎样的抉择呢？这似乎可以从《意·韵》中找到一种精神上的引领。据前文所述，《大浪淘沙》的表层结构是一首友情主题的歌曲，《涛声依旧》《朝云暮雨》的表层结构则均为爱情歌曲。然而，它们三者的深层意味远远不止于此。

"你是否愿意陪着我回到从前？"（《大浪淘沙》）

"今天的你我怎样重复昨天的故事，这一张旧船票能否登上你的客船？"（《涛声依旧》）

"你是长江钓不完的碧雪，只让我在蓑衣里编织着从前。"（《朝云暮雨》）

如果对此处三首歌曲中的"你"根据歌曲表层结构呈现的内容来分析，明显是指代歌曲叙事者的"知己"或"思念的对象"；若把"你"置于歌曲深层结构中作进一步的思索与解读，"你"可作为"传统文明""旧时代"的象征。在这三首歌曲中，乍眼看去，似乎作者在传统文明与现代文明之间选择了前者，表现

---

① 余安娜、年颖：《历史与当下的对话——论唐浩明小说得历史意识》，载《创作与评论》2014年第4期，第45页。

出一种"向后看"的消极态度。然而，其实质却是带着忧患意味的历史关照。作者立足于当下，在时间与空间的维度上对人们的生存境遇、生命体验、历史文化展开了一次深刻思考：从远处传来的"千年钟声"是在提醒我们现代人什么呢？面对"脚下早已改变的世界"，我们应该抱以怎样的态度去生活？关于这些问题的回答，其实已经蕴含在歌曲的深层结构中，但它需要靠听众思而得之、品而得之：徘徊在新旧时代十字路口的我们要时刻保持居安思危的忧患意识，重视对传统文化的保护和传承，更要懂得"告别昨天搁浅的船"，继续向前迈进，珍惜当下。至此，正是"千年的钟声"警觉世人的内容。

《论语》中，曾子说到"慎终追远，明德归厚矣"。重视对先祖的祭祀之礼，不忘本，同样是一种当下对历史的关照。从表层结构上来说，《故园家山》是一首怀乡歌曲，它的深层含义则从怀乡上升到了对人的生命意义的探讨的高度。

"清明的雨啊连着天，看一看亲人想想祖先。"（《故园家山》）

"那是我的故园我的家山，为何只在清明才走进心间，是不是只有这样的方式，才能让我们记住昨天。"（《故园家山》）

此处具有启发性、隐喻性的内容是：对祭祀先祖的重视就是对我们生命根源的重视和探索，只有这样，才能使我们肩负起振兴家族和延续生命的重担，才能让我们明白生命的意义，从而更好地实现自身的人生价值。

此外，关于歌词"千年的琵琶声声悲凉……千年的古钟夜夜敲响"（《敦煌梦》）、"你可知古老的秦腔，它并非只是一杯酒"（《灞桥柳》），从深层结构上来说，是作者站在当下的一次回望，是穿越时空、古今之间的一次对话，以当代意识烛照历史过去，最终上升到了对人们现实生活意义的探讨和人生哲学的思索。

2. 自然美与人性美的和谐统一

人，既不能脱离自然，也不能脱离社会而存在。促进人与自然、个体与社会之间和谐统一的关系也是人文关怀的应有之义。陈小奇运用含蓄慰藉的笔墨，在歌曲的深层结构中表达了自然美与人性美相和谐统一的美好愿望。

《意·韵》的很多作品反映了陈小奇对生活、对大自然的体察入微以及对大自然的赞美与追求。如《梦江南》描绘的"草青青""水蓝蓝""雨茫茫""桥弯弯"的江南水乡之景，让听众感受到了大自然的纯朴、清新、宁静的大美。最后一句"只愿能化作唐宋诗篇,长眠在你身边"更是把人与自然高度结合起来,表达了渴望与江南融为一体的美好愿望。这与庄子在《齐物论》中倡导"天地与我并生,而万物与吾为一"①的观点十分相似。《梦江南》展现的恰恰就是一次人与自然平等的对话,在这次对话中,"我"与"江南"没有绝对的界限,没有物我之别,尽情地敞开心灵,体悟自然之道。

《高原红》从其表层结构来说是一首思念初恋对象的爱情歌曲,但当我们作进一步研读时,则会发现《高原红》歌曲的深层结构暗含一种自然美与人性美的完美融合。"高原红"作为藏民特有的生命体征,它汲取了高原地区的天地灵气,是大自然孕育的结果。作者没有具体刻画藏民的外貌和动作形态上的特点,而是提取了象征"初恋对象"的"高原红"这一具有生命意味的意象,把它和青藏美丽的景色融为一体,一方面塑造了藏民质朴、热情、刚毅的性格,呈现出人际交往中的和谐美好的人性之美;另一方面体现了人与自然共生共荣的关系以及对自然美的追求。

由此观之,倡导自然美与人性美的和谐统一是《意·韵》的一种言外之余味,需要听众在"辨味"的音乐审美过程中获得。

3. 对精神家园的呼唤与追寻

在自然、社会群体、个体生命三者中,个体生命是构成社会和谐、自然和谐的基础,个体生命和谐了,个体与自然、个体与社会的关系也就和谐了。因此,关注个体生命是最根本的,也是人文关怀的应有之义。《意·韵》把对个体生命的关注嵌入歌曲的深层结构中,表现为对人们精神家园的呼唤与追寻。

《白云深处》从表层结构来说,选取了人们能很简单感受到的"家""故乡"的题材,而在深层结构上却完成了从现实生活中的"家""故乡"到人们"精神家园"的升华。在主歌的"白云深处没有你的家"中,作者首先指出了现代人在物欲横流与人心浮躁的时代中逐渐迷失了方向,甚至丧失了"精神家园"的现实问题。接着,副歌部分的"等车的你走不出你收藏的那幅画,卷起那片秋色才能找到你的春和夏",是在告诫人们不要被眼前的这幅画(暗指功名利禄和物质享受)迷惑了双眼。只有卷起那片秋色(指不被外物所累),才能找回人生的色彩,否则,会沦落为《庄子》所说的"终身役役而不见其成果,苶然疲役而不知其所归"②这种悲哀。最后,"等车的你为什么还参不破这一刹那,

---

① 陈鼓应:《庄子今注今译》,中华书局 2016 年版,第 78 页。
② 陈鼓应:《庄子今注今译》,中华书局 2016 年版,第 51 页。

别为一首老歌把你的心唱哑"这一句是歌曲的情感总爆发,作者有意选取"等车"这一具有现代感意味的意象,再次呼吁人们不要以自己有限的生命去追逐无限的世界,而应该坦然应对生活中的一切,坦然接受人生中的不圆满。倘若能达到这种境界,就会发现"美丽的家园"一直都在我们身边,因为心安之处便是"家园"。

此外,还有呼唤"把家想成一种永远的美丽"的《巴山夜雨》;以"桃花源"为歌曲核心意象,引领人们从沉沦的世俗生活向本真朴实生活的回归,达到心灵的自由境界,静心领略生命的真谛的《桃花源》。这些作品反映了陈小奇着手于"家"进而着眼于"家园",为处于迷惑之境的现代人重建精神家园。

三、结语

《意·韵》在人心最厚实的地方寻找到了音乐与文化结合的新高度,专辑标题中的"意"与"韵",蕴含了古典美学中意境与韵味的审美旨趣。专辑呈现出来的情与景、虚与实交相辉映的意境氛围,得益于歌曲意境的创构方式。直到如今,《意·韵》依然保持着稳定的文学品质与艺术韵味,这源于陈小奇对歌曲结构的精巧构思。在歌曲的表层结构中,陈小奇运用容易产生共鸣的情感素材,建造了一个真情港湾,以此来停泊现代人漂泊的灵魂。然而,《意·韵》并不仅仅停留于表层结构,其深层结构还寄托了作者对个体生命、人生价值的尊重和关怀。当然,作品的深层内涵由于时代的变迁、听众不同的知识结构、社会背景、个人经历等因素,可以有多层次的解读,从而展现出新的时空意义。同时,这也恰好应证了一句话:一部优秀的艺术作品几乎是从传统文化中化育与衍生出来的。

中央电视台《向经典致敬——陈小奇》专题节目

致敬辞

根植岭南沃土

同步时代流行

驰骋华语乐坛

见证大国复兴

我不想说

却处处听见回声

涛声依旧

抬起头又见彩虹

低吟浅唱里

都是唐宋意境

字斟句酌中

尽显时尚空灵

笔耕不辍拥抱明天

金声玉振跨越巅峰

广东省流行音乐协会

致敬辞

今天,陈小奇先生由于年龄原因辞去本届广东省流行音乐协会的领导职务。经广东省流行音乐协会第五届理事会表决,广东省流行音乐协会一致推选陈小奇先生为终身荣誉主席,以此表示协会同仁对陈小奇先生的衷心感谢和崇高的敬意!

陈小奇先生是中国著名词曲作家、著名音乐制作人、文学创作一级作家、中国唱片音乐副编审、广东省文史研究馆馆员。他先后担任中国音乐家协会流行音乐学会常务副主席、中国音乐文学学会副主席、中国音乐家协会理事、广东省作家协会副主席、广东省音乐家协会副主席、广东省流行音乐协会主席、广州市音乐家协会主席、广州市文学艺术界联合会副主席,是中国当代流行音乐的建功立业者。

陈小奇先生的代表作品有《涛声依旧》《大哥你好吗》《我不想说》《高原红》《又见彩虹》等一大批脍炙人口的经典歌曲,其中,《高原红》《又见彩虹》荣获中国音乐界最高奖项"金钟奖"。他以典雅、空灵、具有深厚文化底蕴的南派艺术风格独步中国流行乐坛,当之无愧地成为中国当代流行音乐的"一代宗师"。他还获得中国十大词曲作家奖、中国最杰出音乐人奖、中国金唱片奖最佳音乐人奖等殊荣,成绩斐然。

1990 年,陈小奇先生参与创办全国第一个流行音乐组织——广东省通俗歌曲创作研究会,并被推选为首任会长。陈小奇是 20 世纪 90 年代初岭南音乐旋风背后的真心英雄。2002 年,广东省流行音乐学会正式注册成立;2007 年,更名为广东省流行音乐协会;2002—2022 年,陈小奇作为创始人长期肩挑会长、主席重担。作为广东音乐界及广东流行乐坛的领军人物,他勤勤恳恳、任劳任怨、呕心沥血,为协会服务 32 年,提携一大批新人歌手及创作、制作人成为中国流行乐坛的中坚力量。陈小奇带领协会从数十人的小社团发展到今天过万人的中国第一大流行音乐民间社团,在组织建设及理论建设等方面做出了诸多探索,创建出多项全国第一、引领全国乐坛的新举措,为广东乃至全国流行音乐的发展做出了杰出贡献。

今天的你我，能否重复昨天的故事？

榜样的力量是无穷的。我们相信，我们不会辜负陈小奇先生的厚望；我们将不忘初心，砥砺前行；我们有信心继续跨越巅峰，拥抱明天。让广东乐坛涛声依旧，继续为我们的今天喝彩！

广东省流行音乐协会

2022年3月19日

大事记 陈小奇

1954年 农历四月十一日（阳历5月13日）出生于普宁县流沙镇人民医院（祖籍为普宁县赤岗镇陈厝寨村）

1961年 移居揭西县棉湖镇外婆家，就读棉湖解放路小学

1965年 随父母工作调动移居梅县，并转学梅县人民小学

1966年 "文化大革命"期间，开始自学并自制笛子、二胡等乐器
自学美术、书法

1967年 入读梅县东山中学
开始格律诗词创作
自学小提琴
担任班级墙报委员

1969年 担任学校宣传队乐队主要乐手并自学唢呐、三弦、月琴、东风管等乐器

1971年 以小提琴手身份代表学校参加梅县地区中学生汇演

1972年 高中毕业并分配到位于平远县的梅县地区第二汽车配件厂当翻砂工及混合铸工
担任厂宣传队队长兼乐队队长，开始歌曲创作

1975年 调任厂政保股资料员，负责公文及汇报资料的撰写，并担任工厂团总支副书记
借调梅县地区机械局宣传队，任小提琴手，创作舞蹈音乐《红色机

· 331 ·

修工》

在工厂参与绘制大幅毛主席像（油画）及工厂围墙大幅美术字标语

1978年　考入中山大学中文系

在入学军训晚会以自制啤酒瓶乐器演奏"青瓶乐"

格律诗词《满江红》在《梅州日报》发表

开始现代诗创作，担任中山大学学生文学刊物《红豆》诗歌组编辑

参加中山大学民乐队，分别任高胡、大提琴、扬琴乐手

1979年　创作独幕话剧《恭喜发财》（由中文系78级学生演出）

1980年　参与创建中山大学紫荆诗社，任副社长

书法作品被中山大学选送参加首届全国大学生书法大赛

开始话剧、电视剧、舞剧、小说、散文等创作尝试

在《羊城晚报》及《作品》等报刊发表现代诗

1981年　暑假首次赴北京，拜访了北岛、江河等朦胧诗派代表诗人

创作歌曲《我爱这金色的校园》获中山大学文艺汇演三等奖

1982年　在《岭南音乐》发表第一首歌曲《我爱这金色的校园》（陈小奇词曲）

从中山大学中文系本科毕业，任职中国唱片公司广州分公司戏曲编辑，此后录制了多个潮剧、山歌剧及《梁素珍广东汉剧独唱专辑》《陈育明琼剧独唱专辑》等

在《花城》《星星》《作品》《特区文学》《青年诗坛》等刊物发表多首现代诗歌，成为广东主要青年诗人

1983年　创作流行歌曲填词处女作《我的吉他》（原曲为西班牙民谣《爱的罗曼史》），以词作家身份进入流行乐坛

1984年　工作之余为中国唱片公司广州分公司、太平洋影音公司及多家音像公司填词100多首，同时开始《敦煌梦》（陈小奇词、兰斋曲）、《东方魂》（陈小奇词、兰斋曲）、《小溪》（陈小奇词、兰斋曲）等原创歌曲的填词创作

1985年　《黄昏的海滩》（陈小奇词、李海鹰曲）、《敦煌梦》（陈小奇词、

兰斋曲）获国内第一个流行音乐创作演唱大赛——"红棉杯85羊城新歌新风新人大奖赛"十大新歌奖

1986年　《梦江南》（陈小奇词、李海鹰曲）、《父亲》（陈小奇词、毕晓世曲）入选第一个全国流行音乐大赛——由中国音乐家协会主办的全国青年首届民歌通俗歌曲孔雀杯大选赛八大金曲，《父亲》获作词牡丹奖

现代人报社举办内地流行乐坛第一次个人作品研讨会——"陈小奇个人作品研讨会"

编辑、制作全国第一张校园歌曲专辑——中山大学学生作品《向大海》盒式磁带

1987年　《秋千》（陈小奇词、张全复曲）获广东电台"兔年金曲擂台赛"冠军

《满天烛火》（陈小奇词、兰斋曲）获首届广东十大广播歌曲"健牌"大奖赛十大金曲奖

《九龙壁》（陈小奇词、兰斋曲）获'87五省（一市）校园歌曲创作、演唱电视大赛总决赛作词三等奖

《我不再等待》（陈小奇词、兰斋曲）获'87五省(一市)校园歌曲创作、演唱电视大赛总决赛优秀作词奖

《我不再等待》（陈小奇词、兰斋曲）、《九龙壁》（陈小奇词、兰斋曲）、《龙的命运》（陈小奇词、毕晓世曲）获'87五省（一市）校园歌曲创作、演唱电视大赛广东赛区优秀作词奖

《我的吉他》被中央电视台音乐纪录片《她把歌声留在中国》选用为主题歌

出席在武汉举办的全国流行歌曲研讨会

应邀参加中山大学承办的全国高校古典诗词研讨会并作歌词创作发言

1988年　《船夫》获文化部、中国音乐家协会、中国音乐文学学会主办的首届虹雨杯歌词大奖赛三等奖

《龙的命运》（陈小奇词、毕晓世曲）、《船夫》（陈小奇词、梁军

曲）分别获上海"华声曲"歌曲创作大赛一等奖、二等奖，《黑色的眼睛》（陈小奇词、兰斋曲）、《七夕》（陈小奇词、李海鹰曲）获纪念奖

《湘灵》（陈小奇词、兰斋曲）获首届京沪粤"健牌"广播歌曲总决赛银奖及第二届广东十大广播歌曲"健牌"大奖赛最佳创作奖

《船夫》（陈小奇词、梁军曲）、《问夕阳》（陈小奇词、兰斋曲）、《湘灵》（陈小奇词、兰斋曲）获第二届广东十大广播歌曲"健牌"大奖赛十大金曲奖

《山沟沟》（陈小奇词、毕晓世曲，那英演唱）入选"世界环境保护年百名歌星演唱会"

报告文学《在风险的漩涡中》获南方日报社、广东省作家协会联合举办的"保险征文"一等奖

出版《陈小奇作词歌曲专辑》盒带

在"新空气乐队华师演唱会"上首次客串主持人

1989年 《黎母山恋歌》（陈小奇词、兰斋曲）获第二届京沪粤"健牌"广播歌曲总决赛金奖及第三届广东十大广播歌曲"健牌"大奖赛最受欢迎大奖

《黎母山恋歌》（陈小奇词、兰斋曲）、《古战场情思》（原名《天苍苍地茫茫》，陈小奇词、梁军曲）获第三届广东十大广播歌曲"健牌"大奖赛十大金曲奖

《兰花伞》（陈小奇词、兰斋曲）获首届中国校园歌曲创作大奖赛三等奖

《黑色的眼睛》（陈小奇词、兰斋曲）、《魔方世界》（陈小奇词、兰斋曲）获首届中国校园歌曲创作大奖赛优秀奖

《山沟沟》（陈小奇词、毕晓世曲）、《苗山摇滚》（陈小奇词、罗鲁斌曲）获'88山水金曲大赛十大金曲奖

《山沟沟》（陈小奇词、毕晓世曲）获广东电台"蛇年金曲擂台赛"冠军

出版国内第一本流行音乐词作家专辑《草地摇滚——陈小奇作词歌曲100首》歌曲集（广东旅游出版社）

创作中国第一首企业形象歌曲——太阳神企业《当太阳升起的时候》（陈小奇词、解承强曲）

1990年　《牧野情歌》（陈小奇词、李海鹰曲、李玲玉演唱）入选中央电视台春节联欢晚会

成立广东通俗音乐研究会，被推选为首届会长

担任"特美思杯"深圳十大电视歌星大赛总决赛评委

担任第一届全国影视十佳歌手大赛总评委

《灞桥柳》（陈小奇词、颂今曲）、《风还在刮》（陈小奇词、兰斋曲）获第四届广东创作歌曲"健牌"大奖赛十大金曲奖

《不夜城》（陈小奇词）获浙江省"东港杯"广播新歌征评二等奖

创作潮语歌曲《苦恋》（陈小奇词、宋书华曲）、《彩云飞》（陈小奇词、兰斋曲）等，开创国内第一个本土方言流行歌曲品种——潮语流行歌曲时代

创作汕头国际大酒店形象歌曲《月下金凤花》（陈小奇词、兰斋曲），并担任该歌曲的全市演唱大赛总决赛评委

开始作曲，以《涛声依旧》（陈小奇词曲）完成由填词人向词曲作家的身份转变

1991年　歌曲《跨越巅峰》（陈小奇词、兰斋曲）被评选为首届世界女子足球锦标赛会歌，成为中国内地第一首大型体育赛事会歌的流行歌曲

《涛声依旧》（陈小奇词曲）、《把温柔留在握别的手》（陈小奇词、李海鹰曲）获第五届广东创作歌曲"健牌"大奖赛十大金曲奖

担任"省港杯歌唱大赛"总决赛评委

兼任中国唱片公司广州分公司艺术团团长并创建中国唱片公司广州分公司艺术团乐队（后改为"卜通100乐队"）

创作潮语歌曲《一壶好茶一壶月》（陈小奇词曲），成为潮语歌曲经典

创作、制作中国内地第一张客家方言流行歌曲专辑《徐秋菊独唱专辑》，创作《乡情是酒爱是金》（陈小奇词、杨戈阳曲）等多首歌曲

1992年 创立中国唱片业第一个企划部（中国唱片公司广州分公司企划部）并担任主任，开始"造星工程"，陆续与甘苹、李春波、陈明、张萌萌等签约，推出第一张签约歌手专辑——甘苹的《大哥你好吗》

在广州友谊剧院举办两场中国流行音乐界第一次个人作品演唱会——"风雅颂——陈小奇个人作品演唱会"

担任第二届全国影视十佳歌手大赛评委

担任首届广东省歌舞厅歌手大赛总决赛评委

担任海南国际椰子节歌唱大赛总决赛评委

担任广州与台北合作的海峡两岸第一个流行音乐大赛——穗台杯歌唱大赛总决赛评委

《我不想说》（陈小奇、李海鹰词，李海鹰曲）、《拥抱明天》（陈小奇词、毕晓世曲）获中央电视台第五届全国青年歌手"五洲杯"电视大奖赛歌曲评选一等奖

《我不想说》（陈小奇、李海鹰词，李海鹰曲）、《等你在老地方》（陈小奇词、张全复曲）分获中国首届电视剧优秀歌曲评选（1958—1991）金奖和铜奖

《空谷》（陈小奇词、颂今曲）、《写你》（陈小奇词、解承强曲）获"华声杯"全国磁带歌曲新作新人金奖赛银奖，《外婆桥》（陈小奇词、颂今曲）获优秀奖

《九亿个心愿》（陈小奇词、兰斋曲）入选中华人民共和国第二届农民运动会歌曲

《我不想说》（陈小奇、李海鹰词，李海鹰曲）获第六届广东创作歌曲"健牌"大奖赛最佳创作奖

《我不想说》（陈小奇、李海鹰词，李海鹰曲）、《为我们的今天喝采》（陈小奇、解承强词，解承强曲）、《红月亮》（陈小奇词、刘克曲）获第六届广东创作歌曲"健牌"大奖赛十大金曲奖

《大哥你好吗》（陈小奇词曲）获"岭南新歌榜"十大金曲及最佳作词奖，《为我们的今天喝彩》（陈小奇、解承强词，解承强曲）获"岭南新歌榜"十大金曲及最佳音乐奖和监制奖

1993年 歌曲《涛声依旧》（陈小奇词曲、毛宁演唱）、《为我们的今天喝彩》（陈小奇、解承强词，解承强曲，林萍演唱）入选中央电视台春节联欢晚会，《涛声依旧》迅速风靡全国

《大哥你好吗》（陈小奇词曲、甘苹演唱）入选中央电视台"三八"妇女节晚会

在中国唱片公司广州分公司推出李春波《小芳》专辑，引发民谣热

在中国唱片公司广州分公司制作陈明《相信你总会被我感动》专辑

率甘苹、李春波、陈明、张萌萌等在北京举办中国唱片公司广州分公司签约歌手发布会，在全国掀起签约歌手热潮

获音乐副编审职称

调任太平洋影音公司总编辑、副总经理，先后与甘苹、张萌萌、"光头"李进、陈少华、伊洋、廖百威、火风等签约

在太平洋影音公司推出甘苹《疼你的人》及"光头"李进《你在他乡还好吗》个人专辑

担任首届沪粤港歌唱大赛总决赛评委

《相信你总会被我感动》（陈小奇词、梁军曲）、《把不肯装饰的心给你》（陈小奇词、兰斋曲）获第七届广东创作歌曲大奖赛十大金曲奖

《疼你的人》（陈小奇词曲）获"岭南新歌榜"九三年度十大金曲最佳作词奖

《疼你的人》（陈小奇词曲）、《相信你总会被我感动》（陈小奇词、梁军曲）获"岭南新歌榜"九三年度十大金曲奖

《相信你总会被我感动》（陈小奇词、梁军曲）获"爱人杯"广州1993年度原创十大金曲最佳作词金奖

《大哥你好吗》（陈小奇词曲）、《相信你总会被我感动》（陈小奇

词、梁军曲）获"爱人杯"广州1993年度原创十大金曲奖

出版《涛声依旧——陈小奇个人作品专辑》CD唱片

1994年 《涛声依旧》（陈小奇词曲）获中央人民广播电台评选的"中国十大金曲"第二名

《我不想说》（陈小奇、李海鹰词，李海鹰曲）获北京音乐台1993—1994年度金曲奖

签约并推出第一个彝族流行歌手组合"山鹰组合"，创作《走出大凉山》《七月火把节》等歌曲，首次把彝族流行歌曲推向全国

在太平洋影音公司推出甘苹的《亲亲美人鱼》、"光头"李进的《巴山夜雨》、廖百威的个人专辑《问心无愧》和山鹰组合的原创演唱专辑《走出大凉山》以及第一个广东摇滚乐队合辑《南方大摇滚》

参加中共广州市委宣传部主办的首届全国流行音乐研讨会并作主题发言

在深圳体育馆举办"涛声依旧——陈小奇个人作品演唱会"

《大哥你好吗》（陈小奇词曲）获中央电视台第六届全国青年歌手"五洲杯"电视大奖赛作品一等奖、"群星耀东方"第一届十大金曲奖

《涛声依旧》（陈小奇词曲）获"群星耀东方"第一届最佳作词奖及十大金曲奖

《三个和尚》（陈小奇词曲）获全国少年儿童歌曲新作创作奖

《三个和尚》（陈小奇词曲）获上海东方电视台MTV展评最佳作词奖

《三个和尚》（陈小奇词曲）、《大哥你好吗》（陈小奇词曲）获中央电视台MTV大赛铜奖

《白云深处》（陈小奇词曲）获第八届广东创作歌曲大奖赛年度十大金曲奖

《假日我在路上等着你》（陈小奇词、兰斋曲）入选中华人民共和国第六届中学生运动会歌曲

《涛声依旧》歌词入选上海高考试卷，此后多次入选各地中学语文

教案

1995年　获 1994—1995 年度原创音乐榜最杰出音乐人奖

获中国流行音乐新势力巡礼音乐人成就奖

受邀担任哈萨克斯坦第六届亚洲之声国际流行音乐大奖赛唯一中国评委

担任京沪粤歌唱大赛总决赛评委

担任上海东方新人歌唱大赛总决赛评委

《九九女儿红》（陈小奇词曲）获"岭南新歌榜"十大金曲及年度最佳作曲奖

《巴山夜雨》（陈小奇词曲）获"岭南新歌榜"年度最佳作词奖

推出陈少华的《九九女儿红》、火风的个人专辑《大花轿》

主办并主持中国流行音乐杭州研讨会，发布规范签约歌手制度的《杭州宣言》

1996年　在"中国当代歌坛经典回顾活动展"中获"1986—1996 年度中国十大词曲作家奖"

在"中国流行歌坛十年回顾活动"中获"中国流行歌坛十年成就奖"

担任海南国际椰子节歌唱大赛总决赛评委

《朝云暮雨》（陈小奇词曲）获中央电视台MTV大赛银奖

1997年　《拥抱明天》（陈小奇词，毕晓世曲，林萍、毛宁、江涛演唱）入选中央电视台春节联欢晚会

在广东画院举办"陈小奇自书歌词书法展"

出版《陈小奇自书歌词选》书法作品集（岭南美术出版社）

广东电视台拍摄播出专题纪录片《词坛墨客——陈小奇》

调任广州电视台音乐总监、文艺部副主任

创立广州陈小奇音乐有限公司

担任上海东方新人歌唱大赛总决赛评委

获"广东广播新歌榜"1997 年度乐坛贡献奖

《我不想说》（陈小奇、李海鹰词，李海鹰曲）、《拥抱明天》（陈

小奇词、毕晓世曲）获东方电视台"90年代观众最喜爱的电视歌曲作词奖"

《朝云暮雨》（陈小奇词曲）获罗马尼亚国际MTV大赛金奖

参加广州首届名城名人运动会，获围棋比赛第三名

被推选为广东棋文化促进会副会长

1998年 当选为中国音乐文学学会第五届主席团成员

当选为广州市文学艺术界联合会第五届副主席

创办广州陈小奇流行音乐研习院，培养了金池、乌兰托娅等著名歌手

担任制片人，拍摄制作20集电视连续剧《姐妹》（《外来妹》续集）

担任上海东方新人歌唱大赛总决赛评委

在汕头林百欣国际会展中心举办流行乐坛第三次个人作品交响合唱音乐会——"涛声依旧——陈小奇歌曲作品·98汕头交响演唱会"

1999年 策划、承办"首届全国旅游歌曲大赛"（国家旅游局主办），首次提出"旅游歌曲"概念

《烟花三月》（陈小奇词曲）、《月下金凤花》（陈小奇词、兰斋曲）、《绿水青山我的爱》（陈小奇词、刘克曲）等获首届全国旅游歌曲大赛金奖

《烟花三月》（陈小奇词曲）获"广东广播新歌榜"1999年度最佳作词奖

《马背天涯》（陈小奇词、王赴戎曲）获1999年上海亚洲音乐节"世纪风"中国原创歌曲大赛金曲奖

《春天的绿叶》（陈小奇词、兰斋曲）、《健康美容歌》（段春花词、陈小奇曲）获文化部全国首届企业歌曲大赛铜奖

作为制片人制作的电视连续剧《姐妹》（《外来妹》续集）获第十七届中国电视金鹰奖优秀长篇电视剧奖，主题歌《我的好姐妹》（陈小奇词曲）获第十七届中国电视金鹰奖优秀电视剧歌曲奖

电视连续剧《姐妹》（《外来妹》续集）获第六届"广东省鲁迅文学艺术奖（艺术类）"

《烟花三月》（陈小奇词曲）获中央人民广播电台华夏原创金曲榜 1999 年度十大金曲奖

2000 年　担任第九届"步步高杯"中央电视台全国青年歌手电视大奖赛总决赛评委

担任上海亚洲音乐节亚洲新人歌手大赛总决赛国际评委

担任上海亚洲音乐节歌唱组合大赛总决赛国际评委

担任全球华人新秀歌唱大赛广东赛区总决赛评委

《涛声依旧》（陈小奇词曲）获中央电视台"中国二十世纪经典歌曲评选 20 首金曲""中国原创歌坛 20 年金曲评选 30 首金曲"

获"广东广播新歌榜"改革开放 20 年"广东原创乐坛成就奖"

在第二届"您最喜爱的影视歌曲评选活动"中被评为"最喜爱的词作家"

《烟花三月》（陈小奇词曲）被定为扬州市形象歌曲及每年一届的"烟花三月旅游节"主题歌

2001 年　签约并推出第一个"藏族流行歌王"——容中尔甲及其个人专辑《高原红》

担任全球华人新秀歌唱大赛总决赛国际评委

《又见彩虹》（陈小奇词、李小兵曲）被评定为中华人民共和国第九届运动会会歌

《又见彩虹》（陈小奇词、李小兵曲）获"广东新歌榜"2001 年度歌曲创作大奖

《永远的眷恋》（陈小奇词曲）在中央电视台全国城市歌曲评选中获金奖

《母亲》（陈小奇词、颂今曲）在中国妇女联合会、中国音乐家协会"全国首届母亲之歌"征集活动中获优秀歌曲奖

《我的好姐妹》（陈小奇词曲）获第三届"广州文艺奖"宣传文化精品奖

2002 年　正式注册成立广东省流行音乐学会并被推选为该学会主席

由中国音乐文学学会主编的《中国当代歌词史》以千字篇幅介绍"陈小奇专题"

担任2002年春节外国人中华才艺大赛总决赛评委（北京电视台等全国十家电视台主办）

担任第五届上海亚洲音乐节中国新人歌手选拔赛总决赛评委会主任

担任首届南方新丝路模特大赛广东赛区总决赛评委

担任阳江旅游使者形象大赛总决赛评委

担任湛江"南珠小姐"大赛总决赛评委

《高原红》（陈小奇词曲）、《又见彩虹》（陈小奇词、李小兵曲）获第二届中国音乐金钟奖

《人民的儿子》（陈小奇词、程大兆曲，电影《邓小平》主题歌）获中共广东省委宣传部"颂歌献给党——迎接十六大新歌征集"征歌活动歌曲奖

应邀创作江苏泰州市形象歌曲《故乡最吉祥》（陈小奇词曲）

出版《涛声依旧——陈小奇歌词精选200首》歌词集（广东教育出版社）

2003年 被评为文学创作一级作家

当选为中国音乐文学学会第六届副主席，成为第一个担任该学会副主席的流行音乐词作家

广东卫视录制并播出"陈小奇创作20周年个人作品演唱会"

担任第四届中国金唱片奖总评委

担任中国轻音乐学会第一届"学会奖"评委

《高原红》（陈小奇词曲）获广东省第七届宣传文化精品奖

策划承办"唱响家乡"城市组歌采风、创作系列活动，完成《梅开盛世——梅州组歌》的创作

策划首届全球客家妹形象使者大赛并担任总决赛评委会主席

长诗《天职》在《人民日报》发表并获中共广东省宣传部抗"非典"文学创作二等奖及广东省作家协会抗"非典"文学创作一等奖

参加广州第二届中外友人运动会围棋比赛，获第二名

2004年　担任第十一届"新盖中盖杯"中央电视台全国青年歌手电视大奖赛总决赛职业组通俗唱法评委

出任"E声有你"新浪—UC杯首届中国网络通俗歌手大赛总决赛评委

策划、承办"唱响家乡"城市组歌采风、创作系列活动，完成《追春——阳春组歌》《天风海韵——虎门组歌》《鹏程万里——深圳组歌》的创作及制作，并分别在阳春、虎门、深圳三地举办组歌大型演唱会

《老兵》（陈小奇词曲）在公安部、中国音乐家协会主办的2004年警察歌曲创作暨演唱大赛中获创作二等奖

《永远的眷恋》（陈小奇词曲）获广东省"五个一工程"奖

《高原红》（陈小奇词曲）获第四届"广州文艺奖"宣传文化精品奖

《又见彩虹》（陈小奇、李小兵曲）获第四届"广州文艺奖"宣传文化精品奖

《珠江月》《光阴》获首届广东省流行音乐"学会奖"广东原创十大金曲奖、《风中的无脚鸟》（陈小奇词曲）获首届广东省流行音乐"学会奖"原创最佳作词奖、《珠江月》（陈小奇词曲）获首届广东省流行音乐"学会奖"原创最佳作曲奖、《寸寸河山寸寸金》（黄遵宪词、陈小奇曲）获首届广东省流行音乐"学会奖"原创最佳美声唱法歌曲银奖、《最美的牵挂》（陈小奇词曲）获首届广东省流行音乐"学会奖"原创最佳民族唱法歌曲银奖

《山高水长》（陈小奇词曲）被选定为中山大学校友之歌

创建广东文艺职业学院流行音乐系并兼任系主任

2005年　策划、承办中国音乐家协会流行音乐学会第一次全国代表大会，当选为中国音乐家协会流行音乐学会第一届副主席

担任第五届中国金唱片奖总评委

被聘为"中国2010上海世博会会歌征集"评审委员会委员

担任云南省青年歌手电视大奖赛评委

出席中国音乐家协会第六次全国代表大会

在东莞演艺中心举办"涛声依旧——陈小奇个人作品东莞演唱会"

制作的容中尔甲专辑《阿咪罗罗》获第五届中国金唱片奖"专辑奖"

《马兰谣》（陈小奇词曲）在中央电视台、中国音乐家协会、团中央联合举办的首届全国少儿歌曲作品大赛中获优秀奖，并入选百首优秀少儿推荐歌曲的第一批十首歌曲

《欢乐深圳》（陈洁明词、陈小奇曲）获"鹏城歌飞扬"深圳十佳金曲奖

《亲爱的党啊，谢谢你》（陈小奇词、连向先曲）获"争创三有一好，争当时代先锋"文学艺术作品征集评选金奖

《风正帆扬》（陈小奇词曲）获广东省纪律检查委员会、文化厅主办的全省反腐倡廉歌曲创作铜奖

获第五届华语音乐传媒大奖"华语乐坛特别贡献奖"

连任广东棋文化促进会副会长

2006年　《飞雪迎春》（陈小奇词，捞仔曲，彭丽媛演唱）入选中央电视台春节联欢晚会

当选为广东省音乐家协会第七届副主席，成为全国第一个担任省级音乐家协会副主席的流行音乐人

出席中国文学艺术界联合会第八次全国代表大会

被聘为第九届（2006）亚洲音乐节新人歌手大赛中国内地选拔赛评委主席

当选为中国音乐著作权协会第三届理事

担任2006年第12届"隆力奇杯"中央电视台青年歌手电视大奖赛决赛评委

《矫健大中华》（陈小奇词、李小兵曲）被选定为第八届全国少数民族运动会会歌

《又见彩虹》（陈小奇词、李小兵曲）获第七届"广东省鲁迅文学艺术奖（艺术类）"

《追春》（陈小奇词曲）获中央电视台中国形象歌曲展播最佳作曲奖

书法作品《涛声依旧》获广东作家书画摄影展书法类二等奖

2007 年 连任中国音乐文学学会第七届副主席

"广东省流行音乐学会"更名为"广东省流行音乐协会"，继续担任该协会主席

在羊城晚报社、广东省文学艺术界联合会、广东省作家协会联合主办的活动中，被推选为"读者喜爱的当代岭南文化名人 50 家"

担任中国音乐金钟奖首届流行音乐大赛总决赛评委

担任第六届中国金唱片奖总评委

被广东省环境保护局聘为"广东环保大使"

在梅州平远中学体育场举办"涛声依旧——陈小奇个人作品平远演唱会"

策划、主办"广东流行音乐 30 周年大型颁奖典礼"，在广州市天河体育馆举办大型流行音乐演唱会

获广东流行音乐 30 周年"音乐界最杰出成就奖"及"音乐人 30 年特别荣誉奖"

《清风竹影》（陈小奇词曲）、《风正帆扬》（陈小奇词曲）获由广东省纪律检查委员会、中共广东省委组织部、中共广东省委宣传部、广东省文化厅、广东电视台联合举办的广东省农村基层反腐倡廉文艺汇演一等奖

《听涛》（陈小奇词曲）在庆祝党的十七大隆重召开《和谐颂》征歌活动中，荣获优秀作品奖

书法作品《涛声依旧》获中国作家协会主办的"当代中国作家书画展"优秀奖

书法作品《又见彩虹》在"东方之珠更璀璨"京粤港书法家庆香港回归十周年书画展展出

提出"流行童声"概念，并由广东省流行音乐协会与城市之声电台合作推出持续多年的"流行童声大赛"

推出《潮起珠江——广东移动组歌》及《喜传天下——广东烟草双喜组歌》两个大型企业组歌

2008 年 当选为广东省作家协会第七届副主席，成为全国第一个担任省级作家协会副主席的流行音乐词作家

获中共广东省委统一战线工作部颁发的"广东省第二届优秀中国特色社会主义建设者"称号，为音乐界第一人

获第六届中国金唱片奖唯一的"音乐人奖"

担任第十三届中央电视台全国青年歌手电视大奖赛流行唱法总决赛评委

出席中央电视台"歌声飘过30年——百首金曲系列演唱会"

《涛声依旧》（陈小奇词曲）荣获中国音乐家协会"改革开放30周年流行金曲"勋章

《敦煌梦》（陈小奇词、兰斋曲）、《梦江南》（陈小奇词、李海鹰曲）、《秋千》（陈小奇词、张全复曲）、《我不想说》（陈小奇、李海鹰词，李海鹰曲）、《等你在老地方》（陈小奇词、张全复曲）、《跨越巅峰》（陈小奇词、兰斋曲）、《为我们的今天喝彩》（陈小奇、解承强词，解承强曲）、《涛声依旧》（陈小奇词曲）、《大哥你好吗》（陈小奇词曲）、《又见彩虹》（陈小奇词、李小兵曲）、《高原红》（陈小奇词曲）等11首歌曲入选由广东省音乐家协会及广东各媒体记者共同推选的"纪念中国改革开放30周年"30首广东原创歌曲

《我不想说》（陈小奇、李海鹰词，李海鹰曲）、《所有的往事》（陈小奇词，程大兆曲）入选中国文学艺术界联合会主办的"改革开放30年优秀电视剧歌曲"

《师恩如海》（陈小奇词曲）获中共广东省委宣传部"心系祖国——感动广东"纪念改革开放30周年征歌活动金奖、《家乡》（陈小奇词曲）获铜奖

《为母亲唱首歌》（蒋乐仪词、陈小奇曲）获第六届广东家庭文化节

"母亲之歌"征歌活动一等奖

《我有一个强大的祖国》（叶浪词、陈小奇曲）获 2008 中国－成都（邛崃）国际南丝路文化旅游节"爱在人间：大型原创歌词、歌曲、诗歌征集"二等奖

应邀创作湖南岳阳市形象歌曲《这里情最多》（陈小奇词曲）

出版与陈志红合著的流行音乐理论著述《中国流行音乐与公民文化——草堂对话》（新世纪出版社）

策划、主编的"涛声依旧——广东流行音乐风云 30 年"丛书 5 本（含《广东流行音乐史》等）首发（新世纪出版社）

被聘为第 16 届亚洲运动会歌曲征集组织委员会副主任

策划并承办大型民系风情歌舞《客家意象》，担任总编剧、总导演及词曲创作

应邀参加第三届深圳客家文化节"客家山歌和流行音乐"高峰论坛并作主题发言

《听涛》（陈小奇词曲）获第六届"广州文艺奖"一等奖

为汶川地震创作长诗《生命的尊严》，由广东卫视以朗诵版播出并在《南方日报》及《作品》等报刊全文刊登

书法作品《拥抱明天》在"同一个世界，同一个梦想——粤港澳书画家迎奥运书画展"上展出，并由广东人民广播电台收藏

2009 年　当选为中国音乐家协会第七届理事

担任中国音乐金钟奖第二届流行音乐大赛总决赛评委

担任第七届中国金唱片奖总评委

应邀出席"中国棋文化广州峰会"学术研讨会并作发言（中国棋院、广东棋文化促进会和《广州日报》共同主办）

在中共广东省委党校作题为《流行音乐与文化产业》的讲演，成为第一个在党校讲授流行音乐的音乐人

被推举为广东音乐文学学会首任主席

策划国内第一个客家方言流行歌曲排行榜"客家流行金曲榜"

论著《中国流行音乐与公民文化——草堂对话》（与陈志红合著）获第八届"广东省鲁迅文学艺术奖（艺术类）"

《一起走》（陈小奇词曲）、《春暖花开》（陈小奇词、姚晓强曲）获广东省第七届精神文明建设"五个一工程"优秀歌曲作品奖

《思故乡》（古伟中词、陈小奇曲）获中宣部"全国优秀流行歌曲创作大赛"华南赛区第一名

《最美的风采》（陈小奇词、金培达曲）入选亚运会会歌征选（为最后3首作品之一）

书法作品《听涛》入选庆祝中华人民共和国成立60周年广东作家书画展

参加全球旅游峰会并作演讲

被聘为华南理工大学音乐学院兼职教授及华南理工大学流行音乐研究所名誉所长

2010年　策划、承办了在广东中山市小榄镇召开的中国音乐家协会流行音乐学会第二次全国代表大会，当选第二届常务副主席

在中共广东省委党校开设大型民系风情歌舞《客家意象》的专题演讲

举办大型民系风情歌舞《客家意象》广东五市巡演，此后数年该剧又分别赴我国台湾地区及马来西亚等地演出

为百集电视系列剧《妹仔大过主人婆》创作粤语主题歌《民以食为天》（陈小奇词曲）

任广东潮人海外联谊会青年委员会第六届荣誉主任

散文《岁月如歌》获《作品》杂志"如歌岁月——纪念新中国成立60周年叙事体散文全国征文"二等奖

2011年　连任广东省音乐家协会第八届副主席

担任中国音乐金钟奖第三届流行音乐大赛（深圳、香港、台湾）赛区监审及全国总决赛评委

担任第八届中国金唱片奖总评委

参加中国文学艺术界联合会第九次全国代表大会

策划了广东民族乐团"涛声依旧——流行国乐音乐会"

制作并出版陈小奇中国风经典作品精选CD专辑《意·韵》（和声版）

担任羊城新八景评选活动的专家评委

接受美国洛杉矶中文电台AM1430粤语广播电台频道采访

《客家意象》专辑音乐（陈小奇、梁军）获第八届中国金唱片奖"创作特别奖"

粤语歌曲《民以食为天》（陈小奇词曲）获音乐先锋榜内地十大金曲奖

2012年　连任中国音乐文学学会第八届副主席

参加中国音乐家协会第七届理事会第二次会议

主持广东省流行音乐协会第三次会员大会并连任主席职务

赴福建武夷山参加"《为——爱我中华》海峡两岸三地流行音乐高峰论坛"

参加关爱艾滋病儿童歌曲《爱你的人》（陈小奇词，捞仔曲，彭丽媛演唱）的大型首发式（卫生部主办）

中央电视台中文国际频道录制"中华情·隽永歌声——陈小奇作品演唱会"

在中山大学举办"山高水长·缘聚中大——陈小奇校友作品新年演唱会2012"

策划、承办首届广东流行音乐节——广东流行音乐三十五周年大型颁奖典礼及"岁月经典""动力先锋"大型演唱会（中共广东省委宣传部主办）

《敦煌梦》（陈小奇词、兰斋曲）、《梦江南》（陈小奇词、李海鹰曲）、《灞桥柳》（陈小奇词、颂今曲）、《我不想说》（陈小奇、李海鹰词，李海鹰曲）、《跨越巅峰》（陈小奇词、兰斋曲）、《为我们的今天喝彩》（陈小奇、解承强词，解承强曲）、《又见彩虹》（陈小奇词、李小兵曲）、《涛声依旧》（陈小奇词曲）、《大哥你好吗》（陈小奇词曲）、《高原红》（陈小奇词曲）10首歌曲入选中

共广东省委宣传部主办的"广东流行音乐三十五周年"庆典35首金曲

获"广东乐坛最具影响力音乐人"大奖

获广东省音乐家协会唯一的"2012年度广东省优秀音乐家突出贡献奖"

策划并与华南理工大学音乐学院合作举办"广东流行歌曲交响合唱音乐会"

推出《唱响家乡》系列的《走向幸福——东莞东城组歌》

担任广东省粤港澳合作促进会第二届理事会副会长

担任香港音乐人协会主办的创作歌唱大赛总决赛评委

推出"流行钢琴"概念

2013年　连任广东省作家协会第八届副主席

当选为广州市音乐家协会第六届主席

担任第十五届中央电视台全国青年歌手电视大奖赛总决赛评委

担任第九届中国音乐金唱片奖评委

担任中国音乐金钟奖第四届流行音乐大赛全国总决赛监审

参加华语音乐推广与著作权管理交流座谈会（中国台湾地区）

赴澳大利亚、新西兰举办"山高水长中大缘——陈小奇经典作品全球巡演"（中山大学校友总会主办），中国驻澳大利亚、新西兰两国总领事分别出席演唱会

担任"2013多彩贵州歌唱大赛"导师，并分别在贵州兴义、铜仁举办两场不同曲目的"陈小奇个人作品演唱会"

作为特邀嘉宾参加湖北卫视《我爱我的祖国》栏目《中国古代诗词与流行音乐》节目的拍摄

主办并担任首届中国歌词创作大师班导师

出版《广东作家书画院书画作品集——陈小奇书法作品》（岭南美术出版社）

被聘为华南师范大学客座教授

2014年　获广东省音乐家协会"突出贡献奖"

在阳江文化大讲坛及华南师范大学举办《中国古典诗词与流行音乐》讲座

《客家阿妈》（陈小奇词曲）获广东省第九届精神文明建设"五个一工程"优秀作品奖、第二届客家流行音乐金曲榜"最佳金曲大奖"

《紫砂》（陈小奇词曲）获2014年度音乐先锋榜年度最佳作词奖

《围棋天地》推出陈小奇专访《围棋旋律》

2015年 获中国原创音乐致敬盛典"杰出贡献词曲作家奖"

担任"星海音乐学院流行唱法硕士生毕业音乐会"评审

出席中国音乐家协会第八次全国代表大会，连任第八届理事

出席中国音乐家协会流行音乐学会第三次全国代表大会，连任常务副主席，并举办《流行音乐与社会生活》讲座

作为大赛艺术顾问及总评委在北京中国政协礼堂出席"唱响慈爱，共筑民族梦"爱心歌手乐手大赛系列公益活动新闻发布会

出席深圳市文学艺术界联合会主办的"客家文化艺术高峰论坛"

出席流行音乐高峰论坛（华南师范大学音乐学院、流行音乐文化研究院及广东省流行音乐协会理论研究委员会联合主办）

应邀为扬州2500年城庆创作《月下故人来》（陈小奇词曲）

《紫砂》（陈小奇词曲）获"2014华语金曲奖"优秀国语歌曲奖、"2014广州新音乐"最佳人文金曲奖

2016年 出席中共广东省委宣传部召开的广东省推进音乐创作生产座谈会

担任2016香港国际声乐公开赛评委

创办中国第一个流行合唱大赛——"红棉杯2016广州流行合唱大赛"，并担任评委会主席

应邀访问拉美地区孔子学院

出席第十一届全球城市形象大使暨全球城市小姐（先生）选拔大赛大中华总决赛担任评委

担任在中国政协礼堂举办的"唱响慈爱，共筑民族梦"首届爱心歌手颁奖盛典总决赛评委

策划、制作了整合广府、潮汕、客家三大民系民间音乐的"首届南国音乐花会""新粤乐——跨界流行音乐会"及"南国流行风演唱会"

担任深圳全民K歌大赛总决赛评委会主任

作为校友代表参加中山大学2016届毕业典礼并作演讲

2017年 主持广东省流行音乐协会第四次会员大会并连任主席职务

应邀访问欧洲地区孔子学院

担任第十届中国金唱片奖评委

音乐剧剧本《一爱千年》（陈小奇编剧，原名《法海》）由中国歌剧舞剧院申报入选国家文化部艺术基金项目

《我相信》（陈小奇词曲）在"中国梦"主题歌曲创作征集活动中荣获优秀作品（最佳入围歌曲）

《领跑》（陈小奇词曲）获中共广东省委宣传部创新广东征歌优秀歌曲

《领跑》（陈小奇曲、梁天山粤语版填词）获中共广东省委宣传部创新广东征歌优秀歌曲

出席湖南卫视《歌手》节目，担任嘉宾评委

出席2017年首届全国高等艺术院校流行音乐演唱与教学论坛并致辞（广州大学举办）

出席北京2017年流行音乐产业大会并担任主讲嘉宾

参加"城围联围棋嘉年华·广西南宁暨城市围棋联赛2017赛季揭幕战"仪式，并在《围棋与大健康论坛》发表演讲

参加在香港会展中心举行的"2017华语金曲奖"并担任颁奖嘉宾，为香港著名词作家黎小田、郑国江颁奖

在第四届天下潮商经济年会（北京）被颁予"2017全球潮籍卓越艺术成就奖"

担任深圳2017年全民K歌大赛总决赛评委会主任

担任第二届广州红棉杯流行合唱大赛总决赛评委

担任首届广东省流行钢琴大赛总决赛总评委

被聘为星海音乐学院大学生艺术团艺术总顾问

2018年 《涛声依旧》（陈小奇词曲）入选《人民日报》发布的"改革开放40年40首金曲"

《涛声依旧》（陈小奇词曲）获上海人民广播电台《最爱金曲榜》"至尊金曲创作大奖"

在北京保利剧院举办由中共广东省委宣传部立项的"陈小奇经典作品北京演唱会"，该演唱会被确定为庆祝改革开放40周年广东音乐界唯一上京献礼项目

在北京港澳中心酒店会议厅举办"陈小奇词曲作品学术研讨会"

在美国旧金山举办"涛声依旧——陈小奇经典作品美国硅谷演唱会"

在美国接受凤凰卫视美洲台的专访

《百年乐府——中国近现代歌词编年选》出版发行（国务院参事室、中央文史研究馆主办，上海音乐出版社出版），收录陈小奇歌词11首：《我的吉他》《敦煌梦》《灞桥柳》《山沟沟》《我不想说》《涛声依旧》《大哥你好吗》《巴山夜雨》《白云深处》《大浪淘沙》《高原红》，为内地流行乐坛入选最多者

作为首席嘉宾在北京参加中央电视台《回声嘹亮——广东流行音乐40年》专题节目录制

作为中山大学校友代表参加中央电视台《百家论坛——我们的大学》作《千百个梦里，总把校园当家园》的专题演讲

在中央电视台录制中央电视台中文国际频道的《向经典致敬——陈小奇》专题节目

参加中央电视台中文国际频道《向经典致敬——春节联欢晚会回顾特别节目》并担任唯一的音乐界访谈嘉宾

《我不想说》（陈小奇、李海鹰词，李海鹰曲）、《大哥你好吗》（陈小奇词曲）入选"中央电视台庆祝改革开放40周年大型演唱会（广州）"

《我不想说》（陈小奇、李海鹰词，李海鹰曲）入选"中央电视台庆

祝改革开放40周年大型演唱会（深圳）"

被聘为广州市音乐家协会第七届名誉主席

创办广州陈小奇音乐有限公司流行童声品牌"麒道音乐"

2019年　受聘为广东省人民政府文史研究馆馆员，成为第一位以音乐人身份受聘的文史馆馆员

被广东省政协聘为湾区音乐博物馆艺术指导委员会委员

担任拙见文化探索官随团出访伊朗，为期8天，与伊朗文化部部长、旅游部副部长及伊朗音乐家、学者作交流

策划国内第一个国际流行童声大赛，赴维也纳爵士与流行音乐大学与格莱美奖得主卢库斯等一起担任首届维也纳国际流行童声演唱大赛评委

在扬州为中国文学艺术界联合会全国理论工作会议作流行音乐讲座

担任公安部第四届全国公安系统文艺汇演总评委

中央电视台中文国际频道于五四青年节向全球播出《向经典致敬——陈小奇》专题节目

担任第十三届《百歌颂中华》总决赛评委

在广东省文史馆为参事和馆员作流行音乐讲座

在著名的扬州论坛为市民作流行音乐讲座

出席潮语歌曲30周年颁奖盛典，获"终身成就大奖"，《苦恋》（陈小奇词、宋书华曲）、《彩云飞》（陈小奇词、兰斋曲）、《一壶好茶一壶月》（陈小奇词曲）、《韩江花月夜》（陈小奇词、兰斋曲）、《英歌锣鼓》（陈小奇词、兰斋曲）5首歌曲入选潮语歌曲30周年10首经典作品

2020年　抗疫歌曲《从此以后》（陈小奇词、高翔曲）获华语金曲榜歌曲奖

应邀在中共广东省委党校开办流行音乐讲座

音乐剧《一爱千年》（陈小奇编剧、作词，李小兵作曲）由中国歌剧舞剧院通过网络直播，成为全球第一部网络首演音乐剧

《改革开放与广东文艺40年》出版，陈小奇担任"第三编　改革开放

与广东音乐"的主编

广东广播电视台《岭南文化大家》栏目播出《陈小奇：中国流行音乐"一代宗师"》专题

广东广播电视台播出《艺脉相承——陈小奇》专题

在广东省工商联合会举办流行音乐讲座

在中山大学新华学院（今广州新华学院）作流行音乐讲座

担任第六届深圳全民K歌大赛总决赛评委

参加2020年首届大湾区现代音乐产业论坛并担任访谈嘉宾

参加粤港澳温州人大会并指挥合唱由陈小奇作词作曲的温州商会会歌《温州之恋》

创作并提出"少儿流行合唱"概念，推出少儿流行合唱教案

开始"陈小奇歌词意象画"创作

2021年　担任"百歌颂中华"总决赛评委

《百年乐府——中国近现代歌曲编年选》出版发行（国务院参事室、中央文史研究馆主办，上海音乐出版社出版），收录陈小奇歌曲9首：《敦煌梦》（陈小奇词、兰斋曲）、《灞桥柳》（陈小奇词、颂今曲）、《山沟沟》（陈小奇词、毕晓世曲）、《我不想说》（陈小奇、李海鹰词，李海鹰曲）、《涛声依旧》（陈小奇词曲）、《大哥你好吗》（陈小奇词曲）、《白云深处》（陈小奇词曲）、《高原红》（陈小奇词曲）、《马兰谣》（陈小奇词曲）

应邀继续在中共广东省委党校开办流行音乐讲座

担任第七届深圳全民K歌大赛总决赛评委

在广州图书馆作《小奇爷爷带你进入儿歌大世界》的讲演

与"南方+"合作策划并推出旗下少儿音乐素质养成机构"麒道音乐少儿原创歌曲专场"

被推选为广东棋文化促进会名誉副会长

2022年　陈小奇艺术馆由普宁市人民政府立项并动工建造

被推选为广东省流行音乐协会终身荣誉主席

应广州市文化广电旅游局邀请创作广州文旅形象歌曲《广州天天在等你》(陈小奇词曲)

为广东省文学艺术界联合会中青年文艺评论骨干研修班作《中华传统文化与流行音乐》讲座

歌曲《百里青山 千年赤岗》(陈小奇词曲),获振兴乡村征歌大赛二等奖

歌曲《杨门女将》(陈小奇词曲),获岭南原创童谣优秀作品三等奖

编辑《陈小奇文集》(含《歌词卷》《歌曲卷》《诗文卷》《述评卷》《书画卷》,共五卷),该文集将作为中山大学百年庆典项目,由中山大学出版社出版

到了这个年龄,我觉得该对自己几十年的所习、所思及各类创作做个回顾和总结了,于是,就有了这套自选本《陈小奇文集》。

文集分为五卷:《陈小奇文集·歌词卷》《陈小奇文集·歌曲卷》《陈小奇文集·诗文卷》《陈小奇文集·述评卷》《陈小奇文集·书画卷》。

《陈小奇文集·歌词卷》收入自己创作的歌词共计300首。1999年也曾出版过《陈小奇歌词200首》,这次增加了100首,这些歌词基本上是按照我自己的审美趣味从约2000首词作中挑选的,是否真实代表了自己的风格与水准?不知道。

《陈小奇文集·歌曲卷》同样收入了300首,其中自己作曲的歌曲242首(含自己包办词曲的作品187首),这一卷基本体现了自己在音乐上的追求与成果,内容上也包括了流行歌曲、艺术歌曲、旅游歌曲、企业歌曲、少儿歌曲、方言歌曲(含潮语歌曲、客家话歌曲、粤语歌曲)等;同时,鉴于自己是填词出身,故也收入了部分在不同时期与其他作曲家合作的较有代表性的填词歌曲58首。

《陈小奇文集·诗文卷》收入了我这几十年陆续创作的现代诗歌46首、剧本3部、散文及随笔25篇、创作札记11篇、为他人撰写的序文15篇、乐坛旧事(微博文摘)60篇,此卷以文学作品为主。

《陈小奇文集·述评卷》收入了演讲录15篇、访谈对话录23篇,这些均为根据口述整理的文稿。访谈对话录只收入部分以第一人称与访谈者对话的内容，其他由记者采写的文章因数量太多均不收录。此外，另收入了名家序文7篇、研讨会发言文稿17篇、各界评论6篇（含评论4篇、致敬辞2篇）。

《陈小奇文集·书画卷》收入了自己创作的歌词意象书画作品208幅，这些作品都是根据自己歌词生发的艺术衍生品，也算是一种别出心裁的探索吧！

与陈志红合著并曾获第八届"广东省鲁迅文学艺术奖（艺术类）"的《中国流行音乐与公民文化——草堂对话》一书因篇幅较大且已单独出版，故未收入文集之中。

早期的一些作品因年代久远已经佚失，多方搜寻未果，颇有些遗憾。

自1982年从中山大学中文系毕业之后，我主要从事的是歌词、歌曲的创作及音乐制作，多年的创作实践使我对流行音乐的理论建设和发展也有了更多的思考和探索，其间亦陆陆续续创作了一些文学作品。同时，由于兴趣爱好使然，我又介入对自己歌词的书法与绘画创作活动的尝试。此次结集，算是对自己几十年"不务正业"的一次回顾吧，虽是拉拉杂杂，却也让岁月多了些色彩与韵味。

看看走过的路，摸摸脚下的鞋，亦一乐也！

陈小奇

2022年9月9日